开国征尘系列

华夏古典小说分类阅读大系

吴三桂演义

[清] 不题撰人 撰

华夏出版社
HUAXIA PUBLISHING HOUSE

图书在版编目（CIP）数据

吴三桂演义/(清) 不题撰人撰. --北京：华夏出版社，2017.10
（华夏古典小说分类阅读大系）
ISBN 978-7-5080-9280-5

Ⅰ．①吴… Ⅱ．①不… Ⅲ．①章回小说－中国－清代 Ⅳ．①I242.4

中国版本图书馆CIP数据核字(2017)第214973号

吴三桂演义

作　　者	［清］不题撰人　撰
责任编辑	韩　平
责任印制	顾瑞清
出版发行	华夏出版社
经　　销	新华书店
印　　刷	三河市万龙印装有限公司
装　　订	三河市万龙印装有限公司
版　　次	2017年10月北京第1版 2017年10月北京第1次印刷
开　　本	880×1230　1/32
印　　张	8
字　　数	280千字
定　　价	30.00元

华夏出版社　地址：北京市东直门外香河园北里4号　邮编：100028
网址：www.hxph.com.cn　电话：(010)64663331(转)
若发现本版图书有印装质量问题，请与我社营销中心联系调换。

出版者的话

我国的古典小说,题材的丰富性、多样性尤为突出。经过与古典小说专家学者的座谈沟通,我们把中国古典小说(白话小说)依照题材内容的不同,大致划分出如下几个板块——

有讲述古代名臣断案的作品,拟称"名公断案系列";
有反映历朝历代开国进程的作品,拟称"开国征尘系列";
有以家族宗亲为核心的英雄传奇作品,拟称"家将英雄系列";
有笔墨集中反映市井生活的作品,拟称"市井风情系列";
有传统武侠类作品,拟称"侠义雄杰系列";
有名著大作的续书,拟称"名著续作系列";
有表现人间欢愁冷暖的作品,拟称"世情万象系列";
有揭露批判社会异变的作品,拟称"狭邪烟粉系列";
有记述神人奇事的作品,拟称"奇人异事系列"等等;

当然,更有"四大名著"、"三言二拍"等影响深远、成就辉煌的经典,拟称"金声玉振系列"。

将已然满目的所谓"系列化"出版进一步推向细化、规整化,是"华夏古典小说分类阅读大系"最根本的特色。强调"类型化",既是对不同读者口味的关照,也是对我国古代小说一次有机的整合;"分类大系"的各个系列,分,则旗号鲜明,聚,则大大皇皇。

"分类大系"充分考虑到广大读者阅读的便捷,选择了目前国内最权威、最流行的版本作底本,通过对疑难词的释义与注音,达成对阅读障碍的"清剿",版式方面,采用了以降低读者视觉疲劳为目的的"稀疏化"设计。同时,这套精装书以比平装书还低的价位,更表现了它"接地气"的通俗化、平民化的特质。

希望"分类阅读大系"受到广大读者、收藏者的欢迎。

《吴三桂演义》又名《明清两周志演义》,约成书于清末。主要描写清朝宁远总镇吴三桂由于爱妾陈圆圆被李自成所掳,借清兵入关,打败李自成,逼死永历帝,被封为平西王;后又反叛清朝,妄自称帝,朝廷派兵征剿,终至败亡的这段史实。其中穿插了吴三桂与爱妾陈圆圆的离合。作者对吴三桂不拘于"成王败寇"之说,比较真实、生动地刻画了这一复杂的历史人物。小说中的陈圆圆也是一个有个性、有气节,智慧、果断的乱世佳人形象。作品语言生动,人物形象亦见个性,行文简洁明快,颇得历史小说笔法,为此类小说中较为出色之作。

本书属于晚清白话文历史小说,共四卷四十回。现存清宣统三年(1911)循环日报社刊本,藏于英国图书馆。香港黄世仲研究基金会出版有此本点校本,收入《黄世仲研究资料丛书》。另有清宣统辛亥(1911)孟冬月上海书局石印本,正文半叶二十行,行四十字。藏于复旦大学图书馆。后有民国二十四年(1935)上海华明书局石印本,扉页标明为"历史小说",有自序和凡例,俱不署名与年代。有研究者考证为黄小配(黄世仲)著,藏于中央戏剧学院图书馆。

本书此次出版,我们对原著中一些生僻、缺漏、笔误之处进行了校勘、订正和释义,以扫除阅读障碍,对原书原来缺字的地方用□表示了出来,方便广大读者阅读欣赏。因时间仓促,难免有疏失、遗漏,望专家和读者予以指正。

2017 年 9 月

目 录

第 一 回　董其昌识拔吴三桂　袁崇焕计斩毛文龙／1
第 二 回　还五将建州修玉帛　赘三桂藩府闹笙歌／6
第 三 回　结勇将田畹献歌姬　出重镇吴襄留庶媳／15
第 四 回　发帼案袁崇焕遭刑　谋大事李自成起义／23
第 五 回　愤县令李岩从乱党　破神京闯逆掳圆姬／33
第 六 回　杀妻儿崇祯皇自缢　争美姬吴三桂哭师／40
第 七 回　争圆圆吴三桂借兵　杀吴襄李自成抗敌／47
第 八 回　弃圆姬闯王奔西陕　赐诰命三桂却南朝／54
第 九 回　左懋第被困北京城　李自成走死罗公岭／60
第 十 回　扫流寇吴帅就藩封　忏前情圆姬修道果／66
第 十一 回　孙可望归降永历皇　吴平西大破刘文秀／72
第 十二 回　平西王兵进云南城　永历皇夜走永昌府／77
第 十三 回　孙可望逼封三秦王　吴平西手弑永历帝／83
第 十四 回　笼子坡永历皇被缢　北京城吴三桂奔丧／87
第 十五 回　筑菜园陈姬托修斋　依海市杨娥谋讨贼／94
第 十六 回　捕刺客勇士护吴王　忌兵权朝意移藩镇／100
第 十七 回　陈圆姬遗书谏藩邸　吴三桂易服祭明陵／104
第 十八 回　北京城使臣告变　衡州府三桂称尊／112
第 十九 回　建帝号吴三桂封官　受军符蔡毓荣调将／116

第二十回　迎马首孙延龄殒命　卜龟图吴三桂灰心／123

第二十一回　据陕西王屏藩起事　逼洞庭夏国相鏖兵／128

第二十二回　张勇大战王屏藩　郑经通使吴三桂／133

第二十三回　王辅臣举兵戕经略　南怀仁制炮破吴军／140

第二十四回　高大节智破安亲王　夏国相败走醴陵县／146

第二十五回　韩大任败死扬子江　高提台大战大觉寺／153

第二十六回　高大节愤死九江城　吴三桂亲征松磁市／158

第二十七回　走固原王辅臣投降　夺荆州蔡毓荣献捷／162

第二十八回　弃岳州马宝走长沙　据平凉屏藩破图海／168

第二十九回　弃江西国相退兵　走广东尚王殒命／173

第 三 十 回　郭壮图饰时修古塔　夏国相倡议弃长沙／179

第三十一回　出郧阳三桂殡天　陷敌营莲儿绝粒／184

第三十二回　吴世璠继位衡阳　夏国相退兵黔省／192

第三十三回　拔固原图海鏖兵　走汉中屏藩殉国／197

第三十四回　胡国柱败走贵阳城　傅宏烈起兵桂林府／204

第三十五回　康亲王会兵平闽浙　赵良栋奉命取成都／212

第三十六回　赵良栋大战阳平关　杨嘉来败走夔州府／218

第三十七回　困罗森五将取成都　逼永兴孤城抗大敌／224

第三十八回　败谭洪赵良栋进云南　间马宝蔡毓荣摆象阵／232

第三十九回　战平远蔡毓荣奏功　守曲靖郭壮图败绩／237

第 四 十 回　破长围七将定云南　赏战功朝廷颁谕旨／242

第一回
董其昌识拔吴三桂　　袁崇焕计斩毛文龙

　　中国学者视得君权太重,故把民权视得太轻。任是说什么吊民伐罪,定国安民,什么顺天应人,逆取顺守,只是稀罕这个大位;道是身居九五,玉食万方,也不计涂炭生灵,以博一人之侥幸;故争城争地,杀人盈城,流血成海,也没一些儿计到国民幸福。究竟为着什么来?你看一部二十一史,不过是替历朝君主争长争雄,弄成一部脓血的历史。因为看得君位太过尊荣,就引出那些枭雄。道什么成王败寇,日日兴兵,既得称王,又欲称帝。历观往史,那里还说得许多?甚的说其国愈大,其君愈尊,就引动外人垂涎着我们中国的帝位。如五胡割晋,沙陀寇唐,金元夺宋,竟酿成种种的惨事来了。

　　俗语说得好,家中无鬼万年安。一家如此,何况一国!若不是那些汉奸贪荣忘国,任是外人有百万雄兵,千员勇将,那里便能割裂我们的国家?可知是做百姓的只图苟安,做官吏的只贪富贵,统通没有爱国的感情,自然酿成亡国的惨祸了。这样看来,又觉中国学者那些说话亦有些合理的。说忠臣要忠于人君,却与忠臣要忠于国家本有些不同,但人人能懂得忠于人君,亦断不至背本忘恩,贪恋尊荣,致引外人作贻祸宗邦的事了。

　　说书人说到这里,也省起一个人来。那人不是别人,就是姓吴唤做三桂,表字长白,本贯山东高邮人氏。自先祖贩马为业,往来辽东海盖之间,遂寄籍为辽东人。他父亲名唤吴襄,表字赞犀,生有勇力,受知于镇东将军李成梁,以吴襄善能相马,委以购办战马一差,以功保升千总。及经略大臣杨镐以雄兵二十万伐满洲,大兵溃于抚顺,人马俱尽。时吴襄从征,于兵败后劫回满洲战马三百匹。故抚顺之战,诸将皆有罪,惟吴襄独以功荐升副将。时明末诸臣大夫日惟偷安旦夕,以为天下无事。凡武将指陈边事,都道武官只好勇斗狠,危言耸听,以博功名,故朝议多不留意边事。吴襄又曾寄籍辽东,故所有文臣都睥睨他,象不是中国人一样。吴襄自以官位尚卑,也不与计较,惟倍加谨慎而已。

那时吴三桂已二十有余,吴襄自以日受同僚揶揄,不过文臣视轻武员之故,遂谓吴三桂道:"为父幼不读书,只以勇力,且蒙将军李成梁受知于相马。自李将军殁后,好象冰山已倒一般。若非朝廷明见,此官已不能自保。吾儿不宜承习父业,宜弃武就文,或得奋志云霄,不致受揶擒于懦夫之口。"吴三桂听了,笑道:"父言差矣!方今国家多事,文臣不识时务,只欺饰朝廷,如燕巢危幕,自图苟安,设有变乱,若辈岂能以吟诗作赋保护国家耶?吾父任他揶揄,休要与他计较。他日时来运至,吾父子必有出头之日也。"吴襄见儿子如此说法,觉实有道理,且亦志气不凡,心中甚为欢悦。吴三桂自此益练习弓马,讲求战术。

及崇祯帝即位,知道国家危难已伏在萧墙,遂决意奖励武功,乃拔吴襄为提督京营,复命大宗伯董其昌典录武科。黄诏既下,各路武夫都纷纷赴试。吴三桂时已弓马娴熟,十八般武艺件件精通。那时听得董其昌考拔武科,便慨然叹道:"此吾脱颖时矣。今天下有变,乘此时以取功名,一来可以宣力国家,二来亦可以继承父业。"便告知父亲吴襄,往应武举。

时董其昌在朝,知道国事已非,选拔武员实关紧要。那日往见吴襄,问道:"足下为武员,究知谁是可以当得将才的,不妨赐告。此为国家公事,请避嫌疑。"吴襄道:"大宗伯既有此言,弟不敢不说。以弟所知,若武勇足道的,首唯吾儿三桂,次即白遇道耳。"董其昌道:"足下佳儿如此,可为足下贺。某此次将拔取令郎,此为国家择人才,非为君家取富贵也。"说罢便去。到了录阐之日,数千赴考的都盼望放榜,及至放榜之后,居首的不是别人,就是吴三桂。

自从武闱榜发,吴三桂竟领了首选。凡赴试的,没一个不知道吴襄与董其昌有些交情,只道董其昌有意拔举三桂,不计他武艺如何就取中首名,更有道吴三桂武艺不是高强不应获选的。至于那些不第的人,更做出一种谣言,说是吴襄向董其昌讨人情,使中自己儿子。你一言我一语,早被吴襄听了,便唤吴三桂诫道:"吾儿今日幸捷高魁,为父本曾向董宗伯道及,故得董宗伯留意提拔。但为父曾承董宗伯问及,知得谁人可充将才,为父故援内举不避亲之义,力荐吾儿。今既获选,虽为父亦曾说情,但吾儿武艺本不在他人之下。今竟受此辈谣冷语,吾儿须此发奋。但能上报国家,下光门户,不患不能雪耻也。"吴三桂笑道:"吾父亦太过忧虑。方今国家多故,凡有本领的自能发现。象古人说如锥处囊中,其颖立露,儿不忧无出头之日。若稍有凭藉，天下碌碌之辈诚不足道也。"吴襄听了，以为儿子有如此志气，十分欢喜。便使吴三桂拜董其昌，认为师生之谊。又因吴襄为提督经营，应有个袭荫，董其昌更为奏保，便以吴三桂为都督指挥使。

时东边日急，自经略大臣杨镐以二十万大兵伐建州卫败于抚顺之后，更时时告警。廷议以东边既急，以孙承宗继杨镐为经略复无振作，乃罢孙承宗，以高第代为蓟辽经略。复以将军毛文龙为平辽总兵官，筹防边备。朝命既下，董其昌本与毛文龙为姻亲，那日听得毛文龙领兵出关，便邀文龙至府，说道："国家多故，边事日危，朝中各员只知趋附宦官，冀得加官进秩，互相狼狈，欺罔朝廷，吾恐日事晏安①，敌已渡河矣。今将军受任视师平辽，任大责重，宜能宣力国家，再安磐石。不知将军帐下可有得力健儿没有？"毛文龙道："正为此故，得人甚难。弟到边时，惟有经营地方，注重险要，以却敌兵。因大败之后不易言战，若有疑我老师糜饷的，望吾兄一为关注。要吾兄若知有人才可以相助者，更望相荐以收得人之效。"董其昌道："弟位为宗伯，政权不属。执政中人又不能与谋，即欲为将军关照，亦恐不逮，但求将军随时谨慎耳。若说荐人两字，本非易事，只见有吴三桂其人者，气象不凡，武勇出众，宜奏调一同出关，以资臂助。想吴三桂必不负弟所荐也。"毛文龙道："弟亦闻其名久矣。此人为提督京营吴襄之子，现充都督府指挥使，不称其本心，某当重用之。"说罢辞去，毛文龙一面告知吴襄，请三桂出关相助。

吴襄正欲儿子为国效力，无有不欢喜，立即回复毛文龙，即令儿子三桂谒毛帅。时三桂正被蜚谣冷语，以自己得人情获选，又以承父荫得官，正待自展其能一雪其耻，闻得毛文龙邀自己出关，便欣然而往，即领父书往谒毛文龙。那毛文龙听得三桂已至，立即延入。吴三桂见时，不觉汗流如雨。毛文龙问道："本帅以至诚相待，何以如此之惶恐！"吴三桂道："某自离籍，往来京津，阅人不少，皆碌碌余子，全不在卑职眼内。今见都督一种威严气象，眼光四射，令人神慑，故不觉惶恐。"毛文龙笑道："如此亦足见足下志气，除本帅以外，眼底更无他人，此去定能立功。足下飞腾有日，可为预贺。"说罢让吴三桂坐下。复自忖道："此人目无天下士，独能畏慑

---

① 晏安——平静，安逸。

于吾,此人必能为吾所用,不忧其不用命也。"

正想象间,吴三桂进道;"某闻都督受命出关,不以卑职鄙陋,看吾父薄面使在帐下执鞭,卑职自然感激。只怕驽马庸才,不足受都督驱策。"毛文龙道:"不必过谦。某闻大名久矣,只不能记忆。昨蒙董宗伯提起,以足下相荐,故力请足下相助。此后当如叔侄一般,一切军务与足下共之,断不相负。惟现在国家用人之际,不知足下更见有如何人物可为国家出力的,不妨力荐。"吴三桂此时方知自己系董其昌所荐,便答道:"弟亦知有两人,曾与弟同学。一是曹变蛟,有胆略,善骑射,可惜遭时不遇,现方流落辽东,都督切宜用之。其次则与某同榜者白遇道。某所知的只此二人,余外也不敢妄荐。"毛文龙大喜。一面令吴三桂招致曹变蛟,一面邀请白遇道到来,即调齐出关人马,奏辞明主,择日出关。

不数日间,曹变蛟、白遇道俱至。时毛文龙帐下已先有总兵官数人,一名孔有德,一名耿仲明,一名尚之信,皆膂力过人。新近又得有吴三桂、曹变蛟、白遇道,计共六人。故毛军中兵精将勇。毛文龙又选吴三桂、尚之信、孔有德、耿仲明为四大骁将。即领本部人马先抵辽西,将地形审察一会,便与各部将商议道:"辽西为建州左右卫往来要道,吾于此筑城险固,更以重兵驻守,彼虽有十万精骑,不能飞渡也。古人说得好,能守而后能战。昔日杨镐以二十万大兵轻举妄动,致败于抚顺,吾甚惜之。今某观辽西险要全在皮岛,前可以阻水师之进,后可以阻陆军之来,某当经理完固,自可以扼却敌人。国家若能任本帅五年驻守此地,养精蓄锐,破敌必矣。"各部将听得,皆鼓掌道:"元帅神算不可及也。"毛文龙便令孔、耿、尚、吴、白五总兵分领本部,大兴土石,经营皮岛。毛文龙复鼓励将士不惜劳苦,历半年有余,方能告竣。果然把一座皮岛经营得十分完固。但见得;

  面衔大海,背枕高山,虎瞰龙盘,皆成形势。羊肠鸟道,尽属崎岖。处处则粮道皆通,面面皆水源不断。转输既便,固无受困之虞;战守皆宜,复无可窥之隙。兵房炮垒,皆分布夹东西,犄角阵图,更折冲夫南北。似若地势,实属天雄。真是一夫守关,可信万人莫敌。

毛文龙把一座皮岛经营完妥,东连旅顺,西接榆关,相连数十里,皆十分雄壮,即把经理情形奏报朝中,朝廷君臣大为欢喜。只有大宗伯董其昌出班奏道:"毛文龙如此经营,可以免得边患。惟臣与毛文龙分属姻亲,知之最悉,自不敢不言。臣知毛文龙武勇有余,可称一员悍将,用之备边诚可无事。惟他性情强悍,恐不受羁勒,至为可惜。总之,今日毛文龙为国家安危所系,不能不用,亦不能专用。陛下宜下手谕,一面奖他,一面又诫他,俾①得勉为名将,实社稷之幸也。"明帝深以为然,便以董宗伯所奏,力为嘉奖诰诫,又以重恩笼络。果然毛文龙在皮岛数年,敌人不敢犯境。即稍有扰乱,都被毛帅平定。故建州卫人民,终不免被毛军有所杀戮。

那时敌国见毛帅如此,不敢犯边,惟日称愿与明朝修好。只是当时朝臣溺于晏安,既得边关平静,也忘了远虑,自然贿赂公行,互为声气。敌人既称修好,不免时时通款②朝臣。以年年被毛军镇压,又加以建州人民曾有被毛军杀害,故屡屡说毛军凶悍,边关人民每被荼毒。因此朝臣中有与外人通款的,都道毛文龙好挑边衅。

时正值崇祯帝即位未久,朝臣多有谗奏毛文龙久拥边兵,威福自恣,好挑兵衅,实为可虑。崇祯帝道:"昔杨镐以大兵二十万先败于敌人,自是边无宁岁。及得毛文龙,前后数年皆无烽火之忧,可谓国家柱石,朕何忍黜之?"奈崇祯帝虽如此说,惟朝臣皆以毛文龙擅权为可忧,日日在崇祯帝面前续奏。帝无奈,便发谕给蓟辽总督经略王之臣,核查毛文龙举动。不料王之臣以不修属员之礼,谓他恃功,目无自己,故恨文龙刺骨,便复疏力劾文龙不法。

时幕府水佳允向王之臣谏道:"毛帅虽有罪,然为今日计,若无毛帅国家必亡矣。为时用人,明公宜保全之。"王之臣不从。及覆疏到京,朝臣更多訾议③。崇祯帝亦明知毛文龙有些不妥,但以他为国家存亡所关,终不忍黜废。又疑王之臣与毛文龙有隙,欲筹一两全之法,择一能员督师蓟辽,俾监察毛帅,惟难得其人。猛然想起一人,曾任蓟辽总督,,以失意于魏忠贤,责其不救锦州,遂致落职。此人姓袁名崇焕,乃广东东莞人氏。当任兵部尚书时,颇负能名,且以读书起家,料知大体,当可与毛帅共事。当即下了一道谕旨,授袁崇焕为督师,与毛文龙妥协办理。

当时袁崇焕既受了朝旨,有鉴于前时被黜,遂面奏道:"臣以读书起

---

① 俾——使。
② 通款——向敌方表示愿意降服。
③ 訾议——评论人的短处。

家,每为武臣所轻视。且赋性愚拙,常失欢于贵人,恐即往经略辽蓟,亦无益于大局,愿陛下另简贤能,以重职守。"崇祯听奏罢,知袁崇焕有欲压服毛文龙及抗阻魏忠贤之意,便道:"边事一以委卿,断非谗言所能间也。若惧武员不用命,朕以上方剑赐卿。倘有不用命者,卿可诛之。卿本读书人,凡事当不至造次。"时崇祯之意只欲袁崇焕慑服毛帅,俾作长城,本无杀之之意。袁崇焕却不懂得,即衔命出关。

那时文武大臣交相祖饯①,力诋毛帅,请置重典的实居大半。只有董其昌进道:"弟今不避嫌疑,为督师致语。倘度德量力,自能服制敌人,请好自为之。弟固知文龙有罪,为国用人,倘不得已,当留虎将以备缓急。且督师虽负才能,惟权贵在内,恐督师之位亦不能久也。若两才俱尽,国家亡矣。"说罢大哭,匆匆便去。袁崇焕听罢悚然,惟各祖饯大臣皆诋董其昌以私意为毛帅说情,因此,袁崇焕要杀文龙之心早已预决。

及到了蓟辽,力向诸属员访察文龙罪恶。原来毛文龙勇健非常,惟情过骄奢,性又刻悍,故属员衔之入骨,遂力诋诸袁督师之前。只有徐允英进道:"文龙有可杀之罪,今日非杀文龙之时。"说了这两句,便出语左右道:"毛帅必死矣。因某进言时,袁督师颜色颇不以为然,以为虽无文龙彼亦可以敌也。"左右道:"何不力争之?"徐允英道:"势亦甚难。袁督师本读书子,苟有专权抗命者,岂能相容?因是知毛帅必死矣。"时袁崇焕听了各人言语,觉谓文龙宜杀的十居其九,便决意除去文龙。即传令以阅兵为名泛舟双岛,欲与文龙会见时出其不意杀之,以为朝廷除去强悍。正是:

  因疑抗命难为帅,却借观兵要杀人。

要知毛文龙性命如何,且听下回分解。

第二回
还五将建州修玉帛　赘三桂藩府闹笙歌

话说督师袁崇焕既定了主意,要斩毛文龙,即点齐本部亲兵,并选勇

---

① 祖饯——饯行;设宴送行。祖:出行时祭祀路神。

健将校数员护卫,内服戎装,外衣文官袍服,身佩上方宝剑,借阅兵之名直往双岛而来。时因狂风大起,又因辽海空阔,波浪乘着飓风震撼海岸,泛舟不易。袁崇焕便令暂驻松子澳,密与左右计议要诛文龙之事。崇焕道:"某此行实为国家耳。不知我的,谓我擅杀国家一大将,知我的,当谓我能除国家一罪臣。议者每谓,文龙若死,敌患必深,顾本督师以为,宽柔养乱,此风断不可长。文龙死后,本督师当舍命以报国家,惟望诸君悉力相助耳。"左右听罢,皆默然,徐道:"某等皆愿听督师指挥,但督师若杀文龙,当以计致之,文龙拥十万之众驻于皮岛,若闻得督师必要杀他,必不肯敛手待毙,恐督师其时反受其制,不可不防。"袁崇焕道:"诸君之言甚是。某计划定矣,不劳诸君多虑。"说罢先派人诣文龙处,告会操之期及到时面商军政。毛文龙也不虑有他志,立复崇焕,欣然预期相会。

到了次日,风浪渐平,袁督师便扬帆直往皮岛。所经各岛屿,都登岸察看形势,觉毛文龙布置亦颇完密,心中踌躇道:"毛某经营边备亦有条理,若使此人鞠躬尽瘁,敦守臣节,实不可少之人才。只可惜他性情强悍,蔑视纲纪,蹂躏辽人,罪至不赦。今日杀之,亦殊可惜。"时毛文龙未知袁督师之心,每处必有人窥探。袁督师亦知毛文龙羽翼多众,防有泄漏密谋,故每经一岛,从不发言,因此毛文龙不得袁督师用意也,不敢怠慢。一面侦察袁督师行程,预备恭迓①。时袁崇焕正由大王山岸开行,早有登州海防左营游击尹继珂乘船来见,说称奉毛帅之令,以海风暴起,特调八十四只帆船来接。袁崇焕此时,自觉毛帅有此敬礼,恐杀之不安。转念此乃国家公事,只治其跋扈之罪,不能以其敬礼自己,为之宽恕。与尹继珂见后,仍又开行。

约历十余海里,已近旅顺,已有旅顺游击毛永义来迎。袁崇焕遂登岸,与毛永义同谒龙王庙。袁督师故谓毛永义道:"国初中山,开平两王,先战于翻阳湖,再战于北平,乃能驱逐胡元,皆于水战、步战兼筹胜算。今毛帅水营,只以红船泊守,恐难得力。本部堂若复河东,断不能似此草汎了事。"毛永义道:"毛帅以建州敌人只长于骑射,故注重陆路,且国家饷项既单,于水防亦不易完备。然数年来未闻海盗告警,督师大人可以放心。"袁崇焕道:"君是姓毛,应作此等说话。"毛永义听得,心中不免惊疑。

---

① 恭迓——迎接。

正欲再言,袁督师即令开船,早到了皮岛登岸。忽快船飞报毛帅已到,袁督师即令来日相见。左右密道:"毛帅此来,未尝失礼,督师不宜却之。"袁崇焕不答。到了次日,方约文龙相会。即同到文龙营中,彼此交拜,然后分宾主而坐。袁督师道:"辽东海外,只本院与贵镇二人,务必同心共济,方能成功。本院历险来到了这里,原要与贵镇会商军国大事。本院有个良方,不知贵镇肯服此药否?"毛文龙道:"敝镇在海外数年,幸免敌患,也有许多功劳。只以小人多谗,动多梗阻,致马匹钱粮每致缺乏,故终不能大偿心愿。然小战百数十,未尝少挫。今敌人不敢正视天朝,差堪告慰。若贵督师更有良谋,定当拱听。"袁崇焕即故露娱悦之色,文龙并没有一些猜疑,旋即辞回。袁督师复执文龙手说道:"只因船上不便,敢借贵镇帐房待酒。"文龙欣然领诺。

去后次日,袁督师带了扈从亲丁诣毛帅帐中。毛帅接见后,即带袁督师周览皮岛,亦觉设备完固,所到之处皆有将校出随,军令亦十分严肃。惟每见一将校,袁督师都问他的姓名,但大半答称是姓毛。原来毛文龙惧将校不得其力,故凡稍属勇敢的人皆是子侄,都令他姓毛,以为如此可以得力。此时袁督师听得,心中以他遍招党羽,大为不悦。随回帐中,只见毛帅亲丁皆佩剑环卫,袁督师道:"我们两人同为国家大事,有军政密商,不是鸿门会,安用佩剑相随?你们不必俟候。"遂把毛帅亲丁一概斥退,便与毛帅谈到二更方散。

袁督师密召副将汪翥到自己行营帐中,议至五更,皆商拿杀文龙之事。汪翥道:"观毛文龙举动,只怨望为小人所谗,似无什么跋扈。且观其军容将令,亦井井有条,袁督师可否为国留人,赦其前愆,贷他一死。"袁督师道:"吾料彼固畏吾,以吾曾领上方剑来也。我若不能制他,后益难制。吾志已决矣。"汪翥默默而出,密谓守备李钧元道:"督师杀毛帅之心,如先入为主,只记文龙前日愆尤,不计东边现时景象,吾甚惜之。"继而又道:"袁督亦不免矣。"李钧元急问其故,汪翥道:"文龙若死,敌患必深,朝廷必修其杀文龙之罪也。"说罢,相与太息。到了次早,袁督师即传号令,以辽海为界,东路行毛帅印信,西路行自印信。袁督师料毛帅必然抗阻,惟毛帅绝无抗辩。袁督师没法,即约毛帅较猎,毛帅又欣然愿从。袁督师道:"贵镇受海外重寄,合受本院一拜。"袁督师拜罢,毛帅亦答拜,然后起行。袁督师即令参将谢允光密传号令,将营兵四面围定,把毛帅随护的将校亲丁共百余名统通包在围内。各设一张案子,袁督师与毛帅对坐。

袁督师开言道:"贵镇手下将校亲丁,也有许多姓毛。不想贵族出得许多这般好汉。"又向各将校说道:"我宁远那里,官有许多俸,兵有许多粮,还不足饱暖。念念你们海外劳苦,每人只得米一斛,即家有几口,仍靠此米做生活,实在可怜。你们受我一拜,此后不患无饷。"毛文龙道:"督师此言,是使将士集怨本帅矣。数年来饷项虽单,本帅未尝克扣一点军饷,不知督师何出此言?"袁崇焕道:"本院节制四镇,以登莱天津本是个要地,请设东江饷部,钱粮由宁远运至。昨与贵镇相商,并议设道缺查核钱粮,俱不蒙允许。贵镇果属何心?"文龙道:"东江钱粮向由本帅自管,尚多阻压。今若由宁远转运而来,必更多梗塞。在贵督师忠于国家,或能源源接济,但数年来已几换蓟辽总督,恐继督师之后者不知督师好心,压抑本帅军粮,反而有碍大局。此本帅不得不拒,督师岂因此便疑本帅耶?"袁崇焕道:"贵镇那里是作此想,不过目无法令罢了。但目无本院犹自可,方今天子神武,稔知贵镇一片横悍,也容不得你。你若不信时,且把个利害给你看。"说着把上方宝剑提出来,两军皆为变色。毛军的将士见袁督师已带上方宝剑,只道是朝廷命他来杀毛文龙。且文龙在事前又不知有此意外,故不曾防备,因此部下将士俱不敢置喙①。时毛帅已心惊,仍说道:"本帅多负功劳,乃得荐升重镇。向不曾受过天子半点罪责之言,虽小人进谗,饷源见阻,军心咸怨,本帅仍是勤劳边备,抚慰军心。本帅是个武夫,或有不谙礼节得罪上官,惟自问于筹边责任可告无罪。若说本帅是悍臣,目无诏命,怕当粮道困难军心积怨之时,本帅以十万之众反军而西,已不复北面称臣了。但本帅并无此心。今难道因阻设东江饷部,便贻督师罪责不成?"袁崇焕道;"你文龙欺君罔上,屠戮辽民,残破高丽,变人姓名,你罪大矣。尚有何说?"毛文龙道:"哪件是欺君罔上,我不懂得。只是辽民通敌寇边,我诚杀之。高丽助敌兴师,我诚破之。至若更人姓名,不过羁縻将士,冀以得力。若以是责本帅,本帅知罪。"袁崇焕道:"你尚有得强辩?年来递上朝廷凡劾你的折章,到本院面前凡控你的禀稿,已多了,难道皆是诬你的不成?"文龙道:"既然如此,文龙解任回京,

---

① 置喙——插嘴,参与议论。

与贵督师对质。袁崇焕听了大怒道:"你道你可欺瞒朝廷,可与本院相抗耶?"说着便指挥左右,将文龙拿下。

时毛永义进道:"昔楚杀得臣而文公喜,秦留孟明而襄公惧。败兵之将尚且如此,今若杀毛帅,敌人闻之必喜。此后谁可继任?愿督师为大局一想。"袁崇焕道;"你们只道本院是个书生,不知本院是个首将。今日杀了文龙,本院若不能恢复辽东,愿偿他命。"毛文龙道:"权臣在内,边将不容易立功。文龙数年已受许多委曲,督师虽有才能,怕恢复辽东,说不得这般容易。"袁崇焕至此,益怒不可遏。左右仍有欲替文龙说情,袁崇焕愤然道;"文龙罪恶滔天,本院若误杀了他,愿试上方以偿他命。"说了便西向叩请王命,立令把文龙斩首。文龙明知辩亦无益,惟有俯身受刑。不多时便押文龙至帐外,斩首缴令。时毛军部下人心汹涌,皆替文龙不平。但袁督师早已预备,各营围绕严肃,终不敢动。

袁崇焕见人心如此,恐久后有变,尽要笼络军心,便令厚葬文龙尸首。一面亲自设祭,并语将士道:"昨杀文龙是国法,今祭文龙是交情。"说罢大哭,军士亦有为之感泣者。后人有诗,单咏杀毛文龙一事的。诗道:

纵横海外称骄悍,镇慑辽边号将才。

功罪未明头已断,只留公论付将来。

自文龙被杀,江浙人统替文龙呼冤,广东人又统赞袁崇焕执法,至今还没有定论。但文龙本有罪,只惜当时除了文龙已没有可以备边之人,亦不无可叹。

今话休烦絮,单表袁崇焕既杀了文龙,便下令只罪毛文龙一人,余俱不究。又以毛文龙之子毛承禄领兵一协,同守旅顺。袁崇焕杀其父用其子,本欲安抚众心,惟文龙手下几员健将,如吴三桂、耿仲明、尚之信、白遇道、曹变蛟五人,见主将已经被杀,自己恐难免罪,都互相计议欲奔建州,以保生命。

吴三桂先道:"毛帅立许多大功且不能免,何况我们?今督师虽说其余不问,不过为眼前安慰人心之计,恐事后见罪,又将奈何?"耿仲明道:"吴公之言是也。督师威令难测,今若不去,后悔无及矣。"因此各人皆以决计,惟仍看袁崇焕处置皮岛之后令如何,方定行止。

不想次日袁崇焕下令,以皮岛隔越难以节制,已奏请不复制帅,令旗鼓官徐敷领兵一协,及副将刘兴祚、陈继盛领兵两协,同守边岛。一面发银十万,赏给岛兵。凡从前改姓毛的,都令复还本性。

自此令既下,吴三桂复谓诸将道:"督师此举,殆欲解散毛帅羽党也。毛帅收罗健卒,改令姓毛,欲认为子侄以收臂助。督师多疑,惧以姓毛故至生为毛帅复仇之心,故有此举。诸君试想,毛帅亲丁众多,杀不胜杀,因令复回本姓。今若我们,各受毛帅重恩,方欲死报,料督师未尝一日去怀,不过惧目前有变,暂不敢发耳。我们今日若不图自全,此后将无葬身之地矣。"说罢诸将大哭。时只有耿仲明在旁,即进道:"君言是矣。毛帅以我们五将现分守各要道,毛帅独镇皮岛。今皮岛且不复置帅,何况我们所守之地。彼暂不敢撤去我们者,如君所言,惧目前有变耳。彼疑心既重,恐不特裁撤我们兵权,且将购取我们性命矣。"左右道:"毛帅纵或有罪,然念他前功,应不至死。督师徒发私意,剪除国家大将,吾们即杀督师以为毛帅泄愤,有何不可?不知两将军以为何如?"吴三桂急止道:"此事必不可行。督师书生,欲杀之不过匹夫之力可矣,但他受上方宝剑而来,安知朝廷不为小人所谗,令他来杀毛帅?今我们未有王命,若擅杀国家大臣,是反叛矣,故不可为也。"正在说话之间,忽报大宗伯董其昌有书至。三桂即命递上,就在案上取看董其昌书函。那书写道:

　　长白世谊将军麾下:自京华一别,各自东西,数年不复再见。闻将军小战数十,敌人胆落,用能绥靖边陲。朝廷策勋,以将军荐授大总戎,国家可谓得人,荣及老夫多矣。此闻督师出关,恭承上方宝剑。噫!毛帅其不免乎!当祖饯督师之日,老夫亦与焉。然谏毛帅于督师之前者十而八九,余惟毛帅虽悍,亦必不致为叛也。只挟将在外君命有所不受之故,遂犯抗命之嫌疑。犹忆前年毛帅赐书云:"边备疲弱已久,弟到此如诸葛治蜀,不得不镇以威严。"斯言诚是。然毛帅不学无术,自以总绾兵符,不受羁制,历任经略皆不与周旋,反多抗蘟。即不谓其目无大吏,亦将媾其抗命朝廷,以是知其不免也。自昔魏绛有罪,赵衰犹以为国留才,请留虎将以备缓急。以晋文盛时犹且如此,况边防久溃,敌患方深,故老夫以内亲且不避嫌,曾为督师致语。顾督师鉴于昔为经略号令不伸,此次必取示威以行军令,则毛帅又安能免乎?虽然,毛帅者治世不可留之罪臣,而乱世不可无之勇将也。毛帅若死,国家从此多事,恐不可收拾矣。老夫念敌氛方炽，人才难得，边防既弛，国事斯危，每一念及，不知涕泪何从。然而老夫耄矣，未足与谋。将军英年，雄姿慷慨，惟捐小忿以重大义，励臣节以收将才，摧敌安邦，惟将军等是赖。则不特老夫有光，抑举国受赐也。惟将军勉旃！

吴三桂读罢，遍视左右，皆为感叹。左右道："然则朝廷尚无准杀毛帅之命也。"吴三桂道："今不必说其话。督师亦有才能者，若必谋杀之，不特躬为反叛，且旬日间损两员大将，国益危矣。"耿仲明正欲有言，忽报白遇道到，三桂即令延入。

白遇道仓皇说道："督师有令，将巡行东部各镇。恐他此行，即以待毛帅者待吾等也。吾等向为毛帅心腹，不可不防。"吴三桂听了，彷徨不决。耿仲明大呼道："吾等安可坐以待之耶？"便请趁督师尚未成行，速集诸镇计议。时尚之信、孔有德已到。孔有德先进道："锦州镇总兵祖大寿，惧督师见罪，已投奔建州去了。大寿本无罪，不过为毛帅羽翼，故以自危，先机遁去。小弟已有此志，诸君若不去，我将独行。"白遇道答道，"建州为国大敌，吾等若依敌国以图生活，如清议何？"尚之信道："建州主方买人心，必不遽杀吾辈。惟有身在敌国，心存宗邦，不过暂且避祸，倘有机会即连袂而归，有何不可？"说罢皆以此言为是。吴三桂道："祖大寿乃小弟母舅，诸君既同此意，可且往依之。然后以吾辈之志函告京中故旧，为后来地步。诸公以为然否？"各人听得，无不赞成。遂歃血为誓，彼此共如手足，不得相背。便由吴三桂挥函入京，告知董其昌及父亲吴襄，即各弃兵符，同奔建州而去。至此东防尽撤，袁崇焕大惧，又不敢隐匿，即具实奏报朝廷。以诸将通敌，东防可危，朝臣听得无不失色，便欲治袁崇焕激变酿祸之罪。兵部尚书洪承畴、礼部尚书董其昌齐进道："袁崇焕此举诚出于过激，惟崇焕亦有将才，今若并除之，是自去其力，必不可也。请降诏轻责袁崇焕，再以国书至建州，索回祖大寿六将。想建州未必敢遽行发难，必还我诸将。然后我再整边备，可也。"

果然书到建州，那建州国主以明朝有书到来索还五将，即大集诸臣计议。都道祖大寿、吴三桂等素负勇名，今既来归，我若用之，定能得力。但袁崇焕方督师蓟辽，此人向有才名，恐不是杨镐一辈。我若不还他五将，必然开衅，此时尚恐非他敌手也。且五将新来，其心未附，若明朝以恩结之，反为内应，其患不浅。为今之计，宜一面允还他吴三桂等五将，一面且留祖大寿,与明朝相约,使不得杀吴三桂等五人。若那五人见杀,我即不肯放还祖大寿。那时明朝已少吴三桂等之力,祖大寿又惕于吴三桂等见杀,必然以死力助我,自可与明朝开战矣。建州主道:"彼若不杀吴三桂等,又将奈何?"诸臣道:"某等亦料明朝于吴三桂等五人必不见杀,惟我先已要求不杀吴三桂等,是吴三桂等必然感激于我无疑,即可留为后日记念,亦未尝无益。"建州主深以为是,便回书应允明朝,将吴三桂等放还,不得以他曾奔建州更加杀害。那明朝正欲用回五人,自无不允。时吴三桂等以得建州主要求本朝使勿杀自己,可以保全性命,又得重归故里,已不胜感激,故到了放回之日,到建州主面前叩见拜谢。建州主已知明朝若不杀吴三桂,当目下需才,必然将三桂等再用,乐得更做点人情。又备了一封书,送到明朝,言"吴三桂、耿仲明、尚之信、孔有德、白遇道等,皆有万人敌,宜加重用,以保国家,不宜擅行诛戮,以损国家柱石"这等语。吴三桂一班人一发感激。

及回到明朝时,朝廷君臣亦以建州主一片好心,一来送还自己将官,二来又重荐己国人才,使之重用,便一面为函致谢建州国主。又以吴三桂诸人,不过因袁崇焕擅杀大员,惧他见罪,故出奔他国,亦出于不得已耳。且又得董其昌、吴襄替三桂照料,不特不杀三桂等,也派令各驻重镇,便以吴三桂为大总戎,出镇宁远。那时吴三桂既不见杀,故耿仲明诸人亦一概不究,也不必细述。

且言吴三桂自受了宁远镇重任,好不感激朝恩,便致函董其昌,又拜表入朝,请进京陛见,说称要面奏边事情形,实则欲面劾袁崇焕,以报他计杀毛帅之愤。时明主注念东边,亦欲一见吴三桂,故表到之日,即有旨令吴三桂入京陛见。计当时吴三桂驻扎宁远,凡部下健卒多经战阵的不下数万,真乃旌旗满野,壁垒连云,国中无不仰其声势。及接得诏命,入京陛见,即安排起程。留部将暂守宁远,即带同本部亲兵进北京而去。那时国中疲弱,人才稀少,只有吴三桂一人声势赫奕。又见他从前在毛帅部下数十小战,多著战功,因此吴三桂的声名便为妇孺所震动,无不以纳交三桂为荣。

就中单表一人,乃朝廷姻亲,为崇祯皇帝驾下西宫国丈,姓田名畹,表字东畲,本贯淮南人氏。生平虽不曾立过什么大功,但当崇祯帝既已登基,他仗着女儿是个西宫皇娘,也晋爵开藩。且在崇祯帝之前,计从言听。

又因当时季世,朝臣贿赂公行,久溺晏安,没一个不愿做个太平官吏。看见田藩有如此权势,凡觊觎升官的都奔走其门,或献美人,或供宝物,因此田畹藩府中金碧辉煌,绮罗绚烂,重楼杰阁,锦榭香栏,倒亘矗云霄,遮天蔽日。田藩又慕晋代石崇的繁华,隋时杨素的艳福,复大兴土木经营苑囿。凡歌台舞榭也是笙管连宵,声歌达旦。一切名姝歌伎,充斥下陈。就中一名歌妓,姓陈名沅,为太原故家女。善诗画,工琴曲,遭变被掳,鬻为玉峰歌使。自树帜乐籍而后,艳名大作。凡买笑征歌之客,都唤他做沅姬。那沅姬声价既高,凡侍一宴的须五金,为度一曲者亦如之。走马王孙、坠鞭公子,趋之若鹜,大有车马盈门之势。即词人墨客,凡以诗词赠题沅姬的,亦更仆难数。

　　当吴三桂抡魁①之后,留滞京师,曾识姬一面,谓为百美图中无此娇艳人物也。沅姬一见三桂,亦许为当世英雄,意颇留恋。吴三桂时方值差父亲吴襄营中,终不敢离营寄宿,每以为憾事。后隶毛文龙部中,皮岛一别之后,更不复再见。然三桂忆念沅姬,未尝置怀,曾通信一函,并请人为咏一诗,以赠沅姬。那诗道:

　　　　华筵回首记当时,别后萧郎尚寄诗,
　　　　人说拈花宜并蒂,我偏种树不连枝。
　　　　鸳衾好梦应怀旧,鲛帕新题合赠谁。
　　　　料忆秋风寒塞外,有人犹写断肠词。

　　沅姬得书,以为诗句出自三桂,是以武将兼为文士,儒将风流,古来难得,因此更置念不已。后以艳名为藩府田畹所闻,以千金购之。沅姬虑其不偶,方谋力却,鸨母一来畏藩府之势,二来又利其多金,便不从沅姬之意,将沅姬送归藩府。田畹见之,赞美不已,改名圆圆,自以为绝代佳人,旷世无比。把向日之充斥下陈者,尽视为尘土,夜夜选声,宵宵侍宴,宠幸非常。惟圆圆以田藩春秋鼎盛,自嫌非匹,常郁郁不得意。田畹虽以百般解慰,终无可如何。

　　时田畹在宫之女已宠冠诸宫,惟自天下变乱,流寇四起,崇祯帝宵旰②忧苦,每谈及国事即频频洒泪。田后欲求以取悦天子之心,乃商诸父

―――――――――

① 抡魁——科举考试的第一名。亦指中选第一名。
② 宵旰(gàn)——宵衣旰食的简称。宵:夜。旰:晚上。形容帝王勤于政事。

亲田畹,以圆圆献进宫中,以为解慰崇祯皇帝。田畹本不能割爱,但又不敢不从,故特以圆圆入献。崇祯帝见了,觉圆圆真个如花似玉,心中甚为怜惜。田畹进道:"此女雅擅笙歌,并工诗画,超凡仙品。藩府不敢私有,特进诸皇上。"崇祯帝摇首叹息道:"此女诚佳人,但朕以国家多故,未尝一日开怀,故无及此。国丈耄矣,请留殊色以娱暮年,可也。"田畹便不复再强,只带圆圆回府。那圆圆更复无聊。会吴三桂应诏入京,圆圆听得,猛省吴三桂向来留意自己,只以侯门深入,遂如陌路萧郎,因此不免感触。

适藩府家人说起三桂,在关外数年曾经数十战,多负勋劳,诚为国家之柱石。圆圆听在心上,更为倾倒。恰那夜侍宴于田畹之旁,杯酒歌舞之间,田畹凄然长叹。圆圆问其故,田畹道:"本藩今日诚兴会极矣。然兴尽悲来,古所常有,即六朝无愁天子,不转瞬已云散风流。况本藩尚属人臣,观石崇金谷,可为殷鉴。且国家方内讧外患,烽火相望,本藩将来尚不知究竟如何耳。"圆圆听得,即乘机进道:"现在朝廷微弱,凡朝臣中,其奸者贿赂通行,其贤者亦只文词相尚,皆非救国才也。大人富贵已极,惟正唯如此,恐一旦有变,试问破巢之下何以自完?为大人计,乘此时择一可依者为之纳交,即它日危难,或得其相助也。"田畹道:"汝言亦是,然遍观朝臣中,谁可以纳交者,亦难其选,又将若何?"圆圆道:"可以纳交者自有其人,不过大人未留心耳。吴三桂以武功起家,驻边数年,所经战事久著威望。现统雄兵数万,为敌人所畏,国家方倚以为柱石之臣,大人何故忘之?他幼年习武,壮岁从戎,料不知声色为何物。大人若备盛筵,邀至府中,盛陈女乐以娱三桂,吴三桂料必为之移情,自然常愿与藩府往来矣。大人更以贵重相赠,以结其心。他日有事,不忧他不为藩府出力。今乘他应召入京,纳交之机缘不可失也。"田畹听罢,深以为然,并道:"卿不特是个美人,并是个谋士。本藩当取卿策行之。"便于三桂到京时随同出迎。时诸臣以田畹为至尊懿戚,位极尊崇,人方趋候之,他那肯送迎官吏?今忽来迎接三桂,无不称奇。即三桂见之,亦诧为异数,而不知田畹固有所图也。旋复准备华筵女乐,请三桂到藩府中饮宴。正是:

乔家欲得贤夫婿,藩府方交大总戎。

要知吴三桂赴宴若何,且听下回分解。

第三回

结勇将田畹献歌姬　出重镇吴襄留庶媳

话说田畹听歌妓圆圆说话,于吴三桂到京后,即请三桂到府内饮宴。吴三桂自忖与田畹并无往来,何以一旦如此殷勤?但他是当时国戚,声势尊崇,也不好见却,当即允诺,仍复左思右想,以为田畹必然有求于己。又猛想起:"玉峰歌伎沅姬已被田畹以千金聘进府中,我此时若到田府,或侥幸可能一见。且闻田氏藩府中女乐甚盛,沅姬必在其列,不患不能相见也。"想到此层,更欣然而往。巴不得等到夜分,即带了随从,装束得人才出众,乘了一匹骏马,亲过藩府而来。田畹早已俟候。迎接到厅子上,已有女乐陈列。田、吴二人即分宾主而坐。吴三桂一面与田畹周旋寒暄,一面又偷视女乐中,看有无沅姬在内。惟视并不见沅姬,心中甚是不乐,以为田畹知道自己向来倾慕沅姬,故此隐匿不令出见,故谈话间,仍觉神情恍惚。

田畹先问一回辽东形势,又说一回国家方危,吴三桂也随意答过。田畹即令人准备酒菜上来,请吴三桂入席。一面又令女乐歌舞,一时笙箫互作,弦管齐鸣。吴三桂因见沅姬不在,也无心倾听。虽女乐中除了沅姬未尝无一二可人,但心中注意沅姬,因此一切皆视如粪土也。田畹不知其意,只是殷勤劝酒。吴三桂又不好过强,且因心中有点不快,正要借以浇愁,故甫过三巡,彼此皆有些酒意。田畹却道:"方今国家多故,人才难得,象将军武勇超群,功名盖世。朝廷方倚为柱石之臣。从此国家幸得保全,多出将军之力。即老夫亦受荫不浅。"吴三桂答道:"不劳国丈过奖。大丈夫生于乱世,当求建功立业,某若得朝廷始终信任,当不使敌人敢正视中原。"田畹答道:"将军此言,足见梗概。老夫老矣,不能执鞭左右,愿将军勉励国家,将军更愿借余威觑看老夫,老夫当世世衔感。"吴三桂道:"为国宣劳乃人臣之责,不劳国丈多嘱。惜三桂以一介武夫,频年关外筹防,不遑暇日,安得如国丈优游府内,看那燕瘦环肥,左拥右抱,俺三桂那有这一天的艳福?"田畹道:"将军休要见笑。老夫已垂暮年华,亦聊借此消遣。适闻将军之言,已增惭感。"吴三桂道:"某不过慕国丈艳福,酒后偶发狂言,安敢取笑?愿国丈不必多疑。"田畹道:"将军英年,且又负国家重任,或不暇及此。倘不嫌鄙陋,敝府金粉三千,将军若下青盼时,尽可拱听尊命。"吴三桂听到这里,心中豁然,便乘着酒意问道:"昔日有玉峰歌妓陈沅姬者,闻已归府上,不知他近状何如?"田畹道:"将军何由知之?"吴三桂道:"某闻其名久矣,久欲一见颜色,只惜缘分浅薄,因此知武夫的艳福不及国丈也。"田畹道:"沅姬现仍在敝府里,已易名圆圆矣。"吴三桂此时,神情摇夺,复失口吟道:"佳人已属沙吒利,义士今无古押衙。"说了这两句,田畹知三桂心中欲得沅姬,不觉大怒。转念千方百计以求纳交于他,何忍因此小事遂生意见,因改口道:"将军醉矣。"吴三桂道:"某未尝醉。某吃酒实无量。若能使圆圆为我度一曲,某当与国丈共醉三觥。"田畹这时欲出圆圆,只恐三桂无礼;意欲不出,又恐失三桂之意,实费踌躇。计不如与圆圆商酌,然后计较,便故作笑道:"将军欲得圆圆度曲,顾非难事。只怕将军已醉,即有霓裳羽衣之曲,亦不能入耳。请待明宵再醉,当使圆圆献技,以娱将军。将军意为何如?"三桂大喜道:"如此足见国丈厚情,令某铭感。某明晚当再扰贵府,国丈不要失信。"田畹道:"区区小事,但得将军枉顾敝府已是万幸,那有失信的道理?"吴三桂不胜之喜,即兴辞而去。田畹回进后宅,见了圆圆,力述吴三桂气概。惟说话间总带些不豫之色。圆圆细问其故。田畹道:"正为爱卿耳。不知卿到我府内,吴将军何由得知?席间竟问及爱卿的近状,因此烦恼。"圆圆道:"妾昔为歌妓,颇有薄名,且多欲以重金相聘。惟妾侥幸,得进藩府。是吴将军所问,未足为奇。不知国丈何故烦恼?"田畹道:"他醉后自称欲一见爱卿颜色,并欲爱卿为他度曲。某意本不舍,故略为推延,谓将军已醉,即有霓裳羽衣之曲亦不入耳,待明宵再请进来饮酒,然后再陈女乐,使爱卿为之度曲。只道他势必推辞,不意他直行允诺,并嘱老夫不要失信。似此实难处置。"圆圆听了,故作皱眉,说道:"似此亦属狂妄。但国丈上为国家,下为藩府,欲得个千秋万岁永远保全,何靳此一曲清歌?且既已应允,更不宜反悔。若是不然,非国丈之福。"田畹道:"老夫那有不知?只怕他一见芳容,即要索以爱卿相让,又将奈何?"圆圆道:"他未必如此,果尔,亦到时另行计较便了。"田畹亦以此说为然。因既允了明宵再请他到府,决不可失信,只令家人安排明宵酒席,一宿晚景不提。

次日晚上，吴三桂复换一副装束，焕然一新，象一个锦少年一般，复乘马过田府来。田畹亦已预备迎接。到了厅上，依然女乐陈列。甫分宾主坐后，田畹先说道："昨夜已致意圆圆，以将军欲一听清歌，着他出堂度曲，圆圆并无推却，想不久也出来了。"吴三桂大喜道："昨晚不过酒后偶言相戏，不想国丈认真起来，教俺何以克当？"田畹令各女乐唱一会曲，随即入席，把酒相劝。

吴三桂满意只盼圆圆出来，田畹已会其意，即令家人唤圆圆出来歌舞。三桂听得，已是色舞眉飞，恨不得圆圆即到眼前。圆圆已装束停当，本待出堂歌舞，却故意延滞，先在帘子张望。看那吴三桂头戴紫金冠，身穿红锦战袍，腰间随佩一口长剑，一条双股绣鸾带直衬战靴。生得面如冠玉，唇若涂殊，眼似流星，面如满月。一来装束非常，二来人才出众，圆圆看在眼内，心中早已赞道："看他威风凛凛，端的名不虚传。"看了又看，目不转睛，又见吴三桂象有点愁思，似有所待。

忽闻田畹传唤自己，吴三桂已气象不同，圆圆便细移莲步，轻款而出，向吴三桂深深一揖。吴三桂一面举手相让，却移过身来看那圆圆。但见她生得：

> 眼如秋水一泓，眉似春山八字。面不脂而桃花飞，腰不弯而杨柳舞。盘龙髻好，衬来两鬓花香；落雁容娇，掷下半天风韵。衣衫飘曳，香风则习习怡人；裙带轻拖，响铃则叮叮入韵。低垂粉颈，羞态翩翩；乍启朱唇，娇声滴滴。若非洛水仙姬下降，定疑巫山神女归来。

吴三桂看罢，觉得她的艳名真是闻名不如见面，便向田畹面前极力夸奖一番。田畹便令圆圆坐在一旁唱曲。早有侍佣拿过琵琶来。圆圆接着，便舒玉腕，展珠喉，把琵琶一拨，即唱道：

> 自悔当初羞情愿，轻年别，两成幽怨。虽梦入辽西，奈关山隔越难逢面。我独自慵抬眼，怅望暮云似天远。感离愁倍加肠断，今咫尺天涯，莫言心曲空迴看，恨今日徒相见。

吴三桂听了，觉似莺声婉转，燕语呢喃，沁人心脾。且句似挑逗自己，心中一发耐不住，便向田畹道："果然是唱得好。便是霓裳羽衣，恐不能过。使俺得聆雅奏，实出天幸。若蒙国丈原情，令陈美人更度一曲，俺更感激不尽。"田畹道；"若是将军喜欢，老夫何敢吝惜？"说毕便令圆圆再

唱。时圆圆已注视吴三桂,还不愿速回后堂,听得再唱之命,反为得法。便又轻拨琵琶,唱道:

　　一缕痴情偏不解,诉来又恐旁人怪。辜负冤家情似海,徒相会,相冷眼谁瞅睬。镇日锁眉兼蹙黛,愁词谱出无聊赖。但愿慈云常自在,替侬辈,还了鸳鸯债。

圆圆唱罢,吴三桂此时更情不自禁,即乘酒意说道:"惜乎相见晚矣!"说罢自悔失言,徐向田畹道:"不敢再劳,陈美人就此请回绣阁。"田畹此时见三桂如此狂妄,大不满意,但不敢发作,只命圆圆与吴将军把盏。后陈圆圆已如春风摇曳,回转去了,三桂即目送至入帘而止。田畹道:"不图一个歌伎,何将军敬礼如此?"吴三桂道:"慕她颜色,未曾得见。惟国丈有此艳福,武夫何曾梦想及此?但闻国丈曾以陈美人贡诸皇上,不知国丈拥此美人,何以遽能割爱?"田畹道:"老夫一饮一啄皆朝廷所赐,惟见皇上忧劳,故献一佳人为皇上略解愁思。只是皇上日劳万机,不及声色,故不见纳。"三桂道:"国丈贵为懿戚,当与皇上同甘苦。今皇上且不敢收纳一美人,唯国丈府中美妓歌姬下陈充斥,恐田妃千秋后,非国丈之福也。"原来田畹以老耄之年,富贵已极,只欲保泰持盈,凡后来祸福之说最为注念,故一闻三桂说话,已情感于中,默不能答。吴三桂又道:"皇上虽见一美人而不纳,俺三桂渴慕一美人而不得,何相去之远耶?今欲有一言,不知国丈愿闻否?"田畹道:"将军若有赐教,不妨直说。"吴三桂道:"国丈府中女伎繁盛,当不争此一个圆圆,且国丈老矣,风烛年华,亦负此佳人岁月。若能以圆圆相赠,是俺顶踵发肤皆国丈所赐,今生誓为国丈效死。"田畹至此,默然不答。吴三桂复道:"国丈闻某言否?"田畹道:"哪有不闻?老夫岂为一个歌伎失却将军之意?顾圆圆允从将军与否,今犹未知,老夫唯未商妥圆圆,故不敢决答。"吴三桂道:"国丈若能割爱,圆圆未必不从。只不知国丈真肯商诸圆圆否耳。"田畹道:"老夫何敢戏将军?将军毋乃多疑。"吴三桂道:"如此足见国丈真情,某当造退,明日恭候佳音。想圆圆必不拒我也。"说罢便去。田畹回至里面,见了圆圆,余怒未息,即道:"早料那狂夫必有今日。倘必欲夺我爱姬,我怎肯干休?"圆圆已知其故,却诈为不知,转向田畹细问。田畹道:"也不必细问。就是三桂那厮,硬向老夫面前索以爱卿相让也。"圆圆听得,伪为惊哭道:"妾天幸得进藩府,只道安享繁华,可以终身无虑。何物莽夫,乃令妾与国丈中道拆离耶!"田畹道:"爱卿何出此言?任彼要求,唯从与不从在吾,肯与不肯在卿耳,何必悲痛?"圆圆道:"难言矣。国家依吴将军为柱石,藩府亦赖吴将军为安危。故国丈虽不欲弃妾,奈势不得已也。"田畹听罢,蹙然,觉圆圆说得甚是。徐道:"卿言诚是。但老夫当设法为卿保全,必不令如花似月的佳人为一武夫夺去也。"圆圆道:"国丈不要如此。昔汉帝以公主与匈奴和亲,为国家计,即贵为公主且不能爱惜,况妾以一个歌伎,何足挂齿?今国家人才既少,国势复危,且惟吴将军是赖。国丈上为国家,下为藩府,存亡祸福,休戚相关,休为贱妾一身致误大计。"田畹道:"卿既能知大义,老夫亦何必多言?叵耐莽夫可恶,必欲赚吾爱姬。吾昔之欲进诣皇上者,只欲以此结皇上之心,诚不得已。今三桂何人,吾岂以爱卿相让?"圆圆道:"妾亦岂忍遽离国丈?只怕势时如此,国丈为妾一人贻祸家门,妾亦何忍目见?那时妾惟有一死而已。"说毕,故作大哭。田畹力为安慰。圆圆复道:"妾今更决绝一言。国丈爱妾,妾已铭感,但留此薄命之人,亦将不久于人世,于国丈亦复何益?不如以妾送赠诸吴将军,想吴将军必为国丈效死。是舍妾一人,而国丈实受其益。国丈还要细思。"田畹道:"今观三桂,只是个好色之徒。他只欲强夺爱卿,既得爱卿之后将反面炎凉,安能望其相报耶?"圆圆道:"昔晋国魏氏从治命为嫁一庶妾,卒得老人结草抗敌,以报魏氏。以九泉朽骨犹知感恩,况吴三桂尚为人类乎!总之,留妾则藩府不安,弃妾则家门永保,国丈不宜错过。"田畹听到这里,原不知圆圆之计,只道圆圆是真心恋己,不过祸福之故,为此反抗之言耳。唯心中愤恨吴三桂,仍不少息,故听了圆圆之言,只满面怒气,默然不答一语。圆圆又道:"国丈还有疑否?古人说得好:儿女情长,英雄气短。国丈不必为妾一身致误大事。"田畹到此时,怒不可遏,厉声道:"卿言如此,得毋欲随吴三桂以去耶?若是不然,老夫既不欲舍卿,卿又何忍舍我?"圆圆听了田畹之语,惟掩面放声大哭。田畹看见圆圆情景,也不象爱慕吴三桂,只不过为自己藩府起见,宁割爱以赠吴三桂而已。自己风烛残年,行将就木,便是拥着什么佳人,究竟能享得几时?而况看那圆圆情景,好象以死自誓,留之亦复无益,计不如真个送与吴三桂还好。便说道:"你不要悲哭,今我还问你,我若肯把你送与吴三桂,你便怎么样?我若不肯把你送与吴三桂,你又怎么样?"圆圆道:"妾身在一日,便令三桂一日仇怨藩属,妾断断不忍。若国丈不能割舍,惟有一死以绝三桂

第三回　结勇将田畹献歌姬　出重镇吴襄留庶媳

之心。国丈若能割爱,妾则身在吴家,心在藩府,为国丈周旋。若国丈天年之后,妾当割发入山,不复再恋尘世。"田畹听到这里,以为圆圆本有点真情,但不得已,故亦不容爱惜,至此已有允肯割爱之意。但面对圆圆,终有些留恋。

原来圆圆不特颜色娇丽,雅擅词曲,而且兼工书画,尤通文翰,镇日只与田畹检理书吏。凡谈论经典,滚滚不休,藩府里皆呼为校书美人。后人以其向为歌伎,故校书之名,亦自此始。当时田畹以如此佳人,实古来所称百美图中所未有,如何舍得? 故听了圆圆之言,不觉长叹一声,别了圆圆而去。时圆圆实慕吴三桂少年英雄,恨不得三桂再来求索。

到了次日,吴三桂果然复又到藩府中来,田畹亦即接见。甫坐下,三桂即问及圆圆之事能否践约。犹幸圆圆不在眼前,田畹不似昨夜的留恋。又知吴三桂之意不得不休,便慨然道:"将军既如此眷爱,老夫也不敢吝惜。此女能侍将军,当胜在老夫处,惟望将军善视之。"吴三桂立即称谢。田畹便令圆圆出来,随三桂回去。圆圆心中大喜,惟故作愁容,缓步而去。田畹看了,又有些不舍之意。圆圆只向田畹一揖作辞,便行出门。吴三桂亦相继而出。田畹只太息一声,便回后堂去了。

那时吴三桂自到京后,已召见过一次。及得了圆圆,颇少酬应。又见圆圆向在藩府居高堂,衣文绣,恐他到自己宅中不能如愿,便使大营宫室,为安置圆圆,以娱其心志。自是京中皆知有田畹献圆圆于吴三桂之事。早被大宗伯董其昌听得,吃了一大惊。先为书切责田畹,以三桂地位与国丈不同,不应以美色易其心志。田畹回复董其昌,以并无有意献圆圆于三桂,不过三桂苦来强索,实不由自己作主。董其昌因此反憾吴三桂,便为书责三桂。那书云;

> 闻将军新得美姬,本该为将军祝,然将军误矣。当将军联魁之日,国家庆为得人,故付以兵权,委以重镇。朝廷视将军者重,故其任将军也专。将军自镇辽以来,威敌人而保藩辅,驯此以往,或能挽既倒之狂澜,奠永安之磐石,未可知也。何将军一旦不知自爱,要索田畹以争一美妓。将军自思,今日实臣子嗜声歌恋美色之时耶? 自厉王以褒姒而召烽火于骊山,项羽以虞姬而殒身命于垓下,盖儿女情长,英雄气短,是不得不为将军虑也。夫圆圆一玉峰歌妓耳,以路柳墙花置诸麾下,适足为将军辱。故

田畹献诸皇上,皇上犹以国家多事无暇及此声歌,拒而弗受。况将军受国家之重寄,伏愿体朝廷宵衣旰食①之心,筹保国安邦之略,载在史册,流芳万年。如其不然,将于堂堂须眉,渐消磨锐气于情天色海之中。项羽前车,可为殷鉴。此固将军之不幸,亦国家之隐忧也。请速舍圆圆,归诸藩府,觉岸迷途,尽在今日。惟将军熟思而审处之。

吴主桂本来最信服董其昌的,故得书颇有悔意。惟欲舍不舍,仍不免踌躇。遂转进里面,对圆圆说道:"某爱卿固甚,积数年梦想才有今日,方死生共之。惟有良友,以儿女情长恐英雄气短,多为某虑者。某欲将卿送回潘府,卿意若何?"圆圆大惊道:"此必恨将军之得妾者,故作此言也。"吴三桂道:"卿言差矣。此大宗伯董其昌为某过虑,故驰书相谏,非恨某之得卿也。"圆圆道:"人莫不须内助。妾纵愚昧,岂便足以累将军?妾以为得事将军,实出天幸。今初进门,坐席未暖,并无失德,何便相弃?果不得已,妾亦何颜复进藩府之门?妾惟有一死而已。说罢大哭。

吴三桂即慰之道:"卿不必如此,某亦相戏耳,安忍弃卿?但董宗伯本爱我者,不知何以复他,须费踌躇耳。"圆圆道:"将军深情已铭肺腑,倘获见怜,妾代为作书便是。"吴三桂大喜道:"卿可谓秀外慧中,能补武夫所不及。"便令圆圆作书。圆圆即提笔写道:

来书勤勤恳恳,过为某虑,皆大君子始终爱人以德也。感激之下,窃有所言。盖丈夫贵立志耳,以恒情律人,则坦途皆陷阱,将防不胜防也。自古建大功成大业者,多藉内助之贤。故太王好色,遂启周基;齐桓有内嬖如夫人者六人,卒兴齐国。晋文在外而叔隗齐姜从,无损于后来霸业。此何故耶?或以圆圆只一歌妓,未足与古来贤后妃夫人相伦比,然而梁氏红玉,昔隶青楼,顾追随韩王麾下,每为击桴以助成战绩。纵圆圆仍或不足与红玉比,然昼谈书史,夜司文翰,其有功于鄙人者亦多矣。好色乃武夫小节,多情为英雄本色,本无足异。且声色不能惑人,惟人自惑。重闺房而轻国家,某不敢为。是以镇辽数年,皆国而忘家。诚以某本愚昧,犹蒙大君子以国士相许,所不敢不勉耳。敬

---

① 宵衣旰食——天不亮就穿衣起来,天黑了才吃饭,形容勤于政务。

诵来书,惭悚无状,知怀廑念,谨作答言,以抒锦注。伏惟珍谅,并问起居。

董其昌得书,知三桂无割舍圆圆之意,乃慨然长叹,向左右道:"函中语气,全为圆圆庇护,必非吴三桂手笔,此或圆圆为之耳。盖三桂对于老夫,常有敬畏之心,必不敢自称好色为武夫小节也。言虽如此,久后必为其所误也。"便为书告知吴襄,力言三桂不应索取圆圆,并言:"匈奴未灭,何以家为?"使吴襄诫饬三桂,使以国事为重。

吴襄得书,即召吴三桂责道:"儿负国家重寄。当此国家多难之时,非臣子恋爱声色之日。今人言啧啧,重烦大宗伯之忧,不可不诫。"吴三桂道:"儿实非索取圆圆,不过田国丈以此相赠,儿却之不得耳。儿亦曾遣圆圆回去,惟圆圆不从。她且谓:此身得事英雄,断不放过,愿勉为奇女,以助儿功成名立。故不忍弃之。"吴襄听得,疑信参半,便答道:"彼区区一个歌妓,吾不信有此奇志。今圆圆在何处?可使来见我,待父以大义责之。如能允离吾儿,固是万幸。如其不能,亦可以正言相劝,使真个勉为奇女,亦为不可。"吴三桂不敢抗,即与圆圆细商,使往见父亲吴襄。当圆圆至时,方向吴襄行礼,吴襄一看,心中忖道:"怪不得楚庄王有言,世间尤物不宜在眼前。今窈窕若此,难怪吾儿之不忍弃之也。"便以正言切责圆圆。大意以三桂任大责重,当助他成立,使流芳千古,便是家门之幸。那圆圆本善于词令,答话间大有条理,尤有志气,吴襄反为大喜。但终虑三桂迷恋女色,致误国事,乃留圆圆使与自己妻妾及子媳同居,不欲三桂携带至镇。三桂无可如何,故虽至出京之日,犹徘徊不愿赴镇。正是:

古闻重色能倾国,今为痴情愿弃官。

要知后事如何,且听下回分解。

第四回
发旧案袁崇焕遭刑　　谋大事李自成起义

话说吴三桂,因父亲吴襄要留圆圆在京与自己妻妾居住,不令三桂带至边关,吴三桂大为失意。过一天又一天,总不愿出京。已叠奉朝廷谕旨,以边防紧要,着吴三桂从速出关,三桂总是左推右挡。吴襄即责他道:"吾儿任大责重,方今边防紧要,吾儿岂可玩视?倘再抗旨,是不欲生也。"吴三桂听已,低头不语。便回见圆圆,具以吴襄之言相告,并道:"某既得卿,岂欲远离?奈以君父之命,恐不能抗。本欲辞官回籍,与爱卿一享林泉之乐。只为新得爱卿,恐被人议论,以为恋一佳人,致忘国家大事,是以不敢。"圆圆道:"至此亦无可奈何。妾之从君,亦以君为当代英雄,故不惜委身以事,冀得青史流芳,荣及妾身,并垂不朽。将军须自顾前程,毋以妾为念。"吴三桂听罢,为之惘然。半晌道:"武将格于成例,赴任不能携带妻妾。某之初意,只欲与爱卿同行,免被他人知觉,今既为父命所逼,诚不能已。吾出关后,将以他事托故辞官,将与爱卿同隐,以为如何?"圆圆道:"将军何苦如此。今不过暂别,未必遂无再会之期。若舍国家不顾,致为妾一身以少年甘老泉下,反为天下人笑矣。"吴三桂道:"卿意亦是。但新欢尚未几时,即令人告别,不无可悲耳。"说罢,圆圆道:"然则将军几时出京?"三桂道:"某今日将上表,报告出京之期。大约多则勾留三天,少则勾留两天,再不能延缓。"圆圆说:"这样尚有几天聚首,何便如此烦恼?"三桂听罢无语。圆圆又道:"就请将军奏告出京的日期。因将军为妾故,人言啧啧,恐事多磨折。不如及早出京,待到边关后,再行打算。"吴三桂也以为然,即行具奏,报明出京日期。圆圆即置酒与三桂解闷。

不觉光阴已过,那日已届出京之期,圆圆便与三桂饯别。圆圆即把盏道:"将军此去,不知何时再会。愿将军努力边事,以成功名。妾缘分浅薄,不能随侍将军,愿将军自重。"说罢不觉下泪。三桂道:"古人说得好,青山不老,绿水常存。此后何患不能相会?今爱卿如此,反令人神伤。请稍节忧愁,顾重玉体。"圆圆道:"妾在此间安乐,不劳将军费心。"吴三桂便接过圆圆手中玉盏,一饮而尽。圆圆复道:"从京里到宁远,约有几天程途。沿路跋涉,将军鞍马劳顿,须要小心。"吴三桂道:"沿途皆有部将护兵左右拱卫,决不至劳苦。若到边关之后,幸获安宁,当奏请入京陛觐,可乘机与卿相见。"圆圆道:"将军身居重镇,方今敌患方张,岂易离任?可不必如此,致误公事。"吴三桂道:"当为卿故,奋力前驱,若能将敌氛一鼓荡平,便可奏凯回朝,与卿长叙。"圆圆道:"正望如此,愿将军自爱。倘在边关,请不时以书慰妾,妾亦不时以书慰将军,即不啻将军常在贱妾目前矣,愿将军勿忘之。"吴三桂又道:"爱卿所嘱,断不敢忘。愿爱卿常念鄙人,毋以离别遽生异志。"圆圆听到此话,却皱着眉,蹙着眼,怃然道,"妾不料将军乃有此言。妾自得将军,于愿已足。不知将军视妾为何如人。实则妾心惟天可表,即海枯石烂,妾心不移,愿将军放心。"说罢大哭。吴三桂力为安慰,并道:"某说话卤莽,卿勿介意。"

时俟候吴三桂起程的已环集门前,不觉日已向午。三桂还未出,吴襄已使人过来催促。圆圆哽咽道:"将军行矣。"吴三桂此时犹复徘徊。圆圆又拭泪强作笑容,再进酒一杯,并道:"古人说:千里送君,终须一别。请再饮此一杯,为君一壮行色。"吴三桂复接着一饮而尽,犹注视圆圆,似欲说不言光景。圆圆又道:"将军行矣。"吴三桂无奈,与圆圆握手珍重作别。圆圆欲送三桂出门,三桂道,"与卿相对,使人怏怏不忍行,请卿自回绣房,某将行矣。"圆圆忍泪回步,三桂遂出门,日已渐西。吴襄亦随三桂出,三桂道:"日渐晚矣,今天恐出京不及,待明天起程何如?"吴襄大惊道:"吾儿何出此言?既已奏明今天起程,万不能缓,迟则欺君,明日弹劾者至矣。"吴三桂不得已,始上马而行。一路有亲随护着,直出京门。

时国丈田畹及大宗伯董其昌等,皆已俟候相送。吴三桂至时,即下马与各人相见。田畹先说道:"不见将军数天,形容不觉稍减。"吴三桂答道:"连日因贱务纷烦,不曾至贵府拜候,今起程届即,又未及到贵府辞行,十分抱歉。"说了又向董其昌寒暄一会。董其昌道:"日前曾函致将军,实多渎冒,将军不要见怪。"吴三桂道:"将军之言乃金石之言,某正在铭感,那有介意之理?"董其昌道:"老夫只以敌患方深,国事已危,许大责任在将军身上,窃恐儿女情长,英雄气短,必足以误将军,误将军即误国家耳,故如骨梗在喉,不得不吐。今蒙将军见谅,实是幸事。愿将军此后以国事担任,勉励前程。老夫将受其赐。"吴三桂道:"某以庸才蒙以国士相许,安得不自勉?老大人准可放心。"说罢,便与各人握手。送行各官亦自回府,吴三桂便往宁远去了。

且说那袁崇焕,自斩毛文龙之后,皮岛不复置帅守卫,自然空虚。敌人也不免常常窥伺,运师劳饷,岁颇不赀。明廷以库款奇穷,无可应付,便檄令各行省每岁增缴防辽饷项,岁费数百万,犹求征不竭。各省供解稍缓,即军饷不足,军士诸多怨言。因此边关将士官吏,皆以为毛文龙在日,东至旅顺,西至登莱,皆作为海岛互市,商贾往来,货物辐辏,税饷大增,就以税饷作军粮,故士马皆得腾饱,而使敌人不敢正视。况毛帅在日,防兵数倍于今日,尚且饷项无虑,今防兵较前已减少许多,犹复粮草时时告竭,以此之故,皆怨袁崇焕。所有将士便联名禀请袁崇焕照毛文龙旧法而行。袁崇焕大怒道:"昔毛文龙掳禁商人,勒赘索饷,本督师岂能效之?"遂批斥各将士,且加以罪责之言。

各将士即商议道:"昔毛帅镇守皮岛,不时巡边,用法虽严,犹与吾等共同甘苦。毛帅所禁商人,只因其瞒漏税饷,故岛民向无怨言。今袁督师养尊处优,粮饷又不能接济,坐视我们饥困,犹故示宽大,以毛帅掳禁商人为词,我等焉能受其鱼肉?惟有入京控发,以伸不平之气。"各将士无不赞成此议,即暗自遣人入京,谋参袁崇焕。

时崇祯帝方治了逆阉魏忠贤之罪,凡平日与阉党稍有往来者,皆慄慄自危。袁崇焕平日颇尚节风,本与逆阉并无往来,惟因其性情棱厉,以故同僚多嫉之。及边关将士入京谋参崇焕,便以声应气投,无不首肯,科道中便有多人参劾袁崇焕。大意皆以崇焕以私意擅杀毛文龙,苛待属员,克扣军饷,废弛边备,种种罪名不可胜数。

自这参折既上,京中大为震动。好事者更造作谣言,谓袁崇焕与魏阉交情甚密,自前任蓟辽总督因事落官回京后,一意交欢逆阉,以为开复地位。后来开复,督师蓟辽,虽非逆阉所保,然究出于魏阉所指使列保之人,故得起用,这等语,崇祯听得,大为震怒,速下部议。

当时凡京中大员,与袁崇焕绝少往来,惟大司马洪承畴、大宗伯董其昌稍知为国爱才,可为袁崇焕挽救。惜当时洪承畴方督师湖广,不在京中,只有董其昌一人,听得袁崇焕被劾交议,即叹道:"崇焕杀文龙诚属太过,唯崇焕亦是不可多得之才,若一并去之,是自拆其臂也。"遂上表力保崇焕。谓东北管钥①赖袁崇焕保守,既失文龙,又失崇焕,非计之得也。

崇祯帝即召董其昌责道:"卿固曾言毛文龙实有将才,何以一旦反为袁崇焕力保耶?"董其昌道:"时势不同也。崇焕前杀文龙,事固太过,但诬以与逆挡往来,则太冤。且既杀文龙,又去崇焕,筹边无人,亦自去其助,臣故不得不保之。况有轻重,若必杀崇焕,不特失其良才,亦属过于严

---

① 管钥——锁匙,比喻事物的重要部分。

酷,愿陛下思之。"崇祯帝道:"卿言亦是。但毛文龙在海外数年,敌人不敢正视中原,叠奏肤功①,辽防赖以安堵。今袁崇焕督师日久,常闻敌人窥伺。朕昔日以上方剑赐他,不过谓如此则号令可行,不料袁崇焕即以此杀毛文龙也。且文龙在日,防兵较多犹粮道不绝,今崇焕裁减军营,又征数省协助,粮饷犹多缺乏。军心咸怨,安能立功?卿犹欲为之说情耶?"董其昌道:"文龙固有可杀之罪,不过杀之不得其时。崇焕昧于通变,非私意也。今疆吏之才无有出崇焕之右者,若去一袁崇焕,后难为继。况崇焕鉴于毛文龙在日辽防安堵,必知自勉。若留之,亦因时用人之策也。"崇祯帝沉吟半晌道:"卿且暂退,容朕思之。"董其昌遂出。不意事有凑巧,适洪承畴平定楚乱,捷报到京。诸大臣皆以洪承畴有才,可以任蓟辽总督,崇祯帝亦以为,以洪承畴继袁崇焕,必可立功。其意既为诸大臣所动,于是董其昌之言不复置念。

时诸大臣欲排去袁崇焕,皆交章列保洪承畴,崇祯帝便调洪承畴迅速入京,承畴不知有何要政,即驰驿回到京里。崇祯帝独开防辽之计,洪承畴即陈防辽十策。崇祯大喜,即以洪承畴督师蓟辽,并任蓟辽总督。另降旨将袁崇焕解京逮问②,令承畴即行赴任。承畴得旨大惊,即往访董其昌,愿与共保崇焕。时董其昌以毛文龙既杀,崇焕又去,辽事必不可问,忧心如焚,已杜门不出。洪承畴便请独对,向崇祯奏道:"臣献辽防之策,非排斥崇焕也。臣以为崇焕虽胸襟狭隘,不能容物,然善于筹边,勇于任事,若稍假以时日,辽防必可奏功。今以臣代之,臣有自知之明,亦未见有长于袁崇焕也。"崇祯帝闻洪承畴之言,意复犹豫。

惟袁崇焕闻解京逮问之旨,已慷慨请行。崇祯帝便责洪承畴速赴新任。承畴不得已,即速赴蓟辽总督任上去了。

自袁崇焕抵京之后,即逮刑部狱中。董其昌已忧愤成疾辞职去了,诸大员中无有为袁崇焕怜悯者。崇祯帝令三法司将袁崇焕勘问③。钱龙锡道:"凡治罪者应分其轻重,即获罪之人,其中或有功劳,亦不应埋没。若功罪可以相抵者故不必说,即或不能相抵亦可论功把罪情减等。汝是读

---

① 肤功——大功。肤,大。
② 逮问——逮捕问罪。
③ 勘问——查问,审问。

书人,该知此理。今汝参文龙二十款,纵其或有真情,惟文龙防边数年,敌人畏服,战功尚多,汝当日何以并不声叙①,只参其罪,不论其功,此是何意耶?"袁崇焕至是不能答。钱龙锡又道:"吾固知汝不能辩也。汝务欲杀其人,故没其功迹,致国家损一能将,汝心安否?"崇焕道:"大人此言,直谓袁崇焕以私意杀文龙矣。袁某若有此心,皇天不佑。"钱龙锡道:"汝不必誓。以文龙在日,边防安堵。汝任督师,边警叠闻。且军心咸怨,汝固不能谓文龙无功,不过必欲杀之,故埋没之而已。"袁崇焕道:"据袁某之意,文龙当日屠杀辽民,虚报胜仗,固不能谓为有功。袁某不能若文龙所为,上不敢欺朝廷以冒战功,下不敢勒商人以充军饷。今日获罪,实原于此,大人当鉴谅之。"钱龙锡道:"我以汝本属同年,稍可原谅,当为汝留个地步。但汝罪已大,势所不能。汝自谓认真筹边,何以敌人频来窥伺,反不若文龙在日?汝盲实说不去。"袁崇焕道:"此或是袁某不才。但朝廷若不见疑,假以时日,资以军粮,当不至于此。"钱龙锡道:"汝今还望复任耶?"崇焕见龙锡苦苦驳诘,不留个余地,至是不欲再辩,惟摇首长叹。钱龙锡便以往复问答之词详奏崇祯帝,并加以罪责之言,其狱遂定。袁崇焕遂不能免。

原来钱龙锡当时诸事,多不满于舆论,一来疑崇焕罪在不赦,二来又欲证成此狱以博回直声②,故讯审时象与崇焕对质一般,只有诘驳,并无回护。即与三法司复奏时,亦只有加多,并无减少。崇祯帝览奏大怒,遂定崇焕死罪,并追恤毛文龙。但崇焕杀文龙一事,虽不谅时势,行之太过,惜当日亦非应杀崇焕之时。可怜崇焕以一员大将,竟及于难。

当洪承畴替袁崇焕说项时,崇祯帝本有转意,及洪承畴赴蓟辽总督本任之后,董其昌又去,已无人奥援③。及发三法司勘问,崇焕仍侃佩直言,指陈辽事,并诘文龙应杀之罪共二十款。时大学士钱龙锡监审,却责崇焕道:"汝诘文龙二十款罪状,皆昔日言官弹劾文龙之言耳。有无实据,汝当直言,不宜闪烁。"袁崇焕道:"毛文龙掳禁商人,屠杀辽民,某到蓟辽后皆详查有据,然后杀之。故文龙被杀之日,人人称快。"钱龙锡道:"他掳

---

① 声叙——明白陈述。
② 直声——正直之言。
③ 奥援——暗中支持、帮助的力量。

禁商人,屠戮辽民,事或有之。但须计被掳的商贾、被戮的辽民是否有罪。若果有罪是文龙掳之杀之,未尝非法也。"袁崇焕道:"文龙被杀之时人人称快,可见多是无辜受害者,亦不问而知。"龙锡又道:"既是人人称快,何以五总兵皆闻风逃遁？今日边将又联名劾汝,究属何故？"崇焕至此语塞。既而复道:"若辈皆毛文龙死党耳。"钱龙锡道:"便是多人党于文龙,亦见文龙能得众心。汝当日必谋杀之,得毋与文龙有仇乎？"袁崇焕道:"并无私仇。某既杀文龙且为致祭,有仇者固如是耶？"钱龙锡道:"此亦假仁假义,欲示其不得已之心以服众人耳。然则,以文龙不胜边帅之任乎？"崇焕道:"某不计其他,但文龙有罪,某故不能以私意恕之也。"钱龙锡道,"汝仍多强辩。我且问汝,汝既杀文龙,何以不奏请派员接守皮岛。"袁崇焕道:"某以为不必置帅,某直可以兼理之,故为国家节省糜费,非他意也。"钱龙锡道:"汝云可以兼理之,何以今日频频告警？可见汝当日只存一争权之心,致误国计,汝罪大矣。"袁崇焕道:"某昔日并无争权之心,今以敌患深,故频闻告警。然某以只手撑持,年来劳尽心力,可以告无罪矣。"钱龙锡道:"勤不能补过,如之奈何？我还问汝,文龙在日防兵较多,惟饷源未缺。今日防兵较少,又得数省协助,乃军饷犹常常缺乏,使士卒咸有怨言,此又何故？"崇焕道,"某待军人,粮草务求丰足,与当日文龙办法不同。且虽得数省协助,惟所助无多,又每缓不济急,是以如此。总之,某不能象文龙,克掠商人以充军饷。故粮道不免支绌,实此故耳。"钱龙锡道,"勿论文龙未必无故克掠商人,但就汝所言,既为凑充军饷起见,是文龙未尝为私,何致加以死刑？总之,汝杀文龙实属太过。且文龙既死,汝若能治辽安堵,犹可言也,今辽事日棘,汝有何说？"袁崇焕见钱龙锡苦苦诘驳,自知难免,亦不愿再讲。

及大狱既定,崇焕既死,京中多为称冤。后人有诗赞道:
　　当年岭表产英奇,大厦凭他一未支。
　　剑佩上方寒悍将,麾扬边外奋雄师。
　　胸中块垒难容物,眼底人才合让谁。
　　若使天教遗一老,山河那得付双儿。

自袁崇焕既杀,边帅倒不免畏惧。以崇焕之死无人挽救,故苟无内援,多不愿出任疆吏。及洪承畴既抵蓟辽总督之任,一来自以形势未熟,仍以辽边旧将为辅助,如祖大寿、祖大乐等皆委以重镇;二来因当辽事日亟,多有不敢出关,除了旧将,亦无能员可用,惟有勉励旧将,竭力筹边。只是军人久戍边地,日久疲玩,难资得力,故敌人益加窥伺,边患愈深。又因饷项奇绌,凡附近蓟辽各省,皆重征烦敛,以济辽饷,因此民生日困,咸有怨言。

偏又事有凑巧,当时大河南北各省连年荒旱,饥馑荐至,民不聊生。地方官吏以辽饷紧急,虽遇荒年不肯蠲免①粮税,以致百姓流离,饿殍相属于道。官吏又不劝赈,富户以连年捐输既重,耗去货财不少,又不肯捐款赈施。于是一切贫民已饥寒交迫,不免相率为盗,以至燕齐秦晋一带盗贼蜂起。因其时辽饷紧急,附近各省筹济协饷,缴解维艰。虽值荒年,地方官吏恐协饷无着,被朝廷责备,于一切粮税既不准蠲免,自然任民生如何艰困都壅于上闻,朝廷那里得知?也没有一些赈济,弄到民不聊生。

那些老弱的人以及妇人孺子,饿到僵了,任填于沟壑。那些狡悍的,不免铤而走险,相率为盗。或数十成群,打家劫舍,或独踞山岭,聚集五七百喽罗,借个劫富济贫的名字。凡附近富户及往来客商,惨被劫掠的也不胜其数。

就中单表一人。这人为千古历来流寇所未有。他的猖獗处,除是唐末、五代之间黄巢一个人可以比得他住,余外就没有与他比的了。你道那人是谁? 就是姓李名闯,又名李自成的,他本贯陕西省延安府米脂县人氏。他父亲名唤李十戈,他母亲系石氏。相传石氏年逾四旬,未尝孕有。李十戈已将近五十岁的年纪,也以膝下无子为忧。不料石氏至五十岁那一年,竟有了孕,李十戈不胜之喜。不想这孕直怀到了十个月有余,依然未产,李十戈又以为虑,以为石氏不知染了什么病。祷神问卜,绝无影响。惟又见石氏不象是个有病的人。直怀孕至十三个月,那一夜梦见一人,威风凛凛杀气腾腾,手执长枪,座下一匹高大骏马,直闯进大门。石氏在梦中惊觉,竟产下一个男子。以梦中一人骑马进门,就取名一个闯字,就是这个原故。虽世俗所传或有不真,但就他一个闯字的名字,想来或是此说也有些来历。

李十戈夫妇二人,以梦中有兆然后生男,自料此子将来必有发迹,因此把李闯看得如珠似宝。李十戈本是个小康之家,夫妻两口守着这个儿

---

① 蠲免——免除(租税、劳役等)。

子,日望他长大成人继承家业,溺爱既甚。凡事皆阿其好者,恐失儿子之意,自然要把李闯的性子弄坏了。到七八岁时,即教他上学念书。那李闯并不是个念书之人,十日便有七天不到书塾去。便是师长有点责成,他一言不合,即骂师长。故虽然念了几年书,终是目中不识得一个丁字。及至长成十五岁,更生得相貌穷凶,性情极恶,因为他的父母也不管他,里党人那里敢道一个不字,所以李闯越弄越坏。又过了两年,李十戈夫妇都一病身故,李闯更无拘束,越加挥霍起来。不上一二年间,把父母遗下小康的赀财,已弄得干干净净去了。

那李闯平日既不是个守规矩的人,已为人所嫌嫉,一旦落拓,更没人觑顾他,所有田地房产又已变卖清楚,更无所靠。到这时,不免寻靠亲友。或东家食,或西家宿,似沿门托钵一般。那日却也凑巧,遇着一位姓邓的,唤士良,平时也与李十戈有点交情,是李闯的父执辈。见李闯这个模样,不觉起了怜悯之心,即道:"你父亲本有点家财丢下,你偏把来弄挪去了。但前事不必再说,此后尽要寻点生计才好。"李闯此时正望邓士良提挈,自己也不象从前的谬妄,却答道:"那有不知?只是人穷知己少,家落故人稀,目下正无人可靠。看那人情冷暖,有几个象叔父的好心?今既蒙教导,就请照拂照拂,他日若有寸进,皆出叔父之赐。"邓士良道:"我家里不大丰厚,养不得你一个帮闲的人。你暂且到我舍下,替你找个出路。若没有去处,只干些小营生也好。"那时李闯正如雪中送炭,便满口答应。

邓士良到了家里,恰附近有一个人家。那人姓周名清,娶妻赵氏,向做打铁生理,仗着年年勤俭,也积得些小赀财。膝下也无儿子,到上了几岁年纪,正欲寻人帮理自己生意,邓士良便荐李闯到他处。周清见李闯生的身材高大,体貌雄壮,也有点气力,却十分欢喜,又得邓士良荐来,自然没有不允。自此李闯就落在周清那里。惟李闯看见周清,有点家财,又无儿子,也不免垂涎。凡事都顺承周清,博得周清夫妇两口儿十分钟爱他。那日周清见自己有了年纪,还没有继后之人,对着妻子赵氏不由发叹。李闯见了这般光景,即问周清因什么发叹起来。周清把自己心事向李闯细说出来。李闯道:"俗语说:儿女眼前冤。生得好的犹自可,若是生了个不肖的,不如没有也还好。你两位老人家,若忧愁身后没人打点,待小人一力担承,料理汝老人家身后之事罢了。因你老人家待小人恩重如山,小人正思图报。你老人家放心罢。"周清夫妇听了李闯一番说话,实在有理,便道:"如此甚好。你有这点心待我,我自然尽心待汝。我今有一句话要向汝说,不知你可愿听否?"李闯此时已知周清意思,即道:"你老人家是小人重生父母,若有什么教训,小人无不愿听,你老人家只管说便是。"周清道:"我今膝下并无儿子,愿收你做个螟蛉①,你可愿意不愿意呢?"李闯听了,即欢喜道:"那有不愿意?小人自今以后,即当你两位老人家是个亲生的父母一般便是。"周清夫妇大喜。李闯正防周清迟延反悔,立即摧金山倒玉杵拜了几拜,叩了几个响头,就认起爹娘来。自此周清以无子忽然得子,喜极忘虑。且见李闯恭顺伶俐,凡事倒托付他,把一间打铁生理的店子,统通交过李闯手上。

到次年,周清又一病身故。那时李闯正要装做个孝子的样儿给干母赵氏看,因他干母手上又有点体己的钱财,亦要博干母的心事,故周清死时,李闯哭得十分凄楚。果然他的干母赵氏,见李闯是个可靠的人,正似古人说的,老来从子,凡事都听李闯布置。李闯那时在店于里已执起权来,又摆回从前的架子,交朋结友,尽地挥霍。终日聚集一班无赖,大碗酒大块肉,都在他打铁店内胡闹。初时犹只三五粗野之人,渐渐也有些读坏书的,贪些口头,也与李闯结交。由是武的较拳量棒,文的不免咬文嚼字。那个自称第一,这个自号无双。

就中有一个在村内做训蒙先生的道:"你们自夸文墨,我今出下一对文,看那个对得工整,就让他一个天字第一号的名目。你们以为何如?"各人听了,全都说道:"好极!好极!"那一位训蒙的先生便口占道:

雨过月明,顷刻顿分境界。

各人听了都默默思索,那李闯不知怎地这般敏捷,即信口说道:

烟迷谷响,须史难辨江山。

各人都惊讶起来,因知李闯是不大懂文字的,如何一旦如此敏捷?且不特对得工贴,而且口气不凡。因此窃窃私议,也疑他将来一定是个非常的人物,纷纷愿与李闯来往。

那时正值国中大乱,秦晋两河一带盗贼纷起。李闯见许多之人推崇自己,却有点雄心。平日在打铁店内约了五七个知己,商议道:"世界既乱,或者明朝江山不久,将来不知鹿死谁手。或者到我们做皇帝,也未可

---

① 螟蛉——义子。

定。"各人都道:"是极,是极。"李闯道:"目下我们就要准备,待时而动便是。"就中一人唤牛金星的,即说道:"李仁兄之言甚是,但要怎么样子准备法呢?"李闯道:"我现在做这打铁的生理,实属凑巧。可在夜间暗自打铁器,打成军装器械,先藏好了,待机会一至,即行起事,有何不可?"牛金星道:"若谋大事,所需军装不少,这一间打铁店子,有多大本钱?只靠店内打造军械,怕不足用。奈何?"李闯道:"你言亦是,但有本钱若干,就打造军器若干便是。"说了各人都以为是。不料又凑巧,李闯的干母赵氏又一病身故,因此一切家财都落在李闯手上,一发有钱挥霍。就将所有周清夫妇遗下的资财,要来打造军器。又借延请伙计之名,多寻几个同道中人来打军器。已非一日,已铸造军装不少,李闯即对各人道:"现在军械已有,但一来没有粮草,二来又没有人来做军师,替我们谋事,也是枉然。"牛金星道:"这里附近有一个秀才,与老兄是个同宗。这人姓李名岩,熟读诗书,尤多韬略,且家中资财殷实。就附近一带看起来,总算他是一个富户人家。若得他出来助力,不愁我们之事弄不来。"李闯道:"吾亦闻李岩之名久矣,只惜不曾拜见过他。但有什么法子,方能请他出来相助?准要想个良法才好。"正是:

  欲筹良法寻谋士,反误儒生辅闯王。

要知后事如何,且听下回分解。

第五回

愤县令李岩从乱党　　破神京闯逆掳圆姬

  却说牛金星说出李岩那人出来,道他是个腹有诗书胸藏韬略的,可以助他们行事。李闯虽是一个粗人,但稗官野史总看得不少,久闻得古来帝王成事,必有一个军师运筹帷幄的,故闻得李岩那人,牛金星说得他很大本领,便欲聘了他替自己参谋,便商量个罗致①李岩之法。原来那李岩亦

---

① 罗致——延聘;搜罗(人才)。

是延安府米脂县的人,自幼攻书,很有聪明,故到了弱冠之时,就进了黉门①,却不曾上进。为人却有点慈祥,家道又颇殷实,凡邻里中有老弱的人日不举火的,常有周济于人。且他是个黉门秀士,在乡中亦是一个小小的绅士。他又没武断乡曲事,故同里的人也很仰慕他。恰那时又值荒年,附近李岩乡里一带又遇亢旱,百物不生,穷民流离,相属于道。李岩心殊不忍,即具禀县令,诉称地方亢旱情形,贫民无食,求县令开仓赈济。那县令唤做周鉴殷,看了李岩呈词,初还置诸不理。那李岩见日久不曾把他禀批出,暗忖:县官为民司牧,决没有如此没良心把民艰不顾的,也疑自己禀子被衙役搁住,便亲自求见县令周鉴殷,意欲面请赈济。

那周鉴殷料知为着求赈的事,也怒李岩渎扰,自己正要把他申饬,故立即请李岩进了厅内。李岩行了礼后,即道:"日前治下学生曾递呈一禀,因为地方荒旱居民乏食,恳求赈济的,不知公祖可曾阅过没有?"周县令道:"也曾阅过了。只是你是个念书人,本该知道做官的难处,你看年来西北各省,那一处没有灾荒?若处处皆要赈济时,那有许多闲钱粜米行赈呢?"李岩道:"各省的事由各省大员料理,本县的事应由公祖料理。正惟荒旱的事坐在本县的地方,故求公祖赈济。"周县令道:"便是本县所辖,也有许多地方。若因你们乡邻饥荒,就要赈济,怕别处又来求赈,又怎样子呢?"李岩见他说话来得不好,心中已自愤怒,却道:"因为见地方居民流离艰苦,目不忍睹,以为公祖亦必有个怜悯之心,故来请赈。若公祖不允,亦难相强。"周鉴殷道:"那个没有怜悯之心?不过难以赈得许多罢了。你本是个绅士,若见人民流离,就该慰劝他,道这是天灾横祸,只可顺受,尚望下年得个丰年赔补罢了。若动说赈济,那有许多闲钱呢?"李岩这时怒不可遏,拚被他斥责,即答道:"公祖动说那里赈得许多,看连年水旱,那曾见过赈得一次来?你还说要我劝慰饥民,不知待到来年,怕要饥死了几多人命去了,还那里望得见来年足收?你公祖不肯赈济就罢了,还责我不劝慰饥民,那有这个道理?"周县令见李岩说这些硬话,不由拍案大怒道:"你前日上那张呈子来扰我,我已不怪责于你,也算是莫大之恩。你却不自量,又来本衙渎请。本官正与你说得好好,你还要骂我,难道本官不能治你的罪吗?"李岩道:"何曾骂过公祖?只公祖说得太不近理,我

---

① 黉(hóng)门——古代称学校的门,借指学校。

一时说得卤莽些也是有的。若公祖不喜欢,任从把这名秀才详革①,但我有什么罪名?难道白地要杀我不成?"周鉴殷到这时,越发愤怒道:"你敢轻视本官么?你快抓走就罢,你若再不知机,本官尽有个利害给你看。"李岩听罢,觉他做官如此,与他斗口是无用的。若他真个把自己陷害,俗语说,"官字两个口",自己终吃了眼前亏,实是不值,倒不如走了为佳,便不辞而去。

那周县令还指着李岩骂道:"你若这般好心要赈济时,只要自己家财分给饥民罢了。"李岩听着,亦懒答他,直出了县衙,回至家里。寻思县令如此玩视民瘼,看此荒年不知饿死几多人民方能了事。又思:县令叫我何不把家财来充赈款,若舍不得这副家财,反令县令得说闲话了,便拚此家财不要了也没打紧。想罢,便把家中所有财产一概发放出来,尽充饥赈。那时饥民又多,只有李岩一个人的家赀,济得甚事?竟似杯水车薪,不能遍及。随后有许多饥民赶到李岩门口求赈的,也没得应付。李岩只得把自己委曲说出,称自己家财已一概净尽,再没有得来行赈。又详说县令逼责自己的话,一五一十说出,饥民无不愤怒。

又想起李岩这人很属难得,他家财已尽,就没得赈过,自己也是难说,因此自然怒在县令一人身上。便至千百成群,一声呼喝,都拥至县令衙门求赈。那县令周鉴殷没得发付,惟令衙役把衙中头门闭了,驱逐饥民而已。惟饥民声势汹涌,以为将至尽行饿死的时候,便是杀头也不顾,险些要将头门打破。还在门外大呼道:"李秀才也曾禀赈济者,汝做官的为民司牧,竟至不顾我们,若饿死了,决不令汝县官一人独生。"你一言我一语,闹做一团。县令周鉴殷听得,也疑是李岩指使,故意令这般饥民来寻自己闹吵,心中更愤。待饥民哄闹了一回散去后,即要向李岩泄发这点愤气。即详禀上司,说称李岩那人,象战国时齐国陈氏一般,散家财买民心,志在谋乱,又集聚多人闹官哄署,要激变举事,这等言语,详到上司那里,觉这个罪名非同小可,立即闹落县令那里,要缉拿李岩到案,审讯治罪。

还亏李岩平日知交还多,早有上司衙役得这点风声,急的飞报李岩知道。李岩那时听得,一惊非小。但自念见危受命,本无难处,即与亲朋说知此事。渐渐更遍传将来,人人都知道李岩遇此无妄之灾,如何忍得?故

---

① 详革——请示罢免。

县衙差役第一次到了李岩家内要拿李岩时，那些贫民受过李岩周济，只道知恩报恩，急上前相助，拥到李岩门首，恰巧见衙役到来，都是怒从心中起，把那些差役打得落花流水。那时李岩苦劝不住，打得那些差役恨不得爹娘多生两条腿，快些抓走了。李岩料知这事弄大了，不能挽回，悔之不及。果然那些差役之人回至衙内，已被人打了一顿，心中正愤，连李岩苦劝各人勿打的话都不提起，只单说李岩家内已聚集千百人，把自己打走。周县令听了，以为李岩更有了罪名了，立即又详禀上司，称李岩已聚众殴打官差，志在谋乱无疑。今他聚集多人，官差料难传他到案，总要兴动大兵，方能把李岩拿住，以遏乱萌，这等说话。

上司见了，立即大怒，即调五城人马，要拿李岩到案。当时又有人飞报李岩，那李岩听得这点消息，正踌躇无主意，欲闭门自刎，忽家人报有牛金星到来相见。李岩也记忆与牛金星有一面之交，此时本无心款接他，不料牛金星已直闯进来，李岩也不得不见。到厅里坐后，牛金星已知道李岩被官司勒逼，不免用言安慰。李岩道："弟不料有此无妄之灾。今得与老兄相见，此后再不能相会了。"牛金星道："老兄何出此言？"李岩便把始末情由略述一遍，并说要自寻一死。牛金星大怒道："世间那有这等官吏？老兄为一方所仰望，岂可无故自就死地！"李岩道："那有不知？但现官家兴动大兵，要拿小弟一人。小弟即欲逃走，料官吏必画影图形四处拿我，我逃到那里去？计不如一死，免被官司拿住时，惨遭酷刑，然后见杀。"牛金星道："秀才不比别人，若一旦死了，贫民必道你是被官司逼死，更与地方官为难。那时怕九族牵连，不特秀才一家不保，实为一方之害。今为秀才计，若有一线生机，亦当留此身命，以待后来伸雪。今不过一县令蒙蔽上司，以至于此。难道那周县令就在米脂县做到死了那一天不成？"李岩道："弟非不知此计。但今大祸方临，谁肯收留自己？故不如一死。"牛金星道："秀才且但放心。弟有一好友疏财仗义，最好济困扶危。今与秀才且到那里暂避一时，再作计较。"李岩道："如此虽好，但放下家人，我那里肯一人独生？"牛金星道，"可一并与家人同去。"李岩道："如此又怎好打搅贵友？"牛金星听罢，力言不妨，一面催促。李岩无奈，即令家人快些收拾细软，即离了家门，随牛金星奔去。牛金星直引到李自成那里。时李自成那处，恰与李岩家相隔还有十数里路程，不多时早已到了。后来官兵一到，只见李岩家内空无一人，只有些粗笨的东西遗下，料知李岩已先自

第五回 愤县令李岩从乱党 破神京闯逆掳圆姬

逃走去了。

惟当时各贫户也多不知李岩先已逃出，只恐李岩被官捉去，都不约而同一齐拥至李岩门外，只见官兵一个人也拿不到，心中窃自欣悦。其中亦有些知李岩先也逃走，往李自成打铁店内的，不免互相私议。你一言我一句，早被官兵听得，也改行往李自成打铁店来。那些贫民自然不舍，也随着官兵之后前往，要看看李岩是否要被官兵拿着，方才放心。惟李岩一家老幼，随着牛金星到了李自成店中，正在通过名姓，各人正向李岩安慰时，官兵尽有二三百人不等，由周鉴殷县令领着，蜂拥而来。惟贫民相随的，亦不下数百人，就有些知道官兵必往李自成家找李岩来抓的，也飞跑先行到李自成家报信。

李岩听得，即道："今番为弟一人，必累及诸兄，此心不忍。我不如出见官兵，任他拿捉，免至同遭为难。"李自成道："那有此理？便是李兄被捉，那等狼官狗吏，安肯轻恕我们。必道我们是窝藏秀才的，将成连我们也须拿捉了。且秀才既已到来，那有任你一人独自受拿之理？彼此兄弟一般，便是死也死在一处。"时有多人在旁，听得李自成的话，都道李自成是义气，都奋然愿舍身抗拒官兵。李岩道："他有二三百人，我只十数人，焉能敌住他？"李自成道："一人奋勇，万众难当，我自有法。"便令把店门关起，嘱咐各人把住门口，奋力拒敌。李自成却拿了弓箭，独自坐上瓦面来。一声未已，已见官兵蜂拥到来了。李自成登高一望，见有许多饥民随着官兵，也省起日前饥民同感李岩施赠有抗打差官之事，便大声喝道："你们许多饥民，曾受李秀才大恩，本该相助李秀才与官兵对敌，方免得被暴官拿去。"说罢，便弯弓搭箭，趁官兵未至门前，即向县令发射。不料那县令是个没用的东西，早被李自成一箭射中肩上，已翻落马来。那时官兵正欲围攻店子，惟见县令跌落马下，却反惊惶起来。那些贫民又不下数百人，一来听得李自成的话，二来又见县令中箭落马，都呐喊助威，

官兵见贫民多众，反欲逃窜。时饥民等，有举空拳向官兵殴打的，有出其不意抢去官兵刀枪乘机刺杀官兵的。李自成一面发箭，一面教店里的人开了店门，驰出帮助。官兵力敌不过，各自逃走。那时饥民又众，正恨周县令不已，欲把他杀却，方泄其恨。还亏官兵把县令救起，负伤而逃。牛金星各人自官兵去后，正洋洋得意，李岩道："诸位且勿欢喜，周县令虽然败去，他禀告上司，必然再兴大兵到来，那何以拒敌？"李自成道："一不

做,二不休,横竖官兵不能容我,不如乘机起义以图大事,有何不可?"李岩道:"无粮不聚兵。因为起义事大,粮少则于事无济,人多又需饷浩繁,从何筹策?"李自成道:"目下还可支持。若起事之后,随时打算便是。"牛金星道:"此处难以栖身,不如先到别处为高。"李岩道:"究竟逃去那处,都要预先打算。"牛金星道:"可传饥民,说称我们被官逼变,共起大事以除暴官,愿从者可即同来,不愿从者可各自散去。如有多人相从,即乘机攻城掠地,便不患没粮草了。"李岩道:"器械又将何筹?"李自成道:"若是器械,早已预备了。"便把前日私造军械之事,细说一遍。李岩道:"小弟今日被你们牵上了,事已至此,亦没可如何,只从诸君之意便是。"李自成大喜。

时饥民困久已饥困,正没处糊口,无不愿从,登时聚集了千余人。李自成即出私造军械,分给各人,各人都欢喜愿去。李自成即与李岩商酌,沿陕西起程,直往山西而来。忽经过一座大山,牛金星道:"此山向有大伙强人聚于其中。我不如先收了这一支人马,共同起义也好。"李自成深以为然。李岩道:"只怕他们素性残酷,不就我们范围,终难以成事。"不想一声梆子响,早从树林内跑出几十个强人来,大喝道:"你们聚了许多人,将往那里去?"李自成道:"不要多说,我们人马多众,器械齐备,谅你数十个人不是我们敌手。快叫你的大王来。"时各强徒方一头截住李自成那一支人马,一头又使人回山报告。

见为首的一个人面貌很凶,身材雄魁,手执长枪,座下骏马,从山上跑下来,后面还有数十人跟着。李自成料知是山上大王,即接着先说道:"来的可是山上大王么?我们被官逼变,又见世界扰乱,故同谋起义。你们伏在山上,终没个出头,不如一同起义也好。"那人听得,便滚鞍下马,答道:"我们在山,大秤分金,小秤分银,本十分快活。但闻足下之言,亦觉有理,就请到山上且行歇马,共行商酌。如你们说得有理,我便举众相从便了。"李自成大喜,先自下马,一齐上山。

原来那为首的大王不是别人,就是张献忠,绰号叫八大王的。因他弟兄多人,他排行第八,又是性情凶悍,故得这个绰号。向属无赖,因前者同人殴斗误伤人命,就结党逃出外面,集聚了三五百强人,踞住此山,结营作寨,打家劫舍。只为当时四方扰乱,官府未有理他,他故日强一日。手下又多几个悍勇之人,故四处望风生畏。

第五回 愤县令李岩从乱党 破神京闯逆掳圆姬

那日与李自成等同到山上,大家分宾主而坐,李岩知他行劫多日,所积财帛必然不少,若得他助力,不患眼前没粮草,即说道:"足下雄霸一方,各处无人敢敌,诚足自豪。但蠖屈此间,纵使日甚一日,终不过为一草寇。以足下英雄如此,实自弃而已。大丈夫当纵横天下,岂可屈处山中,自堕其志?方今国家多事,明统将终,正宜奋起。以足下雄武,何所不克?大则身居九五,为天下之君;小则亦割据一方,为一国之主,千万勿失此机会。愿足下细思之。"张献忠听罢,大喜道:"先生之言深得我心,我愿拱听尊意。"说罢,李自成即与张献忠手下各人互通姓名。张献忠便令宰牛杀马,款待李自成等。一班人大吹大擂,在帐中饮宴。

席间倡议,大家歃血为盟,要同心协力共图大事。各人都让李自成为首,张献忠自是不得不从。余外各人签名,祷告盟心。计当时为首的,都有十数人:

第一名闯王李自成
第二名八大王张献忠
第三名隐身豹牛金星
第四名军师李岩
第五名老回回孙昂
第六名一条棍张立
第七名格子眼盛水正
第八名冲天鹏方也仙
第九名梅铁魂梅遇春
第十名水抱龙刘伯清
第十一双珠豹史定
第十二扫地王闻人训
第十三泼地皮陆纲
第十四一枝花王个子
第十五可飞天沙凤
第十六混天龙马元龙。

各人盟誓已毕,痛饮一醉。原来附近有许多山岭,另多有强人埋伏,张献忠一并劝他同来。数日后,即率领人马直往山西进发。那时四处告荒饥民又众,一路从者不下十数万人。内中虽李岩是个读书人,惟其余皆粗暴不过的,无不以杀戮为得意,李岩也止之不住。又因人马太多,需饷更烦,故所过州县皆掳掠一空,李岩亦无可如何。虽谏了几次,那献忠道:"我若不杀他,他必不肯从;我若不抢他,又无以济军需。"这等语,李自成反以献忠之言为是。故当时兵戈涂炭,十分惨酷,为从来所未有。既进了山界,即分张献忠一支人马转攻河南,李自成自沿山西往北京而来。

时山西只有大同镇地当冲要,不料大同总兵姜瓖已望风投降,故自成一军更无阻敌。因此,各路的督抚虽雪片似的文书告急,怎奈当时辽防紧急,内地守卫皆空,故李自成直如破竹。后来明朝因各路告警,也曾派过几个大员督兵。但左一处虽胜,右一处便败,加以李自成聚集饥民百万,皆以为胜则可以得食,败则总要挨饥,故每遇战事皆奋勇向前,官兵如何阻挡?且李自成等军随处以抢掠作粮草,官兵又反粮草不继,更无心应战。因此李自成直陷了山西,望直隶而来。

时江南膏腴锦绣,子女玉帛,皆胜他省,故有左右劝李自成请先下江南。惟有李岩谏曰:"今大兵既兴,志在与朱明共争天下。若破北京,则国皆为我有矣。况我军久久节制,沿途掠劫,加以杀戮又大,若旷日持久,人心反叛,大势必危。计不如先取京师。"李自成亦以此话为然,于是提数十万人马蹂躏直省地方,叩攻北京。官兵皆以寡众不敌,望风而溃。这一会直教神京陷落,明社沦亡。正是:

　　累世经营称险要,一朝陷落作丘墟。

要知后事如何,且听下回分解。

第六回

杀妻儿崇祯皇自缢　　争美姬吴三桂哭师

话说李自成率领数十万人马进攻京师,时京中久已戒严,又因辽防事紧,所有猛将雄兵俱在关外。那总督范文程,先已投降去了。余外随范文程去的却也不少,故边关正在需人,也不暇顾及内地。因那时满兵已攻至山海关,偏又事有凑巧,满洲太宗适值身故,故两国暂时讲和罢战。惟战事虽然暂停,防务依然吃紧,是以京中反为空虚。且自大同镇叛降后,人心皆惊,无不望风披靡,故李自成得直薄①京城。

先是袁崇焕既已被罪,京中各员欲借此重兴大狱。由陆澄源参劾御史毛羽健为袁崇焕党,已逮狱中。那钱龙锡手定崇焕之狱,但他从前曾奏保崇焕,故亦革职逮问。因此之故,虽边防紧急,多不敢奏保将帅,故李自成更无忌惮。自进攻京城以后,京中一夜十室九惊,且又谣言纷起。

恰那年八月中旬夜分,正在月白风清,忽然妖气东升,长数十丈,阔四五尺,本粗末细,其形如刀,光芒四射。人民看着的,无不惊骇。一连几十夜,都是如此。由钦天监看过,道他是蚩尤旗,若遇出现,必主兵凶。又有一夜,相传四牌楼有一个更夫,那夜遇一老者,告他道:"此数夜间,你夜内若见一个妇人披麻孝服的,总要拿住她。若被她逃去,于此处地方不利,人民必死去大半。"说了,那老人已不见面。果然,次夜那更夫正见一个妇人穿了孝服,浑身缟素,自言丈夫新殁,无所依倚,在路旁啼哭。那更夫正自怜悯她,忽然那妇人望东去了,瞬息不见。那更夫方省起昨夜老者之言,悔之不及。

其余传某处老树每夜必鸣的,有说某处空屋无故有声的,种种怪说,不知是否真有此事。但说来的倒似确确凿凿一般,故一般愚民一发惶恐。是以李自成人马一到,城上守兵已不战自乱,互相逃走。李自成刀不出鞘,弓不上弦,即进了第一重城。李自成杀戮又大,凡逃降稍迟者,即作无头之鬼。因此人心更惊,皆望风逃走。李自成绝无阻力,又进了第二重城。时京中大员因李自成人马多众,军势复锐,皆束手无策,纷议调吴三桂一军入卫。崇祯帝亦无可如何,即降旨调吴三桂入京。

惟由京师到宁远,往来实需时日,及谕旨到宁远之日,吴三桂本欲调兵即行,因父母妻子皆在京中亦须往救,并圆圆尤在,亦不能不顾,今适有调动,自己正宜乘势入京。正在抽军之际,忽流星马飞报,李自成已破山西大同镇,姜瓖已降,各路望风披靡,京中已戒严了。

忽又报李自成已分张献忠南下,汴、淮、江、鄂一带,声气隔绝,各军俱不能入卫,京师已十分危急了。吴三桂正自惊讶,暗忖李自成人马何以这般神速,正须立刻动兵,忽流星马又报,李自成大队人马已被直隶,过河间,直叩京师。忽又报京师戒严,第一重城已被攻破,第二重城正在被困

————

① 直薄——迫近。

之中。有谣传京城全陷的,有谣传帝后俱已丧亡的,纷纷其说,都是风声鹤唳,弄得吴三桂反无主意,自忖道:"看李自成军马直如入无人之境,无处可以阻挡的。各路人马又只调自己一军,终恐不能拒敌。"是以踌躇不决,把从前一片热心都已按下,反观不进。

时李自成即进了第二重城,崇祯帝自顾京内,既无强兵又无劲将,只望各路兴兵入京勤王,或可解危于万一,惟久无消息,即宁远一路已降旨征调的,仍不见至。眼见江山是没望了,只招集各大臣会议,看有何应付之计。

不想那时敌国虽已暂和,不久又复兴兵,京中适传清兵至松山,洪承畴已大获胜捷,清兵已退,今洪承畴已起程入京应援,不知洪承畴在松山已兵败投降去了。朝中群臣尚不知得,反降诏优奖承畴,及后渐渐风声传得不好,崇祯更知无望,看看各大臣又一筹莫展,不觉叹道:"君非亡国之君,臣是亡国之臣。"即垂泪拂袖回宫。各大臣亦失意含羞而散。

时李自成既奋攻第三重城,适军中又传吴三桂带兵回京,心中亦怯于吴三桂之勇,即与左右计商抵拒吴三桂之法。牛金星道:"吴三桂出镇宁远时,留家眷在京。他有歌妓陈圆圆,为国戚田畹所赐。他自受圆圆,为人言啧啧,他父吴襄故不令他随带赴镇,故尚留京中。那圆圆为三桂心中的人,若掳圆圆以挟三桂,料三桂必为我用也。"李自成道:"我夺其爱姬,彼将益愤,又将奈何?"牛金星道:"非夺取圆圆,不过借圆圆以挟吴三桂耳。三桂勇而无谋,我若先破京中,它将以京城既破,救无可救,援无可援,势必灰心。我即留圆圆为罗致三桂之地,有何不可?"李自成深以为然,因此攻城益急。

时提督京营吴襄正督御营守城,惟以寡众不敌,终难抵拒,遂被李自成攻破。李军一齐拥入,吴襄先已被擒。李自成因牛金星之议,先分付至吴襄家中将圆圆并吴襄全家掳至营内。吴襄一见圆圆,即谓圆圆道:"媳妇若能一死谢吾儿,固足以全名节,亦足以壮吾儿之心。吾儿必不负媳妇,上为国家,下为门庭,将复仇有日也。"陈圆圆听了,惟哭不成声。李自成却责吴襄道:"大明失道,我方应天顺人,同是中国人,谁不可为君?今汝被擒,吾固未尝加害,是吾之加恩于汝者厚矣。汝老贼犹不念恩,反作此言耶?"说罢,一面令吴襄押过一边,徐令押圆圆上前。

李自成见她玉肌花貌,虽在悲苦之中,不失娇娆之态,看了不由心为之动。乃赞道:"吾阅女子多矣,未见有如此艳丽者。此楚庄王所谓世间之尤物乎?吾若得此人以充妃嫔,生平之愿足矣。"李岩谏道:"大王之言差矣。自来美女一笑倾城,再笑倾国。愿大王勿萌此心,以国事为重,方不负臣等跋涉相从之意。今为大王计,宜将吴襄、圆圆及其家人送还吴三桂,则三桂之感大王深矣。那时不患三桂不为我用也。"李自成道:"军师之言有见不到处。三桂若为我用,是我以他家属送还犹可也。若我送回家人与他,而他即倒戈相向,是徒中他人之计,此则必不可矣。今我暂留吴襄、圆圆,以看三桂动静。三桂若肯降我,我即还他家人;三桂若为我敌,我即杀他家人,以泄其愤,不亦可乎?"说罢,便不从李岩之计,转向圆圆道:"吾闻汝从三桂,为慕其英雄也。今国破家亡,三桂未能以一矢相援救。吾独能踏平陕晋,扫靖燕云,唾手而取北京。我之英雄,较三桂若何?汝若舍三桂而从我,当不失妃嫔之贵。"陈圆圆道:"大王此举,如志在与朱明共争江山,自应以仁义之师救涂炭之苦。若以一时声势,夺人之爱而损人之节,固失人心,又误大事,愿大王勿为之。"说罢,惟俯首不仰视。

时李自成诸将多在旁,圆圆只几句话,说的李自成无言可答,只令将圆圆押在一处,不令吴襄相见。时左右多劝释还圆圆,李自成不允,只称待全破北京之后,看过三桂动静,再作计较,实则欲久后收为己有者,不从诸将之言,只传令攻城。时内城已是守卫空虚,守卫臣民多已逃走,居民又多畏自成残酷,皆悬顺民之旗。官吏更不闻鼓励军士守城。

崇祯帝在宫中度日如年,愁眉不展。宫人多劝道:"陛下可先逃别处,然后待勤王之兵,或可以恢复。"崇祯帝道:"大小臣工,升平则谋晋官阶,患难则各保性命,谁复有能勤王者?眼见江山是没望了。只可怜太祖创业垂统二百余年,至孤及身而坠先朝统绪,将何以见祖宗于泉下耶?"说罢大哭。

复转入深宫,见了皇后及一子一女,不觉放声长叹道:"愿汝等生生世世勿生帝王家也。"各人听罢,无不泪下。皇后道:"今寇势若何?岂不是江山全没望了?何不渡河南下,征调各路勤王之师。"崇祯帝怒道:"朕惟不明,误用无用之辈,以至于此,安复得有救国之人?古人说:国君死社稷,朕死乃本分也。汝辈劝朕南下,岂汝辈独欲偷生耶?"正说话间,宫人报道:"闯逆已进攻内城了。"崇祯帝此时只与皇后及子女相对,左右并无大臣，但闻炮火之声轰天震地，崇祯帝起向皇后道："朕将死矣！天若不亡明祚，大江以南或有起义师以平寇乱者，亦当另立明君，实不忍偷生以尸大位。但朕躬既死，汝辈将若何？"皇后道："陛下死忠，妾则死义，儿女等死孝，又复何辞？"崇祯帝道："如此方不负朕，但朕不忍汝等死于他人之手，不知汝等之意若何？"皇后道："悉听陛下之命。"崇祯帝道："如此则他日九泉之下，亦可以见祖宗也。"说罢，提出一刀。

时炮火之声越近，宫人又报："敌兵已直进内城了。"崇祯帝听了，更不答话，先举刀把皇后杀了。儿女在旁看了，皆不忍睹，只环而相哭。崇祯帝割下皇后首级，复将子女一刀一个，杀了个干净，拿着几个首级，直奔后宫来。恰有一座煤山，树木不高。崇祯帝看看，觉可以在此自缢。正解下罗带，忽见太监王承恩走进来。崇祯帝听了脚步之声，回头一看，即道："汝来何意？"王承恩道："臣闻陛下手刃娘娘及公主等，料知陛下守国君死社稷之义，今特来相送，并欲陪陛下于泉下。"崇祯帝道："朕则分所当死，汝则何苦轻生？"王承恩道："臣闻君辱则臣死，况陛下不止受辱乎！今臣赶来，不过欲陛下归天之后，然后自尽耳。"崇祯帝道："古来宦官都是祸国，汝独能忠君，以视闻难先逃的大臣，诚愧煞矣。朕愧不能早加恩于汝。"王承恩乃先挖了三穴。崇祯帝问其何意，王承恩道："正中之穴所以掩陛下与娘娘。左右二穴将以埋太子与公主。臣将营一穴于其下，以从陛下于九泉。想若有宫人奔到此间，见了数穴，必能收拾陛下与臣等也。"崇祯帝听了，只为叹息。王承恩道："事急矣，早早请陛下归天。若闯逆到来，恐有不便。"崇祯帝便悬罗带于树间。王承恩先捡泥土与他踏起来，崇祯帝就将结扣在颈上，遂一脚将脚下的泥土踢开，自缢起来。

不一时间，手足不能伸动，吐出舌头来，已没气息，敢是死了。王承恩哭了一场，觉做天子的且如此结局，吾等何以生为？遂亦解罗带以自尽。不觉又发出一种愚见，以为自己是个臣子，不好与崇祯帝同列，故只将崇祯帝尸身扯高，自己却在崇祯帝脚下来自缢。不多时，已同归一路去了。可怜当时京中，满朝文武殉难死节竟无多人，或是屈身投降，或是闻风远避，只有这一个太监王承恩，竟捐身殉国。虽然是一片愚忠，也算难得的了。

今且说李自成破了北京，只知道崇祯帝殁了，就闯入宫中，并不曾替崇祯帝发丧。但将宫中一切宫女，齐集点名。名是保全他的性命，实则凡有姿色的都留作自己妃嫔,昼夜淫乐,不理大事也。从各大臣下之请,改元大顺,称帝而治。以为自此身登九五,可以娱乐终身,故诸事统不理办,凡大小臣工,又无等级制度,不是公侯,就是将相。李自成见宫中许多宫人,自己受用不尽,择些颜色稍次的分派各臣工,称是与臣同乐。故那时各臣工大半出于草寇,见李自成且自图快活,自己更不必留心军国大事,且又不懂得什么政事,除了酒色两字,更没第二件事。

直至各营将校军兵,也上行下效,分头抢掠妇女。那时京城残破,干戈纷乱,凡贞节的妇人,十不得一,都任由李自成军人抢夺以苟存性命。稍有抗阻,多被李军一刀两段,因此亦杀人无算。时有众文武将官控告的,亦概不置理。弄得居民无可如何,不是失了资财,就是亡却妻女,营中绝无一些纪律。李自成自进宫后,一连三日不曾出宫视朝,故士卒如何骚扰淫掠,一概不知,即知之亦不过问。计自破京城后,不曾出过一张告示,不曾降过一道谕旨,惟李自成心中只有一个吴三桂,只派人常打听吴三桂动静。

那时吴三桂自知道李自成进攻北京,本欲发兵入卫,因崇祯帝在时亦只赖吴三桂一军,当都城方危,曾遣使宁远,封吴三桂为平西伯,使移兵入关。三桂以全家在京,且新受封典,即传令起兵,向京进发。计当时三桂部下,约大兵五十万人。唯行军之际,仍存观望,故日行不过数十里。及抵山海关,即下令扎营,只为部下诸将所催,仍勉强前进。历四天,方抵丰润。

那时已得京城失陷之信,三桂即顾谓左右道:"贼军乘胜,势方浩大,恐难取胜。不如退兵,再商行止。"部将冯鹏谏道:"国家以全师授将军,今未见敌形,先自退怯,恐人心瓦解矣。进而获胜,固可复宗社;即不胜而死,尚足以对国民。遗臭流芳,在此一举,愿将军思之。"吴三桂听罢,踌躇不答。冯鹏退出后,语人道:"吴平西眼光不定,心尚徘徊,其主意如何尚不能知。今后国家绝望矣。"时吴三桂卒不从冯鹏之谏,下令退兵山海关。流星马忽报道:"吴三桂全家被擒,崇祯帝已殁。"吴三桂大怒,乃复欲进兵。

时李自成实惧吴三桂一军,恐他入京为患,乃挟三桂之父吴襄,使作书招降三桂。吴襄不敢却,即为作书。李自成得书大喜,即令降将唐通赍白银五万、金二万,犒赏三桂之师,并致吴襄书札。那时三桂将抵昌平,得报吴襄书到,即令唐通进帐。吴三桂就在营中拆阅其父来书,那书道:

  汝以君恩特简,得专阃任,非真累战功,历深资也。今汝徒饰军容,怯懦观望。李兵长驱直入,既无批吭捣虚之谋,复乏形格势禁之力,事机已失,天命难回。吾君已逝,尔父幸存。呜呼!识时务者,亦可以知变计矣。及今早降,尚不失通侯之赏,犹全孝子之命。万一徒恃愤骄,全无节制,主客之势既殊,众寡之形不敌,顿甲坚城,一朝歼尽,使尔父无辜并受屠戮,身名俱丧,臣子均亏,不大可痛哉?今幸新主休容,书到之日,即宜照行,毋再观望。

吴三桂看罢,便欲归降,不欲进兵。左右皆谏道:"闯贼无道,决不能久踞神京。将军若倒戈降贼,将遗臭万年,不可不慎也。以闯贼凶淫残杀,人人怨望。将军乘此时机,催兵入京,将百姓欢迎,望风从附,闯贼势将瓦解。是天以此建功立名之机会予将军也,请将军思之。"三桂道:"非尔等所知也。李自成虽非吾主,然犹是中国人也。今明室既危,敌国窥伺,将来若为敌国所灭,恐虽欲为中国臣子而不可得矣。且吾全家在京,我若不降,将全家受害,故吾决意归顺,你等切勿多疑。"左右又道:"明室虽危,将军责任重大。若稍可维持,当尽其力。以将军豪气盖世,何以一旦闻风先馁乎?请将军先斩贼使,以励军心,吾等皆愿出生入死,以从大将军之后,决不反悔。"吴三桂大怒道:"吾意已决,汝等何得多言!再言者斩!"三桂便不从左右之谏,厚待闯使唐通,告以愿降之意,并为书致复其父吴襄。那书道:

儿自奉命督兵入卫,部署既定,方起程向都进发。途次适接父书,备聆严训。以国破君亡之日,儿本当以死报国家,顶踵发肤奚敢自惜?顾父以孝道相责,儿安敢不唯父命是从!儿旨日敛兵归顺,谨先禀复,以慰父心。

书发之后,三桂即令闯使唐通回京复报,旋下令回兵山海关。时部下忠义之士听得吴平西降贼,多有痛哭流涕。及回至山海关,忽探子飞报道:"李自成发兵二十万,扼守燕蓟以拒吴军。"三桂道:"彼之发兵,以吾未降也。吾今已降,彼兵自退去。"后又得飞报道:"贼逆入京已踞明宫,吴平西全家被擒,陈姬圆圆亦被掠去。"三桂闻报,时方提笔出示安慰部兵,不觉掷笔于地,大骂道:"贼逆夺我爱姬,吾誓不与你干休也。"登时挥泪向左右大哭,便欲提兵复行进京。正是:

痛哭六军皆缟素,冲冠一怒为红颜。

不知后事如何,且听下回分解。

第七回
争圆圆吴三桂借兵　杀吴襄李自成抗敌

话说吴三桂听得李自成把陈圆圆掳去，登时大怒，即北向骂道："今番与闯誓不干休也。"立即传令各营聚齐，要星夜入京，与李自成决个胜负。即向左右道："闯贼欺吾太甚。今正遇国破家亡，诸君奋力同心，俾本帅上报国仇，下雪家恨，与诸君共成大功。愿诸君毋怀退志。"左右皆道："某等已早谏元帅矣。当京师告急之时，若能早发大兵，此时已碎闯逆之首未可知也。今则旷日持久，彼已乘此机会。但宗社既亡，君父被害，死生何敢爱惜？愿竭力以受元帅驱策，愿元帅勿疑。"吴三桂道："吾亦悔初不用诸君之言，但闻闯贼自盘踞神京，君臣上下只昼夜宣淫，不理政事。即一切军事，亦毫无布置。某以全师入京，加以全军义愤，破李逆必矣。故今日勋兵，犹未晚也。"说罢，便欲鼓励军心，即设备香案，望北遥祭崇祯帝，并祭过帅字大旗，即令起行。忽探子飞报道："建州卫九王爷，以大兵二十万屯于辽河之东。因他听得中国内变，京城失守，故拥兵观变，以窥动静，未知他用意如何。若我起兵以后，自宁远以至山海关边地空虚，若彼大兵乘间而入，势将奈何？元帅不可不审也。"吴三桂闻报，大惊道："吾自镇守东陲以来，素知建州兵马精骑善射，实为劲敌。若我起行之后，彼乘虚而至，恐闯贼未破而已腹背受敌矣，似此如之奈何？"正在惊疑之间，忽报洪承畴、祖大寿赍人送书来到。

原来前者洪承畴任蓟辽总督，以祖大寿镇守山海关。及建州兵至，洪承畴督军迎敌，大战于松山，为建州兵所败，已屈膝投降。复以书召祖大寿，大寿亦投建州而去。建州主皆重用之，任为将相。素知吴三桂悍勇绝伦，且拥重兵，久欲招降，至是知北京失守，崇祯已殁，李贼入踞，明社既虚，吴三桂正在徘徊观望之际，故使洪承畴、祖大寿以书招致三桂。那时三桂正恨自成夺去美姬圆圆，欲与决战，忽听得洪、祖二人有书到来，便令将带书人引入。就在帐中先开看洪承畴一书，只见书中写道：

长白大帅麾下：自别后天隔一方，无由拜晤。回念前情，惆帐奚似。比想华毂朱轮，拥旄万里，树东陲之屏障，作中土之藩篱。勋望日隆，声威渐远，故人无恙，致可慰也。余昔受命师视蓟辽，与足下同事一方。大小数十战，皆奋力前驱，冀增耀旗，常保全宗社，此足下所知也。无何天不佑汉，松山一战，师徒挠败，只骑无归。自知觍面还朝必无生理，每欲殉国。而自念非战之罪，死亦无名，故隐忍至此。且识时务者，方为俊杰也。抑吾闻之，士为知己者用，窃以新主优礼降将，不予猜疑，既委以大权，复縻以好爵。得君如此，何忍却之？况如仆驾下犹优待如是，况足下武勇殊常，英名盖世，久为吾主所倾慕者！吾知朝诣廷阙，幕晋藩封，必不致负足下也明矣。方今明社既墟，逆氛方炽，足下父母为俘，姬妾不全，既不能从故主就义泉台，又不可与闯逆共戴天地，足下将不可以为人矣。且逆闯以大兵阻于前，吾主以大兵持于后，足下徘徊歧路，稍一差池，即身败名裂，不可不审也。伏愿上鉴天时，下观人事，归命我朝，当不失藩封之位。既不负生平之所学，又可以报君父之仇。取名雪恨在此一举，唯足下图之。

吴三桂看罢，心中已为洪承畴所动。复取看祖大寿一书，词意亦是一样的。原来祖大寿是吴三桂的母舅，一来自念提兵入京与李自成决战胜负未知；二来若降建州是一举手间，又可以保全身命，博取藩封；三来有自己母舅在内周旋，即往投降亦料无它故，便立定了主意。先厚待带书之人，遣发回去，随复知洪承畴及祖大寿，请彼此面商，然后决定。洪承畴得了吴三桂之书，即与建州九王爷酌议。你道那九王爷是谁？就是建州太祖第九皇子，唤做多尔衮的。他为人聪明勇敢，向来敬礼洪承畴，又倾慕吴三桂。自松山一捷得洪承畴投降，至是便令洪承畴招罗吴三桂，皆出他的主意。及看了吴三桂的书，向洪承畴道："孤提兵二十万以窥明疆，所可与孤强抗的，只吴三桂一人耳。今李闯已破北京，三桂进退无路，亦不能为我敌矣。唯孤最爱将才，苟吴三桂肯来归降，实所深愿。足下可即与三桂相会，任三桂有何要求，皆可应允，孤断不吝惜也。"洪承畴道："如此足见殿下爱才之心。某此行决不辱命。"遂复书吴三桂，择地相见。届期与祖大寿同往，吴三桂亦届期潜至。

那时三桂又恐为左右梗阻，只说道："李闯既破北京，人马既众，恐未

第七回　争圆圆吴三桂借兵　杀吴襄李自成抗敌

易取胜。且建州又有大兵从后窥伺,腹背受敌,实非良策。今幸吾舅祖大寿在内主持,某当藉此机会,一面与建州联盟,效申包胥在秦庭痛哭借兵之事,即借建州兵力以征灭自成,一举而复宗社,一雪君仇,有何不可?"时左右听得,皆未知吴三桂之用心,以为此策若行,实是一举两得,故无不赞成。吴三桂不胜之喜,即依期前往,与洪承畴、祖大寿相见。先自寒暄一会,各道契阔之情,又与祖大寿各诉说家事一番。洪承畴即伸前议,力劝三桂归降。三桂此时心上仍有观望,心中忖道:"若能借建州兵力扫灭自成,然后返戈东拒建州人马,自是不世之功,可以流芳千古。若所谋不遂,又不如归降建州,以保官阶性命,较为得计。"故向洪承畴说道:"足下之言甚善,弟无不愿从。他日得晋爵开藩,皆足下之赐也。但故国已亡,吾君已殁,为臣下者方痛悼不休,何忍遽舍宗邦,任国民涂炭于逆闯之手?望足下善言于九王爷,假弟大兵先行报宗社之仇,自当委命九王,以供驱策,决不负足下裁成之法也。"洪承畴道:"如此足见足下忠义之心。即弟回念故君,亦为感叹。愿为介绍于九王之前,请足下与九王面商,弟亦从旁力助,未知尊意若何?"吴三桂至此寻思道:"若面谒九王,必诸多要挟,自己若不往见,又恐起他疑计。不如先见九王,看他来意如何,再行打算。"因此便即应允,并道:"弟亦欲一见九王颜色,足下既允介绍,自是好事。但今李自成方遣兵东下,国民有倒悬之急,事不宜迟,就请足下速发。"洪承畴道一声是,即与祖大寿同引吴三桂起行。

　　到了九王营中,通了名后,九王多尔衮即传出一个请字,大开营门接见。吴三桂先向九王拱揖,九王亦还礼不迭,随让各人列位而坐。九王先说道:"孤闻将军之名久矣,只以各事一方,未便拜谒。今日光临,不胜欣幸。"吴三桂道:"辱蒙王爷过奖,惭愧不堪。今国家多故,闯贼破毁京城,盘踞宫阙,故君被害,全家为掳。吴某上不能复国仇,下不能抒家难,实无面偷生人世。窃维故国与贵国向属毗邻,自息战以来已共敦和好,观于敝国变难;应是休戚相关。今愿贵国仗义借兵,俾扫除逆贼。事成之后,当委命王爷,执鞭左右。不知王爷能俯允否?"九王道:"明国本与吾为世仇,但重以足下之情,本无不可。只我国为尔兴师,縻资财,耗民命,不知事成之后如何酬报?"吴三桂道:"若蒙社稷之灵,得假贵国大兵复存宗社,愿割蓟、辽二州为贵国寿。"九王道:"足下言虽如此,但贵国恐无信义。设事后为之反悔,又将奈何?"吴三桂道:"宗社既亡,人民方涂炭于闯逆。得贵国之力,得扫逆氛,复存宗社,敝国人感贵国多矣,安有反悔之理?王爷尽可放心。倘不得已,愿歃血为誓。"九王已窥悉其意,便从之,即彼此歃血。洪承畴、祖大寿亦一并书名。吴三桂道:"今盟誓已妥,愿王爷即假大兵,俾早除国贼。"九王故说道:"现军中部署仍未大定,一二日后即可发矣。足下请先回营准备,到时会兵可也。"

吴三桂此时仍以为建州九王只是借以大兵,不料自行统兵入关之事,便即辞去九王及洪承畴、祖大寿,先已回营。与左右诉说前事一遍,以为此举可免建州人马窥伺,又可以立除李闯,实一举两得。左右道:"若割蓟、辽二州,是北京如唇亡齿寒矣。"吴三桂道:"目前不如此不能得他允肯,惟有事后始图设法耳。"左右皆不敢复言,吴三桂便打点军士,准备会兵于京。一面布告檄文道;

闯贼李自成以么魔小丑,荡秽神京。日色华光,豺狼突于城阙;妖氛吐焰,犬豕据于朝廷。逼帝后于泉台,屠庶民于沟渎。绝无威德,只事淫威,本夜郎自大之心,窃天子至尊之位。又复穷极凶恶,昼亦宣淫,逞尽贪残,日唯抢掠。二祖列宗之怨恫,天寿凄风;缙绅勋戚之诛锄,鬼门泣日。遂使神州赤县尽成暗地昏天。本帅出镇外藩,关怀中国,愤狼枭之残虐,悼象魏之凌夷,爰起义师,俾除大逆。率如火如荼之盛,辟易千人;夺可擒可纵之威,纵横万里。凡吾官吏,爰及军民,当知国家厚泽深仁,自应报本;亲睹闯贼穷淫极恶,共起诛奸。齐挥逐日之戈,即奏回天之效。方今周命未改,汉德可思,诚志所孚,顺能克逆。义声所播,一以当千。试看禹甸之归心,仍是朱家之正统。

这檄文一出,传播远近,李自成见之大惧,自行率兵十万,离京东行,以御三桂。并挟崇祯帝未杀之一子,及两王吴襄等自随,满意倘不能取胜,即为挟吴三桂的地步。又遣大将牛金星、刘宗敏为前锋,先到永平驻扎。吴三桂探得,谓左右道:"我檄文一出,自成即率兵东行,其心诚惧我也。我若能破之,可不待九王来兵矣。"便即传令进战,直抵永平地方。惟李自成一军向不事兵法,惟逢城则攻,遇兵则战。独闻吴三桂之名,虑自己不能抵敌,乃令牛金星、刘宗敏先出,吴三桂即与接战。计大小十三战,各无胜负。因吴三桂虽勇,奈李自成兵多,每次都是混战,故仍不大得手。那日又复进战,吴三桂正在酣战之间,李自成却自统本部大兵,绕道进围三桂大营。三桂听得,大惊,惧为自成所乘,乃传令暂退。李自成谓诸将道:"三桂,虎也。趁其稍怯,宜竭力逼之,勿令他再能布置。若破了吴三桂,余皆不足虑。"

诸将闻令,.无不乘胜齐进,先拔了吴三桂大营。三桂退至山海关,李自成复挥军围山海关。即另遣一军从关西而出,由一片石出口驰东,并突外城,以逼关内。三桂被围,直不能进战。时建州九王多尔衮,听得吴三桂被围已急,默念:此时进兵,正合时势,遂亲率大兵,望山海关而来.复分兵二万人,由西水关而入。那时三桂日盼建州人马到,各部将皆向三桂道:"当自成初攻京城,若我等即驰兵入卫,断不至此。今闯逆已得北京,人心瓦解,彼又以数十万而来,实不易敌。今坐困此城,是绝地也。"吴三桂道:"往事吾亦悔之矣。但今只望九王兵到,犹可反败为胜,诸将不必惊心。吾料九王必不欺吾也。"正说话间,人报:"建州九王已率兵西来。惟行程甚缓,倘不能济急,如之奈何?"吴三桂道:"城中兵力未损,粮亦可支,犹可待其至也。那时里应外合,必败闯逆无疑。吾当乘胜迫之,扑杀此獠,以雪吾心中之恨。"说了,诸将皆无话说。

但三桂虽如此说,心中也疑九王不为自己尽力。自念:当九王兵到时,当有以坚其信心,方可恰当。九王兵到,吴三桂即薙发①。时左右皆不知,及见他迎接九王扮这个装束,无不惊骇。三桂复向九王道:"闯贼以数十万大兵,并亲自统率,逼臣于山海关。今幸殿下大兵到来,得抒危难。三桂已感九王大恩,将粉身图报。"九王道:"孤今日方知汝诚心也。但足下一人归顺,而足下部下将士还多,倘不服令,又将奈何?"吴三桂道:"臣久镇宁远,颇得人心。军士之服从与否,尽在臣耳。今臣回去,当下令概行薙发,殿下不必多疑。"九王道:"如此甚好。孤必为汝扫除闯逆,以报大仇。"吴三桂拱手称谢,即辞回关内。下令一概薙发,如有不从者,即以军法从事。此令一下,左右亦有进谏道:"元帅初时只言向建州借兵,非臣服建州也。今如此,是背朝廷矣。苟不能恢复明祚,又何仇于李闯一人?愿元帅思之。"吴三桂听罢语塞,不能答。半晌方道:"吾此举亦行权耳。非如此不足以坚九王信用也。"左右听罢,当时亦不疑遽有异心,故不复言。于是部下三军,一概薙发,三军无有不从命者。又以战期

---

① 薙发——剃发。

既迫,或有薙发不及的,都以白布束头为志。吴三桂即以三军薙发,报知九王,并约会进战。九王即令三桂为先锋,自为后队,并作游击之师,克期进战。九王复令英、豫两王,领兵绕出吴军左右,以袭击自成。分布既定,三桂先出。

时三桂以既有建州大兵,心胆大壮,率全军齐进,与李自成大将刘宗敏先遇。时建州兵复以弓矢助吴军,故吴军出敌时,万弩齐发,李自成军不能抵御。刘宗敏先已中箭,落马而死。吴三桂即乘势麾军直进,李自成即全军溃退。望见吴军皆已薙发,皆惊道:"此建州兵也。"一时遑迫无措,随又值建州英、豫两王领军分左右夹击,李自成益不能支,即行齐遁。吴三桂不舍,率军奋勇赶来。吴三桂并下令道:"闯逆既败,宜迫蹙之,勿令复养军气。报国仇,杀逆贼,在此一举矣。"当时人心思明,故闻令无不奋勇,直追至永平。李自成欲闭关自歇,吴三桂军已随后至矣。李自成直不能驻扎,复弃城而遁。吴三桂换后军为前军,并力追赶。李自成使人持书报吴三桂,书道:

将军借外兵以残我,非计之得也。朕即溃败,将军岂便能复明统耶?今故主二王与君父俱在吾军,若稍有差池,即玉石俱焚。君父为我戮,将军于明为不忠,于家为不孝,愿将军思之。

吴三桂看罢,掷书于地,喝斩来使。时左右皆以二王被李闯挟在军中,不免投鼠忌器,欲设法脱出二王,奉之为主。吴三桂道,"故主且被害矣,何有于二王?吾尽忠不能尽孝,即吾父一命,亦听天数耳。"说罢,复领军追。正是人不离甲,马不离鞍,昼夜不停,直追至京兆。李自成已闭关自守,吴三桂复下令,将军马分四面围定,并会同建州人马,分头攻击。时李自成只带骁兵三百名,先奔回京师,余外大兵统令在城外驻扎,分为十二寨,环兵守之,以拒三桂。三桂乘胜攻之,连拔八寨,斩首级二万有余。自成恐吴三桂乘势入京,故城外兵败,仍不敢开门纳入。因此,城外败兵除死亡外,互相逃窜。李自成急使降将唐通出迎三桂,兼抚败兵。唐通即领命出马,与三桂对阵。三桂骂唐通为无耻降贼,唐通道:"汝以吾为屈身降贼,汝自问何如?恐吾犹胜于引外人入国也。汝不自羞,还敢在阵摇唇布舌耶?"吴三桂听得,大怒,即令部将马有威出战。唐通即与迎敌。无奈三军败后,互相惊溃,唐通故不能抵御,仍复大败。三桂复追之,又斩首数千。李自成大惧,乃遣使求和,愿共为中国之主,分地而治。三桂谓来使道:"今非议和时也。汝还我太子、二王,方可开议。"使者还报李自成,自成集聚诸臣计议。李过道:"我之拘获二王,只欲以要挟三桂。今若释去二王,三桂更无顾忌,而议和绝望矣。"李自成道:"此言亦是。但不先还他二王,三桂必不开议,又将奈何?"牛金星道:"二王状貌非吴三桂所素识,不如择一相貌相似者,饰以冠服,伪为二王以还之,与之相议。事成则以真二王相还,不成则二王尚在,亦无所损。"

李自成以为妙计,乃从牛金星之议。一面以两卒扮作二王,酬以金帛,使勿泄漏;又一面使人面复三桂,愿还二王议和。三桂听得与左右计议。却先令守备张成、指挥使范玉各率兵卒,用李闯旗号,分东西埋伏,候太子二王出时,即疾击闯营。复令部将马有威、耿士良,率大兵相应,以夺太子。分布既定,专候李自成中计。不多时,李自成即遣人护送太子、二王出阵。吴三桂即发号令,伏兵齐出,先夺了二王,然后挥军袭杀。李自成复大败,退入京中。及三桂回营见二王是假的,一发大怒,计议攻城。时李军在城内的本尚有数十万人马,惟李自成知城外各营不能抵敌,只留兵在城里护守,以防吴三桂攻入,都不令出战,故城外败兵,复纷纷逃窜。吴三桂下令,降者免死,于是李自成败兵大半投降,余外亦皆散去。李军中独有一卒,杀了几个降兵,然后自刎。临自刎时却道:"吾宁死,不降外人也。"余外,非死伤即或降或逃,故城外李军已没有留存。吴三桂即直抵城下,督兵攻城。李自成令诸将分头抵御。

惟大败之后,人心惊惶,各有溃退之志。李自成恐人心已散,不免开城投降,即与诸将计议,欲挟吴三桂退兵。便令人取三桂之父吴襄进来,扶置城上,谓三桂道:"将军何故逼人太甚?今将军之父犹在吾军,何独不爱惜耶?"将军如肯退兵,当以汝父相还。倘若不然,即杀汝父以泄愤矣。"三桂道:"昔西楚项王欲杀刘太公,刘邦犹言分我一杯羹,吾安可以私情而误公事?"遂又向吴襄道:"儿自出镇宁远,久缺奉侍,不图父亲为逆贼所掳,儿伤感极矣。但大丈夫以国忘家,儿何敢以私废公?吾父即使为贼所害,亦是为国而死,不足介也。愿吾父自重,恕儿不孝。儿以甲胄在身,不能成礼,此后死生亦何必爱惜?愿吾父毋以不肖为念。"说罢,更不回顾,只传令攻城。

李自成此时欲杀吴襄,惟大败之后,只恐触三桂之怒;欲不杀,又不甘心。只有挟令吴襄,扬声罪责三桂。吴襄不得已,乃大呼三桂,责道:"吾儿自问果能辅明主以恢复宗社耶,当好自为之。如其不能,彼李氏新主亦中国人也。儿既不审,复逼人太甚,何独不为父留余地耶?"说罢,挥泪不止。

奈吴襄虽如此说,惟吴三桂已置诸不闻,攻城愈急。李自成无奈,复置回吴襄于城内。再致书三桂,愿以真二王及吴襄送还,请即退兵。三桂得书,见是李自成发来者,并不拆阅,即喝斩来使。左右谏道:"不如留来书以挟之,阳言与和,先以来使为质。待他送还二王与尊父,然后攻城不迟。"三桂怒道:"前次已为他所骗,假送二王以售其奸,逆贼有何信义?若再受其欺,将反为天下笑矣。"即亲自斩了来使,扯毁其书,喝令攻城。李自成至此益惶急无措,即欲杀吴襄以泄愤矣。诸将皆不能谏,李自成道:"彼原爱圆圆,彼以为我不敢杀他家属耳。朕今先杀吴襄以示威,然后挟圆圆为议和之地,有何不可?"便传令押吴襄至城楼上斩决。正是:

枉提劲旅来诛贼,偏爱佳人故弃亲。

要知后事如何,且听下回分解。

第八回

弃圆姬闯王奔西陕　赐诰命三桂却南朝

话说李自成挟吴三桂之父吴襄置诸城上,示以将杀之意,吴三桂仍不肯退兵,李自成便杀了吴襄。复把三桂家属三十余名,统杀之于城上,把各人首级一颗颗掷下来。三桂大怒,一面令兵士执各首级,呈验那一个首级为父母,那一个首级为昆弟,及那一个是使役之人,统通认得,单不见陈圆圆。三桂忖道:"难道逆贼先踞了那陈美人自行受用去了?"心中一发愤急,但不可明言,只称君父为戮,家口被戕,与闯逆誓不干休,即督令军士并力攻城。

时李自成在京中已不敢复出,自思杀尽三桂的家属只触三桂之怒,尚有圆圆一人仍未还他,即欲送还三桂,意又不舍,却与诸臣商议解围之法。将士谷大成道:"若于吴军未战之前把三桂家属及圆圆送还与他,犹可望他退兵。今已杀其家口三十余人,即使三桂恋爱圆圆,亦不好启口。以君

第八回 弃圆姬闯王奔西陕 赐诰命三桂却南朝

父被害，家属尽屠，三桂断不能因得圆圆即行罢兵，殆惧为三军所笑也。今若到此时始送还圆圆，是三桂更无系念，攻城急矣。不如仍留圆圆，以备缓急。"李军师道："大王既杀其家属，何惜于圆圆一人？若杀其父母而留其美妾，人将谓大王为爱佳人，致亡国计矣。不如一并杀之，鼓励士卒，以求一战。战如不胜，即弃京而走，亦可以明大王之心也。"李闯听罢，不从其言，只从谷大成之议，且留圆圆以备缓急。正说话间，人报外城已被吴三桂攻破矣。李自成大惊，仓惶无以为计，便向诸臣道："吴三桂乃悍将也，既破外城，何以御之？"谷大成道："臣愿与吴三桂决一死战。"李自成大喜，便令谷大成领兵出城应敌。吴三桂即出接战。谷大成一见三桂，即扬声骂道："汝亦中国人，何以倚仗外人？吾今与汝决一死战。如恃外国兵力者，非好汉也。"吴三桂不能答，更不答话，即挥军而进。那时号令一出，万弩齐发，谷大成亦率诸将并力迎敌。自辰至酉，互有损伤，未分胜负。忽然东风大起，黄沙飞扬，遮蔽天日。谷大成军中旗倒马蹶，自知不能抵御，正要下退兵之令。时李自成方在城楼上击鼓助威，吴三桂发矢射之，恰中李自成左肋，鼓声顿止。又遇沙尘飞卷，李军一齐溃散。谷大成即退回城中，吴三桂乘势掩入外城。恰建州九王大兵亦到，知吴三桂已攻破外城，迭有大功，即奖三桂道，"京城已危，将军一鼓可下。他日论功赏爵，不在孤下也。"三桂向九王拜谢，复行攻城。

时李自成败还宫中，度京中不能固守，即谓诸将道："只吴三桂一军朕亦不能取胜，复益以建州兵力，抵御益难矣。今三军溃散，人心震惊，北京必不能守。不如退回秦陇，再复元气，方可战也。"时诸将闻言，皆无战心，全以李自成之说为然。李自成便打点西走。先将大明宫殿纵火烧毁，复携宝贵细软之物并带了陈圆圆，杀出西定门而逃。以牛金星当先，谷大成断后，并众文武陆续逃出。吴三桂正在外城攻打，忽见李军城上旗帜依然，已无人抵御，已疑李自成遁去。随望见其火烟大起，即喜道："逆闯固逃矣。即尽力攻之，应手而陷。"吴三桂便欲率兵入城。建州九王即向三桂阻止，并道："闯逆此行，必西走长安。将军以百战之劳攻陷京城，若使闯逆复养元气，是余患未息，前功尽废矣。请将军暂勿卸甲，率兵鼓行而西。乘闯逆穷蹙之际，一鼓可擒矣。将军自诛闯逆，方为报君父之仇。然后料理君国之事，未为晚也。三桂听罢，不敢违抗，便统军望西赶来。

且说李自成自逃出北京，仍恐吴三桂追及，故昼夜不停。惟吴三桂一来欲手刃李闯,二来欲灭除李闯之后,赶回北京,三来乘战胜锐气,军心奋勇,已如星驰电闪一般。看看到了山西界,将已赶上。李自成得后队报告,知吴三桂已随后赶到,便欲舍家眷辎重而行。惟对着陈圆圆,意自不舍,却谓圆圆道:"朕之留卿,盖欲三桂一念前情,为卿计,或愿得卿而退兵也。今彼不顾玉石俱焚,苦来逼朕,朕设若又败,是与卿同死于此地也。"陈圆圆道:"三桂勇而无谋,大王实不善处之。彼此来实为妾耳,他如得妾,将必退兵。然彼性情暴戾,妾亦不愿与三桂再相见也。"李自成道:"然则卿意若何?"陈圆圆道:"妾自不愿见三桂。然大王苟有委任,亦不敢辞。以妾虽厌彼,彼未尝厌妾也。妾于三桂,向皆言听计从。大王有用妾之处,不妨直说。"李自成道:"朕将纵卿回见三桂,卿意以为然否?"圆圆道:"若无事可任,妾亦不愿再回。且由大王纵还,三桂将疑妾失身于大王矣。"李自成道:"然则卿意奈何?倘卿能退三桂大兵,朕他日事成,当立卿为后。"陈圆圆又道:"妾蒙大王不杀之恩,本甚感激,妾安敢望为后?但得为大王退兵,自愿削发为尼,不愿再履尘世。惟大王若纵妾回去,是徒惹三桂疑心。不如弃妾于此,待妾自见三桂。妾自有说,可为大王退兵。"李自成听罢,大喜道:"卿玉肌花貌,若削发为尼,实在可惜。待朕汝见三桂后,朕若事成,当即迎卿,卿不必虑也。"

正说之间,忽报吴军将到。李自成意尚留恋,圆圆又假作依依不舍,随道:"大王为大事计,不必如此。"李自成道:"朕弃卿于此,恐卿无以自全也。"圆圆道:"但得大王部下不加杀戮,妾自有全身之道。"自成乃以令箭给圆圆道:"持此可以无害矣。卿自珍重,会当相见。"说罢策马便逃,仍回顾数四。圆圆假为回盼,即行出营,先投一民家。时百姓正奔逃兵燹,见一娇娆女子,何敢收留?圆圆道:"若能留我,只须搅扰一二天,当能保全你们,且能为你们图富贵也。"

原来那民家亦姓陈,名六安,闻圆圆之言来得奇异,便问圆圆来历。圆圆直道姓名,自言为三桂爱姬:"因逃难至此,不日吴三桂将军兵到,妾当见吴将军矣。"陈六安信以为然,留在家中,圆圆即与陈六安认为兄妹。当李自成军过时,挂那李自成的令箭于大门之外,幸能无事。及李军过尽,即毁去此令箭。候吴三桂军到,即对六安道:"今者吴将军至矣。若兄能为妾言于吴将军,必有以相报也。"陈六安领诺。圆圆便作书道:

　　妾自与将军别后,留滞京华,非妾所愿。然以家庭之训诫,

第八回 弃圆姬闯王奔西陕 赐诰命三桂却南朝

国家之功令,固无如何也。日企尊颜,如旱望岁。突以闯贼犯顺,扰乱京师,妾已隶于将军府中,遂蒙险难。以国破君亡之际,即以身殉夫亦何惜?顾以未见将军,心迹莫明,何敢遽死?故闯贼屡图相犯,亦只计拒。幸闯贼犹畏将军,是以区区之身未致遽落于贼人之手耳。及闯贼举兵东行,妾乃得盗令箭,开关逃至山西。自妾离京,君家父母昆弟音耗如何,已概不闻悉,回首北望,能不怅然?今妾犹在兄家,日盼将军消息。近闻将军还兵入京,闯贼西遁,而将军麾旌已至,谨函述别后情况。将军若念前情,当有以处妾也。书不尽言,死待来命。

陈六安领了书函,直投吴军。时军中已有书致主帅的,谁敢抗阻?即代呈至三桂跟前。三桂看罢道:"原来圆圆不负我也。"俗语说,人情溺爱,虽明亦愚。那圆圆明明是随李自成到山西的,又明明知吴襄被杀的,却饰情寄语,就瞒过吴三桂。那三桂正在眷恋圆圆之时,就没有不信的。故看书后,即令左右带陈六安进帐。三桂问他是何人,陈六安也直认是圆圆之兄。三桂大喜,立即令人随六安回去,迎圆圆至帐中。先以金帛酬赠陈六安,并谓之道:"待本帅功成后,当援汝为官。"陈六安拜谢而去。三桂见了圆圆,即道:"某不喜破了李自成,喜得复见卿面也。自卿离京后,闯逆已杀我全家,卿能瓦全,亦云幸矣。"圆圆听罢,佯为挥泪不已。圆圆道:"妾自被难,久欲捐躯。不过以欲见将军,故隐忍至于今日。今幸见一面,妾心迹已明。妾前以将军尚在,既不肯殉家,又不敢殉国。请今日死于将军之前,以明妾志。"

说罢,拔出小刀,佯欲自刎。吴三桂急夺去圆圆之刀,不顾左右在旁,即拥至怀中,责道:"吾未尝责卿,卿何苦捐生?自吾出镇宁远以来,心中未尝忘卿。自念起兵来迟,累卿经许多苦难,心诚不忍。唯幸卿不致落敌人之手,再得相会。此后方期地久天长,卿何忍一旦舍我而去?"圆圆听罢,大为哭泣。三桂又道:"某提兵入陕,务割逆闯之首级,以泄吾愤。卿不必过虑,吾今与卿同行矣。"圆圆道:"将军前程万里,为国家大事,妾何敢多言?但有不能不问及将军者。闻将军借得建州大兵,同来破贼,现今建州人马究在何处?"吴三桂道:"建州人马已入北京,吾奉九王之命,追赶李闯至此。"圆圆道:"九王何以不督兵同来,必令将军离京西行,究属何故?"吴三桂道:"京中原要守卫,故令吾领兵独行耳!"圆圆道:"闻将军只向建州借兵,何必拱听九王号令?今见将军薙发易服,妾心已疑。又诸事唯听九王号令,恐北京非复明有矣。"三桂道:"某非薙发易服,不足以坚九王之信也。"圆圆道:"将军提兵西行,而九王入京,其实可虑。试问将军:索李逆先还二王、太子,将置二王于何地?"三桂道:"恐九王必不欺我也。"圆圆道:"将军差矣。昔楚汉共争秦鹿,皆唯力是视,唯计是行,岂能顾及信义?恐将军统兵西行,而九王已定鼎于燕京矣。"吴三桂至此踌躇不答。圆圆又道:"若不幸为妾所料,是将军虽破李闯,而负罪多矣。今乘逆闯穷蹙之际,实无劳将军虎威。方今为大局计,将军宜速还北京,以视九王动静。或者九王以将军兵威尚盛,将有戒心,不然是中国已绝望矣。"吴三桂听罢,明知九王已入京定鼎,自己实不敢抗他。但听得陈圆圆之言,实有道理,自觉无词可辩,便听圆圆之计,传令回军。

将近到了河间,已听得消息,知道九王多尔衮已定鼎燕京,自为摄政王,并候建州主到来即位。所降将范文程、洪承畴皆为相辅,惟运权仍在亲王。凡目前北京官僚,间有闭户不出者,余外皆已投降。或有迟疑未出者,九王皆令洪、范二人前往劝导,亦相将出仕。独有一守城尉谓左右道:"吾守此数十年,不曾见这等冠服。今日是我死期也。"乃坠城而死。其余京中居民,又鉴于李自成入京时惨戮残杀及奸淫掳掠,皆如谈虎色变,纷悬顺民旗帜。又遇自成去后一无守御,故九王不失一兵,不耗一矢,已拔了京城。那吴三桂听了这点消息,进又不敢,退又不忍,彷徨无措。军中将校纷纷进帐请示行止,吴三桂道:"九王性最多疑,稍有形迹,我将不免。本帅今日,于国家大事惟有不复过问而已。"左右道:"将军焉能脱身事外?因将军实引建州人马进来,将军能进之而不能退之,将无以见大明列祖列宗于地下,亦无以对天下人民也。将军若惟事隐忍,如后世公论何?"吴三桂道:"某非不明,只恐势力不敌耳。某若与建州开仗,李自成将回兵以蹑吾后矣。"左右道:"除北京以外,各路行省尚为明土,未必便无根据。明朝养士二百余年,岂无忠义之士?将军一举,天下将云集而响应矣,不足虑也。"吴三桂道:"汝言亦是,容某思之。"说罢,即命左右退出。时九王在京,已听得吴三桂回兵,深虑三挂有变,则大河南北各省必纷纷起义师以助之,须先要安慰三桂为是,便赐封三桂为平西王,并遣洪承畴持诰命冠服及金帛等,犒赏三桂。

时有苏州一位名士,叫做王仁龙,已知道吴三桂借兵破李闯及多尔衮

第八回 弃圆姬闯王奔西陕 赐诰命三桂却南朝

定鼎燕京的事,就知明室宗社已不能恢复,终日只是恸哭。及听得洪承畴奉命往犒吴军,心中忖道:"看看北京大局,除了吴三桂一人反正,再没指望了。三桂是个武夫,却不懂得大义。若惟利是图,必入承畴圈套,这样如何是好?"猛想起洪承畴督师辽阳,曾与建州开仗,当时京中讹传,辽阳明兵大败,洪承畴已经死难,崇祯帝不胜悼惜,就自制了一篇御文,祭唁洪承畴。后来听得洪承畴已投降建州,已悔之不及。那时王仁龙爱崇祯帝那篇御文十分哀艳,也记得烂熟,自忖自己于洪承畴本有个父执之谊,正想乘机辱他一场,望他猛省。就携了那篇御文,直候洪承畴过时,以父执之礼求见。洪承畴那时自忖名节有亏,故凡是学士文人,无不虚衷交结,冀免他们讥评自己。况那王仁龙,又是有父谊的,自无不接见。那王仁龙见时,行过礼后,即问道:"大人此行,将欲何往?"洪承畴答道:"往犒吴军耳。"王仁龙道:"此乃九爷防吴军反动,故先笼络之,好安坐北京大位耳。"洪承畴默然不答。王仁龙又道:"国家大事非我书生所宜预闻,今姑且谈别事。晚生近来得有一篇得意文字,愿呈诸大人之前,一评其优劣。"洪承畴道:"老夫已不涉文字多时了,亦不暇多看。"王仁龙道:"如大人不愿看时,待晚生为大人诵之。"洪承畴应诺。王仁龙便把那篇御文高声朗诵,洪承畴一面听,一面汗如雨下,愕然不能答。王仁龙惟置诸不见,依然把那篇御文高声朗诵。读罢,大呼道:"己已失节,何复累人?愿三桂勿忘明社也。"说罢,大哭而去。

洪承畴此时,进又不忍,退又不得,不觉良心发现,哭了一场,彷惶无计。时九王打听得洪承畴逗留不进,即加派了一人赶来,会同洪承畴往犒吴军。至是,洪承畴乃不敢不行。时吴三桂亦听得九王有赐封自己及犒赏三军之事,仍徘徊不能自主。又听得江南地方有史可法一班人,已择立福王承继明统,那时正不知何所适从。忽报洪承畴已奉九王之命来见,吴三桂当时接入。洪承畴先达九王之命,并递出诰命冠带及金银宝帛等件,三桂一一拜受。洪承畴时已默无一言,却有随员孟拱文向三桂说道:"闻将军追逼李闯,中道折回,得毋欲以兵力与九王共北京乎?果尔,则将军太愚也。将军部中尚多建州人马,恐将军甫行反戈,而部兵已变矣。无论京中九王兵力未得为弱,且关外接应既易,将军又何从敌之?今福王虽嗣位南京,不过栖息一时,料难为力。盖大势既去,恢复自难。将军即欲为尽力,位不过封侯,马不过一匹,岂能南面称王哉?新朝恩礼优厚,将军又为开国元勋,北京甫定,即晋爵封王,如此机会,愿将军幸勿错过。"吴三桂听罢,一来贪爱此王号,二来又是惧九王,三来又恐与建州相抗,将来成败不知怎样,便再拜,将冠服收纳。洪承畴始终无一言。

三桂随宴承畴于私寓,谓承畴道:"某当初与九王定约,只言攻破李闯恢复明社之后,以蓟、燕二州相让耳。今九王直进北京,将踞我中国,我将无以对国人,愿足下有以教我。"洪承畴道:"某亦有难言之隐。微有违言,必被九王生疑,则首领不保,是以隐忍。但足下实自误耳。若割燕、蓟二州,是北京已隶建州版图矣,又将以何言责九王乎?"吴三桂道:"今闻九王暂行摄政,将迎建州主入京,然后改元称治,是不灭中国不休也。今福王继位南京,足下度其将来局面究竟如何?"洪承畴道:"只是史可法一人或可有为,余则皆非干济之才,亦非忠于国家者也。"吴三桂默然不答,遂绝了观望南朝之念,惟专心以事建州。

次日,洪承畴即辞行返京,吴三桂送了一程,自回。忽报南京福王已派员来见。原来福王继位之后,已知建州九王踞了北京,特派大员左懋第等入京,一面以金帛犒赏建州,一面吊祭崇祯帝陵寝。左懋第等特先见了吴三桂,欲探三桂意向,设有意外,欲劝吴三桂反正,为南京助力,并有冠服来到,封吴三桂为平西伯。吴三桂那时听得左懋第等到,接见也不敢,不见又不忍,实在彷徨无措。正是:

本志已经从北敌,此身安敢见南人。

要知后事如何,且听下回分解。

第九回
左懋第被困北京城　李自成走死罗公岭

话说吴三桂,因福王在南京即位,派左懋第、陈洪范为大使,入京犒赠建州人马,并要祭谒崇祯帝陵寝,顺道先见了吴三桂,志在劝三桂复助明朝,以拒建州。唯三桂已受了九王封典,进爵平西藩王,一切诰命冠服都已拜受了,把从前怀念明朝之心,尽已化为乌有。故左懋第、陈洪范到来,自然却而不见,唯有左推右诿。左懋第以吴三桂不肯接见,即回寓里,复函致三桂,称此次入京实有金帛随行,为犒赠建州之品,今齐、晋、幽、燕一带盗贼纵横,恐有劫掠,请派兵保护,这等语。左懋第之意,实欲借此得吴三桂复音,即可乘机与三桂磋商,自可一见。

且听带金帛,系南朝福王之物,若得吴三桂派兵护送,显见得三桂仍是明臣,九王若从此生疑,亦可逼三桂反正。唯三桂早已见此计,觉自己不便护送南明金帛,正欲以善言回复左懋第,忽报祖泽清来见。

你道那祖泽清是什么人?原来就是祖大寿之子,为三桂生母辽国夫人之内侄。祖氏子于三桂为戚表兄弟行,那时建州九王,正推爱屋及乌之义,以他是祖大寿之子,特封为总兵,那时正在三桂帐下。当下三桂接在里面,问他来意。祖泽清道:"现福王已继位南京。闻崇祯帝殁时,遣二王出走,亦是欲使二王监国南京之意,是福王此举,亦名正言顺也。今闻南朝遣左懋第、陈洪范两大臣入京,一来犒赠军人,二来祭谒陵寝。不知左、陈二人道经此地,曾有谒见将军否?"三桂道:"也曾来见,但本藩总不便见他。"祖泽清道:"朋客往来,亦是常事,有何不便之处?"三桂道:"九王性最多疑,若见我与南使交通,必然杀我,是以不敢接见。"祖泽清道:"日前我父有言,此身虽在建州,此心未忘明室。倘有机会,愿为朱氏尽力。即洪承畴,亦自谓自入北京而后,羞见故人,是洪公与我父犹欲挽回明社。吾父力弱,不能独举,今将军拥十万之众,若举而诘问九王占领北京之故,则大江南北皆为震动,我父亦必为将军声援。是将军所与九王定约,可以诏告天下后世矣。内有吾父之奥援①,外凭江南之根本,将军重建大业,复保令名,在此一举。将军当细思之。"吴三桂听罢,只长叹一声,不能答语。祖泽清道:"将军贻害心病矣。"吴三桂道:"吾非心病,恐力有未逮也。设事未举,而九王先制我死命,又将奈何?"祖泽清道:"谁教汝先布告而后举事耶?"吴三桂道:"吾又恐江南草创之际,不能为力矣。"祖泽清道:"将军太过虑。凡人心之从违,视乎声势之大小。若按兵不举,则江南诚必亡。然将军苟能振臂一呼,南朝人马声势必为之一壮矣。"吴三桂此时又不复言。祖泽清道:"三桂无意复明。"即行辞出。三桂道:"汝将何往?"祖泽清道:"吾往见南朝陈、左二使,叫他速行入京,勿庸久留。因闻将军之言,已知将军无意为明朝尽力也。"言罢径出。

---

① 奥援——暗中撑腰的人或势力。

那时三桂左忖右度，意终不决。欲永附建州，恐人议论，留个臭名；欲助福王，又恐力量不济，惧为九王所乘，则性命难保。终日只是愁眉不展。忽报九王已派礼王多铎领兵出京，名为出征，实并要监视吴三桂人马。吴三桂此时益不敢动弹。那时北朝九王与南朝福王，皆注视吴三桂身上，故九王听得福王遣使入京，并加封三桂，即立行派员监军，以防三桂有变。唯福王亦听得三桂已受建州封为平西王，恐自己封他一个伯爵，不足以结三桂之心，故又续遣使臣太仆卿马绍愉持冠服力口封三桂为蓟国公，就便使马绍愉与陈、左二使入京。

不想使命屡发，九王仍信三桂不过，即令三桂回京。吴三桂自不敢违抗，即行回军，进京缴令。故左懋第、陈洪范、马绍愉三人，直见吴三桂不得，唯有听祖泽清之言，急行进京。祖泽清见陈、左二人时，并嘱道："我弟泽溥现住在京中，如到京时，可与吾弟相见，或可以助力。"左懋弟道："足下指示，深铭肺腑。并烦致语尊父，勿忘本朝。"祖泽清流涕领诺，然后洒泪而别。泽清又恐陈、左二人携带许多金银宝帛，恐中途被劫，即派兵护送。

陈、左、马三人起行后，那日道经济宁，恰是时方大猷已经投降，得九王委任为山东巡抚，竟出示，说称江南使臣陈、左、马三人行将过境，嘱治下臣民不必敬礼。左懋第看了告示，恐真个被人劫掠，便不敢逗留。却叹道："方大猷读圣贤书，所学何事？一旦投降，便忘本至此。"闻者无不叹息。

那日到了天津，早有巡抚骆养性来接。那骆养性亦是明朝臣子，至是建州九王令他巡抚天津，以礼接陈、左、马三使之后，安置于馆驿中，并设宴款待。言下极不忘明室，并道："某一时不察，受九王委任。今日诸公，益形愧赧。"马绍愉道："如足下尚不忘本朝，若方大猷真狗彘不如。"左懋第道："公既不忘本朝，倘有机会，尽能相助。"骆养性道："公言是也。但我虽任巡抚，实无兵权。"言罢不胜太息。

陈、左等与骆养性盘桓两日。不想那日起行之际，九王多尔衮早有旨发下来道："天津巡抚骆养性，即行革职，拿京逮问。"那时陈、左、马三人，就知道骆养性为与自己款洽，致招祸患。看看九王这般举动，料知犒赠建州人马一层，是断断无济的。但既奉了君命而来，实不能不行。

那日到了河西务地方，却见人头拥挤，围在一处观看。原来墙上粘下

第九回　左懋第被困北京城　李自成走死罗公岭

一纸，有几句白帖。左懋第就在人丛中一看，只见那白帖写道：

> 我唯俯循而行，汝有正面而立。原非不令而行，何怪见贤而慢。

写下这四句话，正不知有何用意。陈、左、马三人也不能解，直置之不理，即取行入京。不想那时投降者官，多半是要媚趋九王之意，自即揭了这张白帖，递呈九王道："是南来各使臣写的。"九王却不大辨得汉文解法，即令人解释这几句语气。那些承谕解释白帖之人，自然是明朝降官，都道："这四句话是谩骂九王的。"九王听得大愤，故催拿骆养性入京，并以降官王永鳌为天津巡抚。那王永鳌见骆养性获罪，为自己保全官位起见，故到任后即出示，叫人不必敬礼南来各使。唯那时人心尚多思念明朝的，便有些好发不平的人，纠集多人闯进王永鳌署中，拿了王永鳌出来，缚在一株大树之上，群唾其面。

自此事一出，即有人报知九王。那九王也疑，南来三个使臣一旦到京，即有此等意外的事故，决意不从和议。那日便集诸大臣议商，对付陈、左、马三使之计。时降官唯范文程出抚外边，其余洪承畴、谢升、冯铨三人，都在座会议。冯铨曾降过李闯，及九王入京，又复投降建州，平时每被建州人挪揄，故一意取媚九王，以保官禄，便进言道："今日已得了北京，实取中国如拾芥。南来使臣当斩之，以绝和议。"自冯铨一倡此议，各人多为附和。洪承畴道："两国相争，不斩来使。今若杀之，下次无人敢来矣。"九王道："老洪之言有理。"便传旨接见左懋第等三人。

不数日，左懋第等到京，先往拜会阁臣。时洪承畴、谢升、冯铨三人皆在。洪承畴见了来使，心中还有些惭愧，甫见礼，即已面色通红。那谢升还更奇异，忽然戴了建州装束的帽子，忽又欲换明装帽子，总是行坐不安。唯冯铨却自尊自傲，还大言道："我九王已灭了你国，本该早来称臣，如何这个时候方来？"左懋第道："足下亦曾为明官，何一变至此？今我等奉诏到来，只是通好，并非称臣。一来以建州为我逐除逆寇，礼葬先陵，特来犒赠；二来欲祭谒皇陵，是以到京，呈递国书。足下岂不知明祀未绝，福王已继位南京耶？"冯铨听罢，不能答，随又道："如有表文，可递到礼部去，休来搅扰。"洪承畴觉不是意思，只力与三使周旋。左懋第道："我们非如藩属进贡表文，乃是呈递国书，焉能送到礼部？如君等能念前朝恩礼，为言于摄政王，自可将国书递到殿上，如其不能，唯有奉书南还。以国书为御宝所在,断不能亵也。"说罢,即行辞出。时左懋第等见此情景,料知和议无济,听得三桂已经回京,唯有见三桂。不想三桂也恐三使纠缠自己,先自领兵西征去了。又想起祖泽溥一人,本该见他,求他设点法子,便先通函至祖泽溥那里,并将伊兄祖泽清介绍一函,一并寄去。

不多时,那祖泽溥已自过来。见礼后,泽溥道:"弟已知诸君到此,本欲到来进谒,以一知南京情事。今又蒙下问,惭愧弗胜。但恐诸君此来,无裨大计耳。"左懋第便把冯铨所言,一一告知,并求设计。祖泽溥道:"弟心未尝忘故国,即吾父亦言,倘有机缘,必为出力。惜和议一道,摄政王主之,弟非阁臣,实不能与闻其事也。"马绍愉道:"足下料九王之意,真个欲踞我全国否?"祖泽溥道:"弟不忍言。唯请诸君速报南京,急自防江防河可也。"左懋第等听罢,皆为下泪。祖泽溥亦为太息,旋即辞去。左懋第等嘱道:"烦寄语尊公,勿忘故国。"祖泽溥只答一声"是",而去。次即有九王诏敕,令左、陈、马三使至鸿胪寺,除了建州人,皆不许入见。

那日相臣刚凌榜什正在寺中,先行踞案坐定,随令人带左懋第等进来。左懋第等到时,刚凌榜什也不起迎,却令他席地而坐。左懋第道:"我们不惯坐地,速取椅来。"说着,就在椅上坐着。刚凌榜什道:"闯贼入京时,江南不发一兵,今见我们定了北京,即行僭立耶?"左懋第道:"先帝变出意外,各路无从援救。京城破后,适令上至淮。天与人归,故奉而立之。且今上非他人,乃先帝之嫡侄也,序当继位,何为僭立?"刚凌榜什道:"汝先帝殁时,汝等在何处? 今日却来饶舌。"左懋第道:"先帝殡天时,我方在淮上催粮,陈、马二公尚在林下。"刚凌榜什:"今汝等到来,竟欲何为?"左懋第道:"欲犒贵国,兼谒皇陵耳。"刚凌榜什道:"我国自有钱粮,不劳汝等犒赠。即皇陵我已代你们安葬矣,不必再祭。"左懋第道:"贵国摄政王究肯接阅国书否?"刚凌榜什道:"如带来金帛,只管留下。若有国书,亦只管交来。"左懋第此时,自念非结以金帛,恐难得他代递国书,便道:"恐不合交与足下,只合由足下代递耳。"刚凌榜什道:"不管什么,你只管交来。"左懋第便将金帛交出。另有一万银子,系送给吴三桂的,唯三桂不允见面,又已出京西征,无从交出,只得一并交出,向刚凌榜什道:"还有白银一万,随备作私礼的,今一并相送。"刚凌榜什大喜,一一收了,即转身便走。各使久候,不见他出来,正自疑惑,随有人来语道:"刚凌相公今日再不暇出来,你们自便罢。"左懋第等无奈,只得退出。自

第九回　左懋第被困北京城　李自成走死罗公岭

是一连两日，并无消息，欲要探问，又不便轻易出门。

那日忽听得摄政王召见，左懋第等即随来人进去。时摄政王已端坐案上，左懋第等到时，都令赐坐。左、陈、马甫坐下，摄政王即道："你们好便宜！北京被难时，不闻出发一兵。今闯贼平了，却来争国。"左懋第道："今上实按序当立。国不可一日无君，故臣民奉戴在南京即位，何为争国？"摄政王道："你们莫看得太易。我不日即率兵南下了，看那福王之位稳不稳。"左懋第道："大江南北全是水路，骑胡恐不易得手。王须细思，不如分疆而治，各享和平还好。以我国东南一带，精华未瘁，莫便小觑了。"摄政王道："谁说小觑你们？只各办各事罢了。"说罢，即拂衣而入。殿前各臣仍送左、陈、马三人于鸿胪寺，并不令出外。那时三使臣自料要死，还是洪承畴有一点良心，力请纵左懋第回去。

那时三使正如坐针毡，忽有一人来道："汝三人本该老死此间，还得老洪说情，我摄政王谓南京那里多汝三人不为多，少汝三人不为少，今纵汝回去。"说罢，即带他三人出门。左懋第等更不回顾，知留此亦无济，即行出去。

沿路已听得建州幼主已到北京，不日改元正位。自忖这回跋涉徒劳，和议既已不成，且先陵在望，亦不能一祭，好不胜伤感。那三人正互相叹息，忽后一骑马飞来，随后有数十兵士大喝道："你们慢走！今奉摄政王旨，要拘两人回去。"左懋第等三人大惊，正欲打话，那来骑早说道："摄政王有旨，你们三人不能便回。"说着，便不由分说，将左懋第、马绍愉两人留下。陈洪范独不欲行，也向左、陈二人哭道："我三人奉命而出，我一人不忍独归，愿与两君同随先帝于地下。"左懋第道："不必如此。若三人并留北京，是南京更不知消息矣。足下可速南还，告知我国当事诸公，速为防河防江，免被敌人乘虚而至，可也。"陈洪范听了，仍向来骑说道："吾三人奉命而来，既已释回，何以又复拘去？且同行者三人，独纵我一人，却又何故？"那来骑道："我只奉摄政王之命照行，他非所知。"说罢，即拥左、马二人北行。陈洪范不能再与左、马二人诀别，便含泪策马，望南而下。后左、马二人终不释回，只有陈洪范回到南京，将北使情形述奏。是时，南京君臣已知建州人有占据中国之意，即筹备防务。此是后话也，按下慢表。

且说李自成自逃出北京，即沿山西望陕西而逃。因当时自流寇扰残之后，且北京又已失守，故李自成仍十分披猖。且吴三桂一军又已回京，更无敌手,李自成便分道攻扰陕西、河南各省,自己仍扎平阳地面。吴三桂听得自成尚在平阳,便领大队人马望平阳进发。时自成听得吴三桂赶来,便与诸将计议。李岩道:"四川为天府之国,我不如沿河南、荆、襄以入成都,倚为根本。待元气恢复,然后再图进取。且三桂,劲敌也,我以屡败之余,非其敌手,亦宜避。"牛金星道:"李兄之言差矣,我兵虽败,尚拥数十万之众。今三桂远来,势已疲惫,且所部多建州人马,我若申明大义,以三桂引借外兵残我中国,使军士各自奋勇,自能一以当百。三桂虽悍,实不足畏。大王欲雪屡败之耻,在此一战。奈何仇敌当前,便思退避耶?"李自成道:"牛卿之言是也。孤大业方成,忽被三桂引外兵来夺去,孤实不甘心,今既相遇,誓决一死战。"便不听李岩之言,勒兵严阵以待三桂。时三桂亦以自成人马多众为虑,恐奔走竭蹶,为他所乘,便率军缓缓而行。

将近平阳,探得李自成专候自己,便下令道:"闯逆大败而后,不思休息,最为失算,此行必败于吾手。且彼军向无兵法,吾当今为数十路以扰之。"即令各部将每统五千人,共成二十余路,向自成分头攻击。时自成已分遣诸将入陕西、河南,所部军士虽多,将校实不敷分布。自成以不能抵御三桂,即飞檄陕西各路党,先令弃陕,以散击众。又自己却与诸将统领败残人马,尽入河南而去。

三桂分头追赶,已斩首数万。探得李闯已走河南,三桂却分军追杀李闯余党,仍自与诸将领大队人马,望河南进发,并下令道:"李闯以百万之众,势极凶悍。今乘他穷蹙之时,正宜逼之,勿令再养元气,以为后患。若不然,恐皖、豫、荆、襄一带,更遭残破,民无噍类①矣。今如有能生获闯贼,及能取闯逆首级的,分别加以重赏。诸军不宜失此机会。"三军闻令,真是重赏之下,必有勇夫,诸军皆奋勇赶来。故李自成所到之处,皆站脚不住。此时方信李岩之言,三桂不宜轻敌,今果复遭大败,不禁忧愤成疾。后路又被吴三桂追赶,十分狼狈,却直望罗公山奔来。正是:

当年猖獗思为帝,一旦衰颓屡折兵。

要知后事如何,且听下回分解。

---

① 噍类——能吃东西的动物,特指活着的人。

第十回
扫流寇吴帅就藩封　忏前情圆姬修道果

　　话说李自成自山西大败，为吴三桂所乘，直奔两河。又为三桂追逼，满意残破各处郡县，掠得辎重，即充作军饷，然后招军流亡，望再振军威，直入四川，以图久守。一面已檄陕西余党入川。那时计点败残军士，尚有数万，唯自疲战以后，已没有战马，便派人用贿赂至北方各部落购买马匹。不想北方各部藩主已知自成必败，只收其贿赂，反把到来购马之人拿住，献到三桂军中。三桂因此知道自成已缺了战马，便定计以马军攻围自成。时自成正在病中，自忖若听李岩之言，不至有此。方愁叹间，忽报丞相牛金星来谒。原来李闯已用牛金星为丞相，以李岩为军师，又有副军师一名，唤作宋献策。那牛金星，因平阳一战本出自己主意，致遭大败，不出李岩所料，心中极为愧恨。且自入京以后，牛金星已与李岩有点意见，再经平阳一败，因羞成怒，更与李岩结下不解之仇，便有意除去李岩，好拔去眼中钉刺。那日入见李闯，见李闯长嗟短叹，便进言道："吾军虽败，尚拥十万有余，且谋臣战将尚多。胜败乃兵家常事耳，大王何故如此懊恼？"李闯道："朕自起义以来，势如破竹，直进北京，皆望风披靡。惟入京后，多不用李军师之言，遂至迭遭挫败。今大势已去，复何颜见李军师乎？"牛金星道："大王起义至今，待军师可谓厚矣。军师曾力劝大王先释陈圆圆，以结吴三桂之心，以大王不听其言，遂至怀恨。他曾对人言，谓关外之败，他本有计可以挽回，断不至令建州人马直驱大进。正以大王不听其言之故，遂坐视不划一策，冀大王一败，以显其本领耳。故自后多不为大王划策。且近闻军师与吴三桂颇有来往，不可不防。"李闯听了，大怒道："懦夫安敢如此！岂以朕在病中，遂无尺寸之力耶？"牛金星道："大王不宜发怒。军师耳目极多，若被他知道了，反为不便，不如臣等徐图之。故日前军师闻平阳之败鼓掌大笑，臣不敢言于大王之前者，正为此耳。"李闯此时更怒不可遏。牛金星仍故意做作，力劝李闯隐耐："臣等必有以报命。"说罢,正欲辞出,忽见宋献策进来,先向李闯问病,徐道:"大王止于此,实非长策。若旷持日久,军心益馁,益不可为矣。臣与李军师相议,主意相同。请大王先幸荆襄,然后取四川为根本,养蓄锐气,再图进取,不知大王以为然否?"李闯听了并不回答。宋献策见李闯并不回言,且有怒色,心中实不自在,即先行辞出。牛金星即向李闯道:"宋献策此来,直是李岩之意,探大王声口耳。李岩果有奇策,自应进言,何必假托宋献策以言相试?可见李岩怨望深矣。"李闯道:"朕亦以为然,容徐图之。"牛金星道:"全仗大王之意。临时有计,自当相报。"说罢,牛金星亦辞出。

回寓后,正欲谋杀李岩,即与心腹左右计议。时将军孙昂、史定、闻人训、方也仙、洪用光、马元龙、刘伯清一班人,统通是牛金星党羽。那牛金星方说到谋杀李岩,闻人训即道:"方今大王病重,必难有为。不如除去李岩,丞相即自登王位便是。"牛金星听得,好不欢喜。时同坐的亦皆为赞成。牛金星道:"我起自草茅,位至宰辅,与天子相去只一间耳。既有福命做到宰相,未必便无福命做到天子。今得你们拥戴,自可照此而行。只有军师李岩、宋献策二人,必不肯为我出力,将如何处置?"闻人训道:"我们当以愿辅丞相先告军师,如他允从,他日成事便可共享荣华。如若不然,可先把他们结果了,便可行事。"孙昂道:"李岩那厮,自命为读圣贤书洪门秀士,他辅助闯王,常自怨辅非其主,何况丞相与他向有意见,他焉肯降心相从?依某愚见,且不必告他。不如想条计策先除了李岩,更为快便。"牛金星道:"孙将军之言是也。李岩只是一个书腐,老夫虽为天命所归,人心所戴,他如何知得?若劝他不从,反泄漏机关。今趁闯王有命,先除了李岩,以行大事可也。"史定道:"此实两全之策。杀了李岩,固无阻事之人,即杀李岩不得,亦只出王所命,与我们无干。"牛金星听罢,大喜道:"只除一李岩,宋献策便无能为矣。"便具东设席,请李岩赴宴,并请李岩之弟李牟。李岩本不欲往,便向其弟说道:"牛金星此人,不是好相识的,今请赴宴,必非好意,不如勿往。"李牟道:"兄言虽是,但好意来请,若果不往,仇更深了。今既从大王相随至此,性命只付诸天数耳。大势如此,料难有为,只有逃避一策。方今遍地干戈,若逃,则匹夫之力即能擒缚。吾兄若不能逃,以牛金星党羽众多,事权在手,大王又唯他言是听,再与结怨,是自取灭亡也。不如阳与牛党休容,再图良计。"李岩道:"是当

第十回　扫流寇吴帅就藩封　忏前情圆姬修道果

初误了我也。至于今日,自问合背地投降,难道待毙于此地？若与牛党周旋,固所深愿,只怕牛党不任我休容耳。与小人共事,其难如此！"李牟道："今且同往赴宴,看牛贼有何话说,然后随机应变便是。"李岩无奈,便从李牟之议,应允赴宴。牛金星听得,即令点刀斧手二百名,暗备行事。一面准备宴席。

各事妥后,已报李军师兄弟到来,牛金星即衣冠出接,并令手下党随着,向李岩致敬尽礼。李岩此时已见得可疑,又见诸将俱在,皆牛金星死党,军容甚盛,即以目示李牟,以示事在危险之意。但此时已脱身不得,只向牛金星及诸将尽力周旋而已。各寒暄了一会,即行入席。酒至三巡,牛金星即出一暗号,早有孙昂起身言道："今大王病重,不能视事,大势将去矣。当我军入京之际,大王甫御正殿即头晕目眩,可知天意不属于大王。今丞相宽洪大度,天与人归,吾等当奉之为王,以图大事。其有反对吾言者,当先除之。"那孙昂说犹未了,即一齐哄动,闹在一处,言语皆不复辨。牛金星即掷杯为号,那埋伏的刀斧手即蜂拥而出,不由李岩兄弟分说,即把他两人砍为肉泥。牛金星道："今李逆已除,须要商量处置大王之法。"闻人训道："一不做二不休,就此同谒大王,令他让位。从则从,不从则杀之。"各人齐道："好好！"即各自佩剑,带了几十名精壮军士,往寻李闯。

时李闯正在病中,忽见宋献策走进来道："丞相已擅杀军师矣,实误大事。大王将何以处之？"李闯时尚不知牛金星之意,以为李岩实在可恶,故闻宋献策之言,仍不以为意。忽报丞相与各将军已带兵佩剑蜂拥而来。李闯此时大惊,正欲问个原故,牛金星已到了面前,向李闯道："李岩兄弟不法,吾已代大王诛之矣。今大敌当前,大王唯高卧不起,何以御敌？设大兵至此,吾等恐无噍类也。大王今日自当择贤而让,以保生灵。若不然,以吾等性命,皆系于大王之手,大王幸毋恋栈。"牛金星说罢,诸将齐道："吾等今日皆愿辅丞相。"宋献策大怒道："汝萌逆心久矣。擅杀军师,罪已不小,今日复来逼大王耶？"牛金星指宋献策大怒道："此人亦李岩之党,不可不除。"乃拔剑斩了宋献策。李闯在病中骂道："吾今日方知汝等奸诈矣！"牛金星听了,不复答言,即指挥诸将一齐动手,把李闯杀了。

牛金星正洋洋得意,正要择日登王位,忽报吴三桂大队人马到来。牛金星听得,即徬徨无措,急令各将士指挥三军迎敌。惟三桂人马养精蓄锐,且又乘胜而至,如风驰电卷。牛金星各军既无节制,又在内乱之间,如何抵敌?倒被吴三桂杀得尸横遍野,血流成河。牛金星与各军四散奔走,吴三桂直追牛金星至一小山上。金星自顾,手下只剩数百步兵,被三桂所困,自知再无生理。欲与军士溃围而出,惟军士如惊弓之鸟,又畏惧三桂人马多众,都怨道:"当初吾等只随李大王耳!虽屡经挫败,惟兵马尚多。牛丞相今无端杀了军师、大王,自家扰乱,弄得各军星散。今到此地被困,是绝地也,吾等须各顾性命。"便相议要杀牛金星投降。当下一人倡起,百人附从,都一声喝起,拥入帐来,杀了牛金星。牛金星焉能与数百官兵相敌?竟被众军杀了,拿了首级,往吴三桂那里投降。吴三桂一一招纳。余外各将,有被杀的,有自刎的,不能胜数。各军士亦有阵亡,亦有逃窜,尚存余党二三万人。恰福王即位南京,正用何腾蛟扼守皖豫一带,故李自成余党都投降何腾蛟去了。

且说吴三桂现平了李自成,即奏报北京摄政王,称自成已死,已得大捷,只有陕西余党已入四川,附从张献忠去了。摄政王多尔衮览折大喜,以吴三桂之功非同小可,就赏他以平西王爵,开藩云南地方,并平张献忠各党。时北京大臣多欲令吴三桂移兵再攻南京,惟摄政王也大不放心,以吴三桂本属明臣,恐他反戈为福王出力,却不敢遣,只令吴三桂赴云南就藩。吴三桂以当时福王尚在南京,张献忠尚在四川,明裔鲁王又在浙江称为监国,尚属四方多事,本该用自己南征北剿,今一旦以自己归藩休养,可见北京里摄政王实在还猜疑自己的。心上正自徘徊,忽听得建州主四太子已入北京即皇帝位。吴三桂便欲借入朝贺新主登位为名,探看动静。谁想自请入京朝贺的奏折既上,即有谕旨已令三桂毋庸来京,三桂因此更多疑惧。自此常欲立功,好解释北京朝廷猜忌之心。先将长子送入京中,名为在朝侍驾,实则一来留子为质,二来好窥探北京朝廷举动,即便挈家就藩,坐镇滇中,并防张献忠余党,拦于滇黔一带。

当下吴三桂挈眷同赴滇中,只有陈圆圆一人不愿同行,即向吴三桂道:"妾自蒙王爷赏识,得充下陈,实以妾向来受田藩厚恩,设有意外,得借王爷之力保全田府。又以王爷年少英雄,将来立大功,建大名,实未可量。自念出身寒微,庶得借王爷骥尾①,可以名存竹帛,彪炳②千秋。今幸王爷大志已成,已慰妾望。"三桂至此,已知圆圆之心有点讥讽,即道:"本藩今日至此,殆非本志也。"说罢不觉长叹。

陈圆圆道:"王爷今日进爵开藩,岂尚以为未足耶?妾昔年被陷,致系囚于闯贼之手,即欲一死,惧无以自明。今幸自成已殒,王爷又已成名,请王爷体谅妾心,恩准妾束发修道,以终余年。得日坐蒲团,忏悔前过,实妾之幸也。"吴三桂道:"卿何出此言?某正幸得有今日,与卿同享荣华耳。"陈圆圆道:"昔日李闯尚生,妾不敢求去,惧人疑妾委李闯以终身也。今闯逆既除,而王爷又功成名立,分茅胙土③,南面称孤,将来美姬歌伎必充斥下陈,何必靳此区区,不令妾得偿私愿也?"吴三桂道:"爱卿所求,何所不允?只本藩实不忍爱卿舍我而去,愿卿毋再续言。"陈圆圆道:"妾非不知王爷爱妾之心,但王爷若不俯从妾愿,妾将臭名万载,不可复为人矣。"吴三桂道:"爱卿何出此言?"圆圆道:"妾身在玉峰为歌伎,乃田藩府以千金购妾而归。又不能托田府以终身,随献与大明先帝。先帝以国事忧劳,故弗敢纳,后乃得侍王爷。惜王爷当日以奉命出镇宁远,使妾不能随侍左右,致李闯入京,被掳于贼中。复千谋百计,始再得与王爷相见。数年以来,东西南北无所适,只任人迁徙。既不能从一而终,后世将以妾失身于贼,又复靦然人世,何以自明?故妾非欲舍大王而去,实不得已耳。"吴三桂听到这里,心上更不自在。因圆圆是一个妇人,尚知从一而终之义,自己今日实难以自问,更无说话可答,便道:"爱卿此言,直讥讽本藩而已。但本藩心里的事,实难尽对人言。待看他日大局如何,方知本藩主意所在也。"陈圆圆听罢,跪下哭道:"妾何敢讥讽王爷?愿王爷不要误会。但能俯准贱妾所求,便是万幸。"吴三桂便扶圆圆起来,并道:"卿既如此心坚,待到云南,当为卿营一净修之室,以成卿志。今却不能弃卿于此地也。"圆圆便起来拜谢。正是:

追怀往事成虚梦,愿破凡尘了此生。

要知后事如何,且听下回分解。

---

① 骥尾——喻指依附他人。
② 彪炳——文采焕发;照耀。
③ 分茅胙(zuò)土——指分封侯位和土地。

第十一回

孙可望归降永历皇　吴平西大破刘文秀

话说吴三桂扶起陈圆圆,许以到滇之后即另辟一室,为圆圆修道。圆圆拜谢后,三桂叹道:"人生不幸遭国变,心力所在,往往不能如愿。今吾羞见红粉女儿也。"圆圆俯首不答。

时有王辅臣者,以勇战善射三桂收为义子,忽入见三桂道:"父亲表求陛见而朝旨不允,是朝廷疑心未释,此吾父所知也。吾父所以遭疑者,由南都曾遣三使入京,京中相传吾父与有来往。故天津前抚臣骆养性,以礼接南使被逮。摄政王之心,实打草惊蛇,惩骆养性以警告吾父也。人臣而见疑于其君,未有能幸存者。况吾父功高望重,兵权在手,又为朝廷猜疑,祸不远矣。今闻南京福王将相不和,史可法以文臣统兵在外,阁臣又互相争权。若乘此机会,提一旅之师由皖入京陵,如狂风之振落叶,大势必然瓦解。南京既定,论功固以吾父居首,又足以释朝廷之疑心,实一举而两得也。今闻朝廷以肃、豫两王领兵,将下淮扬。若再稍迟延,此功即让肃、豫两王矣。"吴三桂道:"当南使入京时,屡次求见,吾皆却之。吾曾有言:福王所赠,今日不敢拜赐,惟终身不忍以一矢相加遗。今言犹在耳,吾安可贪功而背之?"王辅臣道:"儿此言非教吾父贪功,但恐好人难做。既为人所疑,不免为人所害耳。"三桂道:"朝廷并未令我以兵向南京,吾若擅专征伐,是越权也,恐为祸更速矣。"陈圆圆道:"王爷之言是也。无论南京未易收功,且未有诏命,遽然兴兵,于故主则为背本,于新朝则为侵权。背本则受千秋之唾骂,侵权则受朝廷之谴责,必不可也。丈夫贵自立,若贪功以自祸,愿王勿为之。"三桂道:"爱卿之言甚是,吾听卿矣。"

次日复派诸将招抚李闯败残余党,正欲由湘黔入滇,忽新朝已降下诏敕,以张献忠已踞四川,僭号而治,改令三桂即领本部人马先行入川,然后由川入滇,这等语。是时新朝因东南各省尚多未附,已并令定南王孔有德、平南王尚可喜及承袭靖南王耿继茂各带兵南下,以图一统之业。吴三桂既得旨诏令入川,便即统率诸路人马,直望成都进发。

第十一回　孙可望归降永历皇　吴平西大破刘文秀

且说张献忠自与李自成分军,先下河南。明将如左良玉、黄得功,先后挫败,张献忠遂乘势入川,取成都为京,僭称帝号,人民畏其杀戮,多为从附。及三桂起兵入川时,张献忠已殁,遗将孙可望素擅威权,遂代统张献忠之众。未几,南京为清帅肃、豫两王所破,史可法已殉难于扬州。福王既殁,南明遂亡。明永历帝为明神宗万历之孙,初封桂王,自南都败后,即称帝于肇城,那时正巡幸安隆地方。张献忠遗将孙可望方欲由川入湘,闻永历帝将至,独上表向永历帝称臣,愿为从附。永历帝一面降旨慰奖之,令孙可望以本部安抚四川,然后北伐,以图恢复。孙可望得旨大喜,先发出檄文,布告远近。时人心思明,以为孙可望此举,已悔于前附助张献忠之非,今已反正,故纷纷从附。那知孙可望只是狼子野心,自恐势力不能抗敌建州人马,故恰值南京福王既败,福州唐王亦亡,独有桂王即位于肇庆,改元永历,时两粤、滇、黔及江西、湖南尚多奉永历正朔,就欲借东明之势力,阳向永历帝称臣,实则欲永历帝遣将分兵牵制大清国人马,自己好于中取事。今以人心相附,以为有机可乘,便发出一道矫檄道:

昔也神洲板荡,国敌凯觎,乱事披猖,英雄并起。是以秦陇一带,晋豫之间,非干戈扰攘,即铁骑纵横。以为明柞既衰,真人应出,各图大位,共奋雄心。于是攀龙附凤之徒,纬武经文之辈,各辅其主,以建大功。乃李自成方入北京,吴三桂即引来外敌,遂致黄农遗裔,赤县名区,不复归于中土之人,而竟亡于外人之手,至可叹也。幕府出自寒门,欲寻明主,讲求用兵伟略,凤娴虎豹之韬,冀为开国元勋,并画麒麟之阁,奔驰陇蜀,割据城池,方谓大势可乘,从此芳名永著。不意天不祚汉,人忘其宗,竟为敌国之前锋,并污宗邦之净土。幕府此处,非敢二三其德,变易其心。惟念外势既张,中原已失,自当先公义而后私图,岂忍争私荣而忘大局。用是亟图反正,急起维持,以杜横流,俾完故国。今幸南京虽亡,东粤无恙,唐王纵殁,桂藩复兴。以万历之神孙,作大明之圣主,以某年月日即位于广东肇庆。下连粤峤,上溯滇黔,前襟江西,后联湘江,六七省同奉正朔,数万里仍隶版图,可知明德尚在,天命未改。幕府上觇天意,下验人情,遂率僚属,爰及诸军,各改大者王、小者侯之初心,执行顾本国拒外人之大义。

尔等皆朱明百姓，黄胤遗民，三百年沐泽沾仁，数十世渝肌洽髓。既有明主，应起义师。以四川浃浃之雄，合数省芸芸之众，共思披坚执锐，不难扫穴擒渠。试看今日之域中，仍是朱家之天下。

自这道檄文一出，正是知人知面不知心，远近人民以为孙可望从此反正，据四川之众与永历帝相合，实不难恢复中原，故此纷来从附，军声复振。那时孙可望以人心既信自己，且又蒙永历奖谕，便欲乘此机会，托迎驾之名，先挟永历帝至成都，学曹操挟天子以令诸侯的故事，待平定天下，再图大位不迟。便遣心腹大将王复臣，领兵直出贵州，至陵安迎接永历皇帝。那永历心上，以四川向称天险，可以久守，便欲随入成都。适晋王李定国在旁，力持不可。原来李定国为人久经战阵，性复沉毅，久为明将，多著勋劳。自永历帝继位后，即委定国以兵权。定国此时实以光复自任。忽听孙可望归降，并来迎驾，便向永历帝谏道："孙可望又名孙朝宗。张献忠因他悍勇，收为义子，所经战事，皆以劫掠为事。当献忠破蜀时，尽收府藏金银，载入锦江，致为川将杨展所杀。可望幸逃，遂代领其众。今以三桂将行入川，遂阳为称臣，实欲与我合而抗敌。此等人狼子野心，不足倚赖，臣以为可利用，则利用之，不宜倚为心腹。设相随入川，一旦或有不测，实非国家之福也。"永历帝道："朕以他人马尚多，可为助力，正欲倚之。以朕今日栖息南服，正思北返，若不借资群策群力，事亦难济。以四川之雄，孙将军之众，若失此机会，实为可惜。"李定国道："臣固言可用则利用之。不如縻以好爵，使兴兵北伐，以牵制敌军。若他派员来迎，只言甫行即位，去留为人心所关，待时机稍定，然后入蜀可也。"永历帝从其言，便以冠服赐命，封孙可望为景国公，令其兴兵北伐，一面以婉言辞却。

王复臣迎驾去后，王复臣以永历帝不肯驾幸成都回复可望，可望大不满意，便谓复臣道："明帝尚疑我也。但我等汗马十数年，李、张二人究无寸地，而清国坐享渔人之利。我等实当归辅明朝，挈天下而还朱家，以雪大耻。若大功既立，不患明帝尚疑我也。"帐下总参谋刘文秀讲道："明公若始终存此心以助明朝，实国家之幸也。北京之师，某当斩三桂之头以献诸麾下。"孙可望大喜，便令刘文秀提兵五万，以王复臣为副帅，往迎三桂，孙可望自统大兵为后援。

惟孙可望既派出刘文秀、王复臣领兵往迎三桂之后，只道两军相持，必费时日，自计待刘、王两将去后，至十五日起兵也不迟。可望又是个登

第十一回　孙可望归降永历皇　吴平西大破刘文秀

徒之辈,天天只是迷于酒色。当张献忠亡时,遗下妃嫔十数人,皆是张献忠蹂躏各省时掳掠得之者,中多殊色,自献忠亡后,孙可望择其美者据为己有。有名杏娘者,年约二十,通文翰,善歌舞,为叙州生李功良之妻,其始买自勾栏,年十六即归李功良家。当张献忠入叙州时,大肆杀戮,至李功良家,见杏娘美艳,即谓功良道:"此女是汝何人?何娇艳至此?"李功良道:"此贱妾杏娘也,本姓王氏,某以千金购自勾栏已三年矣。"张献忠道:"汝能以杏娘相让否?倘能以杏娘献出,即保全汝家。若不能,即全家死在目前,杏娘始终为朕所夺也。"李功良道:"大王既兴大义,何必为此?"张献忠怒道:"汝不必多言。汝不以杏娘相让,朕便不能取之耶?"李功良犹豫不舍,杏娘即上前道:"毋以妾一人而害及全家。且妾若得随大王为贵妃,君从此亦可置身青云。大王固能生杀人,亦能富贵人也,何恋恋为?"李功良见杏娘已出此言,又惧为献忠所杀,遂以杏娘献出。张献忠大为欢喜,即留李功良家中男妇老幼六命。自此杏娘遂归于张献忠,及称号而后,即封为贵妃,极加恩宠。献忠既亡,杏娘复归于孙可望。那孙可望既得杏娘,正是朝夕不离,故自从分发刘文秀、王复臣带兵往迎吴三桂之后,本该从速带兵出发,做刘、王两将的后援,偏是那杏娘撒娇撒痴,孙可望又是依依不舍。凑着可望要出兵时,杏娘便道:"妾天幸得随将军,自念托以终身,日后得个好结果,今将军又要舍妾而去。以将军南征北剿,往来不定,倘十年八年不回,这里叫妾依靠何人?"说罢大哭。孙可望不禁为之悲感,随道:"我正欲以成都为家,安肯舍此地而去?今不过以兵力为刘、王两将后援。今幸一战成功,斩了三桂逆贼,即重回此间,与卿再会,卿却不必多虑。"杏娘听了,依然不允。孙可望又道:"俗话说救兵如救火,若我不出兵,是误了刘、王两将。且成都大局亦危,实不能不去的。"说罢,又三番两次劝解。杏娘道:"将军既要去,我如何敢阻挡?只可惜苦了我也。"说罢,又复大哭。孙可望以未得杏娘允肯,意终不决。时前锋已飞报道:"吴三桂人马,大队将抵叙州。"左右皆请孙可望从速出兵,并道:"自张大王殁后,四川已复失。今将军以百战之劳,复取四川,倘有差池,后日将不可复收。以吴三桂非别将可比,为入悍勇耐战,兵马又多,若前驱稍挫,彼将全军拥进,直进成都,那时救援已无及矣。为今之计,速进大兵,既可为刘、王两将的后援,又可以镇前敌的军心。军心一振,敌气自夺。若将军犹豫不决,后悔无及矣。"孙可望亦以为然,仍再向杏娘说,力言不起兵不得。叵耐杏娘偏不肯离孙可望,可望无奈,便带同杏娘一齐出兵。那杏娘向不曾见过战阵,又不曾经过跋涉,故一路上只是缓缓而行。

那刘文秀、王复臣领兵先抵重庆。是时川省人心虽愤张献忠从前横暴,但孙可望一旦反正,民心自然欢喜,恰清将带兵入川的,又是吴三桂,人人共愤,故乘孙可望一时反正,也纷纷附从。那刘文秀又善抚士卒,在军中并与军人同甘苦,是以重庆、叙州诸郡县向日所失陷已隶清国版图的,都次第收复。当吴三桂大兵到时,一来兵行已久,又在疲战之后,苦难得力,怎当得刘文秀人人奋勇。故吴三桂迎战时,大小数十战无不失利。三桂顾左右道:"不料孙可望军中有如此劲旅,不料他部下又有如此能员。本藩自从宁远回京,直至今日,何止百战?无坚不破,无仗不克。今竟迭遭挫败,将有何面目见人耶?"参谋夏国相道:"大王差矣!以大王自离京以来,部下虽皆能征惯战,但年来三军无日不在战阵中,疲瘁极矣。此所谓强弩之末,势不能穿鲁缟也。强而求胜,势难如愿,徒自取辱耳。不如退守保宁,深沟固垒,以复养元气。待敌军有隙可乘,然后乘而蹶之,此万全之策也。"三桂道:"保宁果能久守耶?"夏国相道:"保宁城池虽小,但地居险要,据此可以当敌军之冲。我退而彼若来追,是我已反客为主矣。因而破之,不亦易乎?"吴三桂深以为然,便传令敛兵,退守保宁。刘文秀听得,惟恐失敌,急传令追赶。王复臣谏道:"我军连胜,已足壮人心矣。论人马多寡,我不如彼,若以孤军深入,诚非计之得者。不如待孙帅领兵到时,合而攻之,三桂即一鼓可擒矣。"刘文秀又道:"三桂,虎也。今彼既败,若不迫之,将令再养元气,后益难制,自当乘势迫之。且吾军所向克捷,部下人马亦不为弱,何必待孙帅一军,始行进取耶?"便不听王复臣之言,领军直蹑三桂之后,直至保宁,传令分军四面围攻。王复臣又道:"望将军切勿围城,以三桂虽败,尚未大挫也。困兽犹斗,况彼拥十万大兵乎?古人说得好:置诸死地而后生。三桂当困危之际,鼓励三军,亦易为其所用也。若不围城,则彼唯有弃城而遁,我因而收复土地,不亦宜乎?"刘文秀不听,只传令围城,并令部将张璧光围西南,文秀围西北,转令王复臣指挥各路。分拨既定,把保宁围得铁桶相似。时三桂方亲自巡城,至西南一角,谓左右道:"此可袭而破之,不知谁人围此间耳?"左右道:"此张璧光也。向为张献忠骁将,十分悍勇。"三桂道:"吾亦闻其人

矣,勇而无备,不足畏也。"乃令精骑突出西南,转战而东,三桂自为内应,以破文秀。正是:

虽严壁垒夸兵力,误国城池中敌谋。

要知三桂胜负如何,且听下回分解。

第十二回
平西王兵进云南城　永历皇夜走永昌府

话说吴三桂在保宁城被困,见西南一带为孙可望部将张璧光所守,军势懈惰,可以袭破,便定策遣精骑突出西南,转战而东,自己自为内应,准备乘势由东门攻出。时王复臣在军中,见保宁城上隐隐旌旗移动,便谓刘文秀道:"三桂将出矣。宜告诫三军,速做准备。"刘文秀道:"兄何以知其将出也?"王复臣道:"三桂退守孤城,非便退也。彼以千万之众千里而来,方欲踏平成都,安有因小挫折即行退走之理?彼扎守保宁,实欲窥我军,乘懈再进。弟正为此虑,故时常留心。昨夜见城楼上各旌旗隐隐移动,非突出掩袭而何?将军当有以防止。"刘文秀道:"足下实属精细。但我们迫三桂至此,只欲求战耳。彼突出而我迎战,固所愿也。"王复臣道:"某所虑者,只张璧光一军耳。璧光勇而无谋,性又轻敌,不败何待?此军一败,即震动诸军矣。倘有疏虞,四川震动,不可不慎也。"刘文秀道:"兄言亦是。张璧光虽属悍勇,然性最疏失,吾当诫之。"

说罢,正欲传令张璧光军中,忽西南角上喊声大震,保宁城内有数千精骑突城而出,为首一员大将乃胡国柱,直攻张璧光一军。张军皆未有准备。那张璧光一来轻敌,二来又不料吴军猝至,一时慌乱。张璧光率军混战一会,无心恋战,只望东门而来,欲与刘文秀合军。胡国柱乘势赶来。刘文秀知道张军已败,一面防吴军由东突出,一面欲援应张璧光。唯三桂在城上已知胡国柱得胜,吴三桂由东门即率兵杀出,正攻刘文秀一军。刘军以三桂掩出,军心大乱。王复臣一军,又为张璧光所扰,不能成列,欲退兵数十里,暂避吴军,再图进战。适事有凑巧,上流山水暴涨,三军更为慌乱。刘文秀、王复臣两军皆不能支,三桂即号令诸将乘势合击。王复臣军中多有逃窜,复臣手斩数人,犹不能止。时被吴军围困数重,复臣大呼道:"汝曹当见扬州之事,若降,必无生理。苟不奋力,当尽死于此矣。"军士听得,雄心一振。复臣一马当先,手毙吴军十余人,军士皆随复臣奋斗,吴军死伤亦众。三桂转怯,欲复退入城,夏国相谏道:"若再退,则保宁不守,而三军性命亦难保矣。成败在此一举,王爷勿自馁也。"三桂大悟,复鼓励三军勇进。时复臣军士已渐渐疲乏,围者又众,自知必败,乃叹道:"恨竖子不听吾言也。大丈夫不能生擒明王,光复祖国,已自羞矣,岂复为敌所辱!"遂拔剑自刎而死。后人有诗叹道:

英风矫矫一元戎,辜负当年辅献忠。
一死幸能存晚节,贞魂不灭鬼犹雄。

自王复臣殁后,军士大半投降,三桂一一招纳。刘文秀见张璧光已败走,王复臣又已自刎,亦即解围而去。三桂不敢追赶,夏国相道:"文秀最得士心,若留之休养元气,终为我碍。今乘其败,宜并力除之,以绝后患。"三桂道:"吾自带兵数十年,平生未见有如此恶战。胜败原因,只差一着耳。使如复臣言,我军休矣。"遂勒兵不赶。

刘文秀欲回军成都,约行了四五十里,始见孙可望兵到。刘文秀迎着,告诉败兵之事。孙可望道:"我早来一天,当不至此。今复臣已死,吾折一臂也。"文秀道:"吾自收复四川以来,人心归附。今遭此败,关系非浅,速作区处。"孙可望道:"今与将军会合,寻三桂再战,何如?"刘文秀道:"大败之后,军心摇动,未易言战也。"孙可望道:"倘三桂来追,又将奈何?"文秀道:"目下料三桂必不敢来追,因彼军虽胜,实出于侥幸,非尽关人力也。三桂虽胜,犹有畏心,追兵一层,可以无虑。"孙可望道:"然则今后将如何区处?"刘文秀道:"愿元帅抚恤疮痍,训练人马,招集流亡,重整气象。以成都之固,三桂岂便能得志耶?"孙可望道:"吾欲迁踞贵州,汝意以为何如?"刘文秀道:"元帅此言,直下乔入幽矣。贵州荒瘠之地,得之亦无所措施。成都沃野千里,山川险要,奈何弃之?我借人心固结,握要以图,尚有可为。若自行弃之,是三桂此后不费一矢,不劳一兵,即唾手而得四川矣。贵州偏壤,必难久守,不可不审也。"孙可望听罢,初犹踌躇未决,唯以叙州一败,恐三桂长驱以进,难以抵御,急欲入贵州,借永历帝兵力,以为声援,便道:"吾新受永历皇招纳,今两广云南尚属大明疆土,吾若据贵州,反可互相援应。若仍留成都,恐军势反孤矣。"便不从刘文

第十二回 平西王兵进云南城 永历皇夜走永昌府

秀之言,移兵望贵州进发。早有细作报到三桂军中。三桂大喜道:"孙可望骁悍耐战,自张献忠亡后,可望归降永历,号为反正军,人心多附之,故兵势甚盛。加以刘文秀沉毅果断,能得军心,若相与同心协力,四川不易破也。今彼舍四川而入贵州,此策最下者。吾得四川必矣。"便统兵直进成都。所有孙可望旧部,皆以刘文秀、王复臣尚不能与三桂相敌,都不敢应敌,故三桂所到,皆望风披靡,不数月遂平了四川。

且说永历自即位于肇庆,那时所委任大小臣工大都夤缘①贿进,朋比方奸,百政不举。只有阁臣瞿式耜、陈子壮二人,尚是精忠谋国。余外斗量车载,皆无光复宗社之才,亦无澄清宇宙之志。会唐王僭号于广州,以苏观生为相。时陈子壮督兵在外,即函商瞿式耜,请永历帝诏责唐王,撤去帝号。唐王不从,反令陈泰督兵往伐肇庆,欲先降永历皇帝。恰清将终养甲及李成栋兴兵入粤,唐王也不暇计及拒敌,唯以侵伐肇庆为急务,故清将毫不费力,即拔了广州,唐王即已被擒。永历以广州既失,已是唇亡齿寒,恐肇庆不能久守,即拟迁都桂林。时瞿式耜方破陈泰于三水,闻迁桂林之议,力谏不听。因那时丁魁楚用事,听得广州已失,肇庆必危,急发人持密函李成栋处求降。故一面催促永历帝驾幸桂林,自己却迟迟不发,因财帛甚多,要瞒着永历皇帝,专待成栋佳音。及久不见成栋密报,即自备大船四十艘,把历年贿赂所得金珠宝帛,满载船中,直赴岭溪而去。

那时永历帝已抵桂林,丁魁楚犹在岭溪船中,忽得成栋密报,并遣人往迎魁楚,口称愿保丁魁楚为两广总督。丁魁楚大喜,即与儿子及一妻、四妾、三媳、二女同过成栋所遣船中。唯一妾于过船时投水而死,余外未有脱去,财宝亦无失漏。忽到三更时分,两峰火光冲天,有无数船只满载军士,尽是成栋旗号。丁魁楚方大惊道:"单迎我一人,何至劳动许多兵马?"正在错愕间,已被成栋军士尽行拿下。丁魁楚家属不留一个,即解过大船,已见成栋坐在船中。

原来成栋自知道永历已走桂林,即发兵潜赴梧州。当下见了魁楚,却笑道:"汝安得许多财帛?莫非从贿赂及朘②削来耶?汝如此贪诈,安能为两广总制?"丁魁楚那时自知不妙,便向李成栋哀求道:"某自知罪矣。

---

① 夤缘——攀援;攀附。
② 朘(juān)削——剥削。

愿明公留我一子，以延血嗣，皆公之赐也。"李成栋笑道："汝至今日还存舐犊之私耶？吾先杀汝子，以给汝看。"说罢便令左右先斩丁魁楚之儿，掷头颅于魁楚之前，并道："此即延汝血嗣者也。汝今日犹爱其子，吾将令汝父子不时相见也。"魁楚道："吾尽献船中所有，以赎一命何如？"李成栋笑道："汝即不献出，某便不能取耶？"便令左右，当魁楚跟前，将各船金银珠宝逐一点过船中。魁楚见了，如万箭攒心，却叹道："当永历皇上幸桂林时，向我借银四十万为行费，我当时若允借之，此时已同到桂林，不至尽为敌人所有，亦不至死于此地也。"李成栋道：'汝今日悔之晚矣。"把各金银珠宝点过之后，再复搜查，无所藏匿，即令将魁楚斩讫，并一妻、四妾及三媳、二女、诸婢仆，不留一个。可怜丁魁楚前借南京马士劳之力，在弘光帝驾下总督两广，即私交靖江王来粤举事。及靖江王以推官顾奕为丞相，以临桂知县史其文为兵部尚书，先派令来粤，约会魁楚。那魁楚竟又拜隆武帝登极之诏，擒史、顾二人，解赴闽中斩首。随又随同拥立永历帝，自为重臣，已是一个反复小人，乃复贿赂征收，广储金宝。永历帝借款西行，仍不肯捐助分毫，转要潜通李成栋，甘愿屈膝投降，终至不得其死，祸及全家，金帛亦化为乌有。无君之报，可谓殷鉴。

今闲话休说，单表永历帝奔至桂林时，阁臣瞿式耜尚在梧州，力筹守御。唯永历帝以恢复心急，欲鼓励人心，故名器不免失诸太滥。有末吏骤升六卿的，有京曹突升台阁的，甚至流寇曹志建、王朝俊等，都尽赐五等爵，恃流寇为劲旅，声势似乎稍振，实则并不能冲锋陷阵，故不久即有武冈之败。永历帝即复弃桂林，除帝驾之外，无不徒步跣足。并一个呱呱坠地甫经两月的皇子，亦委弃沙滩，不能兼顾。各官有随驾的，有逃走的，也不能胜说。单说瞿式耜一人，探得永历帝已离桂林，恐大清兵马沿湖南而下，那时自己虽驻梧州，亦属无济，便星夜领人马赶至桂林堵守，以防清兵掩袭。一面遣人赍表追谏永历帝，不宜远狩，请仍留桂省，以镇靖人心。不料永历帝以孙可望一路人马以为可靠，又以川滇险固可以久守，便决意先抵云南，然后驻驾。故不从瞿式耜之言，沿庆远府望云南而来。偏又事有凑巧，李成栋自辅助清朝平定广东之后，清廷就用他为羊城总镇。

那一日忽然自号反正军，奉永历帝正朔，所有两广土地，尽奉还永历帝，称为大明疆土，并遣部下洪天擢、潘曾纬、李绮三人赍奏，追呈永历，表明自己反正，敦请永历驾回。原来李成栋于先一年到广州后，即缴收文武印玺五千余颗,只在其中取总制之印秘密藏之。有一爱妾,本名珠圆,为云间歌伎,成栋在云间时得之,甚为宠爱,出征各处,,皆以珠圆相随。那珠圆却也奇怪,偏不喜欢李成栋辅助清朝,故常常怂恿成栋反正,那成栋只置之不理。及珠圆知成栋藏起广州制台之印,暗忖道:"那印是明朝的,如何反要留起?难道他还要做明朝的两广总制不成?"便乘机向成栋说道:"横竖做一总制,试问做明朝与做清朝的,贵贱有什么分辨?怎地不做流芳,要做遗臭?实在难解。"成栋听得,依然不答,到那一晚,珠圆侍宴,又复以言挑之。李成栋却指着珠圆答道:"我非无意,只怜此云间眷属耳。"

珠圆听罢,诳惊道:"原来元帅为妾一人,致误一生耶?昔令兄李成梁捍守三边,卓著勋劳。今元帅只为一个妇人,自堕其志,何其馁也!不必说了,妾请死于尊前,以成君子之志。"遂取佩剑自刎。李成栋不料其死,救之不及,即抱尸大哭道:"女子乎,是矣。"随又谓左右道:"我等大丈夫,安可不及一妇人识见乎?我等自误已久,岂可不速返迷途也?"左右皆道:"愿从元帅之意。"李成栋大喜,于是取梨园袍裳,腰金吉服,晋贤冠,四拜之后,方殓去殊圆。即出两广制台之印,奉明永历正朔,具疏迎永历帝回端州。

那时永历帝君臣闻之,自无不欢喜。永历帝道:"朕若从瞿式耜所谏,此时若在桂林,则回端州较易矣。"时阁臣严起恒道:"成栋如此举动,自是可喜。但恐他反复,终信不过耳。今宜先慰谕成栋移广州之众,出师江西。待观其动静,然后回端州也不迟。"永历帝深以为然。唯阁臣式耜听得,由桂林飞谏道:"成栋虽或不足道,然当此用人之际,不宜示之以疑,自当返驾端州,以维系人心。"永历帝便一面令人往修肇庆行宫,一面使人持节至广州,筑坛拜李成栋为大将,即日起程再往肇庆回来。

且说成栋自奉筑坛拜将之谕,即道:"事在人之做不做,不在坛之登不登也。刎颈爱妾刻不忘怀,必欲得之,以瞑九泉之目耳。"使者还报,永历帝即封珠圆为忠烈夫人。时成栋奉命出征江西,即上表永历帝,说道:"南雄以下事,诸臣共任。庾关以外事,臣独肩之。"即率部下健卒二十万名,望南雄进发。那时江西金声桓正在起事,称为光复军,已踞南昌,并交通成栋,联为一气,故当时朱明军势大振。怎奈自成栋在时,诸臣多为畏惮,及成栋去后,朝局已是大变,共分数党。有是李成栋亲爱的,如李绮、潘曾纬之类,自恃声势;有自南宁随驾的,如严起恒、王化澄之类,自恃功劳;有为大明旧臣由各路来依故主的,如吴璟、丁时魁之类,自无忠节,各为党羽,互相争权,即互相倾陷。皆以为成栋反正,国家可复,即预先争权。谁料李成栋兵马直至江西赣州城下,方势如破竹。

唯那一夜李成栋方已睡着,忽闻人连呼董大哥。成栋却从梦中惊觉,诧异道:"董大成是吾中军,彼呼之,得毋吾军已为彼有乎?"忽披短衣,骑骏马,望梅关而遁。计两昼,皆冒大风雨,已抵梅关。计大兵二十万,分为十大营,李成栋却弃军而走。部下十总戎不知其故,亦相随逃走。乃至南安城门,成栋方如梦初觉,却叹道:"我误矣。"随见各总戎奔到,乃并责道:"我去后,你们亦遁耶?"诸人道:"元帅既去,我们不得不遁。"成栋大怒,立拔剑杀了爱将杨国光,便把二十万士卒器械,委弃赣州城下。此时成栋自觉无面入端州面君,唯再返广州,冀图再举。

那时清国已知李成栋反正了,深恐各省为之声应,便令南主孔有德、平南王尚可喜速下广州,以拒成栋。又防永历帝必走云南,急令吴三桂领兵由四川入云南,并令降将洪承畴引兵由贵州而出,与吴三桂一军相会于云南省。这谕既下,各路清兵纷进。那永历帝听得李成栋自赣州奔回,心中大为惊怯。是时李元允、袁彭年互相争权,听得成栋凶信,亦不留意,反向永历皇慰道:"方今金声桓起事,孙可望来归,成栋虽败,亦可再举,眼见大明江山不久光复,又何必多虑?"永历帝听得,默然不答。

唯当时臣工以成栋无故奔回,亦不免稍怯,于各争升官、各争执政之举,颇为少息。但恐肇庆仍守不住,纷纷促永历帝西迁。皆谓车驾甫到南宁,即得金声桓光复南昌及成栋归命之信,今甫返肇庆,而成栋即无故败奔,可见肇庆行宫不利,立宜西迁,这等语。时永历帝只如守府,各事皆决于群臣。因一面令成栋再复举兵,一面议迁都云南。各大臣恐成栋阻止迁都,唯秘密不令成栋知道。待成栋起兵后,却令李成栋密友杜永和留守两广,为成栋后援,即择日奉永历帝车驾起程。因云南旧有世臣沐天波,有行台在永昌府,此处近隔缅甸,那缅甸国又向为大明藩属,那时听得清国已分发几路大兵,洪承畴、吴三桂既赴云南,清国礼、肃二王又下广州,已先得有尚、孙二王赴粤之信,故行在各大臣皆恐不能抵抗清兵,欲就近借助缅甸兵力,故决意迁都云南。又恐李绮、潘曾纬皆成栋党羽,恐他报知成栋,必然阻止西迁,那日权臣袁彭年便以军诏矫命,使潘、李二人前赴

广州,即瞒着潘、李二人奉车驾起程,望云南而去。正是:

> 未识迁都为下策,甫行息驾又西行。

要知后事如何,且听下回分解。

第十三回
孙可望逼封三秦王　吴平西手弑永历帝

话说永历自离了肇庆,望云南进发。时地方各官皆惧清兵若攻广州,必不能久,那时若投降,则遗臭万载;若殉难,则殒命,一时皆作逃窜之计。故永历帝车驾经过的地方,多有官员追来相随,借护驾之名,为逃生之计。唯袁彭年、丁时魁,虽随驾在侧,依然贿赂公行。凡有馈献的,就称忠勇性成,不忘君上;若没有馈献的,就称说地方公事要紧,须留人镇守,不准他随驾,故又纷纷纳贿于袁、丁二人,俾得随驾逃走。以故随驾的人日多一日,随带金帛又少,几至不能供应。只是一班贪臣当道,只自顾私囊,也不理公帑支绌。

那日车驾到了容县,永历帝乃使人求贷于瞿式耜。那瞿式耜正在桂林驻守,听说永历帝又复西行,且行资告竭,便拜表遣人馈献一千金。表中大意也说道:"陛下年来东走西迁,既回端州,何以未见敌形又行西狩?今行资既缺,想左右大臣未必私囊尽无积蓄,何临危遇变,依然不顾朝廷?臣守桂林已久,兵粮支应浩繁,只是罗雀掘鼠,东借西移,仍不敷分发。幸得军心忠义,不致怀有怨心。且桂林荒瘠之地,不是膏腴可比,奉命之日,正苦无筹策,今皇上行费要紧,只得凑备白银一千两奉上,愿皇上适可而止,勿遽入滇。车驾为人心所系,一去则人心瓦解矣,愿陛下思之。"

永历帝看罢表中言语,不觉叹道:"瞿公志虑忠纯,若国家食禄者尽如瞿公,国家不难光复也。"左右大臣听得,皆有愧色。又以瞿式耜且言左右大臣皆私囊自拥,因不免深恨瞿式耜一人。各大臣道:"我等在端州,他在桂林,安知吾事?只图毁谤耳?他坐踞桂林,今车驾过此,仅以千金相献,已是不忠,复敢骂人耶?"永历帝道:"式耜非负朕者。昔日靖江王为变,他被执且不屈,此人那有不忠之理?式耜之言,皆至言也。"各大臣听罢,皆无言可答。当下车驾复抵南宁。时陈子壮、金声桓、张家玉等正各起义兵,皆以光复明室为己任。永历帝得报,即降诏奖谕,各酌予升阶。各大臣得报,又以为李成栋反正,各路义师又起,将不难光复明朝,于是贪黩争权,又依然如故。永历帝以事事方仰给于各大臣,亦不敢过问。及车驾将发南宁,忽报孙可望遣龚鼎、杨可仕等有表文解到,并贡南金二十两,琥珀四块,名马四匹,君臣闻报大喜。永历帝就拆视可望表文,却是一幅黄纸写的,却写道:

先秦王荡平中土,剪除暴官污吏,十年来未尝忘忠君爱国之心。不谓自成犯顺,玉步难移,孤守滇南,恪遵先志,合移知照,王绳父爵,国继先秦。乞教重臣会观。诏上。

谨肃

某年月日孙可望拜书

永历帝看罢,道:"既是表文,怎地要用黄纸书写?他并未改朔,又不奉朕朔,实在奇怪。且表内称合移知照,他心目中还那里有朕耶?若张献忠扰乱全国,乃说是荡平中土,他的意思,只要索封秦王。乃以悖慢之言,填在表内,实在可恶。"说罢,即把孙可望之书掷下,并谕左右道:"他的来人叫他回去罢。"唯诸臣听罢,皆苦口切谏,并道:"可望兵马既众,将校又多,今日用人之际,愿陛下毋惜此秦王名号。宜一面封他,一面责他起兵,可也。"永历帝道:"自来悖慢之臣,未有倚他立功建业者。他今日求封秦王,而朕设不敢却,设他索朕让位,又将奈何?且孙可望来归之后,未尝有尺寸功劳,他即以势力要挟,朕亦只能封之荆郡王。若秦王之封,当候有功时再议。"各大臣见永历帝词意既坚,也不复谏,便以荆郡王敕命赐给可望,并款宴龚鼎、杨可仕,以好意遣之而归。

时永历行在君臣,日夕唯盼各路报捷,故仍不遽行,即令庆国公陈邦传驻南宁西道。恰值孙可望回军云南之广南府,正相隔不远,那陈邦传到时,却强娶南太道臣赵名之女为子媳,惧遭谴责,乃阴与可望相连。知可望欲得秦王封号,邦传欲讨好可望,乃矫命封可望为秦王。可望得报大喜,便肃然就臣礼,五拜叩首,舞蹈称臣。他的结义兄弟并三军士卒,各呼万岁。一面准备庆礼,缮表谢恩不提。秦王正升座时,龚鼎、杨可仕已奉有荆郡王的敕令回到。可望大怒,却把敕命毁裂,复怒道:"便无敕命,我便不能称秦王耶?"自此仍称秦王,并秣厉兵马,欲先取云南沐府。即向

第十三回 孙可望逼封三秦王 吴平西手弑永历帝

部将道："沐府自沐英后，袭封近三百年，广积资财，山川险固，宫殿华美，此永历所以欲入云南也。今吴三桂由川而进，行道尚难，吾准备捷足先登耳。"便兴兵往攻沐府。不料沐府值土司沙定洲之乱，全家五百口被戮，只逃出国公沐天波一人，并失宝物不计其数，可望至时，只得一座空无所有的沐府。可望大怒，却反与天波相结，许为复仇，要与沙定洲厮杀。那沙定洲那里是可望的敌手，直被可望杀了，所有财帛又复归沐府。天波却与可望均分，作为酬谢。自这点消息报到行在，永历帝叹道："沐府世袭藩封，财库甲于全国，朕正欲倚之以图恢复。今忽遭乱，朕亦不能进矣。"时左右亦畏可望，皆谏不宜急进云南，以听候各路战仗消息，方定行止。

不提防李成栋自损失二十万人马，奔回广州，即再整兵复进南雄。忽见前时所杀之杨部将到来索命。成栋拔矢射之，竟身随弦去，堕于涧中。左右急为救起，成栋已面如死灰。随报清兵已至，成栋犹自撑持，急令取火器来，即披甲上马。成栋传令火器到，各营即发炮。奈事有凑巧，适暴雨骤至，火器无功，清兵已自杀入，全军大乱，成栋制止不住。只有兵士见成栋披甲未完，乘一匹跛马，渡营后大涧而去，及后查之，竟不知去向。

自是清兵大进，粤督杜永和先航海逃遁。清兵又得奸细为内应，遂入广州。这消息报到行在，适湖北何腾蛟凶信同至，永历君臣相顾失色，默无一言。随又报到，旧辅黄士俊、何吾驺已先后投降了。永历帝叹道："黄士俊年逾八旬，曾任相臣，且曾备先朝顾问，何一旦失节如此？"说罢，不胜叹息。此时各臣工即纷催永历帝起程入滇。时左右多各自逃窜，唯阁臣严起恒、大金吾马吉翔、大司礼庞天寿随驾而去。

一路仓皇奔走，直抵滇中，只有沐天波率众来迎到府里歇驾。不料坐未暖席，已报吴三桂大队人马已由四川到滇，永历帝闻报大惊。忽然又报清兵已入桂林，瞿式耜已殉难；忽然又报，江西金声桓、广东陈子壮皆以不屈而死；忽然又报，洪承畴已引大队清兵已陷贵州，直指云南而进。永历帝一连得了几道凶信，傍徨无措，大哭道："大明江山再无可望矣！国家不乏忠义之人，何以一旦挫败若此？此天丧朕也。"左右此时只强为劝解。沐天波道："云南自遭沙定洲之乱，元气未复，又经孙可望蹂躏，人民尚在疮痍之中，今几路清兵，或由川黔而来，或由广西而进，吾何以拒敌？"大金吾马吉翔道："此处离缅甸不远，想缅主久受我朝卵育，而沐国公又与有来往交情，不如暂奔缅甸以避其锋。待有机会，再行大举，可也。"庞天寿道:"此策吉凶,其实不敢决其可否。以缅甸国小而弱,不足与清兵抗也。昔缅甸怀服我朝,亦不过以势力不敌,求为保护。今事变情迁,恐缅甸昔之倚赖大明者,将转而倚赖大清兵。但处今之时,战既不能,守亦不得,除了暂奔缅甸,亦无他策。"时各路将官,尚有晋王李定国犹拥雄兵。永历帝欲待他到时同行,并谓诸臣道:"晋王连年苦战,未忘明室,朕不忍舍之。"马吉翔道:"臣等护驾先赴缅甸,留晋王御敌,以观后效亦可。"永历帝见诸臣皆要行,只得应允。沐天波令将军靳统武为护驾,统兵三千人,并滇省官吏及行在人等共四百余名,先到永昌府。复行三日,即抵腾越。诸臣皆恐三桂兵到,不敢逗留,复沿铁壁关经芒漠而去。

偏是祸不单行。那时随行辎重既已无多,又被边臣孙崇雅反叛,尽劫辎重,帝后皆为叹息。靳统武虽斩了孙崇雅,唯食品已是不敷,左右皆有饥色。幸再行不远已抵缅关,缅酋也使人来迎,唯礼貌甚踞,犹以大明万历时缅境有乱,明朝不能救援为词。沐天波力行解说,当时苦于东兵,不能兼顾。奈缅主意终不释,须兵卫弃去器械,方肯引进,此亦不得不从。沐天波却谓马吉翔道:"缅酋礼貌甚衰,恐有不测,不如先走护腊,犹可在外调度也。"马吉翔听罢,力阻不从。余外大小臣工,多有请离缅脱险的,皆为马吉翔所阻,不能得达。到次日,缅酋向沐天波索献币帛,因那日是缅酋生辰,欲得此以壮声势。沐天波即以私礼入献,出而叹道:"某此举只为保全皇上,否则不知何如矣。"到缅而后,各人见缅族男男女女皆混杂互市,不事衣冠,故诸大臣以为,到了缅境即可以逃生,皆随习缅俗,大为佻挞①。沐天波日向永历帝哭泣,苦无脱难之计。

忽报晋王李定国大败清兵豫主之兵,特遣兵亲来迎驾。永历帝大喜,欲乘此时离缅。马吉翔大惧,恐晋王到时,诸臣必攻自己短处,即矫命令晋王不得入缅,致惊缅人。晋王遂郁郁而去,永历帝亦无可如何。偏又事有凑巧,缅酋之弟恰弑缅酋自立。新酋即使人来告道:"敝国壤地褊小,难以久守奉刍粟。今请贵君臣出饮咒水,即可自便贸易生计,免我等供应也。"永历君臣,此时皆不敢出。忽然缅将领兵三千来围,勒令各人出饮咒水,并道:"除尔皇帝外,尔大臣皆出饮咒水。倘若不从,必以乱枪攒杀,不要后悔。"沐天波听了,向吉翔骂道:"汝当时若不阻晋王入缅,今日

---

① 佻挞(tiāo tà)——轻薄。

犹可免也。汝贪图自便，贻误主上，复有何面目生于天地间耶？"吉翔无词以答。永历帝料知不免，即令诸将俱出。缅酋却道："除太后及皇上二人不得惊扰，若各大臣皆当立即行事。"

于是缅兵一齐动手，以三十缚一人，骈杀之。永历此时与中宫皆欲自缢，侍者谏道："国君死社稷，理所当然，但如太后年高何？既弃社稷，又弃国母，必不可也，请暂留以待天命。"永历帝听罢，唯与中宫相对而泣。计各臣中，以邓凯有足疾，幸得脱免，余外自沐天波、马吉翔以下，被害者共四十余员，哭声闻于一二里外。唯沐天波手杀数人，然后自尽。至于自尽的，随后也不能胜数。

缅酋既兴此杀戮之后，即请永历帝移居沐天波之府，大小仅存三百余人。自是永历日坐针毡，饮食亦至缺乏，还幸有寺僧暗进粗粝，得以不死。不料诸臣被害之后，吴三桂大兵已进滇省，直趋缅甸，传檄缅酋，勒令交出永历帝后。缅酋大惧，即回复吴三桂，应允将永历帝后交出。一面委员至永历帝处，诡说道："晋王李定国大兵已近我境，声言迎接官家。但敝国不欲使大兵惊扰，今特送驾晋王营中，就此请行。"说罢，便不由分说，拥太后及永历帝中宫各坐椅子，舁之而行，各有十余兵拥护。因已入夜，不辨路途，只任缅兵拥至何处。到黎明时，见各营在望，皆是吴平西旗号。永历默然不语，只叹道："朕累母后也！我朝待吴家不薄，何至如此？"说了，即至清师营中。吴三桂只令部将接受，不敢来见。即拔营行了十数日，已抵云南省城，即安排弑害永历帝，以邀大功，并绝后患。正是：

已经忘本残同族，又要邀功害故君。

要知永历帝性命如何，且听下回分解。

第十四回

篦子坡永历皇被缢　北京城吴三桂奔丧

话说吴三桂领大兵直趋缅境，传檄缅酋，勒令交出永历帝君臣。缅酋畏惧三桂，即托称送永历帝至晋王营中，实则拥至吴三桂营内。三桂好不欢喜，以为不世之功，莫如此举，且又可以解释清朝猜疑自己之心，便立即拔营，提兵拥永历帝回至云南府城。是时故明各路人马都已溃败，晋王李定国亦已殁滇中，即反复无定之秦王孙可望，及他部将巩昌王白文选，都先后走死。眼见大清已一统山河，只有郑成功尚守台湾，不肯降服，直至死后，传位郑经，又传至伊孙克爽，国势日弱，方肯投降。都是后话，不必细表。

惟是吴三桂得了永历皇，已把川、黔、桂、粤、湘、鄂各省，尽归平靖，立议表奏入京，请留永历帝朱由榔在滇办理。部将吴定谏道："历朝鼎革不诛旧君，三代盛时且封为诸侯。即秦汉以下，除了篡弑得者，莫不封其故君，非王即公。当今朱由榔虽建号称帝，抗我清朝，但他既属明裔，亦份所应尔。不如解送京中，听朝廷发落，或者朝廷尚有后恩也。"吴三桂道："汝言似是，但我辈所为何事？今日已骑虎难下矣。俗话道：斩草留根，春来必发。明裔一日尚存，即本藩与诸君一日不能安枕。若以一时不忍之心，反贻后患，某不为也。"吴定道："然则王爷直死之乎？不如奏知京师，听候朝旨行事可也。"吴三桂无奈，便依吴定之议。果然奏谒到京，即有朝旨，允留永历帝在滇，由三桂处置。

那日吴三桂便大会诸将，商议处置永历皇之法。部将满人爱里阿道："王爷此举，将如何处之？"吴三桂道："某亦不欲处以极刑，只欲将他骈首①。"爱里阿道："王爷此言，亦太儿戏。他曾为君主，岂骈首犹未得为极刑耶？末将以为，如此未免太惨。"三桂道："将军亦满人，何出此言？"爱里阿道："末将诚是满人，但不忍之心，人所同有。末将若处王爷地位，必不为此也。"吴三桂道："某非不知。唯朝旨已下，焉能违抗？"爱里阿道："朝旨只任王爷处置耳，未尝使王爷将他骈首也。"三桂："恐除将军外，未有以将军之说为然者。"时章京卓罗在座，向三桂厉声道："爱里之言是也。王爷世受明恩，或以不得已而至于今日。然回首前事，正当借此机会图报于万一。且他亦尝为君，曾有数省奉其正朔，亦当全其首领。若王爷于此事仍有畏惧，某愿以身当之。"

吴三桂听罢，面为发赤，即退入后堂，各人亦散。吴三桂心里踌躇，觉若不杀了永历皇，既不泯清朝的猜疑，自己亦不能安枕。惟外面又欲解释人心，欲以示所杀永历皇由于朝旨敦促，不干自己之事，冀诿卸于清廷。

---

① 骈（pián）首——杀头。

第十四回　篦子坡永历皇被缢　北京城吴三桂奔丧

那日便欲叩谒永历帝，以阳示其哀怜之意，与不得已之心。但自己已为清国藩王，又不知用明朝衣冠，还是用清廷的衣冠。若衣清装，即无以解释人心，若衣明服时，怕当时朝廷知道，如何了得。左思右想，总没法子。

到了次日，与心腹章京夏国相计议。国相道："即衣清装叩见可也。"三桂道："吾欲暗中仍穿明服，不令人知，汝意以为何如？"夏国相道："王爷差矣。王爷此举，只欲解释人心。若暗中自衣明服，试问谁人见之？今王爷已受清封，即以清装相见，亦能昭示于人。"三桂道："相见时又不知如何礼法。"夏国相道："王爷今则为王，永历今已为俘，其极，亦平揖可矣。"吴三桂亦以为然，即转进后堂更衣。忽见爱姬圆圆揽镜自照。原来圆圆已窃听了夏国相与三桂所言，故意坐在那里要与三桂说话的。三桂却道："卿何独坐其间？"圆圆道："妾方才登楼北望，回时觉鬓发乱飞，想是为风所动，故略行修饰耳。"三桂道："卿言登楼北望，究属何意？"圆圆道："妾北方人也，望家乡耳。"三桂道："卿随侍此间，荣贵万倍，亦思乡耶？"圆圆道："妾昔读古人与陈伯之一书，说是廉颇之思赵将，吴子之泣西河，故国怀念，英雄且有之，况妾一小儿女耶？"三桂听罢，默然，随入内室。圆圆亦随起而进。忽见三桂更衣，圆圆道："王爷今将何往？"三桂道："将往叩见故君也。"圆圆故作惊道："崇祯帝尚在耶？此大明之幸也。"三桂道："某非言崇祯帝，只言永历耳。"圆圆道："永历帝已被擒矣。妾以为王爷至于今日，不如勿见。"三桂道："卿言何谓也？"圆圆道："君若能抚存朱明遗裔，顾念朱明江山，即见之可也。若不然，设相见时，永历帝以正言相责，试问王爷何以应之？"三桂笑道："他已被擒，方将向某求全，宁忍相责耶？"圆圆道："妾闻永历宽仁大度，不过臣僚非人，以至灭亡耳。他在缅境时，曾欲自刎，不过以母后尚在，未肯捐生，以是知其非畏死者。王爷勿轻视之。"三桂听罢，不答。随穿清国服制欲出，圆圆道："永历若见此衣装，必诧为异事矣。昔已擒之，今又谒之，王爷此行实为可异。"三桂道："卿勿作此言。若他人言之，吾已罪之矣。须知缅境陈兵之役，皆朝廷意也。"圆圆道："妾若为王爷，必不如此。"三桂道："卿戏言耶？"圆圆道："何戏之有？妾昔被掳于闯贼，犹知不屈，百折而得复见王爷，即此可以见也。"三桂至是赧然，复卸下清装，先穿明服在内，而以清装披之在外，又并着从人携着明冠同去，圆圆亦不复言。三桂便出府门，直乘舆望篦子坡而来。

原来篦子坡即在永明池畔,时三桂已安置永历帝在那里。当三桂出时,以清装在外,本意至永历帝寓所时,即卸去外装,冀于无人之际以明服相见。不料到时,还见许多旧员环集,求谒永历帝。即三桂部将,亦多在其中,皆伺候叩见永历帝。三桂见人心思明,心上不免愧怍。且见各人环列,若脱去外面明(清)装,也不好看,急令从人把携带的清(明)装帽子,携回府去,却在人众中。那时各人都让三桂先行叩见,三桂那时觉跪又不好,不跪又不好,惟觉踟躇不安。永历帝便问三桂是何人,三桂即报名以应,翻身跪在地上。永历帝责道:"你是大明臣子,父子相继受国厚恩。汝以武举升至总戎,叠应方面,又封受爵典,自应感恩图报。既引外人以灭国家,今又逼朕至此,汝意将欲何为?"吴三桂听罢,一言不能发,又不能动。左右急为扶起时,那三桂已面如死灰,观者无不大惊失色。

三桂回至府里,不宁者数天。自是不敢复见永历,只传令将永历行宫四围逻守,十分严密,凡有什么人出入,皆要先白三桂。惟自三桂叩见之后,诸臣反以三桂叩见时受惊,尚有天意,故凡见永历的,皆不敢怠慢。有前任尚书袭彝,本湖南永州人氏,初时听得三桂入缅,即奔走数十里,意欲随驾。及至云南,已知永历被擒,那时即求见永历,却为守门者所阻。袭彝厉声道:"此我故君也,义应入见。"守门者乃白三桂,三桂亦许之。袭彝乃备酒食而入。永历接见时,相见大哭。随以酒食上献,永历帝不能下咽。时有从臣邓凯相陪,永历帝哭道:"朕既误国家,又累母后,死何足惜?所不忍者,只朕幼儿耳。国统既亡,并祖宗的血嗣亦不能保,实在可叹。"袭彝听罢,哭不能成声,随谓邓凯道:"今皇上已被围,势难复脱。看三桂奸贼,势将斩草除根。足下随驾日久,日观皇上奔走流离,只留下这一点骨血,足下独不动心乎?"邓凯道:"弟亦日筹,未得其计耳,如先生有高见,愿乞教。"袭彝道:"某到此间,见人心尚思大明,看来国中不乏忠义之士。若皇裔尚在,或有辅皇太子以图光复者,亦未可知。愿足下救出皇子,以存明裔。某愿以死报足下也。"邓凯道:"先生之言,某义不容辞,但何由得皇子救出?弟愚昧,实未有良策。"袭彝道:"此间还有心腹人可以同谋否?"邓凯道,"有三桂部下领兵守卫行宫者副将陈良材,常说到皇上被困,即太息歔欷,若与谋之,当必有济。弟亦尝以言挑之。"袭彝道:"盍试以言挑之!"邓凯即出寻陈良材会晤。良材见邓凯眼带泪痕,即问道:"足下得毋哭乎?"邓凯道:"眼见吾君被难,不久将骨肉无存,是以悲耳。"

第十四回　篦子坡永历皇被缢　北京城吴三桂奔丧

陈良材叹道："某亦故明臣子，倘有可以报明之处，虽死不辞。"邓凯道："某不过欲为我皇上延一点骨血耳，不知将军能任之否？"陈良材道："弟实不难任之，愿足下明言，不必隐讳。"邓凯察其心地无他，即与陈良材同入会见袭彝，商议此事。即彼此计定，令陈良材托言带儿子入行宫，愿见永历帝。去后，即令永历皇子扮陈良材儿子的装束而出，先藏之陈良材家中。邓凯即混进陈良材营里，窃往良材家内，与皇子逃走。那陈良材伺守卒换班时，然后自携儿子回去。

当袭彝与邓凯、陈良材哭别时，好不悲苦。袭彝却向陈、邓二人拜道："明祚不斩，皆两君之力也。某非畏死，不过初到云南，路途不熟，终难救出皇子出关，故让诸君耳。今事已行，某不忍独生。"即撞于阶下。左右急为救起时，已伤重而殁，左右无不伤感。后人有诗赞袭彝尽忠的道：

> 故君被俘入滇城，万里间关谒永明。
> 热血直从阶下溅，森严行在有哀声。

又有赞邓凯独救皇子脱险的诗道：

> 当年杵臼共程婴，殉难存孤各尽情。
> 后世袭彝和邓凯，流芳青史著忠贞。

自袭彝死后，即有人报知三桂，吴三桂也不免有感，令厚葬其尸。自忖：各人思报明主，反觉自己汗颜，不如早将永历处置。又因前次会议，多人主张不杀永历，今却不必会议，只独断独行，令永历帝及他母后自尽。即拣出两条罗带，藏在一个盒子内，外面写道是食物，送给永历帝及永历帝母后等字，即使心腹人直至篦子坡来。时永历帝正在篦子坡与母后相晤，诉说邓凯之事，与袭彝撞死一节，正大家伤感，忽闻三桂使人送食物到来。永历帝听罢默然，徐叹道，"什么食物，直鸩毒耳。然朕死不足惜，顾累及母后，此数十年中，又累多少生灵，实在可恨。"说罢，即传进来。由左右呈上，只是一个盒子，写明送给永历帝及他母后的。永历帝打开一看，见内里并无食物，只有罗带两条，不觉对太后流涕道："逆贼直欲朕自缢也。"太后听罢，亦大骂不已。太后复骂道，"三桂逆贼，行此辣手，害我母子。他日九泉之下，当看汝碎尸万段也。"早有人报知三桂，三桂积羞成怒，即遣章京双桂领亲兵二百名，围绕篦子坡。

那篦子坡在昆明城内，旧有金蟾寺，三桂即囚永历帝于寺内，惟永历从臣仍呼为行宫。三桂亲兵到时，即围定寺内。永历帝知三桂兵到，即使人谓双桂道,"三桂逆贼已迫朕至此,今你们到此再欲何为?朕死则已,幸勿惊扰太后。"统领双桂道:"奉平西王之命,以陛下既受罗带,特候回报耳。"永历帝道:"此次正对五军山,朕欲登山一望故都,然后回来候太后终年之后,即行就死了不知能方便否?"双桂厉声道:"吾只知奉命耳。若复有言,当令人告知平西王爷,吾不能为汝作主也。"永历帝听罢大哭,向太后道:"朕不肖累及母后,今将奈何?"太后道:"逆贼欲吾自缢以掩人耳目,我横竖一死,不如候逆贼加刀,以成他弑君之名。"永历帝道:"后世必有知者,太后不必如此。"太后乃大哭,即取出罗带,永历帝不忍正视,又虑太后年高,乃代为结束罗带。左右即移椅子,扶太后上吊,永历帝只掩面俯首垂泪。除左右随从外,还有皇后及妃嫔数人,皆放声大哭,不忍仰视。太后上吊时,仍大骂三桂。不多时,永历帝尚俯首而泣,左右扶起时,三桂军士由怜生爱,见了永历,皆惊道:"此真英主也。"皆窃窃私议,有欲救之之心。且自三桂遣发亲兵而后,满汉诸大臣多来观视。永历帝正当太后既死,一发悲苦,乃向妃嫔说道:"自古为君无有如朕之苦者。今朕将死矣,破巢之下,安有完卵?汝们宜各自打算。"说着,各妃嫔皆拥绕永历帝而哭。时在场看的,自汉员以至八旗将士,皆为感动,纷纷道:"人谓他为仁爱之主,果不虚传。我们何不奉之,以立不世之功。"一言未了,已有数人割辫而起。双桂急使人报知三桂,三桂听得大惊,立发令箭大兵到来,即将多官驱散,并谕双桂,即取永历自缢的消息回复。永历帝此时恐防被辱,即行自缢而崩,亦无暇与妃嫔诀别。三桂更令双桂拥皇后及永历次子,直至市场,以弓弦绞杀之。

是日却天昏地暗,风霾交作,对面不见人影,见者皆谓为天怒。事后双桂回报吴三桂,三桂更怒,传令将永历帝、太后尸首,用火焚化,闻者皆不忍往视。左右亦有向三桂进谏,谓不宜太惨,三桂更怒,谓左右道:"他说在九泉之下看我碎尸万段,吾焚其尸,化为灰烬,则本藩他日虽碎尸万段,他亦无目见吾也。"说罢一发令人将永历帝及太后焚化之后,更扬其灰,使分散四处。是时吴藩部下文武员弁,见三桂盛怒,多不敢进言,故一任三桂做作,以至得做这穷凶极恶的手段。

那时三桂自害了永历帝及太后之外,并永历皇后及皇次子亦已绞杀,单不见了永历长子,也疑到手下的人暗为藏匿,立即高悬赏格,要缉永历太子。一面将永历亲属及外戚从臣,槛送入京,具表报捷。随后复追究永历被缢时,有赞永历帝为真主欲奉之举事者,大加杀戮。计除章京双桂以外,共杀去不下二千人。真是天愁地惨,户哭家号。因见永历受害之惨,滇人乃改唤篦子坡为迫死坡。后人有古风一篇,单道永历帝被害的。诗道;

  大明太祖定天下,一统相传三百年。
  延至季世日积弱,君虽英武臣不贤。
  内遭阉祸外强敌,东陲一望皆烽烟。
  似此存亡若一线,况复流寇相蔓延。
  龙蛇混杂闯献出,敌闻内扎亦垂涎。
  号召各部兴劲旅,乘机泄发寇东偏。
  松山一战承畴走,三桂借兵为祸首。
  自成西去敌东来,前方拒虎狼随后。
  虽然申胥哭秦庭,却送土地为人有。
  烈皇死后明社墟,贰臣俯首为功狗。
  福王栖息依南京,转瞬扬州先失守。
  可怜天不祚朱明,鲁王唐王皆不久。
  中惟延平郑氏起,雄师光复闽台次江右。
  清兵百万渡黄河,东南遍地皆干戈。
  永嗣明统图光复,君虽明哲臣庸何。
  可望反复成栋死,一战再战皆蹉跎。
  奔驰端州并粤左,仓惶滇省依天波。
  势穷力尽走缅甸,缅酋惨杀犹残苛。
  吴军直指缅甸境,君臣为俘相芟锄。
  逆臣辣手拭帝后,血泪飞扬迫死坡。
  极恶穷凶志不回,焚其尸首扬其灰。
  破巢之下无完卵,爰及妃嫔皇嗣交残摧。
  天愁地惨鬼神哭,甘弑君后为奴才。
  吁嗟呼!乱臣贼子古来有,何如三桂罪之魁。
  试读明季惨亡史,二百年后人犹哀。

自此吴三桂即坐镇滇中,以平定永历之故,清廷念其勋劳,即以云南为三桂食采地。又招其子为驸马。宠幸已极。

如是有年,三桂日即骄横。所有云南岁入库款,皆不奏报,又招兵买马,直如三代诸侯一样。因此清廷大为嫉忌。唯是三桂耳目遍布京中,早有消息知得清廷嫉忌之意,志在探听确实,以窥朝廷举动。正筹思无策,忽报大清国顺治帝驾崩,吴三桂便趁此机会,以奔丧为名,直进京中。又恐自己入京之后被朝廷挟制,便点起大兵,然后启程。计大兵不下十余万,经贵州、湖南,入湖北、河南,望北京而去。沿途骚扰,三桂又故迟迟其行,以看朝廷之意。随行如马宝、夏国相,皆三桂心腹将士。以马宝为前驱先行,自己在后进发。计行了数十日,三桂尚须两日方能抵京,唯前驱人马已在燕京塞拥道路,弄得京中一带人心惶恐。有言三桂反清复明的,有说三桂带兵入京志在袭取大位的,纷纷其说。你言我语,居民十室九惊,交相避匿。

那时顺治帝既崩,康熙帝正在即位,听得风声,又不知三桂有何用意,心中不免顾虑,即与廷臣计议。有主张阻拒三桂不令入京的,康熙帝又恐反因此激成三桂反情,终是不决。徐见诸臣纷奏道:"三桂领兵入临,人马过多,在京骚扰,惊吓居民。请旨定夺。"康熙帝立意用安慰之策,以羁縻一时。先派大臣赴吴三桂军中,先奖颂他的功业,随说居民惶骇,请不必入京成礼,以靖民心,就在京外设祭哭灵而去。正是:

为虑藩心多反侧,反教朝意起嫌疑。

要知后事如何,且听下回分解。

第十五回

筑菜园陈姬托修斋　依海市杨娥谋讨贼

话说吴三桂入京奔丧,因所带人马众多,骚扰京城,已令他在京外设祭哭灵而去。自此三桂也以清廷为猜疑自己,清廷亦以为畏惧,自己即一面率领人马回滇。那时清廷仍欲羁縻三桂,俟三桂回滇后,即降一道诏敕,称奖三桂功劳,由平西王晋封为平西亲王,世袭藩封罔替。

吴三桂得诏,即请夏国相计议。三桂道:"孤前者入京奔丧,竟不令孤入京,是疑孤也。今又晋封孤为亲王,是为藩府,是又有畏孤之心,故示

第十五回　筑莱园陈姬托修斋　依海市杨娥谋讨贼

羁縻之术耳。为今之计，须谋自全之道，愿卿有以教我。"夏国相道："大王如欲始终恪守臣礼，自当力辞世袭藩府之任，愿解兵权，以释朝廷之心。如其不能，又当速自为谋，毋延误时日，自取其败也。"吴三桂道："早知如此，孤断不为缅甸之行矣。然孤以二十年汗马战争，始有今日。既遭朝廷疑，所可以自全者，只恃此兵权耳。曹孟德说得好，若一旦卸去兵权，必为人所算。语所谓骑虎难下，不能以冒虚名孤受实祸也。"夏国相道，"三代而后封建久废，今大王得此异数，朝廷必有深意。大王能顺则顺之，若既不能，即取死之道也。究如何而可以死里求生，自当早计。以韩信之能，破项羽可以破而不能阻未央宫之祸，燕王棣才不及韩信，而可以制建文，此视夫见机之迟早耳。此则大王智力所能，无烦老夫计及也。"吴三桂大笑道："卿知我心也。"夏国相道："若以此计为然，趁人心思明之际，幸勿以迟疑取祸。"吴三桂道："今却不能，须看部下文武之意如何，待有机会，方可乘势行之。"夏国相道："大王之言是也。以恩结人，以威令众，实为上策。然早自图，幸勿轻泄。"国相言罢而出。

自此三桂一发施恩于人。凡云南地方，虽为三桂藩地，惟一切官吏等仍多由朝廷虚发。惟三桂用意，一来惧朝廷派人窥视他的举动，二来欲全用自己心腹，故虽朝廷所任的，三桂也一概撤回，另以藩府龙凤下批咨部，以某人任某守令，以某人任某参游。纵部选本有定例，亦必撤回，改用藩府所咨选，时称为西选。那时西选之官遍于东南，即地方督抚大吏，于西选之官亦必改容加礼，盖恐得罪藩府也。三桂那时势焰日炽，渐溺晏安，每暇即以声色自娱。那宠姬圆圆，声色为一时之冠，惟自入滇以后，颇不满意于三桂行动，声色忧容，但三桂宠爱之弗衰。三桂见圆圆常不大欢悦，思有以取媚之，乃大兴土木为筑梳妆台，以处圆圆。

那一日，圆圆谓三桂道："妾自蒙大王青顾，恩宠有加，复以大王英雄，荣及贱妾，妾复何憾？但妾昔日所言，愿大王勿忘之也。"三桂道："卿所言甚多，究何所指？孤焉能一尽记之？"圆圆道："妾今荣华极矣。若再享荣华，必增妾累，愿得一净室，俾修慧业以终余生，并赎前过，此皆大王之赐也。"三桂道："往者戎马仓惶，卿尚相随奔走。今已四方无事，正当安享富贵，何以遽作此想耶？"圆圆道："昔固许之，大王今何背之？"三桂道："诚然。卿若离去此间，孤必不见许。若欲于云南城内为辟地方静养，孤自可成卿志也。"圆圆道："今大王位至南面王，美女已下陈充斥，妾亦料大王必许妾也。妾非必要离去云南,盖离乱以后,妾家离散,去亦安归?只愿得一山林清趣之地,幽居静处,稍赎前愆耳。"三桂便允其请,即令人在滇城相度地方,看哪一处最合建筑。惟城北一带地方空旷,枕山临流,甚为清雅,即令在那处建筑楼房苑囿,名为野园,实则自如离宫一样。那处附近商山,树木繁盛,三桂更筑一园,以通商山,以便临眺,名为安阜园。更为石栈,直达商山寺。统计野园之内,楼阁亭台有百余座。又嫌藩府梳妆台湫陋,即在野园内建做圆圆梳妆台。下令建筑之日,即另行示令居民,或有房宇相连的一概搬迁。居民一来仇恨三桂,二来又见他所为无理,多有不肯搬迁。到地方府县官递禀求免迁徙的,不计其数。初时地方官府县恐触藩府之怒,不敢上闻,惟暗中补偿迁费,令居民勿得违抗。后以勒迁的房屋过多,府县官无力补偿迁费,始禀告三桂,请示办法。三桂大怒道:"便是明家天子,且不敢违抗孤,那小民反欲违令耶?"即再出示,限五日内一概迁移,否则即行毁拆。及到期,虽有许多畏祸搬迁,惟是一班穷民,无可迁徙,仍求地方官体恤。那时地方官又恃着藩府出头,诸事不理。三桂以人民抗己,即拘拿十数人,立行斩首,即将房屋焚毁。故贫民因此露宿山栖,不能胜数,嗟怨之声,彻闻远近,三桂概若不闻。且附近商山坟墓亦众,那贫民无力迁居,还哪有力计及坟墓?故三桂更以那些坟墓妨碍工程,又怨居民不将坟墓迁葬,都令一概掘起,致令骸骨暴露。三桂都不计是那处坟墓的尸骸,惟有令人叠埋一堆,运至十数里外,以土掩之,遂成乱冢一丘,不复辨为谁家坟墓。及地场既辟,即募征丁役万人,日事兴筑。所在应用的砖瓦木石,都责成属下官吏供应。计经年始告落成。又示令国内,凡有奇花异草、珍禽奇兽与一切玩物,倒搜罗尽净,置诸园中。如有隐匿不行献出者,即行罪责。以故富绅大贾交相献纳。或侦知那一家藏有奇品,即派人领兵硬行掠取。因此为建筑野园一事,骚扰地方,甚于兵燹。

自野园落成之后,三桂文字本不精通,唯愧自以武员出身,又附庸风雅,并征文人题咏野园风景。有狂生夏严,题月台一联道:

月明故国难回首　台近荒坟易断魂

三桂不解其意,视为佳句。后为侍者所谮,三桂大怒,令削之,立即捕夏严斩首。及野园装点既备,复于园中辟两道小河,直通外海。每届夏令,即与诸妃乘舟于池中,故托名为圆圆筑地修斋,实则借此大兴土木。

第十五回 筑莱园陈姬托修斋　侬海市杨娥谋讨贼

只于园中隐楼一座,直通梳妆台,以处圆圆。三桂亦不时同处其中。此外楼阁亭台,风轩水榭,皆金钗十二,粉黛三千,环列萃处,繁华无比。后王思训有野园歌一阕,单道其事,今已强半遗忘,聊掇拾凑成之。歌道:

　　古滇城北数里许,后枕高山前带水。
　　孤松峭拔撑天高,绿杨缥缈斜阳里。
　　此中佳胜古来稀,中有野园壮丽无伦拟。
　　层楼杰阁亘云霄,水榭风轩随处起。
　　名花异草四时尽,不尽千红与万紫。
　　珍禽奇兽尽搜罗,纵横遍地皆罗绮。
　　长桥似波百度飞,龙舟竞渡聊复尔。
　　十步阁兮五步楼,古称阿房只如此。
　　中唯妆台尤杰出,隔离天日不盈尺。
　　谁能为此壮大观,吴王兴业震遐迩。
　　借兵入卫明社墟,缅甸凯旋明祚圮。
　　论功不数桑维翰,封藩开府南滇地。
　　升平而后溺晏安,况复佳人久擅倾城美。
　　大兴土木复穷奢,舍是不足娱歌伎。
　　君王岂计民流离,只忧美人心不喜。
　　万家庐舍皆丘墟,千年坟冢成荒垒。
　　经营累月复经年,大工竭尽民脂髓。
　　野园为欲处佳人,野园成后佳人死。
　　佳人死后野园倾,沧海桑田类如彼。
　　当年藩府今何在?曾不十年长已矣。
　　自古繁华易阒寂,况为国贼民集矢。
　　我来凭吊正欷歔,欲寻野园旧遗址。
　　只留蔓草绕荒烟,何堪再论兴亡史!

　　自野园落成之后,三桂不时与圆圆乘车在园内游览,故圆圆虽名为修斋,实则奢华更甚于曩①时。又在野园内更建列翠轩,俯临池塘,夹道皆种杨柳,池内又遍植莲花。每届夏日,三桂即与诸姬在轩内临池。轩内计

---

① 曩(nǎng)——以往;从前;过去的。

分厅事五座,窗外隙地数十丈,皆栽细草。三桂本不善书,惟好与诸姬在轩内临池,凡春秋佳日,轩内设宴无虚夕。三桂辄携笔墨于轩内,作擘窠大字。侍姬数人环列其侧,鬓影钗光,真不异蓬台瑶岛。当三桂入滇之始,即以永明故宫为藩府,附近柳营一带,亦改作珍馆崇台,至是更由藩府筑道,通至野园。计园中有演武厅,三桂又每于秋凉之际,学吴宫中教美人战,与诸姬列队为戏。园内如荷花池,如淬剑亭,如九龙池,皆一时名胜也,不必细表。

惟三桂自筑成野园之后,奢侈横暴更甚于往日。每日由藩府过野园,镇日不出府门一步。凡部下禀报事件的,都传到野园相见。更有时诸姬侍侧,亦不顾礼度。因穷奢极侈,自然系暴敛,故种种横暴,亦不胜数。因此人人怨愤,但畏惧藩府威势,终无可如何。因此就激出一烈女来。你道这烈女是谁?却是姓杨,单名一个娥字。本贯云南广西州人氏。他的父亲唤做杨世英,技击之术,著名于云南,故世为黔国公沐府武术教习。杨娥少时颇读书识字,及年既长,乃从父学习技击,杨世英责道:"儿是女流,只合事针黹女红,若技击之术,非所宜也。"杨娥道:"方今乱世,将来身世且不知如何,焉能作娇娆弱质之态,作女红已耶?"其父杨世英深奇之。又念膝下无儿,只单生杨娥一女,故甚为钟爱,一切所学皆听之,遂尽心授以技击。杨娥尽得其传。及年十七,即明永历十一年,沐府遭土司沙州之乱,举家离散。杨世英竭力救护黔国公沐天波,致身受重伤,回时奄奄一息。杨娥往问父疾,杨世英道:"父以一人竭力救主,以众寡不敌,为乱军所伤,父恐不久于人世矣。惜儿是女流,若是男汉,必能为父报仇雪恨也。"杨娥哭道:"儿虽女子,安知便不能报仇?父且放心,儿必有以报父矣。"杨世英遂瞑目而殁。杨娥即草草料理父丧,徐即谋报父仇。

时沐天波已仓惶避难,会孙可望兵至云南,恨沐天波之富储尽为沙定洲所有,乃托言愿与沐天波报仇,天波亦欲借此以恢复藩府,遂倚可望之师为复仇计。杨娥即易笄而弁,变姓名愿充前军,并作向异。遂大败沙定洲,杨娥手刃沙定洲之首,并乞其首,以祭亡父之灵。

至是,军中已知杨娥为世英之女,莫不奇之。可望欲得为侍妾,杨娥佯允之,托言往改葬故父后,即委身相从,可望亦信之不疑。唯杨娥先曾许字张英,那张英亦黔府武卫,自忖不宜失身于可望,且亦知可望必败,不应委身相从,故祭葬故父之后,即循迹隐避。可望亦无可如何。及可望既

第十五回 筑菜园陈姬托修斋 依海市杨娥谋讨贼

殁,三桂入滇,杨娥年已二十有余,见三桂陈师缅甸,捕戮帝后,复行杀戮,张英亦被杀,且穷奢极侈,怨声载道,便深嫉三桂,尝慨然道:"永历为吾之故君,沐府为吾之世主,张氏亦吾之所夫,今皆亡于逆臣之手矣。吾以女子力不能诛贼臣,复国家,留此弱质,亦复何用?"便思暗杀三桂。但念暗杀之法必须能近其身,自顾有倾城之貌,久知三桂好色,凡女子稍有姿色,无不百计掠取,计惟有乘其所好,以色盅行刺耳。遂在城西开设卖酒肆,在肆中设六瓮于牖下,自云便犬出入,每日必浓妆淡抹,独自当垆,见者无不惊为绝色。

时吴藩部下多纨绔子弟,自息兵以后,仍多留麾下,给以资俸。日中无事,惟袪服漫游。见杨娥美艳,即日饮其肆中,互相嘲谑。杨娥欲借勇力以闻于三桂,又思扑杀一二轻浮子弟。恰有向杨娥调戏者,杨娥即轻舒玉腕提之,投入狗窦,以热汤浇之。群恶少见其如此,即群起与杨娥相斗。杨娥殊无畏怯,一跃立诸街中,群恶少复困围之,杨娥复跃立围外。群恶少皆向杨娥相扑,杨娥奋其技勇,当者无不披靡。群恶少复行哗噪,杨娥怒道:"鼠辈何不惜命也?"便挽袖束履,逼近而横掉之。各皆头破额裂,负痛而去。明日群恶少复来,杨娥吒吒视之,皆不敢动。即人有就饮者,皆正色拒之,人亦大悟,不敢相犯。

那时杨娥名噪一时,果为吴三桂所闻,即欲纳之。先使人通意于杨娥,杨娥大喜,以为逆藩死期至矣,立即允肯。不料次日杨娥竟以中寒得病,未几亦病重而殁,闻者莫不惜之。殁年仅二十四岁。后王思训有当垆曲一阕,单记其事。曲道:

> 绝世英雄有儿女,事迹心期足千古,娥眉家世事沐府,得报夫仇即报主。生小妙习少林技,时作公孙剑器舞。履端钢铁背约金,誓入虎穴谋刺虎。城西卖酒身当垆,正色不许乡人沽。牖嵌六瓮犬作窦,靓妆自作双明珠。吴藩宿卫半纨绔,春日踏青芳草路。酒帘飘处见红妆,就饮语触美人怒。玉手提掷狂且狂,请君入瓮浇沸汤。鹘拳怒击谁能当,鼠子却立重围张。天街跃出鹰凌霜,败箨扫尽雌风扬。吴藩委币欲相纳,计日报仇天作合。岂图兰蕙扫空阶,秋花霜陨风萧飒。壮志不遂归墓门,夕阳桃花空断魂。至今酒肆肆旁水,呜咽犹似恨潜吞。百年过后遗野址,太息美人胡早死。豫让欲报智伯仇,漆身吞炭犹男子。君不见,

女儿侠骨情女休,红线红拂非其俦。

当杨娥临殁时,窃叹道:"我志不成即寂寞以终,此吴逆之幸,而我之不幸也。"及殁后,三桂闻之,不知杨娥之意,反为惋惜。正是:

烈女自从终牗下,逆臣从此霸滇中。

要知后事如何,且听下回分解。

第十六回

捕刺客勇士护吴王　忌兵权朝意移藩镇

话说杨娥欲谋刺三桂,正幸以色蛊介绍,将次得近吴藩之身,忽然病殁,志不得逞,自不免死难瞑目。惟死后面色如生,事为吴平西所闻,也不知杨娥要刺自己,只道杨娥既有殊色,又有勇力,一旦先逝,不能收为爱姬,好不可惜。一面令人准备礼物前往吊祭,又多送陪殓之物。自此乡人皆知其事,以为杨娥以勇力殊色并闻于吴王,自然由怜惜之心,加以爱慕也。多有人前往致祭,就中便有无赖之徒,见杨娥即死,并无亲属,只留酒肆一家,且多人来祭,不特改备祭品,且有兼送陪殓之物者,心中不免垂涎,欲于夜静时图窃。

那无赖唤作李成,本有些勇力,曾以教习技击为生,后以赌荡花销,弄为无赖,致做穿窬之辈。那一夜,潜近杨娥酒肆中,正欲图窃,惟除三五酒瓮之外,已空无所有。行近杨娥停尸之处,只见她双环光闪,李成知是两颗明珠,价值不少,又见她所穿外衣,甚为光丽,更欲递下来。不料甫解了两颗钮儿,忽然有一幅小纸跌下,李成执来一看,却是杨娥手笔,是将次绝命时写的。书道:

妾抱亡国亡家之道,故君永历皇,故主沐天波及吾夫张氏,皆丧于逆藩之手。苟无逆藩,必不至亡国。即吾主吾夫,亦何至皆亡?妾积恨于心,欲得当以报国,并报吾主吾夫之仇,故不惜抛露头面,屈身当垆。盖闻逆藩好色兼好武,殆欲以武力与颜色动之,冀得近逆藩,以偿素愿也。今事不能达,而赍志已终,天耶?命耶?抑天仍不欲死逆藩,以伸国民之愤耶?今已矣,后有继妾志者,妾将含笑九泉矣。杨娥书。

李成看罢,心中不觉感动。暗忖:她只是一个女流,有这般志气,自己是一个男汉,既不象她的有志,更来图窃,还哪里算得人?况那吴藩罪恶滔天,人人怨愤,杨娥有报国之心,岂我便可无报国之心么?今我李成,横竖只单身一人,又贫困到这个地步,留此残身,亦无所用计。不如继杨娥之志,若天幸成事,固是留名千古;即不幸不成,亦做个轰烈男子,还胜过空负一身本领,要偷窃来度活。当下自叹一番,即向杨娥尸前拜了几拜。又恐事有泄漏,即将杨娥遗书焚了,立即出门,回至自己寓里。暗自思量,觉若谋刺三桂,诚若杨娥所说,须近其身。但如何方能得近吴藩身旁,亦颇有难处。因吴藩近日绝少出府,更难刺他。便左思右想,猛然想起一计,因野园内有一位为吴藩料理花木的,唤作张经,曾在自手下学习技击,今不如借谋生为名,求他引荐。自己若到得野园里头,那时谋杀三桂便不难矣。想罢,觉此计实在使得。

次日即往寻张经,自言没处藏身,愿帮助料理花木,求他引用。那张经念起师弟之情,无不允肯,那李成便进了野园中。自此留心窥伺吴藩举动,要谋下手,自不消说。

且说吴三桂自从晋爵为平西亲王,坐镇滇中,以永历帝行宫为藩府,又以昔日沐府各楼宇建为别业。更自野园落成之后,日事声色,不理政事。自念做到这个地位,已是尊至南面,位极人臣,富贵已极,足慰人平生之愿。惟生平所做各事,不免自慊于心。自借兵入关以后,引导外人剪灭明社,已为舆论所不容。至于缅甸一役,更捕虏故君,杀戮帝后,并芟锄朱明宗室,又复过于杀戮,极恶穷凶。自问不可对以天下后世,心内总不免有些自悔。因此觉自己所作所为,必为举国怨恨,每每防人暗杀。凡有事出外,必披重铠,侍从相随,藉作拥卫。又防藩府以至各处园囿用人必多,某中好歹难辨,防不胜防,更征用勇士列为一队,出入不离左右。凡武艺娴熟及飞檐走壁、矫捷精锐的,皆以重金聘之,以为贴身护卫。就中一人唤做保住,以勇力闻于一时。年约三十余岁,身材矫小,能在平地飞立于屋上,且一跃数丈,矫捷如猴。又步履无声,能为鸡鸣狗盗。吴藩闻其名,岁给千金聘为侍从。尝于大会宾客时,吴藩令保住演技。先垂一幕于庭中,高约丈余,保住一跃,即由幕内跳出幕外。复翻身跃上屋上,缘瓦面直奔后堂,手挟一物,复奔至前檐,跃下庭中,脚步全无声响,所捧之物,则吴藩爱姬的镜奁也。计不过半刻,保住即由中庭跃上瓦面,复由前堂至后堂,上落四次,而人几不知。宾客见者,无不称羡,三桂亦称为绝技。自此更优加薪俸,置为腹心,行坐必以保住相随。

时李成立意要谋刺三桂,又知保住实有异能,计思欲除三桂,须先除保住。但恐既除了保住,即惊触三桂,更难以下手。自念自己善射,能以一弓兼发两矢。若以两矢先伤保住及三桂两人,那时保住受伤,必不能如前矫健,然后再发两矢,不怕他两人不同时毙命也。计算已定。

那一日保住正护三桂至列翠轩中,正欲征集诸姬,到轩消遣。时吴藩卫从皆在轩外,贴身只有保住一人。那列翠轩正对淬剑亭,李成已伏在亭上,靠荼薇架遮身,幸不为他人所见。惟自己已看得吴藩真切,心中暗喜道:"尸逆贼命合休矣。"便提起貂弓,搭上两矢,窥定吴藩与保住两人,连弩矢发。第一箭先中保住之左肩,第二箭却正中吴三桂小腹。不意三桂是日命不该休,虽由府里直抵野园,仍身披重铠,矢不能入。吴藩此时已吃一大惊,明知有人杀他,防他再复发箭,便伪作受伤情状,只唤一声有贼,即翻身伏在地下,以两手捧住头颅,装做负伤,实则防人射他首领。那保住既已中箭,即跳出轩外,志在捕拿凶手。忽见吴三桂伏地,也疑吴藩真个受了重伤,遂复回身护救吴藩。唯李成又已发出第二支冷箭,皆连珠而出,亦以为吴三桂伏地,必然致死,故第二次冷箭只专射保住一人,皆能命中。两箭当中攒在保住胸中。三桂方谓保住道:"吾非重伤,不过伪做此状,免凶手再射耳。汝速捕贼,不必顾吾也。"保住听得,翻身复起,唤齐卫从拿人。时李成见保住尚能走动,心中已吃一惊。欲搭箭再射保住,不提防保住已奔到淬剑亭,大呼道:"箭由此发,贼必在此。"幸保住虽如此说,因一时眼花缭乱,未必窥见李成。那时李成自知万无生理,欲并置保住于死地,复射了保住一箭。惟卫从中有先见李成的,即怒道:"行刺者即汝耶?"说时迟,那时快,那卫从已先射了李成一矢。其余未见李成的,亦纷向荼薇架上乱射。李成身中数箭,欲脱不得,即翻身从亭上跌下来。保住见了大怒,即拔剑先斫了李成。保住时已受伤过重,负痛不堪。当举剑斫李成时,乘一点怒气,用力又猛,故斫了李成一剑,自己亦同时倒地。当下吴藩的卫从齐上,各皆拔剑,琢李成为肉泥。

是时野园中已甚为纷乱,吴藩卫从亦已俱到。三桂听得刺客已死,心才略定,徐道:"孤今日欲在园与诸将较射,故裹甲而出。若不然,必死于

第十六回 捕刺客勇士护吴王 忌兵权朝意移藩镇

贼人之手矣。"复听得保住已经殒命,大为伤感,即令厚葬之,并厚恤其妻子。自此野园丁役,除藩府宿卫之外,概不许携带武器。原来吴藩平日好射,凡左右服役之人,皆令于暇时练习准的。因吴藩只虑府外之人与他作对也,不料亲近之人亦要谋杀自己。自经过李成此举,三桂更提心吊胆。以野园中雇佣之人,实不分良歹,便将前时所用的概令遣散,转在部下挑选心腹将士的子弟入野园服役,唯厚给薪水,以结其心。其余有事要出府门,也不敢骑马,必乘暖轿,复将轿旁遮盖,并设副车数辆,以混人耳目。又追究引用李成之人,知是管理花木的张经,立即饬部下要拿。张经因李干出那件事,深知吴藩号令过严,必然罪及自己,即立行逃去。吴藩听得大怒,以为张经必然与李成同谋,即悬赏购缉张经。转迁怒张经家人妇子,一并拿来,并未讯问虚实,即押赴市曹斩首,见者皆为叹息。

三桂犹余怒未已。那日回妆台上,见了圆圆,不免述及李成之事,并把杀了张经全家一事说出。复道:"孤以匹马纵横天下,许多英雄豪杰也丧在孤手,今李成匹夫,敢干此不道,实在可恶。"圆圆道:"大王且勿过怒。妾拼一言,恐全国之中抱李成之志者,不止李成一人也。"三桂道:"孤亦猝未及防耳。鼠辈纵不惜性命,难道不知平西王能杀人耶?"圆圆道:"大王此言更差矣。试问国中爱大王的多,还是仇大王的多?昔楚灵王剪灭诸邻,威震天下。及其殒命干溪,军中竟无有垂悯之者,以人皆怨之故也。今大王虽有功于朝廷,而百姓实无颂德者,愿大王力图救补末路,慎勿恃势自矜也。妾敢决国中人与大王仇者,尚恒河沙数,伏愿大王力补前愆。若逞一时之威,过兴杀戮,则结仇愈甚,更非大王之福也。"

三桂听罢默然,惟心中依然未释。凡服役藩府及随从左右的,固选用心腹;即委官调吏,亦非心腹人不遣。即由部中准发赴任的,仍多截回,以是京中已生疑忌。且地方督抚,遇事必奏报入京,惟是云南省里的大吏,凡有事提奏,必先呈吴王看过,然后拜折。惟吴三桂凡有一事不欲奏报者,皆令搁置不行,故云南省内奏报绝少。至于国库出入,却自三桂到滇以后,未曾报过入京。因是朝廷更为疑忌,以为平西王之封,不过故崇其爵号以酬勋绩,若举云南全土使三桂认为己有,将来尾大不掉,实在可虞。便大会廷臣开议,欲撤回三藩兵权。

时康熙帝即位,人甚聪明,故谓诸臣道:"本朝定鼎,以吴藩三桂及耿、尚二王立功最多。今天下太平,四方无事,徒縻饷项,既非所宜,且吴、耿、尚三王若坐拥藩封，兵权在手，设有意外，亦非所以善保其功名。今欲尽撤诸藩，使得休养林下，两全其美，诸卿以为何如？"诸臣听得，皆相对不敢发言，大都惧一经撤藩，实反激三藩之变。故廷臣虽有对答，亦不过模棱两可，皆不敢决定。康熙帝道："今诸藩虽有恪守臣礼，惟亦有藐视朝廷者，想诸卿亦有所闻。今若稍存姑息，必养痈成患，不可不慎也。"诸臣听已，虽觉此言甚是，惟终不敢赞成。康熙帝此时见诸臣情景，料必有为难之处，意亦稍转。便议先派大员，借巡视地方之名，觇看吴藩三桂举动，然后决夺。诸臣亦以为然。此时吴三桂之子在京，已招为驸马，探得这点消息，即暗地以朝廷欲撤藩之意报知三桂，使早自设法。正是：

只为藩王多跋扈，反教天子起嫌疑。

要知后事如何，且听下回分解。

第十七回

陈圆姬遗书谏藩邸　吴三桂易服祭明陵

话说朝廷立定主意，特派员以巡视地方为名，侦察吴三桂举动。时吴三桂之子既在京中，即以这点消息，驰书报知三桂。不料三桂之子，时虽为驸马，但朝廷不过借此羁縻三桂之心，实则常惧其父子间互传消息。果然自提议撤藩之后，即事事关防吴驸马，故其驰报三桂之书，亦为其妻所得，呈诸朝廷。幸其书尚劝三桂勉尽臣节，是以朝廷亦不过问，单是吴三桂在云南，未尝不忖悉朝廷用心，已事事提心吊胆。

那一日夏国相独进藩府，谒见三桂。礼罢，国相道："某得京中消息，知朝廷有撤藩之意，不过以大王兵权在手，未敢决行耳。大王将何以处之？"吴三桂听了，似不大惊心，反向国相问道："卿何由知之？"夏国相道："有赵良玉者，奉部文来任大理府，恐被大王阻不能赴任，故托亲朋致书于吾，请吾为之尽力。吾因与谈及京中近事，赵良玉即以告吾，吾料此事甚确，大王总须留意。"吴三桂道："既有此事，何以不见吾儿报告？以吾儿身为驸马，又在宫廷行走，苟有此事，当必知之。但无论如何，撤藩此举实朝廷所必行，所争者迟早耳。"夏国相道："既为大王所知，某亦何待多言?"吴三桂道:"孤今日始悔误之于始也。自借兵入关以后,为朝廷驱除闯、献,平定各省,陈师缅甸,并成大功。某不过以当年不允以兵力下江南,已为朝廷所忌,故立大功以固朝廷之心耳。"言已,又叹道,"古人说得好:狡兔死,走狗烹,飞鸟尽,良弓藏。今天下太平无事,安用吾辈耶?!"夏国相道:"大王之言是也。丈夫贵自立,苟不能俯首降心,自当早为之计,此则大王所知矣。"三桂笑道:"孤之得幸全者,只恃此兵权未去耳。若一旦解去兵权,恐欲求俯首下心,而亦不可得。孤与卿等这颗头颅,谁复能保全耶?孤亦思之熟矣。人以为孤为沉缅酒色,实则孤本欲借此韬光养晦,以糊涂废事或能释朝廷之疑心。今既欲撤孤兵权,断不能敛手待抽也。卿为孤之心腹,卿以实言相告,幸勿泄漏。"夏国相道:"大王此言若于十年前行之,天下唾手而定。若行诸今日,须计万全方可。"吴三桂道:"孤更有一言,为卿所未识者。当借兵入关之际,见朝廷大反前言,孤已大纵疑俱,已与耿、尚二王有言,此后须同心协力,共同保全,毋令后世笑孤等徒作小人也。耿、尚二王亦以为然,故早已歃血盟誓,孤若有举动,彼必能相应。但轻举妄动,实为败事根本,须待人心愤激然后行之,否则事必无济耳。卿料吾军可与同事者,究有何人?"

夏国相道:"马宝为人勇谋足备,且与吾等大有同心,可以大任。此外将士,对于大王皆畏威怀德,无所不可。惜云南地错南边,战马羸弱,或不济用耳。"吴三桂道:"卿言极是。近来战马病毙亦多,川马又力弱,难以为用,此则宜早为之计。今孤有养子王屏藩、王辅臣,方任陕西镇,可令他选西马之最健的,岁进三千匹,绕道由西藏至滇。似此即不患战马不能济用矣。卿盍为孤图之。"夏国相道:"恐事机骤发,即三千匹亦不足用。今不如令王屏藩、王辅臣等,秘密购运良马,第一年须运五千匹,以下岁进三千匹,习以为常,自可以源源接济矣。"三桂道:"孤今诸事惟托卿与马宝二人任之,孤惟不改常度,以缓朝廷之心。若稍迟一年,吾军准备亦妥矣。"夏国相乃领诺而出。自此三桂惟日在野园中,与诸姬环戏。时圆圆方多病,三桂新得一爱姬唤作莲儿,本姓王氏,年方十七,姿容艳丽,态度幽闲,尤精文翰,字体矫劲,不象女子的,诗文尤脍炙一时。三桂特嬖之,与宠圆圆无异。每于夏日,三桂携之共游荷花池,莲儿练裳缟袂,立于九曲桥边,特饶雅致,三桂比为出水芙蓉。三桂又搜罗滇中名士,置诸幕府,以收物望。每于公暇,三桂以幅巾便服召诸名士宴会。乃酒酣之际,三桂亲自擪①笛,宫人以次和答,高唱入云,即令莲儿与诸名士濡笔为诗,互相唱和,以铺扬其事。座中无不兴高采烈,即大呼赏赉②。不多时,已见珠玉金帛罗列满前,宫人互为攘取,三桂相顾大乐,并先取以赠莲儿。莲儿得之惟贮诸箱簏,绝不耗用。三桂独问其故,莲儿道:"妾自承恩宠,凡膏粱文绣皆大王所赐,妾得此额外赏赉,亦何所用?姑积存以待大王留饷战士。"

三桂听罢,更为欣慰。自此赏赐宫人,亦不复如前挥霍,因为莲儿一言所动,故留有用之财以充军实也。莲儿见宫人惟事奢侈酣乐,颇不以为然,独与圆圆相得,每呼圆圆为姊。自圆圆病后,莲儿不离左右,且为亲侍汤药,圆圆谓莲儿道:"吾留此席以待妹久矣,但风流有限,必有阒寂③之时。君王溺于晏安,后事尚不知何似。妾将就木,或不再见凄凉境况也。"言罢而泣。莲儿道:"吾君性情严厉,妹子承宠未几,药石之言,不敢乱进。吾姊从大王于患难之中,以至今日,宁不能一言?妹子日见君王与夏国相、马宝三人密语于园中,意日来必有事故,不过不敢过问耳。"圆圆道:"姊亦言之久矣。但姊虽有言,虽未触大王之怒,究未回大王之意。今行将就木,古人说得好:'我躬不阅,遑恤我后。'断不敢复赘一词也。"莲儿道:"姊言误矣。姊终不幸长辞人世,但随侍大王已久,岂忍坐视?或借一死以感动大王,固未可知。且姊有遗言,亦足使妹子等得为后来借口,以进谏大王也。"

陈圆圆亦觉此言有理,便令准备笔墨,特挥一函,以告三桂。并嘱莲儿道:"此书必待吾死后方可呈发也。"莲儿领诺,遂扶圆圆于病榻中,移就案旁,圆圆乃濡墨为书。时圆圆以春风无力之身,既经久病,又劳文思,已是气喘声颤,粉汗如珠而下。莲儿为之调护备至,费时颇久,其书始成。书道:

  伏以大王起家武功,世受明恩,父子相继,得专间政。在先朝厚泽深仁,至矣尽矣!天祸朱明,闯、献迭起,神京破陷,龙驭宾天。大王当国破家亡之际,只坐视以贻误事机。追事势不可

---

① 擪(yè)——用手指按。
② 赏赉(lài)——赏赐。赉:赐给。
③ 阒(qù)寂——形容没有声音。

为,始借力外人,以伸一时之忿,此大王之深误也。当敌军既进,神京亦亡,国号迁移而有天沉地惨之变,大王不于此时号召人心,以佑明室,复为敌驰驱,马足纵横于汴梁、川、楚之间,爰及缅甸。此时此际,明裔固亡,汉祀亦斩,此又大王误之又误者也。大王既树不世之勋,以开国元良为封藩开府,南面称孤,荣亦极矣。乃大难甫平,猜嫌遽起,古人所谓"狡兔死,走狗烹,飞鸟尽,良弓藏"者,其在此乎?今大王如欲保功名,存富贵,自可自卸兵权,终老林下,宁受万年之唾骂,犹得一日之安闲,此范蠡与大夫种之事,可为前车也。然或嫌疑未释,则孤身远引,其势益危。大王苟不能低首下心,抑亦早为之计,迁延累日,噬脐之悔,岂复忍言。今大王唯溺于晏安,不知发奋,萧墙之祸,将有不可胜言者。语曰:"人之将死,其言也善",愿大王勿河汉①妾言,此则大王死里求生之机会也。伏唯大王图之。

书罢,喟然叹道:"古人称美人为倾国倾城,实则人主自倾之,于美人何与?褒姒足以危周幽,而后妃反足以助文王。妾承大王之宠久矣,今幸早十年,若是不然,恐大王设有不虞,后世将以妾为口实矣。"言罢,泪如雨下。莲儿再三抚慰。是夜圆圆遂殁。

侍者奔告三桂,三桂听得大悲,乘夜前往圆圆妆台,抚尸大哭道:"此天丧吾美人也。"旋命在商山寺旁营择吉穴,为安葬圆圆,并征集工役数百人,大兴土木,真是壮丽堂皇,无美不备。或有言陈美人不应葬在寺旁者,三桂道:"陈爱姬生时每欲削发为尼,孤欲以此遂其心志也。"经数月后,大工始成。后人有《题圆圆墓》曲,以纪其事。曲道:

滇城山河势泱泱,胜地尤推商山寺之旁。
美人一死须吉穴,俾得岁时荐馨香。
难得美人知大义,洞明种族与兴亡。
沐承恩宠深且厚,濒死未尝忘君王。
君王太息美人死,伏尸痛哭泪不止。
春犹未老红颜尽,天胡先夺美人去。
美人一去将何依,聊为美人营吉地。

---

① 河汉——比喻言论夸诞迂阔,不切实际。转指不相信或忽视(某人的话)。

美人生小好修斋,择穴无如商山寺。
法铙钟鼓寺中声,将为美人品超度。
自古美人伤迟春,君王晏安犹不悟。
唯此美人知爱君,况感君王恩宠遇。
一死犹陈药石言,犹冀君王一回顾。
古云倾国皆美人,唯此美人忧国步。
君王为哀美人死,大兴土木营坟墓。
岁时俎豆须荐馨,特为美人彰异数。
世远年湮墓渐荒,但见晚烟迷古树。
我来凭吊欲欷歔,不堪回首商山路。

自圆圆殁后,三桂后宫不下千人互谋争宠,唯三桂独宠莲儿。且除莲儿而外,更没一人向三桂进谏一言者,故三桂唯留连酒色,日事笙歌,所有政事俱付之夏国相及马宝。三桂又有二女,乃择部下少年有谋勇者,招为东床。其长女许配郭壮图,次女即配与胡国柱,故郭、胡二人,当时实与夏国相及马宝同掌事权。一面催王屏藩、王辅臣速解战马,以备举兵。三桂又借言筹边,令夏、马、郭、胡四人增募兵卒,大有待时而举之势。那三桂阳则放弃政事,阴则准备兴兵,宫内唯莲儿颇知一二。三桂并嘱莲儿道:"孤若有所谋,慎勿令福晋知之。以伊子犹在京中,朝廷已招为驸马,恐福晋以爱子之故,必阻孤所为,是误孤大事也。"莲儿领诺,皆不敢以三桂之心轻泄。故三桂以为自己所谋,除一二心腹外已无人得知。不提防,章京玉顺早窥伺三桂举动,已密奏京中。即京中自提议撤藩不果,早已特派使者赴滇侦察。

那日三桂听得朝廷派使者来滇,使者已抵贵州。吴三桂以为遣使到来的用意,只欲窥探自己的举动,已令部下各员,如使臣到来,须周旋唯谨。不料朝廷之意,以遣使巡边为名,若使臣只直至云南,必启三桂疑心,乃令使臣由贵州绕道,先行入川,然后由川入滇,复同时派出使臣多名,并巡各省,以掩三桂耳目。唯京中各大臣,以三桂直视云南为己国,命官置吏不由朝廷,不久必然为变,不如令三桂移镇别省,如三桂肯从,便无反心,倘三桂闻命不肯移镇,便是反形已露,不可不防。朝廷亦以为然,时清康熙十一年也。

唯三桂在滇蓄志反正已久,因目见旧部或老或亡,半归凋尽,乃择诸

第十七回　陈圆姬遗书谏藩邸　吴三桂易服祭明陵

将子弟及四方宾客，凡资质颖悟者，都令学习黄石素书及武侯阵法，并于暇日，练骑射习准头。一时少年之士，凡谈兵说阵的不可胜数。所收士卒，又皆孙可望、李定国之旧部，皆耐战健斗，故兵力雄于一时。三桂并借安不忘危之说，日日令马宝、夏国相、郭壮图、胡国柱等训练兵马。那时所虑，只是粮饷不足。三桂早已招徕商贾，资以藩府资本，使广通贸易，借兴商之名，以实府库。又以辽地产参，利尽东海，唯其余药材多出巴蜀，便严私采之禁，以官监之，由官收其材而鬻之于市，犯者论死。于是滇川精华尽归藩府。三桂那时已知国富兵强，唯以时日待人心思变。那一日，使臣已由四川入滇，三桂特令部下诸将往接，自己亦出郭相迎，阳作改容加礼，先迎使臣至馆驿中。忽相连又听得朝廷已特派使命，奉诏谕到来，新使将已到境。

三桂听得大疑，自忖：来使以巡边为名已至滇省，如何又有一使到来，究是何故？一面与心腹将士相议，一面又发部下往迎新使，一同到了馆驿中。新使开读诏谕，三桂依然拱听。诏道：

> 平西王吴三桂，昔以闯、献不靖，乞师入关，有功社稷。自是南征北剿，懋著勋劳，厥功尤伟。朝廷论功行赏，特封为平西亲王。今西南既定，以该亲王郁处滇中，实属用违其长。唯国家藩篱，尤在东部，特以平西王吴三桂移镇关东，并加世职，俾资镇慑，以卫国家。该王任事向来忠奋，此次闻命，必能慷慨成行，以无负朝廷之委任。命到之日，宜凛遵，再膺懋赏。

三桂接了诏谕，仍不动形色，即向新使说道："此朝命也，安敢不遵？候部署各事，即奏报起程日期矣。"言罢而退，先留心腹部员款候两使。三桂回藩府后，即召夏国相、马宝商议此事。三桂道："朝廷此举，只欲调虎离山。孤遵命亦死，不遵命亦死。孤若死则卿亦难独生也。为今日之计，只宜于死里求生，诸卿计将安出？"马宝道："大王所以幸全者，只恃兵权，此大王所知也。大王若能以全滇之地，百万之众，甘受缚于人，请好自为之。如其不然，便当速谋自立。某等虽不才，当为大王效力，即肝脑涂地，方称本心。"夏国相道："此计已决，马公不必再为此言，但不知人心何如耳。不如以诏谕发表，看人心如何，然后计较。"马宝道："人心若不以大王移镇为虑，又当奈何？"夏国相道："滇中官吏将弁为大王心腹者，十之八九，谁不唯大王之马首是瞻？且与大王相依为命。今不过假此诏敕以震人心耳。"三桂道:"夏卿之言是也。凡谋大事,以人为主,趁人心奋激之际,何患所谋不成?"便以移镇之诏告示部下,果然全藩震动,皆以为三桂一去,诸将皆不能保全,无不怨愤不已。

三桂知人心可用,乃密与马、夏二人计较。夏国相道:"今吾等举兵滇蜀,所在皆在阻隘,终不能全进也。不如谋至中原,然后举事,据心腹以至指臂,长驱北向,即可以逞志矣。"三桂深以此计为然,便不动形色,依然拜诏受命,款待新使,敬谨不已。那三桂却与夏国相、马宝、郭壮图、胡国柱阴勒部将,部署士卒,届期即发。先定以郭壮图留镇云南,应付粮草,计点库款,以连年广通贸易,大有赢余,皆准备应付。时两使皆不知其用意,以为三桂既已受命,必无变志,故唯催三桂起程,并道:"朝廷以关东重要,不能假手他人,故以重任付王爷。目下即宜速发,勿再延缓。"三桂听已,亦唯唯答之。

及逾多日,仍未起程,两使乃始为都督,间亦凌辱其将吏。那时将吏纷纷奔告三桂,三桂更激言道:"彼奉朝廷使命,不可抗也。即今本藩移镇关东,即是与诸君生离死别,孤固不知死所,即诸君自孤去后,亦未必独存,以朝廷疑忌既深,所以至此。彼悖使命以凌辱诸君,在诸君唯有隐受之耳。"诸将皆奋然道:"某等随大王出生入死,乃有今日,朝廷既不念前功,反加猜忌,某等宁死,断不能受辱也。"言罢,皆力请三桂不可移镇。三桂复阳言朝命不可抗违,以怂动人心。时使者仍未见三桂起行,乃再为催促。三桂以诸将不从为词,并道:"若过逼太甚,恐诸将难制。本藩当以善法处之,无不允从。今唯求尊使假以时日,暂缓行期耳。"两使仍不知其意,反信三桂之言,为酌议改期起程。

三桂知人心已动,那一夜即在藩府中置酒高会,与诸将大宴。酒至三巡,三桂道:"今将与诸君别矣。三桂以一武夫,得为朝廷建立大功,皆诸君之力所致。孤不忍舍诸君,即诸君亦不忍舍孤也。今当与诸君更尽一杯,以表离情。"说了,复亲自向诸将轮流把盏。当三桂说时,诸将已人人感动。又值茶前酒后,气概益豪,至是乃更为感激。

那三桂把酒之后,复回至座处,向诸将发叹道:"老夫与诸君共事近三十年,皆已甘苦备尝,方有今日。今四海升平,国家无事,朝廷已无所用于吾与诸君等,行且远矣,且未知廷意何在,聊尽今日之欢,与诸君话旧,此离合死生皆难逆料。譬如一兔,所能自存者,只靠其窟耳,一落平地,人

第十七回 陈圆姬遗书谏藩邸 吴三桂易服祭明陵

人得而捕之。故孤与诸君,他日得相见与否,未可知也。"诸将听得,皆为泣下。时有杨健者,武勇过人,吴三桂收为义子,时人呼为十三太保,三桂倚为腹心。至是令杨健领劲卒守卫藩府,诸将此时已皆喻其意。凡三桂平日心腹之人,亦皆已约期待变。及使臣更催迫三桂,三桂即复会诸将,名为劝行,实则激变。当诸将齐集,三桂即道:"行期已迫矣,此次更无可缓。朝廷之严谴固不可逃,然不意使臣之驱役老夫,一至于此。诸君行矣,毋徒自取辱也。"诸将闻使臣驱役之语,无不大怒,即齐声奋然道:"行即行矣,彼何相逼为?"三桂复故意慰之曰:"吾再三思之,此实朝廷之意,诚不可缓。使臣安知孤与君等有如何苦衷?以朝意所在,故不能不催迫也。然诸君之得以处此土,以有其家,以享富贵,伊谁之赐?在诸君,必谓有许多汗马功劳方有今日,然朝廷之意不为然也。朝廷以诸君一衣一食,皆其所施恩。若违抗诏谕,是不爱其性命耳,诸君当细思之。"

诸将至是皆稽首道:"某等得有今日,实邀殿下之洪福耳。"三桂道:"此恐未必然也。"诸将又道:"然则果出朝廷之恩乎?"三桂道:"此言正是。但亦未必尽然。孤以昔日受先朝厚恩,待罪东游。以闯贼为乱,特召孤入卫神京。孤以闯贼既破京禁,计不得两全,乃乞师本朝,期以雪君父之仇恨。幸天能垂鉴,闯贼即灭。继平滇蜀,皆奏大功,相将栖息于此。然今日之富贵,孤与君等皆先朝余荫耳。故君陵寝犹在于此,今将远行,理应祭此。"

原来三桂自进兵阿瓦,取永历帝以归,已将永历帝后缢死,由贵阳府自殓,即将永历帝后蒿葬在云南城外,故三桂如此说。当下诸将听得,皆再拜听命。三桂见诸将已从己意,即择日祭谒明陵。并下令道:"如祭故君,须以故君之衣冠往谒也。"诸将亦唯唯听命。到那一日,即与诸将共诣永历陵前。三桂先服明朝衣冠,自夏国相、马宝以下,皆一律穿戴明装,共至陵前。三桂并指其首谓诸将道:"我先朝曾有此冠乎?"又指其身道,"我先朝曾有此衣乎?"说罢,泪如雨下。诸将闻三桂之言,皆互相观看其衣冠,见三桂泪下沾衣,诸将亦一齐伤感。

三桂见诸将感动,即含泪对诸人道:"孤今日不得已之苦衷,尚难向诸君缕述。然孤此心此意,他日诸君必知之。孤今日将羞见先陵也。天乎!何牵孤至此?"言罢,又向诸将道,"孤今日易服祭谒先陵,皆请君所目睹。人不可忘故君,亦不可忘故国也。诸君其预图之。"诸将听得,皆为应诺。正是：

　　昔已借兵残故国，今何易服祭先朝。

　　要知后事如何，且听下回分解。

第十八回

北京城使臣告变　衡州府三桂称尊

　　话说吴三桂服明朝之服，率诸将往祭明永历皇陵，并谓诸将道："诸君不可忘故国，亦不可忘故君。"诸将无不应诺。三桂复道："后天起程，当重会于此。"说罢即回藩府，立即催使臣先行起程回京。一面布置各事，以其婿郭壮图留守云南。并下令属员道："老夫耄矣，行且戍边，唯军旅之事，以升平以来久失训练，明晨当于郊外大阅，违者即按军法。"

　　到了次日，清早起来即响动鼓角，整齐队伍，军容甚盛，先抵郊外。三桂披挂铠甲，坐骑骏马，直驰郊外而来。中央挂大旗一面，三桂在马上默祝道："如我此次得成大事，有至尊之望，须射中红心。"连发三矢，皆中的，三桂大喜。但念自己栖闲已久，恐三军以为老耄，须以武力示之。时场中先设一案，三桂先下马坐定，凡长枪大戟，画甲雕弓，环列左右，以示声势。令人准备各项武器，三桂复飞身上马，独驰骤数回，每一回即飞马上，接一件武器，运动如飞，风驰雨骤，英武绝伦，三军皆为色变。操练之后，三桂下令，明日起程，都在郊外取齐。

　　一夜无话。次早大军环集，诸将亦全装贯甲，先期而至，次后三桂到来，即率诸将再诣永历皇陵。三桂并穿方巾素服，在陵前再拜痛哭。自夏国相、马宝以下，皆随之而哭，伏之几不能起。三军亦均感动，同时下泪，哀声震动远近。三桂于是，知人怀异志，即命前队先行，自拥大军继后而行，由郭壮图率诸官送至城外。三桂嘱道："云南之事，尽以委卿。"郭壮图道："某当竭力以图尽职，愿大王前程万里，早慰人心。"言已而别。三桂由是起程，每日只行二三十里，即已驻扎。约数日后，即称病不起。

　　时地方官吏皆知三桂必有异志，那两使臣虽然先行起程，仍沿途逗留，以窥三桂动静。那时见三桂拥兵不动，乃互相计议，以三桂此次移镇，

第十八回 北京城使臣告变 衡州府三桂称尊

果其心志无它,自可待命归朝。今既拥大兵而行,其意已不可测;又托故不进,显然必有异心,计不如告之抚臣,使催促之。计议已定,乃会见抚臣,力请催促三桂起程。那时抚臣王之信,亦以三桂移镇本有朝命,如何好抗?乃亲往见三桂道:"大王此次移镇,本遵奉朝旨而行。朝廷亦以关东事情紧急,唯大王力足以镇之,故有是命。今使臣之意,以为大王早到一日,关东必多一日之益,迟到一日,关东即多一日之危,愿大王以国事为重,力疾起程,实国家之幸。"三桂道:"关东本无事,不过朝廷不谅老夫之心,为此调虎离山之计,是疑我也。然老臣尽心王室,疑我实误矣。老夫果不遵命,必不到此。无论关东有事与否,老夫必去,奈为二竖所侵,稍暇时日耳。"抚臣再劝数四,三桂仍作此语,抚臣无奈,乃回告两使。那两使复亲至三桂榻前,催促词色甚为严厉。三桂仍坚卧不起,日唯延医诊脉,以掩人耳目。

到了那日,诸将会集,齐至三桂榻前问安。三桂道:"孤此病乃心疾也,药不可为矣。"诸将道:"大王心疾,究从哪里说起?"三桂摇手叹道:"孤曩者负恩明室,引敌入京,虽成勋业,至今犹耿耿于心。自是披坚执锐,身经百战,为国家开拓疆土,扫靖狼烟,是孤虽有负于明室,而已有大勋于本朝也。章皇帝不以老夫为不肖,赐以藩封,载在盟府,垂十余年,始有今日。今朝廷以我移镇,是疑我也,疑我必杀我矣。吾与诸君共事三十年,实不忍遽别诸君,故暂且盘桓于此,庶得与诸君再叙耳。"诸将听罢,即忿然道:"大王究有何罪,而朝廷乃欲杀之耶?某等感大王恩遇,断不忍舍大王,愿大王明以告我。"三桂道:"此易知耳。关东实无别事,何用移镇?此次调离老夫,必有深谋。在两使臣必知之,故敢藐视老夫与诸君也。且抚臣,一外使耳,老夫虽不德,实为藩王,而乃凌逼至此,是抚臣亦先知廷意矣。今前队虽至湖南,而老夫尚在滇省,即如此虐待,一旦孤身入国门,即一夫之力可执孤以付廷尉,此时老夫岂尚有生路耶?"

诸将听罢,皆各怒发冲冠,谓三桂道:"大王既知此行利害,岂除敛手待毙而外,更无他策耶?"三桂道:"此难言也。孤只误在当初,至今日唯委命于人耳。然孤所虑者,破巢之下必无完卵。孤若死,恐诸君亦不能久耳。唯孤可死,如在诸君必不可死,以孤得诸君之力以成功名,位至藩王,富贵已极,死复何憾!所难堪者,诸君耳。现使臣凌辱之状,彼回京后必劾及诸君,以诸君汗马数十年,官不过一阶,骑不过一匹,乃亦无罪被祸也。孤岂无情,常为诸君是念。唯今日已无可如何矣!"言罢泪如雨下。时马宝在旁,早会三桂之意,即攘臂道:"看使臣光景,不杀吾等不止。使诸君如无罪仍甘心受辱,弟复何言?若马某则断不能敛手待毙也。"说罢,各人皆道:"我们亦断不肯遽死,愿大王有以教之。"夏国相道:"诸君不必躁急,凡事须从长计议。今日非我们负朝廷,实朝廷负我们也。以我们汗马功高,既不蒙体谅,又以猜疑见杀,人非土木,谁能忍耐?今日之事,唯有反耳!唯有反耳!"三桂急自掩其耳,离座而起曰:"再休乱言!免累及老夫。"

那时三桂虽如此说,但心中见诸将如此,已窃自欢喜。唯诸将听得三桂之言,哪里肯听?都忿忿而出,各人互相传布,都谓吴王此行,必不能免,吴王若死,朝廷必斩草除根,连自己也不能完全了。一传十,十传百,互相嗟叹。马宝见人心大动,反向部下说道:"今日若死里求生,唯有反耳。奈吴王优柔不断,且畏首畏尾,意欲敛手就捕。不知朝廷此举,大负我们,即我们今日举兵,后世犹当相谅。奈大王不听,实为可惜,不知诸君之意若何?"那时军校皆奋然道:"我们心志已决,便是大王不从,我们亦反矣。"马宝道:"大王久着威声,究不如得吴王为之主,更易成事。不如逼大王,使不能不反,较为好策。"

三军听罢,皆以为然,便一声呼喝,约有千数百人,直拥至抚臣行辕,把府衙重重围住。直进衙里,先寻抚臣王之信,一见即骂道:"负心贼,助桀为虐,凌辱大王以及我辈,我当教汝先死也。"抚臣王之信听了大惊,正欲逃往,已是不及,被马宝军士赶上,一刀两段,先结果了性命,即割了首级,呼啸而出。回营后,大呼道:"抚臣欲谋杀大王,并及我辈,我们已诛之矣。朝廷负心,不念勋劳,反谋杀戮,今日之事唯有作反,能从我们者,可即来。"是时使臣凌辱及抚臣威逼,皆已传遍各营,又自三桂哭陵之后,军心已变,各军一闻此语,都踊跃愿从。即由为首的持抚臣首级往见三桂,三桂见了,伪为大惊,顿足大哭,以头抢地,几至失声。即谓诸人道:"抚臣乃朝廷命官也,尔辈如此,是杀我也。朝廷必然加罪,孤岂能免乎?孤固不能幸生,即一家三百口,亦同时不保,恐尔辈亦不旋踵而俱尽也。昔日无事,犹欲杀孤,况今更杀抚臣乎?"说罢,更放声大哭。诸将齐道:"大王不必介心,唯有反耳!吾等决无悔心也。"三桂听罢,即霍然起坐,谓诸将道:"事势至此,已无可如何。诸君不欲举事则已,既欲举事,立即

第十八回　北京城使臣告变　衡州府三桂称尊

便行,不宜因事以取祸也。"诸将闻言,皆应声动地。三桂便部署诸将,先令囚执两使,并令以抚臣王之信的首级祭旗。其妻闻变大惊,急驰至军前,抱三桂之足大哭道:"大王此行,杀吾儿矣。"言时以头抢地。因三桂之长子在京,方为额驸。那时三桂听得,亦动起父子之情,随之下泪。随谓其妻道:"孤亦不得已耳。欲存吾儿,必杀吾身。且为诸将同情相逼,以孤若见杀,诸将亦不能苟存,故不能以吾儿一人,而误诸将性命也。"诸将闻言,亦为感泣,交相劝慰,其妻始含泪而退。当下传令,囚执两使。独新使王新命早知三桂必反,乃预先逃遁,不得被获。时已逃至衡阳,听得三桂举兵之耗,大惊道:"吾早知之矣。彼若安心遵命移镇,何至拥大兵而行?然不料其反之速也,吾幸不及于难。今吾若不入京报告,更待何人?"便驰赴入京,加紧邮驿,日行七百里,计程五昼夜,已抵京城,直赴兵部衙门告变。当到兵部衙门时,已神昏气厥,扑到大堂之上。部吏见他装束,知是使臣,又看他邮驿到来,如此情景,知必有事故,乃即报知兵部大臣。那时兵部大臣听得,立即出堂,令扶起王新使,进以汤药,问其原故。王新使气喘言道:"三桂反了!抚臣被杀了,使臣被囚了。"只说得这数句话,已不能再说下去。徐徐又说道:"今三桂已传檄四方。吴军已将到湖南也。"兵部大臣听得,立即奏知朝廷。那知朝廷得知此事,真是异常震动,立召诸军机大臣商议。以吴三桂久经战阵,部下能员极多,且他的羽翼又遍布各省,固不难望风响应,故得了此耗无不惶骇。有献议以吴三桂的羽翼遍布各省,须先行除去的;有献议以京中大员多三桂旧交,恐其互通消息,宜先谋除绝根株的。唯康熙帝以为不然。因如此办法,反致人心激变,事更难定,便立意一面发兵调将握守险要,所在戒严,以待三桂;又拜川湖总督蔡毓荣为大将军,防守四川、湖、广;再以赖培为大将军,防守长江一带,并降谕各省督抚提镇,以固疆土。

这谕一下,各省都如风声鹤唳一般。康熙帝并谓诸臣道:"往者前明福王、桂王、唐王,各割一方,朕犹不以为意。若三桂尚有大勋,人心所系,部下雄兵百万,皆是能战之士,实不可不防。"因此便有亲征之意。奈廷臣皆交章谏阻,故暂作罢论,唯仍须看三桂动静,然后定夺。

且说三桂自举兵之后,即传告四处,欲鼓动人心降附。唯自觉难于措词,左思右想,乃委曲其说。凡各省大员平日与他有往来的,都布告自己起兵原由,那布启写道:

平西王吴三桂为布告事：昔先朝不幸，闯、献为殃，以至宗社沦丧。本藩方待罪边陲，未遑援救，负罪良多。自念满洲僻处东辽，久荷先朝之覆庇，应重友邦之谊，念切同仇。故本藩欲除逆安邦，聊效秦庭之哭，冀稍尽报国之忱，用是借兵入关，俾清妖孽。乃前方拒虎，后即进狼；既去元凶，又来大敌。盖本藩在秦晋报捷之日，即满人在燕云践位之时矣。乃以羁縻之术，封本藩为平西亲王，本藩此时徘徊歧路，仰天徒哭，欲受命则此心有愧，欲反动则军力已疲，不得已乃隐忍须臾，冀图后举。乃大难甫平，彼即为斩草除根之计，隐谋所在，杀机已露。伏唯本藩昔负前明，上无以报国家，下无以对黎庶，一死亦复何惜？顾老夫虽耄，犹冀赎以前愆，忍以此大好河山，弃付他人之手？爰纠集旧部，罗致英雄，共起雄师，俾伸大义。凡尔臣贰，爰及军民，皆皇汉之同胞，尽前明之赤子，自当共表同情，并伸义愤。檄到之日，祈各来归，共膺懋赏。

自此布启发表之后，闽省耿王、粤省尚王，皆从令反正。那贵州提督李本深，本为孙可望劲将，自降清之后所向有功，乃得保为贵州提督，平日已与吴三桂互相往来，至是听得吴三桂布启，先已归附，举兵同反，其余各省响应的尚多。那时三桂已行抵衡州，见四方响应，心中窃喜。唯诸将以既举大兵，不可一日无主，纷请三桂即位称尊。在三桂本欲先立明裔，以饰人心，唯于缅甸一役，颇难解说，因此乃有称尊之意。正是：

方奉北廷移别镇，又思南面作真皇。

要知后事如何，且听下回分解。

第十九回

建帝号吴三桂封官　　受军符蔡毓荣调将

话说吴三桂既有称尊之意，即与各心腹大将夏国相、马宝、胡国柱等计议。

三桂先说道："孤此次首倡大义，志在反正。诚如诸君所言，国不可

第十九回 建帝号吴三桂封官 受军符蔡毓荣调将

一日无君,今为大局计,诸卿有何高论,不妨直说。"胡国柱道:"大王此举,名正言顺,故檄文一发,人心响应。独惜明社既墟,至今二十年,纵朱家或有遗裔,均已匿迹销声。况且亦无从得其真确,又何由得明裔而辅之?大王若必欲访寻,恐假姓冒名者纷至沓来,此时更难处置。为今之计,不如大王权摄国事,以号令四方,较为上着。"夏国相道:"胡公所言亦是。但目下人心思明,故我兵一举,各自归命。若一旦反其道而行之,人心向背固未可知也。然事在创始,非有英明强干之主不可以有为,故即能访得明裔,亦断难及大王之英武。故大王权宜行事,亦是上策。"马宝道:"二公之言虽有至理,唯亦有见不到处。盖今日人心,非尽思明也,思中国耳。且我等必求明裔而辅之,于缅甸一役,亦难解说。今大王英明神武,名正言顺,以举义师,拥雄兵百万,上将千员,若北向以争天下,谁敢抗者?故依某愚见,宜自即帝位。然后励精图治,选贤任能,大事固不难定矣。成败在此一举,大王宜立定大计,毋再游移。"

吴三桂听罢,心中大喜,却又故说道:"孤此举本无利天下之心,奈不得已耳。既是明裔难于查访,愿诸君更举贤者,孤当力效前驱,决无退志。"言罢,夏国相、马宝、胡国柱齐说道:"英明神武,智勇足备,声泽及人,方今谁有如大王者?愿大王勿再多让,以误事机。待大王即定之后,国家有神圣文武之君,士卒有敌忾同仇之气,彼纵有强弓劲弩,精骑善射,焉能抗我耶?"三桂此时已心满意足,仍谦让道,"既诸君如此推戴,孤亦不敢固辞。今孤权摄大位,若他日得有贤能者,抑或得朱家英明真裔,然后再议,可也。"说罢,即令夏国相选择良辰吉日,以郊天即位。时在康熙十二年也。

吴三桂已年逾六旬,唯精力未衰,其一种豪气,亦无异少年。又念向来所向无敌,此次实视中国如在掌中,以为人心既归,一举可定天下。怀了这个念头,今见为诸将推戴,自然欢喜。即令改常德治为行宫,暂备湖南为建都之所,待天下既定,然后重返北京。又令在衡州府衡山县筑坛,祭告天地。以宫殿本用黄瓦,今只改一府衙为宫殿,自须变易旧观,唯时候仓促,急不能办,即由黄漆涂之,草草将事。至于皇帝冠服,仍学明朝装束,亦赶紧备办。由夏国相、马宝、胡国柱三人会议,建国大周,改元利用。即以康熙十二年为大周利用元年。

那日清晨，吴三桂即令王屏藩与王辅臣共图甘肃。去后，又拜夏国相、马宝为丞相，总理军国机务。夏国相进道："清朝定鼎已近三十年，各省布置渐归完善。今我兴师，须分扰各省，使各路并进，方易得手。"吴三桂道："卿言是也，朕之遣将先入四川，即是此意。"夏国相道："即拔一四川，恐亦未能制彼之死命。方今苏、浙、闽、粤为精华所萃，宜一并遣将入闽、粤，若耿、尚二王与我会合，各起兵北上，则大事定矣。"

吴三桂听罢大喜，即封其侄吴世宾为官定国大将军，以其婿胡国柱为金吾卫大将军、武英殿大学士，并令胡国柱遣李本深收取西川。胡国柱进言道："李本深昔为孙可望劲将，转战各省，于四川地势形图尤为熟悉，用之可谓最得其人。但四川一省地理阻隔，且中国雄兵猛将多聚其间，恐只靠一李本深尚难得力，不如择良将以为之辅，方保万全。"吴三桂深以其说为然，遂并封其侄吴之茂为西蜀大将军，使与李本深共图四川，若既得四川之后，即进窥秦、陇，自西而北，以会控京师，与各军相应。计议已定，即择日即位。

是日冠冕旒，衣龙袍，登皇帝位。各将皆以次朝贺，山呼既毕。三桂自念此次得为皇帝，实出诸将拥戴之功，且将来用兵，皆赖诸将之力，自宜厚其封赏，以结其心。时凡三桂的心腹党羽，皆闻风相应。三桂遂封王辅臣为镇西大将军，封王屏藩为征西大将军。以李本深为首先响应，乃封本深亲军金吾卫大将军，使领本部兵五万人先行入川。复封其侄吴世宾亦为亲军金吾卫大将军，以本部人马沿湖南下广东。复遣部将马承荫会兵广东，与吴世宾会合进取。自平南王尚可喜殁后，清朝即以其子尚之信承嗣平南王爵，仍驻广州，掌理藩事。三桂并为手启谕尚之信道：

　　孤昔与令先君贤王待罪东陲，嗣以国家多难，闯、献搆乱，宗社既危，始相与借兵入关，冀图恢复。乃我方告捷，敌已入京。孤与令先君方徘徊歧路，痛哭流涕，以无功国家而负罪明室也。当此之时，势颓力竭，既不能倒戈反正以报先朝，遂靦颜并污先命，受爵为藩王。令先君曾与孤言，谓苟有机会，勿忘明室，乃口血未干，令先君遽殒。孤徬徨滇蜀，孤掌难鸣，近十余年矣。维思北朝分茅胙土、赐爵封藩、世袭罔替之语，载在明府。乃孤则残喘苟延，令先君则墓门未拱，而北朝已为德不终，遽兴撤藩之

第十九回　建帝号吴三桂封官　受军符蔡毓荣调将

议。夫撤藩云者,即杀机所伏也。孤等何罪?因功见忌,因忌见诛。烹走狗而藏良弓,于斯为甚,乃令先君九泉之下亦将不瞑。孤自念有生数十年,既负明室,又负国民,意欲图抵罪,死里求生,乃履霜坚冰,首倡大义。幸天尚爱明,人方思汉,义师一起,四方向附,指日大好山河复归故主。伏望贵王仰承先君之悃忱,感念明朝之德泽,举兵来会,以宁社稷。则新朝论功行赏,贵王将世世子孙永开藩府,此国家之福,亦大王之幸也。方今北朝猜忌既生,杀机遍伏,孤念切同仇,感怀先谊,用告大王。以大王精思慎虑,必有以自处也。唯大王图之。

尚之信得书之后,正自踌躇,唯当时北京朝廷以广东地方重要,自听得告变之后,已特令承袭定南王孙延龄领兵四万往扎广东。又加广西提督马雄,为帮办防务副将军,调兵到广东协守。盖北京朝廷亦惧尚之信与吴三桂相应,故特调孙延龄及马雄以监督之也。故尚之信心中即欲附从三桂,唯惧孙延龄、马雄等不从,实多不便。且念马雄一人不打紧,只怕孙延龄部下兵多将广,若得他同心归附吴王,是闽广一带皆势如破竹,天下不难定也。因此,便亲到孙延龄行营,故以言相试。当相见之际,先寒暄了一会,尚之信先道:"今吴王举兵,自号反正,贤王断他将来局面如何?"孙延龄不知尚之信之意,只直说道:"吴王号召,人心如响斯应,吾甚惧朝廷难与相争也。"尚之信道,"若吴王成事,我们又将何以自处?望贤王教我。"孙延龄道:"不如观其动静,再商行止。"尚之信道:"贤王此言未尝不是,唯今吴王传檄远近,人心动摇。今又吴世宾、马承荫领兵十万,横行两粤,事机已迫,恐不容我等观望也。"

孙延龄至此,已略会尚王之意,即道:"贤王有守土之责,孙某当唯贤王之马首是瞻。贤王若有主意,不妨相告,吾两人义同心腹,断不泄露也。"尚之信道:"某实告君,以吾先君子与令先王皆与吴王并起关东,以有功朝廷,乃赐封藩府。闻朝廷实主撤藩之议,以吴王最强,故先制吴王,而后吴王有此一举也。吴王若亡,吾等亦不独全,此贤王所知矣。今吾等若应吴王,于朝廷目下虽为不忠,惟于国家未尝不顺,愿贤王思之。"孙延龄道:"此论正中吾意,迩闻朝廷诏至闽中,令耿王出镇江西。唯耿王有不从之意,看来耿王亦将归附吴王也。且就今大势观之,北朝势将休矣,吾等反正,亦在此时。但不知马雄意见如何耳?"尚之信道:"若马雄一人,吾力足以致之。且吴王来将马承荫,本与马雄为兄弟行,亦不患其不从也。今请与歃血为盟,彼此同心,欲行共行,欲止共止,各无相背。贤王以为何如?"孙延龄听得大喜,遂与尚之信歃血为誓。歃誓既毕,尚之信道:"今贤王既已同心,料无反悔。唯今福晋为太后养女,认为公主,于朝廷受恩深重,某恐其阻贤王之行也。"孙延龄道:"贱内虽为太后养女,然以势相凌,故夫妻间时多反目。吾为孔王之婿,入嗣为定南王,人方谓某为以妻贵者,某实耻之。吾此行固不以告人,亦不以告吾妻也,贤王不必多虑。吾所虑者,不知贤王将何以处马雄耳。马雄向为先孔王部将,与某亦不相能,若见马雄时,慎勿言吾与贤王共谋此事也。"尚之信领诺而去。

正回至藩府,忽报马雄来见。尚之信道:"此天赐其便也。"便屏退左右,即请马雄入内。茶罢,马雄先说道:"今三桂令吴世琮、马承荫统大兵前来,不日将抵端州,不知大王以何策御之?"尚之信道:"某正为此事大费踌躇,因恐军心或不受调也。"马雄道:"贤王何出此言?"尚之信道:"吴王此举原为撤藩之议所逼,吾等部下皆诸藩劲旅,须知撤藩之说即所以灭诸藩。朝廷此说,实以激变人心。故吴王檄文一发,诸藩响应。吾昨夜微服巡视军中,见军人皆有怨言,谓朝廷本欲剪除藩将,故吴王出而反正,今又率我们以对敌吴王,是助朝廷以灭藩也,吾等本效力于藩府,今乃使我们倒戈,自相鱼肉,吾等死也不甘心,这等语。因此本藩大觉为难。将军若有良法,愿乞赐教。"马雄道:"有这等事?某一概不知。大王曾有见过孙延龄否?不知孙某意见若何。"尚之信道:"孙公木偶耳,毫无决断。今可与谋者,唯某与将军耳。"马雄道:"然则贤王既先得风声,必有高见,愿乞明言。"尚之信道:"吴王此举,其名固正,其言亦顺,故一经号召,四方响从,某固惧不能抗之。且我军心难用,若强之使战,势将倒戈而向,是吾等即不死于吴军,亦将死于我军。即幸能苟存,朝廷亦将乘撤藩之势,以兵败见诛。是某与将军一进一退,皆死无葬地矣。"言罢,叹息不置。

马雄大为感动,乃奋然道:"大丈夫贵自立,既若此,吾等不宜敛手待毙也。吴王来将马承荫与某为兄弟行,某且先观其举动。倘不得已,当从吴王以图大事。且吾等亦大明臣子耳,返本归原,国人犹将戴我。虽朝廷欲行加罪,然以吴王大势既成之后,朝廷亦无如某等何也。"尚之信听罢

第十九回 建帝号吴三桂封官 受军符蔡毓荣调将

犹豫,马雄道:"彼此密谋,安有泄露之理?但须得一归附吴军之路。今如大王所言,是孙延龄与我们相反矣。彼在粤中窥我等左右,实为不便,不如杀之以为进见之功。大王以为何如?"尚之信道:"某亦素恶孙延龄者,唯吴王初起,凡从附者多多益善,待某先见延龄探之,挟他与我们同事。彼若允从,此时虽有嫌疑,亦当消释,以顾全大局。如其不从,杀之未晚也。"马雄亦以为然。尚之信遂要共誓。去后,尚之信一面告知延龄,言马雄同心,愿亲见马雄,共议大事。那时延龄听得,以为马雄愿见,我不妨前往;那马雄听得,亦以为延龄先来,我不妨款洽;已皆在尚之信意料之中。那日尚之信便亲到延龄军中,向孙延龄道:"马雄已与我等同心矣。今请贤王过马雄营中,共商大计。"孙延龄道:"吾与马雄虽昔日同隶孔王麾下,然自结怨以来素无来往。吾位则承袭藩王,而秩则势如驸马,且承命为大将。今马雄不来见我,焉有我先行屈驾之理?"尚之信听已,笑道:"贤王果不出马雄所料也。"孙延龄道:"吾何为不出马雄所料?"尚之信道:"马雄谓贤王度量浅狭,性情偏急,伊本欲亲来拜见,唯惧大王不肯接延,反于同谋之事致生意见。吾乃力辩其非,谓大王宽洪大度,于前事概不介怀。吾当亲见孙王爷,同到麾下商议。故某之请大王亲到马雄营中,乃吾之意,非马雄之意也。且今日既同心反正,是以大局计非为一人计也。况马雄本先愿来见,即大王先往,又有何屈辱之处耶?愿大王思之。"

孙延龄听罢,觉得尚之信言之有理,且自己亦不宜为马雄看破,便道:"大王之言是也。某即与大王前往便是。"尚之信大喜,便与孙延龄一并望马营而来。到时,马雄得知尚、孙二王齐到,以为孙延龄向与己不睦,今亦亲来先谒自己,当为十分荣幸,立整衣冠迎接。到密室里头,彼此茶罢,尚之信即重申前议,彼此归附吴三桂,共图大事,三人自无不同心。即商议停妥,由尚王回达吴三桂,由孙、马二人派员往迎吴世宾、马承荫两军。

那时三桂所发吴、马二军,方行抵浔梧,忽得孙延龄、马雄派员到来迎接,并尚王亦已归附,好不欢喜,立即报知三桂。三桂道:"孙、尚二王来归,吾无忧矣。"立即与夏国相计议,仍封尚之信为藩王,依旧在粤管理藩事。孙延龄亦仍封藩王,待天下定后,再分茅胙土,世为藩府。

至于马雄,则封为东吾路大总管,得掌军权,并专征伐。一面催吴世宾、马承荫速入广州,会合孙延龄等,进征各郡。留尚之信在粤应付吴、马、孙、马各军粮草。又以马雄本系广西提督,熟悉广西情形,并调马雄安抚广西各郡县,然后进军江西,会同北伐。分插既定,又一面将孙、尚二王及马雄来归之事,布告各地,为劝降计。早有消息急驰报入北京。那时北京政府不听犹可,听了眼见两广地同时失去,即再集廷臣会议对待之法。时大将军公爵图海正留京中,亦与会议之列,即献议道:"今三桂声势既大,各省为之响应。两广既为彼有,恐闽中耿王亦不尽可靠也。且陕西一带王屏藩、王辅臣,皆三桂之假子,年年为三桂由北边运马,沿西藏入滇,岁购三千匹,以应军用,是三桂逆谋蓄之已久,即王辅臣、王屏藩与之同谋亦非一日。臣惧屏藩、辅臣二人不久即反,是川、陕亦为彼有矣。三桂既以云南为根据,若东南则两广、闽、浙,西北则四川、陕、甘,彼皆据而有之,三桂复由中央沿两湖而进,我若分头抵御,必防不胜防。"

图海甫说至此,康熙帝道:"朕欲调将先至闽中,以监视耿王,复遣将赴陕以防王屏藩之变,诸卿以为何如?"图海道:"此时赴陕,恐亦不及,且亦无济。陛下不见孙延龄乎?授为藩王,待之不谓不厚;认为额驸,爱之不为不亲;朝廷方倚之以监视尚王,彼反为尚王所用俱归三桂。故调将监察,仍非得计也。臣以为各省响应,只惑于三桂复明之说耳。今三桂僭号称尊,人心必大不如前。不过既已归附之,又惧朝廷之见罪,乃无可如何耳。臣料各省人心,必视三桂盛衰以为进退。人心即复归朝廷矣。"

康熙帝道:"卿言诚是。然卿视诸将中,孰可以为三桂敌者?卿可举之。"图海道:"以臣所知,莫如川湖总督蔡毓荣,当三桂入川之后,毓荣为三桂所辱,因是积不相能,故蔡毓荣万无归附三桂之理,此一层可以放心。且毓荣卓有韬略,久经战阵,多著勋劳,声望又足以济之。若授以重权,济以重兵,厚以粮草,假以时日,臣料蔡毓荣必能收功也。"

康熙帝听罢,大喜道:"卿算无遗策,何惧三桂耶?"便拜蔡毓荣为靖逆大将军武信侯,令带本部人马,并助以吉林马队,共大兵十万,移镇荆楚上流,以御三桂。并令图海为招讨大将军威武公,统兵十万,以为后援。又令承顺郡王统兵为南北救应。那蔡毓荣受命之后,并奏请以提督杨捷为副将军,统水师,驻长江以为犄角,俾共御三桂。康熙帝亦从其请。正是:

已见吴王称帝号,又升蔡督总兵权。

要知后事如何,且听下回分解。

第二十回
迎马首孙延龄殒命　卜龟图吴三桂灰心

话说朝廷当时将出师与三桂对敌,三桂知得消息,却与左右计议道:"吾知朝廷必以兵权付蔡毓荣也。因朕自义师一举,天下响应,北朝见孙、尚二王突然归朕,自料用人甚难,惟见毓荣与朕有仇,故放心任用。今以毓荣统兵,以图海为后援,是以全力对朕也。毓荣、图海久经战阵,号为能将,此行不可轻敌。朕将镇定两广之后,亲破蔡毓荣。若毓荣既败,图海亦无能为矣。"

左右听得,皆祝道:"陛下神算不可及也。"三桂便传谕与孙延龄、马雄,使回驻广西,俾免后患,兼应付粮草。一面使丞相马宝督兵与蔡毓荣相持。

原来蔡毓荣亦惧三桂,与图海互商,以三桂部下向称劲旅,其将夏国相、马宝亦皆文武足备,智勇双全,亦不敢轻视吴军,须细观吴军动静,方敢进战。并道:"三桂一举数省齐附,大势已震动。此行若稍有挫折,吾军心更为瓦解矣。"图海亦以为然。故蔡毓荣只扼守岳州,暂行驻扎,待人心稍定,布置定妥,然后交绥。马宝亦扼守洞庭,待吴三桂到时方行出发。是以两军相持,如停战一般。不在话下。

且说孙延龄与马雄本来不睦,自同附三桂之后始复有往来。忽得三桂之谕回扎广西,孙延龄大喜道:"广西乃吾向来食采之地,吾亦乐观故土也。"便与马雄领了本部人马,遄往广西。濒行时往辞尚之信,那尚之信道:"君等亦乐回广西否?"孙延龄道:"此吾所愿也。"尚之信道:"吴王此策大误,恐天下士从此去矣。"马雄道:"大王何以见之?"尚之信道:"吴王初举,乘此人心归附之时正宜速进,乃坐踞湖南,久未北上,使北朝得为之备,此策已非。今两位以战功致通显,号为能将,本应用两位为前驱沿闽浙而北,与各道齐进,则收功较易。若广西僻在南阳,自吴王既得湖南,是北朝与广西声气久已隔截。又广西左邻云南,又毗广东,更在湖南之后,断不为吴王后患。况广西久已归附,何劳劲将驻守?乃不使两位先立战功,反用诸广西幽闲之地,窃为吴王不取也。"马雄道:"大王此论甚高。惟吾等既受诏命,不能不行,待到广西后以利害告知吴王,再作计较。"便辞了尚之信,与孙延龄回军广西。不知三桂之意以北朝方调孙延龄与马雄至广东,今特调他两人回广西,看他是否受调,即知他是否真降。

及闻延龄与马雄已奉诏起程,三桂乃封孙延龄为临江王,又封马雄为步军都督。马雄心滋不悦,以两人一同归附,而延龄爵在己上,大不满意,谓左右道,"早知如此,我不降矣。"左右道:"凡事论权不论爵,将军位为都督总管,是延龄一日在东,即一日受将军节制也。"马雄意稍解。自此凡有公事至延龄处,皆用令箭,延龄心亦不服,那一日与马雄相会,谓马雄道:"吾两人初本不睦,今以吴王反正之故,致两人共事一方,实出意外。"马雄道:若非君先到吾帐中,亦恐无面商之日也。"延龄道:"虽然,然将军不欲见吾,吾亦不往见。将军惧吾不为延接,因不敢见吾,故吾特亲谒将军,聊藉此袒怀以示将军耳。"马雄听罢愕然,已悟悉为尚之信所摆弄,惟默然不语,特心中已深嫉延龄。又恶其爵居己上,自是乃有杀延龄之心。

原来孙延龄之妻名孔四贞,为定南王孔有德之女。初曾育于吴三桂府为三桂养女,当有德在桂林阵亡,其子庭训亦已见杀,时朝廷因有德殁于王事,又悯有德无嗣,乃以四贞收养宫中,太后认为养女,封四贞为和硕格格。及四贞年已十六,太后欲为择配,四贞自称有夫,不能另配,盖有德生时,已将四贞许配孙延龄矣。太后得知,便下诏求得延龄,由太后之命成为夫妇,赐以大第,在西华门外。并赐延龄为和硕额驸。当有德殁后,以线国安代统其众。惟是孔王藩府久虚,乃以孔四贞掌定南王府事,以延龄世袭一等阿思尼塔番。那孙延龄美丰姿,晓音律,又长于击刺,体魄矫健,能趋九尺屏风。独不喜读书,凡遇有章奏,唯令幕友诵之,并令斟酌可否。若与人交际,性独和平,尤有容人之量,故朝中大老亦多喜之。那孔四贞亦美貌多才,独性殊骄傲,自以身为太后养女,又掌藩府,不免轻视延龄。延龄自然不悦,惟以四贞为太后养女,仍有所畏忌,只得貌为恭谨,以顺承其意。那四贞因此复喜延龄,凡出入宫闱皆誉延龄才德,因此太后亦善视延龄,其恩宠与亲王无异。四贞不知延龄之计,以为延龄性情柔顺易于制服,故藩府事无不专决。延龄心更不平,自是延龄有谋夺藩府权柄之意。

当本朝康熙五年,四贞面奏家口众多费用浩繁,请就食广西,即有旨

第二十回　迎马首孙延龄殒命　卜龟图吴三桂灰心

交亲王、贝勒、诸大臣会议,皆以为可。遂有旨:以线国安向统定南王旧部驻防广西,特以年老休致,以孙延龄为镇守广西将军,并进上柱国光禄大夫、和硕额驸,并掌定南王府事。四贞亦随任,以和硕格格仪卫同行。朝廷又封四贞为一品夫人。惟四贞自念,以和硕格格已居极品,今忽封夫人,显然以夫致贵,反滋不悦。疑延龄居中播弄①,故夫妻之间复积不相能。

时有戴良臣者,本为四贞包衣佐领,颇有才智,常欲大用。适延龄部下应设都统一员、副都统二员,有旨由孙延龄选用,故戴良臣自荐欲充此职,又荐其亲串王永年。孙延龄皆不允。良臣无法,乃转谋于四贞。那时四贞正欲自己多用心腹以制延龄,遂力行强荐,始以王永年为都统,以戴良臣、严朝纲副之。惟延龄自任用戴良臣后,那良臣每事专断,尽夺延龄与四贞之权。于是广西一地,尽知有都统,不知有格格与将军。至是,四贞亦悔为良臣所卖,夫妻间复相和好,共诉于朝廷,陈述良臣等不法。惟良臣等三人亦共劾延龄,以故朝廷特令督臣金光祖按查其事。那金光祖却与严朝纲为至戚,反左袒三都统,而谓延龄御下失宜。

不料朝廷不信,复令大臣按问。时三都统皆惧得罪,遂合力运动,故大臣亦不直。延龄遂有杀良臣之意。会吴三桂举兵,朝廷惧广西诸将不和必致偾事,乃调延龄移镇广东。及三桂以书招延龄,那延龄自以昔受制于其妻,后受制于部下,朝廷又不分皂白,眼见三桂势力已大,便与尚之信同降三桂。未几,以三桂之命回镇广西。以权位之故,延龄又与马雄不睦,由是延龄欲杀良臣,并杀马雄。惟四贞见延龄已归三桂,即以书达延龄,然后自归京师。其意以为,延龄如败,自己不与同谋,可留清朝余地;若延龄可以成事,则夫妻情在,亦可以自全。那延龄亦知其意,不为相强。惟广西此时已尽附三桂,戴良臣等亦恐见杀,故又谋求容于延龄。延龄大喜道:"此獠②合当扑杀矣。"乃阳为周旋,并请王永年、戴良臣、严朝纲及其部下十三将校至府中会宴,名为商议共辅大周,以图立功。戴良臣等不知其意,以为泯却前仇,欣然赴会。那孙延龄却先伏刀斧手二百人,酒至半酣,掷杯为号,刀斧手齐出,遂尽杀戴良臣、王永年等,只逃出朱瑞一人。

---

① 播弄——操纵;摆布。
② 獠——旧时对西南少数民族的蔑称,常用作骂人话。

那朱瑞本属苗人,甚有膂力,见主将被杀,欲为主将复仇,且惟谋杀延龄而苦无奇计。恰马雄亦欲除去延龄,乃密召朱瑞与谋,并道:"如此如此,可以杀延龄矣。"

朱瑞大喜,一面依马雄之言,自去准备。那马雄却以密函飞告三桂,举发延龄将反。那函道:

自陛下倡举义旗,四方向附,以人人有思明之念,即人人有爱国之心。臣与孙延龄皆大明臣子,何忍自外?生成故首同归命新朝,冀效驰驱,稍赎前罪。不意延龄阳为归附,阴怀不轨。以孔四贞为延龄正配,日前已束身回京。当延龄归附新朝时,四贞固未尝进谏,在北朝必以延龄夫妻为同谋,使延龄而果真心归附,则四贞必非北朝所能容矣,复有王永年、戴良臣、严朝纲者,曾任北朝都统,近欲归附新朝,力请臣为之先容。臣以延龄名位较隆,使延龄代奏。乃延龄挟诈以杀王永年等并其部将十三员。夫杀降者以阻归附,立心已不问而知。证以孔四贞可以晏然①回京之事,情迹显然。是名为新朝驰驱,而实为北朝效力。若不及早察觉,后患何可胜言。臣以国家大计,虽与延龄交厚,亦断不敢壅于上闻。惟陛下察之。

吴三桂得书后,即与夏国相计议。国相道:"孙延龄向与马雄不合,此次同时归附,不过为尚之信所构成。今马雄之言,恐有诈也。"三桂道:"他援引两事为证,延龄实无可自解的,安能不信?"夏国相道:"闻马雄以延龄爵居己上,心怀怨望,不可不防。且延龄夫妇向不相能,其妻念北朝私恩,即舍延龄以回北京,皆意中之事,亦不可不察。愿陛下勿因此以杀延龄,致阻归附者之心也。"三桂道:"戴良臣等曾托李本深援引,欲归附我朝。及本深入川,延龄回桂,始改求延龄荐引。今他必杀王永年、戴良臣、严朝纲等,其暗为清朝助力可想而知。今若不除,后必为患。"便不听夏国相之言,飞谕吴世宾与马雄会商,除去延龄,以绝后患。吴世宾得令,即函商马雄。

那马雄听得,自然大喜,即遣朱瑞赴世宾军中为助杀延龄之计。朱瑞即以马雄所授之策,先集苗丁数十人在城外埋伏,吴世宾即扬言入桂林城

---

① 晏然——平静;安逸。《于谦全传》37回:"中外赖以宁谧,人心为之晏然"。

第二十回 迎马首孙延龄殒命 卜龟图吴三桂灰心

与孙延龄有事会商。延龄不知其计,正乐得与世宾会晤要诉马雄之短,便亲自出城迎接。及吴世宾到时阳与为礼,孙延龄方下马之际,朱瑞率苗丁突出,共斫延龄。延龄犹呼"有贼",与朱瑞相拒。拔剑力斩数人,势已不支。朱瑞道:"贼即汝耳。"并力与延龄相斗。毕竟延龄众寡不敌,即行毙命。吴世宾令割取延龄首级,用木匣盛贮,使人送往马雄。一面表告三桂,并叙朱瑞归附之心。

三桂大喜,即封朱瑞为总兵,以吴世宾有讨延龄之功,即以临江王之爵爵之。又以马雄首行举发,乃封马雄为安国公兼金吾卫大将军。当吴世宾将孙延龄首级送到之时,马雄好不欢喜,即令人开视,掀髯向延龄首级笑道:"延龄,汝昔为定南王,今为临江王,固一世之雄也,顾也有今日耶?"说罢正扬扬得意,见延龄首级突然睁目张口,跃然竖起,其头直扑马雄身上。马雄大叫道:"延龄杀我!"即时咯血遍地,已不省人事。左右急为救醒,惟汤药叠进,皆无功效,且合眼即见延龄。但初时心中尚不敢言,只推说自己卧房有鬼物为祟,以迁于别室。惟一入门即见延龄睡在房内,再迁一处亦复如是,迫得马雄无法,唯令妻妾婢仆每夜轮流环守。唯仍见延龄怒目而视,即有时马雄熟睡,仍在梦中发呓语,大呼"饶命"。家人大为忧心,加以家人迷信,共作为延龄索命,只不敢明言,每日只设法祈禳。奈马雄的怪病依然如故。家人设法亦延聘过什么茅山道士,开坛捉鬼,却全无影响。每天唯不离汤药。医家都道这病奇怪,无不束手。那一日马雄稍欲行动,便着人扶出大堂聊作散步。忽见孙延龄在大堂上据案而坐,马雄一见即大惊倒地,自呼道:"我孙延龄也。吾以私仇杀王永年等,是诚有过,然王永年、戴良臣辈,不过以广西既失自惧见诛,只勉强求附,非真降也。吾妻与吾向为反目,彼背我回京亦意中之事。汝马雄以一时猜忌之心,屡以令箭调吾,吾位为王爵,犹且忍之。今汝犹不自悔,挟诈杀我,我虽死断不令汝独生也。"言讫,犹伸拳动足。逾时,七窍流血,登时殒命。时吴世宾尚留桂林,闻得此事,也迷信孙延龄是冤魂不息。细细详查,知得孙延龄与王永年、戴良臣私仇甚深,即与马雄亦向来不睦,且夫妻间亦积不相能,故查知四贞回京为延龄所不知,其杀王永年等,亦无意阻其归附。因此心中亦愤马雄,奈他已死,亦属无法。惟有把此事始末告知三桂。

三桂见了,叹道:"早从夏国相之言,不至如此。若不昭雪延龄,是阻归附者之心也。"乃开复孙延龄临江王爵,改封吴世宾为靖东王,并夺马雄爵职。不在话下。

且说吴三桂自在衡州即位,即派马宝领兵北行与蔡毓荣相拒。吴三桂即欲亲征,意欲一知此行何如。因闻衡州山岳庙有大龟甚为灵异,三桂欲一卜其前程,遂与诸大臣同往。胡国柱谏道:"今大兵已起,无论龟卜如何,譬如箭在弦上,不能不发。卜之而吉,不过徒快一时;卜之不吉,反足丧沮心志;断不能视其吉凶以为进退也。以陛下倡义反正,成败固不必计,惟当奋勇向前而已。卜龟之事,愿大王勿行。请挥军长驱北行,以定大事,此国家之福也。"吴三桂听罢愕然。

夏国相道:"胡驸马之言甚是。古人虽有龟卜之事,然与陛下地位不同。以陛下今日,唯有进而无退,龟不过水族一无知物,焉能倚以为行止?设卜而不吉,三军之气从此馁矣。"吴三桂此时亦觉胡夏二人之言有理,但心中志在平定一统,传世万年,故欲一占其灵异,仍不听胡夏二人之言,只说道:"朕非信此无知水物,不过人传其灵异,朕且往觇之耳。"说罢即率诸大臣前往。到时,先以中国地图置诸神座前,叩拜之后,默视龟之所向。但见那大龟蹒跚而行,四处循走,终不出长沙、衡、永间。已而复由贵州至云南而止。三桂又复再祷,那大龟三复如之。三桂见了,大为失色。正是:

空逞狼心思大位,顿教龟物沮雄心。

要知后事如何,且听下回分解。

第二十一回
据陕西王屏藩起事　逼洞庭夏国相鏖兵

话说吴三桂因在山岳庙卜验龟图,见那大龟蹒跚行走,终不出湖南、云、贵之外,心中大为失望,徐摇首叹道:"孤初举义旗,四方归命,区区无知之物乃不许我乎?"时胡国柱在旁进言道:"此龟如何行走,臣始终未见之,盖臣不信如此即足以验吉凶也。昔臧文仲居蔡,孔子犹以其乞灵于无知之物而讥讽之,况陛下位居至尊,与北朝抗衡,共争天下,岂能视此以为

第二十一回　据陕西王屏藩起事　逼洞庭夏国相鏖兵

进退耶？愿大王勿以此为念，立即回驾，号令三军，长驱北上，此国家之福也。"夏国相亦道："臣固言之，龟本无知之水族，设卜如不吉，反令人心沮丧。凡卜验吉凶之事，不过出于愚人之迷信，以陛下英武崛起，奈何亦信此耶？诚如驸马之言，宜速号令三军，早安天下。以陛下起事，虽四方响应，然兵威未伸。今蔡毓荣已阻距岳州，续增军实，若旷日持久，是如使蔡毓荣竖子得徐为之备耳。愿陛下思之。"时吴三桂听了，心中本迷信龟物，因人人传其灵异，心已迷信在先，又见那大龟蹒跚盘旋总不出长沙、衡、永，亦殊奇异，自不由不信，惟有勉强镇定人心。乘胡、夏二人言罢，即道："诚如二卿之言。今朕即位未久，福建、两广俱已归命，是已为朕有矣，乃大龟总不出湖南，是先已不验，朕奈何迷之？朕一时不明，几误大事，自后当勿复尔。"说罢，即命驾回宫。诸大臣亦相随而回。三桂即令人打听蔡毓荣军情。时蔡毓荣正在岳州与吴军相距，三桂已得马宝回报，蔡毓荣军势颇锐，队伍亦甚齐整。于是三桂手下诸大臣之意，皆欲立刻与毓荣决个雌雄，以为旷日持久则毓荣守御必密矣。三桂道，"朕固未尝督兵北上，毓荣亦未尝督兵南下。我军惧养成蔡军锐气，彼蔡军岂不惧养我军锐气耶？朕料彼军必有所惧也，朕当亲自征之。"即令于次日到郊外操兵，取齐各路起程。操军后，三桂回到宫中，身体颇不畅快，难以出战。心中正自抑郁，忽接李本深由川中奏报，自进军而后，已拔夔州，并下重庆，现已进攻成都，指日可下。三桂览奏大喜，即与诸臣计议道："本深此西征势如破竹，今已直进成都，甚慰朕望。以四川向称险塞，号为沃野，自古帝王多藉以建都。今湖南为四战之地，无险可守，朕欲率师入川，先取成都，以为基本，然后西出秦川，与朕义子相应，共取长安。握险自固，先立于不败之地，以与北朝相争，诸卿以为何如？"夏国相道："谁向陛下献此策者？"吴三桂道："此孤之本意，非他人所谋也。"国相道："昔刘邦东避西楚，刘备北让曹操，故不得已而先据四川一地。然当时帝都犹在长安，故进战犹易。今局面已不同矣，四川僻在西隅，守险则有余，进战则多碍，其地势然也。然自刘邦以后，藉四川为家而可以一统大业者曾有几人？陛下于此细思之，可以了然矣。"三桂道："语有之，能守而后能战，根本未固而急务战争，此苻坚之所以败也。"夏国相道："此不同也。自来开创王帝，皆以马上征诛得之。若徒择险自守，不图进取，此取亡之道耳。以陛下英明崛起，乘此人心响应之时，速宜分道进兵，即足制彼死命，若反退而自守,人心必馁。馁则散,此时何堪设想?"胡国柱亦道:"夏丞相之言是也。四川总为要地,臣愿统兵为李本深后援,成都可一鼓而下。陛下即令能事者,分兵下九江,扼长淮,以绝北朝运道,并合闽粤之师,以扰江南。陛下即率诸将以全军渡江北向,则蔡毓荣、杨捷之师不能驻足矣。臣复由成都趋长安,会合屏藩、辅臣二军,以趋三晋,即顺承王与图海二军腹背受敌,岂能与陛下抗战乎?愿陛下毋贪一时自守也。"夏国相又道:"如驸马所言三路并进:九江一军,沿淮扬以趋齐鲁;成都一军,会陕西以扼三晋;陛下以亲征为中路,制两河以共趋北京。彼若分道抵御,亦穷于应付,风声鹤唳,人心自摇,安见中土不能恢复乎?且我军旧部皆齐鲁幽燕之士,思乡念切,一闻北上必踊跃争先,此理之自然者也。臣虽不才,然以驸马谋勇足备,又属至亲,其所进言必有裨大计。成败之机在此一举,愿陛下从之。"

三桂听罢,沉吟少顷,复道:"卿言亦是。然四川一地南迩云南,北毗陕、甘,又足以节制三楚,非朕不能了此事。今两策并行,就催马宝进兵,一面使人知会耿王,另遣能将先趋九江,以进会合,以扼长江之险,然后分道并进,可也。"夏国相复道:"马宝虽为能将,究不如陛下亲征,尤壮声势。今成都将下,一李本深已足,何劳陛下大军?"三桂道:"诸卿不必多言,朕已筹之熟矣。"便不听胡、夏二人之言,即留夏国相暂住湖南筹办各事,并令国相遣将分出九江。一面又遣将往助马宝,速行进战。自却指兵入川,并以胡国柱与夏国相总理一切机宜。三桂以为安插既定,遂安心入川。及将到重庆,李本深已攻下成都,三桂中道闻报,大喜。左右皆谏道:"陛下亲自入川,不过欲取以为基业,惧本深力不足以拔成都耳。今成都既为我有,李本深以乘胜之师,军势正锐,定能择才守川,再行入秦。陛下不如飞谕本深,使四川平定后直进秦陇。以陕甘地方有王屏藩、王辅臣及吴之茂等,若本深与之相合,军力已自有余,是川陕一带无劳陛下过虑也。今不如回军疾趋荆州,截攻蔡毓荣。若毓荣一败,大势定矣。以陛下离湘之后,军气恐不如前,苟不幸湖南复失,大局震动。陛下当细思之。"

三桂听罢,默然不答。回转后帐见了爱妃莲儿,面容依然不展。莲儿细问其故,三桂以先后各人谏阻入川之议告之。莲儿道:"各人主见既同,必是良策,陛下可以从之。"三桂道:"湖南有马宝、夏国相、胡国柱共事一方,安有不了之事?岂朕三良将亦不能敌一蔡毓荣耶?是湖南不足

第二十一回　据陕西王屏藩起事　逼洞庭夏国相鏖兵

忧也。朕欲以四川为都，今成都虽下，诸事尚当措置，故不容朕不亲往也。"莲儿道："妾只女流，安知大计？惟陛下择可而从耳。"次日三桂复行起程。将到成都，李本深亲自率属来接。三桂急与本深相见，即道："此次入川，势如破竹，为朕定帝都，皆卿之力也。"就封李本深为平凉王，令他再进秦陇。本深正乘胜得意，自不肯辞。一面由三桂告知王屏藩，举兵相应，李本深一面打点出兵。三桂唯有率领百官修饰宫殿，以壮观瞻。直以成都为大周帝都，建设百僚，所有各路人马凡奏报事件，都径达成都。不在话下。

且说王屏藩自从每岁与三桂运马三千匹，已深知三桂之意，又见朝廷已实行撤藩，若三桂一旦失势，连自己亦难自存，故一意要听三桂举动，以为相应。自得三桂在衡州即位一报，已跃然欲动。但须得三桂消息，方可行事，况又虑独力难成，故猝然未发。及见成都已下，不禁窃喜道："成都既下，吾已无内顾之忧。吾举兵，此其时矣。且吾为周王之子，人所共知，北朝以兵权付吾，使镇西陲，而独不关防我为周皇内应，此北朝之失算也。意者天假大周以一统江山之机会乎？吾不举兵相应，是逆天也。"

正计议间，忽报大周金吾卫吴之茂来见。屏藩接进里面坐定，屏藩道："吾知周天子已以足下为大将军。今金军到此，有何见谕？"吴之茂道："周皇已密封吾兄为镇西王，令吾兄举兵入凤翔，以截图海之后，吾兄以为何如？"王屏藩道："此策亦是一着。吾当先行报知吾弟辅臣，使先据阳平关，以扼要道，吾即率师而东。就屈将军为前部，将军能俯从否？"吴之茂道："彼此皆为国家，有何不愿？然吾意欲候李本深到时方一同进取。"王屏藩道："将军所见甚然。惟将军大兵已到，满城注目。今城中啧啧人言，已知吾必为周皇内应。益以将军既到，焉能再候？所谓箭在弦上不能不发，今即宜进兵。如本深既到，即会议分道进兵便是。吾今即与辅臣一同举兵，先据凤翔以撼河北，有何不可？"吴之茂听了，深以为然，即令三军改换旗帜，立刻行事。时王屏藩方驻固原，凡营下将校，哪一个不是屏藩手下？自屏藩倡起附从三桂之后，即向诸将演说道："清朝天子待吾与诸君等非不深厚，只惜为德不终，天下甫平，即生撤藩之议。吾与诸君等皆为藩府旧员，若藩府且遭撤废，行将借事以斧钺加之，吾等更有何倚赖？是使吾等不能不急图自处也。方今大周天子已郊天即位，以四川为都。不过数月间，自四川以至南六省皆为周有。图海、蔡毓荣号为能将,且不敢进战,大势已可知矣。故东南各省,望风投顺,天心人事已尽属大周。吾等处不得已之时,须为自存之计,自应应天顺人,附周以图不世之勋。既可以免目前之杀戮,又可以为开国功臣,此断不可失之机会也。"

诸将听罢,皆道:"吾等愿从将军,唯将军之命是听。"王屏藩大喜。王屏藩又道:"诸君如能俯从吾议,自当始终如一,不宜中道反悔。吾等与大周天子共起于患难之中,他日大事既成,必不辜负吾辈,断不至始用之而终忌之也。"诸将道:"吾等顶踵发肤皆出大周天子之赐,今又蒙将军不弃加以勉励,敢不戮力同心? 如将军仍有思疑,愿与将军歃血共誓。"王屏藩听了,更喜不可言,即与部下将校一齐歃血,立即起兵。是时陕西全境已非常震动,都知王屏藩早晚必然为变。早有提督王进宝驰驿飞报入京,又一面飞报与顺承郡王及图海,催取救兵防备,奈总不见应。

时王屏藩部下已有兵五六千人,又加以吴之茂兵到,声势更大。举兵后,旗帜上都写着"大周镇西王"五字,先据了固原。附近各府县,皆望风响应。先令吴之茂直出凤翔,王屏藩留部将镇守固原与王辅臣相应,自统大兵亦随后进发,思直指河北,以扰顺承郡王及图海之后。

自陕西既反,西北各省全境震动,风声鹤唳,都道中国一统江山将尽为三桂所有,人心惶惶。图海得此消息,自念非即行进战以求得一胜仗,必不足以镇定人心,便立催蔡毓荣进兵。那时三桂手下大将马宝正在前军,知成都已下,陕西将应,人心震动,此时正是开战机会,即催胡国柱率军相助,并与夏国相妥商,一面准备水师,薄洞庭湖而进。以部将王胜忠统领舟师,自统陆军,以吴凯祺为前部,直进岳州。胡国柱另率一军,西入荆州,以分毓荣军势。原来国柱是清朝举人出身,生平最嗜诗赋。凡临风觅句,观景题词,虽在军中依然不辍。当分军时,谓马宝道:"待吾下了荆州之时,蔡毓荣军心必乱,将军乘势攻之,破蔡毓荣必矣。"马宝亦以为然。惟胡国柱领兵之后,日惟吟诗,左右谏道:"此次隔荆州不远,不久即到军中。战期已近,愿驸马留心军事。'胡国柱道:"吾未到军中,已先算拔取荆州之计,岂待此时方能筹策? 今吾往取荆州,除马将军外,无有多人知者,汝等不宜多言,惟率军直进可也。荆州守卫空虚,吾一举可得,此亦足以通川湖消息。蔡毓荣不做准备,是其失算。今与诸军约,限今夜衔枚疾走,直抵荆州。吾日间不假声息者,不过惧风声泄漏,使人知我将取荆州耳。若猝然临之,安有不胜?"左右皆道:"驸马神算,不可及也。"

胡国柱即率军起程疾进,惟马宝待胡国柱起程后,约计将抵荆州,即挥军进发。时蔡毓荣接得图海催促进兵之令,即与诸将筹策。忽左右报称马宝军中已隐隐移动,毓荣道:"成都既陷,彼军必进。"即传令诸军,分头防备。说犹未了,又报周将马宝舟师沿洞庭而进。时清将杨捷亦分舟师防守岳州,统领杨坤正领小军与周将王胜忠对敌。

是时正八月天气,正战间,南风大发,王胜忠乘风大进,矢石交飞。王胜忠更乘顺风飞发火箭,杨坤水军各船多有着火,尽皆失利。在前敌的见船已着火,多凫水而逃,在后的亦望后而退。杨坤撑持不住,大败而逃。周将王胜忠更乘势急进,清帅蔡毓荣听得,急令杨坤退至下流,而令陆军严守岸上,不得令周兵登岸。传令后,忽又报周将马宝已领大军来攻岳州,诸将纷请出战。蔡毓荣道:"水军已败,人心已惊。彼乘胜而来,其势必锐,有言战者斩。"诸将道:"图海公已有令催战,今大敌当前,自不敢出,何也?"毓荣道:"图海远隔,未知敌情,何必拘泥?,如敌军迫近,只以坚壁矢石拒之,不得邃出。"

正说间,又流星马飞报祸事,荆州已被周将胡国柱攻陷去了。诸将又向蔡毓荣请分兵以救荆州,毓荣亦不从,并道:"三桂反后,六省齐陷,何止一荆州? 得失原不足惜,若必分兵,彼乘我军移动必急进猛击,是无岳州也。岳州既失,敌必长驱而进,何以御之? 诸君无得多言,只坚守营垒,违令者斩。"诸将听罢,皆悻悻而退,以蔡毓荣为畏葸①。正是:

欲率诸军迎大敌,反疑主帅畏他人。

要知两军胜负如何,且听下回分解。

第二十二回
张勇大战王屏藩　郑经通使吴三桂

话说周将马宝以本部大兵直压岳州,清将蔡毓荣不从属下将校之请,

---

① 畏葸(xǐ)——畏惧。

不允出兵,只令各营以矢石相拒。及闻荆州失守,亦不往救,诸将皆悻悻而退,然心中究竟不服。时马宝方分数路而进,直薄岳州城外。诸将复向蔡毓荣请发令出战,毓荣依然不从。诸将道:"相持数月未能一战,恐自此人心去矣。"毓荣道:"三桂党羽遍于各省,其从三桂者,多属三桂党耳。承平以后,我军久疲,万不能与三桂敌。故吾唯日事训练,养精蓄锐以待之。今彼以精锐来,我又值小军既败荆州已失之际,军心动摇,战必取败耳。今彼军若不能得志,明日必然再攻。若再不得志,军心必馁,吾因而乘之,无不全胜也。以今日人心动摇,若勉强一战,设有差池,是长江各省皆举而归三桂。吾此行为各省所观望,胜负所在即各省人心去就所关,又焉能猝尔言战?昔赵将廉颇以二十万之众,犹固垒以却白起。李牧亦拥数十万之众,且坚壁以却垣猗。以廉、李二人实古之良将,非不能战也,卒以不战收功。盖敌人声势浩大,而我军尚怯,必须有以却敌人,使军心知敌之无用,而后可以言战也。"

诸将听罢,始恍然大悟。蔡毓荣即令三军奋力拒敌。毓荣又亲自巡阅,督诸军奋勇相拒。马宝连攻岳州不下,尽以矢石向城中发射,城内蔡军亦以矢石相还,两军互有损伤。时驻扎襄阳清总兵杨嘉来,方扎岳州城后以为犄角。那杨嘉来本李本深姻亲,早得本深书札,劝令归周。杨嘉来遂乘岳州危急之时,先通周将马宝,至夜分仍不收兵。因蔡毓荣以马宝来势太锐,尽移精锐于南城,以拒马宝。忽到二更时分,后路北门忽然火起,毓荣军中大乱,以为马宝调军偷过岳州城后掩进城中放火。毓荣欲移军回救,奈马宝依然猛攻西南门,矢石如雨,前军不能调动。毓荣又疑城中有人内应,急令满都统巴尔布率军抚谕城中,并行救火。不想说又未了,军中已报称岳州城西北两门同时陷落。蔡毓荣无法,欲率军巷战,奈军士纷纷逃窜,立杀数人犹止不住。

忽见前头一路人马拥至,毓荣认得是杨嘉来旗号,只道嘉来杀进城中来救。谁想赵军行近时,矢石乱发,毓荣方知杨嘉来已变,急领兵望东北而逃。将出城门,正遇杨嘉来。毓荣骂道:"朝廷待汝不薄,何遽反耶?"杨嘉来亦应道:"吾非反也,谁学汝既得富贵便忘故国耶?然吾曾受将军私恩,理宜酬报,今请速行出城,吾断不相逼也。"毓荣大怒,欲拔箭射杨嘉来,突闻后路军声大震。原来马宝已攻进城中,独率亲军,一马当先,要拿蔡毓荣。军中大叫:"不要令蔡毓荣走出。"那时毓荣不敢恋战,只杀条

第二十二回 张勇大战王屏藩 郑经通使吴三桂

血路而逃。杨嘉来亦不相逼,故毓荣得杀出城外,直回武昌而去。马宝遂得了岳州,即救灭城中余火,重赏三军。又表奏杨嘉来,升为中路大总管。马宝谓杨嘉来道:"岳州已下,军声大振,皆将军之功也。然毓荣未死,战祸未已,今后若遇此人,切勿放过。"杨嘉来听得,便将自己纵去蔡毓荣之事不提,即以本镇襄阳归附。计是役,马宝已取荆州,拔岳州,降襄阳,军势更张。惟以军士疲战累日,即暂行休息,然后商议渡江。不在话下。

且说蔡毓荣逃回武昌,扼城自守。计点败残军士,已折去万人。随后湖南清提督桑额、巡抚虞宸先后奔到武昌。蔡毓荣责道:"战时不见来,败后才奔到,自湖南失陷后,两位究何往耶?"桑额与虞宸齐道:"吴逆三桂至衡阳僭号,故军即满布湖南,猝不及防,无从拒敌。及走至彝陵,又遇荆岳相拒,道途阻隔,故今日才能到来请罪耳。"毓荣听罢,无奈,即以此次战败及桑额、虞宸奔到情形奏知朝廷。并一面飞报图海,一面整顿人马,再图拒敌。时周将马宝正欲乘胜进攻汉阳、武昌,忽探得图海已派大队人马至武昌助蔡毓荣拒战。原来图海自催令毓荣进攻之后,防前军不足以与马宝相抗,故续调旗兵二万名并吉林马队二千名。恰到时蔡毓荣已退守武昌,马宝听得以蔡毓荣、图海特调来旗兵二万、马队二千,军声复振,未便即进,即自行准备。于岳州城外浚濠三重,设陷坑鹿角,以拒步骑。于洞庭口攒立梢椿,以拒舟舰。而澧州、石首、华容、松滋等处皆布重兵,以为声援。复于洞庭湖督造船舰,以张水军声援。布置既妥,又领将军龚赞龙领本部人马往取九江,扼长江要口,以分清军之势。去后听得清朝已令贝勒尚善为定远大将军,助顺承郡王以攻岳州,以安亲王岳乐为远安大将军,直出九江,又以简亲王喇布为扬威大将军,统镇江一路,以应武昌。周将马宝听得清军大至,一面商诸夏国相,调新降各将前贵州巡抚曹申吉、前云南提督张国柱,各统本部人马到岳州助战。因此两军又复势力相敌,各自布置。故目下两军权且罢兵。

且说王屏藩,自与吴之茂起事而后,三桂又在四川发令,吴世麒领兵入秦相助,故王屏藩即定计以三路直出晋汴。早有消息报到图海军中。是时清朝已改调图海为征陕大将军,凡贝子以下俱受节制。图海接谕后即统兵入秦。惟是王屏藩反后,陕西官兵已纷纷逃窜,独提督张勇一军得图海将令往扎凉州,严勒队伍,候与屏藩决战。王屏藩听得,却谓吴之茂道:"张勇久在关陇,熟悉地方,又向耐于战阵。今彼还死心塌地以助敌人,若我一离秦中,彼必为我后患,不如先除之。"吴之茂道:"我军若不离秦,终是划地自守。今图海已奉命入秦,恐我未破张勇而图海已至,彼将合而谋我,我必穷于应付。若一出晋汴,是我军已如翱翔天外,彼即分头防我,亦防不胜防也。"王屏藩道:"兄言亦是。然后患未除,张勇必扰我之后矣,是终不能进战也。我意欲以讨平张勇之事诿诸王辅臣一军,但不知王辅臣消息如何。今不如先破张勇一军,以吾三路之众而破张勇一人,想非难事,终不至留一后患也。"说罢,便不从吴之茂之议,直望凉州进发。

清提督张勇亦准备应敌。会提臣王进宝亦奉顺承郡王之命,领兵入陕会战,定议以王进宝分军守城。时王进宝有部将朱芬,力请充当前敌。原来朱芬之父名朱国治,曾任云南巡抚,三桂举兵时,初却阳为从附,后欲窃遁,乃为三桂驻滇留守将军郭壮图所杀,因此朱芬从王进宝军中,志在报仇,故奋勇请战。王进宝力壮其行,令带兵三千为前部,而以部将夏应雄领兵三千紧守凉州。进宝即与张勇共分两路应敌。张勇以总兵赵良栋为前部,离城十余里分布大营,以待来军。且说周将王屏藩领兵望凉州而来。将到时,听得城外已有兵驻扎,即谓吴之茂道:"吾兵惧其撄城固守,我即难于急进。今张勇已扎城外,是欲求战矣,固我所愿也。"吴之茂道:"敌军在城外屯扎,虽是求战,亦是以逸待劳。今我军不宜疾行,只宜缓进。"王屏藩深以为然,默计明日即到战场,即传令各军休息。以五更造饭,卯刻起行,约到巳牌时分,已离张勇军不远。屏藩道:"张勇与吾有旧,吾当以礼招之。如其不从,战犹未晚。"便立刻挥了一函,差人送至张勇处。那书道:

　　自与将军判袂①,忽近十年。各事一方,未遑只谒,缅怀旌铖,良用怅然。独惟昔年驰驱北朝,同事秦晋,仆回思以一介武夫,未谙大义,沉迷猖撅,为敌驱除,用残宗社。举目山河,已非畴昔,良足悲也。十载静思,爽然若失,夙夜疚心,夕惕若厉,益催人老。今以辫发累累,渐归斑白,方以将军犹仆耳,同入迷途,何时普渡?虽已显荣于一旦,难逃责备于千秋。来日无多,从何忏悔?得毋将军与仆有同病之感乎?此闻将军衔命西来,跋涉

---

① 判袂(mèi)——分别,离别。常有依依惜别之意。

第二十二回 张勇大战王屏藩 郑经通使吴三桂

千里,方知故人精神如昨,用增欣慰。然将军之心则勇矣,窃恐将军之举动犹未然也。当闯、献掳搆祸,神京沦丧,忠勇之士顿地伤心,于是乎有借兵东邻之举。乃大难未已,版图已失,义始利终,遂为敌有。大宝既移,中原板荡,二十年来,皆忠良饮恨之秋,烈士椎心之日也。大周天子以戎行崛起,圣神文武,欲洗前羞,乃倡大义。数月之间,西南各省次第归命。自藩府王公以至督抚提镇,皆以为重见日月,千载一时,争先恐后,以相从附。彼若而人者,其见地岂不尽如将军?而不意将军乃至今未悟也。三藩勋业最隆,乃大难甫平,撤藩议起,此将军所知矣。狡兔既尽,走狗必烹,即将军末路功名与三藩媲美,恐亦无以自全。将军独不熟思审处,宁不惑乎?夫潘美亦周季之能臣,改而佐宋朝基业;刘基亦胡元之进士,反而建明代殊勋。之二子者,功业烂然,光芒史册,彼非不知从一而终也,顾弃暗投明与国家大义为不可灭耳。新朝轻罪重功,奖降纳附,故尚之信、耿精忠、孙延龄之辈俱赐王封,李本深、郑蛟麟、杨嘉来、吴之茂之徒各膺斧钺。是以群策群力,黾勉从龙,而将军必昧义自行,冒险为梗,毋亦以老夫虽耄,勇气未衰,聊以尝试,用求特异。然以承顺王之威徘徊梁汴,蔡毓荣之盛仓皇武昌,盖唯光复旧物实应天时,既有其人,足征国运。将军老成稳练,上察天心之变,下觇人事之成,若不急谋自处,亦可怪矣!方今相国夏公、元戎马宝,挥军北向,以角其前。本藩三路直指东驰,并犄其后。天人交应,谁与抗御!恐将军廿载盛名一朝扫地,是诚可惜。前情未断,旧谊犹存,敢布区区。倘蒙知机,当郊迎十里,并赐藩府,用显将军。伏惟自爱。

张勇接此函后细看一遍,即对左右道:"王屏藩此函,直欲我归附。一来免费兵力,二来又可多我一支军助力故耳。"左右道:"将军意将若何?"张勇道:"函中亦殊动听,然吾却不要中他的计。他来意只欲先礼后兵,必得我回书然后定夺。今图海公已领军起程西来,吾却缓缓答复。待两军交战时图海大军已到,彼必中计矣。"便令将带书人暂行留下,一面与王进宝布置军事。总兵赵良栋进道,"缓缓答复,彼不省悟,不如依书中之言阳为归附,诱王屏藩到来,一鼓歼之。将军以为何如?"张勇道:

"屏藩老于战阵，必不致中计。目今不如伪为索封高位，然后归附，以缓之，可也。"便一面复函王屏藩，自称："要封赏王号，待札文诰命到了，方肯迎降。"这等语，即遣来人回去。屏藩听得，与诸人计议。吴之茂道："此诡计也，直欲缓兵耳。彼必有大军将到，故延缓以待之。若必听其言，是大误矣。"王屏藩道："此言亦是。各降将无不晋封，张勇何至不能相信？只是张勇性最朴直，果其真欲师附，而我遽尔用兵，是绝降者之路也。"吴之茂力争道："张勇之言，必不可信。元帅若不进兵，我将独进矣。"王屏藩便从其言，督令各军齐进。传令吴之茂先攻王进宝一军，令云南土司陆道宪领苗兵主部五千独争凉州，自引大兵用郑蛟麟为前部，并力以攻张勇。时张勇在军中，听得王屏藩进兵，乃道："彼知吾诈也。"一面传谕各营分头迎敌。不想布置未定，吴之茂一军先到，直压王进宝阵前。并下令道："诸君受周皇厚恩，吾军以此次为进战之始，宜各图奋力，以立首功，各有重赏。"诸军闻令，奋勇前进，矢石如雨。王进宝不能抵御，三军往后便却。阵外本筑长濠，吴之茂却率军薄长濠以进，王进宝弃了前营而走。张勇听得进宝一军失利，急分军救援。去后，忽报凉州已被陆道清率军围困，特来求救。张勇听了，一时慌了手脚。旋又见王屏藩大军已到，前锋赵良栋奋力抵御。无如王屏藩来势既猛，军士又养精蓄锐，且乘吴之茂一军得利，军心更奋，于是四面环攻。越良栋亦奋不退后，两军喊杀连天，互有伤损。

适黄昏时分，大雨如注，两军权且罢兵。张勇计是日战事，颇为失利，将校伤五十余人，军士折去二千有余。自恐寡不敌众，二来又军心不定，便与王进宝计议道："城池几陷，战又不胜。幸有大雨，不然不堪设想。今为我军计，宜固守凉城，以免失地之罪。一面分大兵在城外驻扎，以为犄角，只图固守以待大军，是为上策。"诸将皆以为然。即以朱芬、赵良栋两军回守城中，张勇与王进宝各以本部在城外分东西驻扎，每军筑一大营，并以数十小营，并又每营环绕，筑成坚垒。外筑深阔长濠，以图固拒。复差人急催图海救兵，以备援应。单说王屏藩回军舌，谓吴之茂道："苟非大雨，破敌必矣，然此一战亦足令敌人胆落。近闻平凉一带，有土人起事，聚众甚多，惜无远大之志耳。我若既通平凉之路与之相合，即鼓其气而用之，直指东驰，以十余万之众横行晋汴，谁能抵御耶？"吴之茂道："我军须急攻平凉者，正为此耳。"

第二十二回　张勇大战王屏藩　郑经通使吴三桂

到次日，吴之茂复主进兵，王屏藩便令以后军为前军，并下令："凡攻城攻寨，于初到之时即奋力猛进，毋得疲缓，以养敌人之力。若平凉之路既通，吾无忧矣。"遂以吴之茂全军会同陆道清攻城，王屏藩以全军与郑蛟麟攻张勇营垒。定计第一日以前军进攻，第二日以后军进攻，轮流更替，不得停歇，以攻破为止。

三军得令，鼓噪而进，皆并力攻扑。那张勇与王进宝，亦竭力守御。第一日不能得手，王屏藩欲张勇出战，以图破敌，乃使军士搦战，张勇不出。周兵百般辱骂，张勇亦置不理。诸将校有请战者，张勇一概却之，并道："如图海公未到时，有言者斩。"惟督军实力守御。王屏藩、吴之茂连攻三日，皆不能得手。屏藩正在焦躁，忽探马报称大将军图海已到了。原来图海正督军前行，约百里即到凉州，已见张勇来人催救，知道平凉危急。图海听得，大惊，急调吉林马队三千飞行，即催大军前进。到时，乎凉已危，即率军与吴之茂一军先战。之茂见图海已到，不知人马多少，不免失措。城内又以矢石相拒，王进宝更遣朱芬由城内冲出，以应来军。两军混战一场，各自收兵。图海以远来疲惫，亦不敢追击。图海看过地势，即令乘夜建营，并谓张勇道："众寡不敌，非将军死力则平凉危矣。"便于布置定妥后，即奏奖张勇、王进宝等，并升赵良栋为提督，统兵独当一面。

自此两军连日交战，皆互有胜败。王屏藩见不能得手，尚须再筹良策，只得与诸军退守固原，再候大军。

今且说吴三桂自领兵入川，既拔成都之后，巡抚罗森森、提督郑蛟麟、总兵谭洪等纷纷投附，然后分将四出。自见岳州一军未能通过武昌，甚为焦虑。适夏国相奏至，力主弃滇之议，即以滇中精锐调赴岳州，疾行北进。惟三桂意自不舍，以滇中为自己根本，十余年经营，不忍弃去，寻思军士得手与否，不在弃滇与否，自计只得岳州一路进兵，必难制敌人死命，便欲得闽浙一路，沿江苏直趋两淮，较为直截。只惜耿精忠归降后，总不进兵，不如派使臣入闽，并通台湾郑经，会同北伐，岂不甚好？想罢，便发谕夏国相，缓行弃滇之议，先择人使闽、使台，会兵北进。夏国相得谕后，即令尚书王绪入闽。原来台湾郑经，乃郑成功之子。当郑芝龙背明投降大清时，其子郑成功为日本妇田川氏所生，以其父降清有违国家大义，便不计家庭私事，自行入台湾。即据台湾一地，以图恢复。成功殁后，其子郑经继立，亦屡与清廷搏战。惟互有胜败，故吴三桂并欲郑经附从，即藉其兵力以为已助。及王绪奉命,自不敢怠慢,先行入闽,即谒见耿精忠。耿王亦知其来意,先言道:"闻岳州一战,马宝都督大为得手,不知近日陕中有何军报?"王绪道:"正为此事来见王爷。以清朝尽率精锐以拒我师,今陕中虽未得消息如何,然以敌军悉聚武汉间,终不能御马宝一旅之师,其力亦可见矣。然敌人重防武汉,而忽略江淮,若王爷能率大兵薄苏杭而进,谁能御之?今王爷既树降周之名,却观望不愿发兵,清朝亦当为大王罪,周皇反必为大王怪。与其敛手待罪,何如奋勇图功?大王岂不知自审耶?"

耿精忠听罢,深以为然,即与王绪会商出师之期。王绪道:"吾尚须入台湾,待与郑经商妥之后,大王以一军应江西,以一军沿浙江而进,吾亦使郑经出师直捣苏杭以北向,使与大王并进也。"耿精忠便派员导王绪入台湾。时郑经自承父业已出兵数次,然终不能通闽浙之路,正欲乘三桂起事扰动南北之际乘间出兵,忽听报吴三桂已派使臣到,当即以礼迎接。

王绪甫到殿上,郑经即升座,先向王绪责道:"三桂引敌入关,正当赎罪。今既建复明之义,何以忽窃帝号耶?"王绪听得,觉此人实在利害,即答道:"大周天子此策,亦权宜之策耳。今虽然称帝,犹未立储君,亦以起义之时不可一日无主,明裔散失,又不能遽得英明者而立之,故出此计耳。"郑经听得,明知其伪,但不必过诘,乃再言道:"吾守台湾已阅两世,尚不敢自称大号,以未忘明室故也。公卿到来,将欲何为?"王绪道:"昔延平王虎踞台湾,转向闽浙,直捣淮扬,声威大振。惜当时人心既靡,清朝又得以全力御之,故不及克竟其成。今大王以壮年嗣位,国民方翘首瞩目,以为将振先世之殊威,复有明之大业。乃国内不见旌旗之色,国外不闻钲鼓之声,岂坐以待亡耶?方今大周已起,清军疲于奔命。大王若悉数精锐,直指淮扬而进,则耿王亦必为君后援,是天下不难定也。事成之后,大王固不失藩王之位,又可以成先世之功,忠孝两全,功在一时,名垂万载,何大王不悟也?"

郑经听罢,觉王绪之言甚为有理,即道:"卿言是也,孤将听卿。"遂谕令百僚,以礼款待王绪。即与诸臣计议,复派使臣随王绪至周订约出师之期。正是:

为谋故国从周主,要出雄师抗敌军。

要知后事如何,且听下回分解。

第二十三回
王辅臣举兵戕经略　南怀仁制炮破吴军

话说郑经既从王绪之言，愿出兵相应，便遣施继为使臣随王绪渡闽入周，并晤耿精忠，会订各事。王绪本在湖南军中，不便久离，先将入闽入台各事报知三桂。时三桂闻郑经从附，不胜之喜，惟又闻郑经遣使入周，显然是使命往来，如两国平等一样，反为不满。一来欲耿精忠及郑经从速发兵，若往来闽蜀，必旷日持久，便飞谕夏国相接晤施继，并即降谕，封郑经为藩王，即令台使无庸入蜀。

那时夏国相接得三桂由驿驰到之谕，即留施继不必入蜀，因军情紧要，只令就近商议。夏国相以大军全聚湖南，实非长策，当置酒款待施继时即道："吾军初起，各省皆应。只岳州与平凉两战，而敌军已胆落。若能同心协力，不患我国山河不复，为中国所有也。"施继道："今相国之意若何？"夏国相道："吾只望贵处出师，直捣淮扬。无论得手与否，皆足分敌人之兵力。若闽王耿精忠能出师相应，以一军直出苏杭，以应台湾之师，复以一军分出江西，扰彼各郡，吾亦必沿江西而进。各路同时北上，敌人虽有百万之众，焉能拒我耶？"施继道："相国之言足见高论，弟回去当为吾主言之，必有以报命也。"夏国相道："今各事紧急，不敢再留老兄。他日事成，当与老兄作太平之会。望回去后，早订出师之期，则可矣。"施继即辞了夏国相而回。原来郑经之意，心中不忘明室，其顺从三桂，不过欲乘间出兵。今忽闻封自己为藩王，郑经心中已是不服。自念己意只乃心明室，今忽然以自己为藩王，自反当自己是个归顺的降王，可不是忘了明室？一来对明室不住，二来又对先人不住，这却如何使得。看来若因三桂之命忽行起兵，显然是个三桂的顺臣了，因此之故，于起兵一层亦从缓议。那耿精忠亦见台湾未曾起兵，自己亦待台湾兵起方互为势力，始易北进。惟有先发一军，先向江西，以应夏国相之兵而已。今且按下慢表。

单表陕西一带，自清帅图海到后，与屏藩大小数十战，互有胜负。惟王屏藩已退保固原，只望李本深兵到然后再进。不想李本深中道染疾，遂缓了行程,故王屏藩又惟有靠王辅臣为应援。时清朝方令大学士莫洛为经略大臣,拥重兵将入西安。不想那西安将军瓦尔喀,不待莫洛兵到,先已欺敌出兵,入汉中,并略保宁。王屏藩听得以瓦尔喀连兵汉中,兼及保宁,于己军与王辅臣声气隔绝,实在不便。乃发兵以一路潜出略阳,以断其水运。又令郑蛟麟领军直走栈道,以断其陆运。瓦尔喀果然水陆交困,没奈何退至广元驻扎。时军中已缺饷两月,瓦尔喀与诸将计议,欲以进为退,先攻王屏藩,以通平凉之路。总兵王怀忠道:"军粮既缺两月,军心已是惶恐,若再出军,必然哗变矣。"瓦尔喀道:"如不出兵,今莫经略未到而援应已绝,又将奈何?为今之计,断不能坐以待毙。惟于死里求生,除进兵以外,已无他策矣。"便决意进兵。定议一出栈道,一出略阳,并攻王屏藩一军,以通固原之路。王怀忠又复谏道:"以图海大军,合诸张勇、王进宝、赵良栋,不下大兵十万,又皆能战之员,且不能大挫屏藩,吾欲以饥病之卒抗之,安能取胜?"瓦尔喀道:"兵法有云:置之死地而后生。三军既值穷困,焉有不奋力者乎?汝莫多言,吾自有主意。"说罢,便不听王怀忠之言,即决意速进。王怀忠怏怏而退。

不料军中自缺饷两月,皆有怨言,乃闻王屏藩分军略阳及栈道,以断水陆运道,军心更惊。只由王怀忠力言退保广元,只系静候运饷,不久将到,因此稳住军心。不提防自瓦尔喀进兵之令一下,军心皆愤,都道:"退保广元,既言静候运饷,又云不久将到,今何以忽然要离广元进兵?可知粮饷将到广元之说,皆是假话耳。且两月不发饷,如何能战?"军中你言我语,互相传说,都道:"不能枵腹从公①。若必进兵,怕不是战死,亦要饿死。"故一时哗噪起来。由王怀忠几番抚慰,终是不从。时瓦尔喀正定明日进兵,忽听军士哗噪,王怀忠劝谕不从,不觉大怒。立传令杀了数人,以为以杀示威。不料军心更为不服,反溃变起来。王怀忠制之不住,反谓王怀忠以巧言相骗,故王怀忠部下四千人,反先行溃散,怀忠制之不住。那时军心既变,瓦尔喀即领卫队从间道逃回西安。惟提督王辅臣,本三桂养子,久有附从三桂之意,且欲与王屏藩相应,联合东征,只以经略大臣莫洛将到,西安军又方得手,未敢猝举。忽闻王怀忠军变,瓦尔喀已逃,乃大喜道:"此天助大周以予我成功矣。"言时,以手加额。即派部将李之伦阳言

---

① 枵(xiāo)腹从公——指饿着肚子办公家的事。枵,空虚。

第二十三回　王辅臣举兵戕经略　南怀仁制炮破吴军

抚驯溃兵，尽收王怀忠之众，赏以粮食。那逃军以饥饿之际，忽得温饱，已感激王辅臣不尽。辅臣深知其意，更示以恩义。分嘱部将向逃军说道："周皇此举，全为大明国家之计，故天必助周也。昔周皇借兵入关，本以靖闯、献之乱，不料敌人即因而覆我国家。周天子奋越戎行，欲洗前愆①，并与臣民共图复国，是以待人皆开诚布公，待将则优其爵赏，待兵则优其粮食。能战之卒，亦不次升迁。故每遇战时，周军必一以当百，又安能拒敌之乎？今吾军中亦非粮饷足备，以月支数金，犹不应期，军士之苦极矣。王提督深为恻悯，故不敢劳动三军。当尔等溃散之先，王提督已知军士无粮。不聚尔等，必然逃散；因逃散之故，又必然见诛，故收留尔等，全是一片慈心。不料经略莫洛、将军瓦尔喀，反谓尔等为变，责王提督不应将尔等收留，反将王提督加罪，且勒限王提督将尔等杀戮。王提督意殊不忍，抵死不肯承命，要为汝等保全。然尔等勿忧，王提督宁愿被罪，断不肯为此不义也。"这一席话，说得逃军人人愤怨，皆道："王提督既为我等保全，我等愿为王提督效死，虽肝脑涂地，誓无悔也。"王辅臣见军心如此，一发得意。

到次日，已打听得大学士经略大臣将抵宁羌，即向诸军道："莫洛统兵将抵宁羌，以我收留王怀忠叛卒，欲治我罪也。又遣贝子鄂洞继进，焉能御之？如三军能用吾命，尚可早谋，否则，不堪设想。吾若被害，三军亦不能苟存也。"军士听得，皆奋然道："既缺我们粮饷，又逼我们苦战，不能，又加之杀戮。安有此理？今大周正强，吾等附周以图功名，有何不可？岂可守此以待杀乎？"王辅臣心中大喜，便道："妆等既有此心，吾可为汝等成全。吾初时亦欲事一而终，今逼吾至于此极，亦莫可如何，惟有与汝等共生死耳。但今日附周，须要立功方可。不如待莫洛未至，出计破之。若不然，恐莫洛与鄂洞齐到，便不能抵御矣。"诸军听得，皆踊跃愿从。王辅臣至此，军中仍树大清旗号，惟阴勒诸军准备吴周旗帜。密令部将李之伦、王光邦各领精兵三千，各到宁羌，择要地埋伏。一面使人报知莫经略，告以汉中保宁兵变，汉中已陷，催莫洛星夜前来救应。去后，王辅臣复分路伏兵。时莫洛接得王辅臣报告，知道汉中既失，陇右俱危，乃叹道："辅臣本三桂养子，今独留心王事，真忠臣也。"遂催兵趱程。王辅臣亦率师

---

① 前愆（qiān）——以前的过失。

迎接，更密告王屏藩，使邀攻鄂洞。那莫洛方使人打听王辅臣仍竖大清旗帜，更为心稳。那日正过宁羌，已近日暮，莫洛见山路狭迫，树木丛杂，正生疑心，忽报王辅臣大军已在前头接应，已离此不远。莫洛见过此便能与王辅臣合军，便不复畏惧，只顾进来。忽一声号炮，左有王光邦，右有李之伦，两路杀出，万矢齐发，都向莫洛军中射来。王辅臣又督兵进杀，倏忽间王辅臣军中尽换大周旗帜。莫军大惊，只发矢还射，惟不知王光邦、李之伦、王辅臣人马多少。王、李二军又只是埋伏暗射，无不命中。莫军既不见王光邦、李之伦人马之面，矢皆虚发，无可如何，因此大败。莫洛急令退避，直退至平阳之地，方结营待战。一面飞奏王辅臣军变，一面催贝子鄂洞领兵前来救援。不料鄂洞听得王辅臣反清助周，又益以王怀忠部下之众，声势既大，已有畏心，不敢前进。那时王辅臣听得莫洛已经退军，乃与左右计议道："莫经略以战场失利故以急退，彼料我必追，以求一战也。然彼以孤军深入，不虞我军反戈相向，诚为失算。然我若追之，必中彼计。惟不先破莫军，又必为我巨患。以鄂洞大兵离此不远，待鄂洞到时，我无能为矣。今宜间道疾趋，绕至莫洛军前夹击之，彼必大败。莫洛既败，鄂洞亦不敢进矣。"便令王光邦、李之伦休要卸甲，从小路偷过莫洛军前进兵。王、李二将得令，不敢怠慢，即率军前行。

时正夜分，王、李二将令军中不要举火。至莫洛军前时，已有四更天气，远望一带，灯光万点，正是莫军人马。王、李二将各举暗号，即望灯光发矢乱射。时莫洛亦自留心防人掩袭，故令军轮流值守。奈在夜里，不知周军在于何处，故军中只受攻击，无可抵御。

少时，王辅臣军亦到，矢如飞蝗。莫洛连中数箭，登时殒命。自莫洛死后，正是一时无主军投散，有降的，有逃的，不计其数。计此一场战事，莫军中将领死伤十余员。王辅臣将亡卒一一招抚，军声大震。贝子鄂洞更畏缩不敢前进。王辅臣见鄂洞不来，亦不复进，惟乘势经略各郡。自是汉中、羌宁、广元、保宁一带，俱为吴周所有。

三桂闻报，即发银三十万犒赏各军。王辅臣即与王屏藩会合，并连栈道，略阳、固原俱是周军屯扎。王辅臣更与屏藩计议，以王屏藩再出平凉，以攻图海，自己要领兵取西安，免了后患，然后直进。至于清军，自莫洛既死，大为震动，早由西安将军瓦尔喀八百里加紧由驿驰报入京。那时清朝听得，好不惶骇，即发谕旨至顺承郡王与图海及瓦尔喀等，将保宁引回之

第二十三回　王辅臣举兵戕经略　南怀仁制炮破吴军

兵及夷陵赴援之兵皆回集西安。又令兰州驻守各营赴延安驻扎,以厚势力。以贝子鄂洞及陕督哈占阶拥兵不发,以至莫洛被戕,即行革职留任,以观后效。一面旌恤莫洛,一面责成图海收复各郡。不在话下。

且说清朝自莫洛死后,已大为震动。三桂又催促各路乘胜攻击。自图海追了王屏藩之后,北京并未曾得过一次捷报,军机中人甚为焦虑。时大学士明珠方在政府,正为军情忧虑,那日恰有西洋人南怀仁来见。那南怀仁本精于天文之学,从欧洲来到,志在传教。后清朝以其精于天文,就任用了他在钦天监办事。因中国人向来迷信天象,以为此次三桂起事,其成败如何必有天象示告,故不时向南怀仁询问。当下南怀仁见了明珠,那明珠即问道:"此次吴三桂起事,势甚猖獗,足下观此次战事,究竟如何?"南怀仁道:"今日之不胜,只由人事,非关于天意也。我军承平以后,久经疲惫,三桂养精蓄锐以待时,又以花言诱动军心,故乐为死战。以疲惫之卒当死战之士,谁能御之?某观中国军械,皆窳①不堪使用。幸而三桂亦无利器,否则更不堪设想。若以吾欧洲利炮御之,欲剪灭三桂实如反掌。"明珠听了,大喜道:"你们西洋大炮,足下能制之否?"南怀仁道:"某自幼亦曾入炮厂执业,此种利炮,某实能制之。但恐鞭长莫及耳。"明珠道:"若制此种利炮,约需时日几何方能制就呢?"南怀仁道:"视夫工匠多少与器械齐便否耳。"明珠道:"既有此种利炮,无论如何亦当制造。纵不能收取急效,亦当能为将来准备。足下只管行事,取需款项,当令户部随时给发。"南怀仁领命,即绘定制炮形图。恰当时广东、澳门久为西人来东居留之地,凡西洋商业中人运货东来者,皆屯集澳门。亦有时以洋舶往还津沪。南怀仁更于此等西洋人有谙悉制造者,皆延之为助,分头赶铸。又以在北京制炮运往各省,殊多转折,即请明珠于未为三桂所踞之省会,分设制炮厂,分配洋人驻扎厂中制造。由是设一厂于扬州,以应苏杭之用;设一厂于河南,分应陕西、湖北之用。召集工匠数千,日夜兴作。惟制造不能计日可成,以三桂军势既锐,复由南怀仁献议,先往澳门购买大炮数尊,先运至上海。适安亲王岳乐正出九江,就以新购西洋大炮数尊移至岳乐军中应用。自制造西洋大炮这点消息报到三桂军中,夏国相适驻守长沙,自念此种西洋大炮必为己军之害,乃留部将扼守长沙,自己即令大

① 窳(yǔ)败——破败;衰败。

军径出江南,欲直捣扬州,先夺炮厂。即一面催促耿王起兵,自领大军沿醴陵而进。果然势如破竹,由醴陵直陷萍乡。吉安知府文秀直弃城而遁,夏国相乃直入吉安进发。夏国相复遣部将高大节,引五千人从间道先攻饶州,以为犄角。两军会合,并取南昌。

那时安亲王岳乐已由九江直抵袁州,闻夏国相分两头而来,屯兵城中不敢遽进,志在西洋大炮一到,方敢出师。夏国相遂乘机传檄,各郡纷纷投附,署南昌巡抚将军希尔根亦弃城夜遁。夏国相既得南昌,声势大震,岳乐更不敢出。忽报西洋大炮已购到数尊,岳乐便以马队为中军,另抽步队二千人列为大炮队,以旧日之炮杂以西洋大炮,离袁州而来。正是:

只因利器能摧敌,自令先声足慑人。

要知后事如何,且听下回分解。

第二十四回

高大节智破安亲王　夏国相败走醴陵县

话说安亲王岳乐,因江西紧急,又值西洋大炮已购到数尊,即领军离了九江,望袁州进发。又以周将夏国相、高大节分两路而来,恐孤军不能抵御,复咨请简亲王喇布移镇江之兵为后援,会师追捣。先有细作报入夏国相军中。时夏国相正与高大节同驻南昌,听得两王军到,国相却与大节计议道:"吾等初进江西,岳乐且观望不进,是彼犹畏我也。我得一南昌,于敌无损,不如弃之以破安、简两王。彼两军既破,则望风而解,不患江西不复为我有也。"高大节道:"某本武夫,本不敢妄言方略。但得一城守一城,将疲于奔命矣。今敌军已悉数精锐而来,西自平凉,南自武汉,皆不能通。若能破简、安二王,沿江宁而进,料武汉之敌军亦退,即可长驱大进。苟只图保守,万一旷日持久,人心尽变,是前功亦废也。诚如相国之言,即能坚守南昌,敌人将合兵攻我,反客为主,反受吃亏耳。相国之言是也。"夏国相道:"将军骁勇善战,可领本部兵马并及部将,从小路抄过袁州,吾且权守南昌。料安、简二王必争来攻我,我即退兵。敌军必来追赶,将军却抄出其后以邀击之。彼二王皆纨绔子弟,以亲见任,一闻腹背受敌,必

第二十四回　高大节智破安亲王　夏国相败走醴陵县

无主持，因而破之实如反掌耳。"高大节领诺而去。

且说简亲王喇布，自领兵到了镇江，实未经一战。忽闻安亲王岳乐咨调合兵，乃不得不行。及到九江，依然逗留观望。那岳乐日盼简王到来，以厚兵力。惟久候依然不到，便连番催促。简王喇布没奈何，只阳允进兵，仍缓缓而行。夏国相听得，谓左右道："凡畏敌者必争功。我若充南昌，彼必齐进矣。且岳乐若不进兵，高大节一军亦无所用也。"乃决意退出南昌，拔队离城，望萍乡而退。岳乐听得，即飞报简王道："敌人闻我两军俱至，已弃城遁矣，宜速即进，毋失机会。"简王得此消息，自念领兵而来未有寸功，今南昌空虚，若乘机而入，即是克复南昌，此功不小。说了，左右皆以为然。简王即令诸军立出，昼夜不停，务以先入南昌为上。更怕岳乐夺了头功，乃亲自督队。果然兵不离甲，马不停蹄，先到了南昌，全无阻力。比及岳乐至时，简王已到了南昌多时矣。岳乐心甚不悦，以为简王夺去自己大功。正欲诘责，那简王已有文书到来，约请安王岳乐直趋萍乡。岳乐部将伊坦布谏道："简王以南昌空虚，乘机先进以夺我头功，今又欲以我军直进萍乡，是战事则吾军当之，功劳则彼受之矣。然夏国相由醴陵直抵南昌，未尝挫失，今忽然尽退，恐其中必诈，不可不防也。"岳乐道："简王既进南昌，吾军亦到此间，未尝遇险，料夏国相必无奸计于其中。彼之遽退，或者武汉一路马宝失败，已为蔡毓荣所乘耳。闻蔡毓荣与马宝已经十数小战，马宝颇为失利，故吾料夏国相退兵，必因此故也。今所宜计者，只吾军宜直进否耳。"伊坦布道："吾军虽进，然江西设有军警，简王必守南昌不住。那时吾军反被人要截，将无退路矣。"岳乐听罢，亦以为然，因此踌躇未决。忽然接得袁州急报，知周将高大节领兵数万，已将抵袁州。岳乐听得，大惊道："似此是前有夏国相，后有高大节，吾军危矣，不如回军为上。"伊坦布又道："简王争功，只属私愤，今却不必计较。宜一面告他以袁州有警，吾军已中道折回，令他固守南昌，以为声援。若南昌不守，是江西全失矣。"岳乐便一面知照简王，一面回军。那简王听得，已吓得魂不附体。当初只道得了头功，今日反受了危险，如何不惧？又不敢遽尔离城，惟下令闭城紧守，自不消说。

单说高大节本部人马阳称数万，实则只有八千。那高大节生平骁勇耐战，又善能以少击众。自行抵袁州之后，逆料岳乐必然回军，乃与诸将计议道："当岳乐离开袁州时，若简王喇布仍留半军驻守九江，吾军断不易得手。今彼悉为我夏丞相所料,不计利害,但要争功,以全军坐困南昌,岳乐又同时俱进,使江西上游空虚无备,是彼失算也。今岳乐若闻我军反出其后,必星夜回军,却好中计。"言罢,乃嘱副将韩大任道:"离此数十里有一座螺子山,山如螺形,树木丛杂。且山下平原绝少,只是溪涧纵横,支河错落,并无战场。足下可领千人先伏山上。岳乐回军,必经此间,待其至时,排枪劲矢一齐施放,岳乐必不能抵御。且彼所恃者,数尊西洋大炮耳,大炮仰攻甚难,吾军必获大捷,足下之功不少。"又嘱部将吴用华领军千人,离螺子山十余里择林木深处埋伏,等韩大任军中号炮响应,即行杀出,以为接应。又嘱部将李雄飞道:"岳乐虽不晓军事,但他军中必有经事之人。若到螺子山,惧有埋伏也。足下领军千人直过螺子山十余里,阻山立营以待之。彼若见有伏兵,必来攻击,足下当引军即退。彼以为伏兵已过,方放心直行。待至韩军得手,然后掩出可也。但立营须阻山隘,以避他大炮,方为要着。"又嘱韩大任,于清军到时先发号炮,以告诸军。各人领命去了。高大节又派部将多名,或领千人,或数百,为游击之师。高大节却统中军,留一半于袁州,阳言将出九江,却亲自领兵为各路救应。分拨既定,正是:准备窝弓擒猛虎,安排香饵钓鳌鱼。

　　那时岳乐自听得袁州有警,以江西上游已失,自己孤军深入实非良策,便星夜回军。那日黄昏以后,将行抵螺子山,伊坦布进道:"螺子左扼山岭,右阻溪河,地势甚险。若有伏军,必难抵御,不可不防。"岳乐道:"高大节全军方争九江,以图进取。以九江为数省咽喉,乃四战之地,宜其在所必争。彼何暇留军此间耶?"

　　正说话间,忽前军探马报道:"前头已有伏兵,但旌旗不多,人数甚少耳。"岳乐道:"果不出伊坦布所料。以些少伏兵,何足忧虑?且已为吾军所见,亦无用矣。"乃急令前军攻之,并移炮队往攻。当岳乐军来时,周将李雄飞即与接战。甫一时间,雄飞即敛军而退。岳军正欲追赶,岳乐急止之,并道:"彼伏兵既退,若追之反恐中计。今当乘胜过了螺子山,此后更无虑矣。"遂催促军士疾行。恰当螺子山,已近夜分。岳乐心怯,谓左右道:"此地甚险,不如驻扎一夜,明早方行为上。"伊坦布道:"岂驻此一夜便无险乎?以我愚见,三军既已到此,速宜趱路。若一经驻扎,军心必馁。且敌人若有伏兵,虽驻扎亦不能免害也。"岳乐听罢,深以为然。以事已到此,已无可如何,只令军士举火乘夜急行。忽到初更时分,突闻山上炮

第二十四回　高大节智破安亲王　夏国相败走醴陵县

声响亮。此炮便是号炮。时岳乐军已且行且惊，到此时闻炮声震地，更魂飞魄散，不知所措，一时哗噪起来。岳乐正欲制止之，忽然枪声乱鸣，箭亦齐发，如飞蝗一般。岳乐欲令军士还击，又不知敌军在何处，惟山上矢石齐望火光射来。岳乐急欲回军，伊坦布道："今即回军，安知后路不更有埋伏？由今思之，前之伏兵只诱敌耳。今进前与退后，其路程皆一也。不如冒险前进，较为上策。"岳乐无奈，只令一面进前，一面向山还击。怎奈由下攻上，绝不中要害。周将韩大任更令军士一齐发击，岳军死伤甚众。岳乐只督军士冒险前行，践踏尸首而过。有逃亡的，皆落河边凫水，欲逃过对岸。惟韩大任军中矢弹已及于河面，故岳乐逃亡的军士，虽凫水之际，亦难防避弹子，遂亦多死于水中。岳乐虽见军士逃亡，亦不能制止，惟有与诸军死命奔逃。伊坦布已先死于军中，岳乐亦被伤数处。及甫过了螺子山，那死不尽的残兵心魂甫定，忽然炮声响亮，已有周将吴用华截出。岳军见了吴周旗号，已心胆俱裂。诸将面面相觑，皆相谓道："军士固皆惊魂未定，战马亦多被伤难行。人虽不畏，马亦难战矣。似此，如之奈何？"岳乐道："吾一时不细，误中奸计，至今惟决一死战耳。吾位为至亲，三军亦八旗人物，断不能屈膝以降也。"诸将道："三军逃命时，器械辎重已委弃不全。即新购的西洋大炮，亦付之中道矣。空拳搏战，焉有胜理？"岳乐道："此处溪河较狭，且水势不深，吾军虽败，尚存万余人，不如以军中物具杂泥石投诸河中，填河而避之。过此之后，即绕道先奔鄱阳湖。以鄱阳湖尚有水师屯驻，可往依之，尚可徐图恢复元气也。且袁州既为贼将高大节所据，吾亦不能通九江之路矣，居此亦无他法。"诸将听罢，皆以为然，即令军士各就地挖土泥一包，一齐投诸溪中，杂以军中笨重器具。幸河水不深，煞时河中已如平地。

那时吴世华见岳乐不进，正前来发击，韩大任、李雄飞亦从后赶来。岳乐即令军士齐遁，也不敢还战。诸军如丧家狗，恨不得爷娘多生两条腿，各自没命的跑。时周将韩大任、吴用华、李雄飞，皆令军中向岳乐军人丛处发射。岳乐军死伤甚众，惟死命奔逃，遗下器械辎重无算。韩大任亦不追赶，只令收军。计是役杀得岳乐军中人人丧胆，个个惊心。总兵及副都统死伤数名，其余将校死伤数十名，军士则三停折了两停。凡降的、逃的，韩大任皆收置军中。其余死者，尸骸层叠，只令军士掘土掩之。其得西洋大炮数尊，余外器械粮食不计其数，即班师回袁州报捷。高大节喜道:"此一战足令敌人胆落矣。"于是论功请赏,以吴用华夺得大旗两面,且击毙岳乐部将总兵两名、都统一名,遂录为头功,请赏以金吾卫大将军之衔,以提督请补。韩大任不悦,谓左右道:"黑夜之战,矢石乱发,枪炮交加,安知敌将死于谁人之手?吾在山中指挥各路,敌将多受夷伤。战后计点场中,以死于螺子山中为最众,安见我韩某不应得头功耶?若无我一军挫之,敌人以全力争趋,恐吴用华亦不能抵敌也。"自此日有怨言。或有告知高大节者,高大节道:"吾与大任实执军权,当藉此以鼓励部将,何必争功?且大任据螺子山为营,又在黑夜之中,是只有彼军攻敌,断无敌军攻彼也。吴用华实当敌军来路之冲,既能斩将搴旗,录为头功,安得不宜?"因此高大节对于韩大任之怨望,惟诈不知,诸事仍与韩大任商酌。惟大任意未释然,思倾陷大节。

会三桂驸马胡国柱回镇长沙,因夏国相出征,三桂以长沙为四冲之地,兼因应岳州、荆州及江西各军,非有重员驻镇长沙不可,故以胡国柱当此任。大任本国柱之甥行,国柱以其骁勇,深爱之。故韩大任一闻国柱回长沙,即喜道:"吾知所以泄吾愤矣。高大节一任,惟吾足以代之也。"乃为书献谗于胡国柱,谓螺子山一战本足以擒岳乐,乃各路游击之师高大节既中道撤回,且高大节又拥兵不发,故岳乐得逍遥遁去,闻岳乐阴与高大节相通,许大节封侯之位,今高大节拥兵袁州,迟疑观望,即原于此,等语。胡国柱听得,以韩大任之说为然。一面催夏国相再进江西,一面撤高大节回长沙,往岳州助战,反令高大节以兵权交于大任。大节听得,吃了一惊。即回复国柱,谓军事得手,方将直进江南,岳州有马宝主持,兵力已足,无用再助,等语。国柱大怒,乃益信大节拥兵抗命,韩大任之言更觉可信,立发令由驿驰大节军中,立令即行交代。高大节犹以为坐失机会,嗟怨不已。来使道:"将军尚在梦中耶?韩将军乃胡驸马之姻党也。胡驸马才略优长,而偏听任性的是其最短。韩将军既言于先,已如先入为主,将军虽有百口,焉能分辩也?"高大节至此时方知为韩大任所卖,乃叹道:"今后国家大事,将断送此辈之手矣。"乃请韩大任入帐,谓之道:"胡驸马有令,以军权付于将军。吾与将军本无意见,方期同心协力,共成大功。今某以得胜获咎,诚非所料。吾之迟迟未进者,殆欲夏丞相既进南昌,后劲既坚,方好长驱大进耳。九江为数省咽喉,乃四战之地,战守皆非易事,将军勉之可也。"韩大任时有惭色,一言不发。高大节交代既讫,即随带亲

第二十四回 高大节智破安亲王 夏国相败走醴陵县

兵再回长沙。韩大任自代高大节领了全军之后,即提兵直入九江,欲长驱大进,更不待夏国相兵到,以为后援。夏国相退到醴陵,甫接得高大节军报,知道清将简王及将军希尔根,因图争功已先进兵南昌,又在螺子山一战已大败岳乐,得了全功。夏国相喜道:"今番江西一省才安稳为我所有也。"是时夏国相仍未知胡国柱有撤回高大节一事,即督兵复由醴陵直出萍乡,复向南昌进发。原来简王及军将希尔根,自听得岳乐败于高大节之手,即弃城而遁,故夏国相到时殊不费力,已复得南昌。正欲知照高大节,使直出九江,自己直出鄱阳湖,以断清朝水师接应,并蹑岳乐之后,一面又催闽王耿精忠,将人马折回,直出浙江,分三路而进,忽报高大节已被撤回,今以韩大任代领全军,已望九江去了也。夏国相跌足叹道:"大任虽勇有余而谋不足,可以任偏裨,必不足以当重任也。今偏师轻进,即为失算矣,其败可立待也。不知谁人主意,撤回高大节,一误至此!"说犹未已,已报高大节使人赍函来到。夏国相就在案上拆开一阅,书道:

> 大节以一介武夫荷相国委任,又蒙大周皇帝恩宠,虽肝脑涂地,方称本心。奈以不善将将,虽胜犹辱也。大节与韩大任同受节钺,自昔同心戮力,所向有功。自螺子山一战,大节以吴用华当敌军来路之冲,独能斩将搴旗,故录功首,方欲借此鼓励偏裨,不意因是而大任积成怨府,谓大节阴与岳乐往来,故拥兵袁州,观望不出。胡驸马不察,立撤大节军权。大节若不交代,恐斧钺随之矣。大节奉职无状,夫复何言?今闻大任已督兵前进,欲从九江渡过左岸。以清将杨捷老于戎行,大任非其敌手。且岳乐虽败,犹有劲旅数万,配以吉林马队,未可轻视。今岳乐退驻鄱阳湖,与水师相合,声势复张,是江西内患依然未清也。相国兵力若未到南昌,岳乐不难蹑大任之后,杨捷亦可角其前,是大任即不败杨捷,亦当败于岳乐矣。相国老谋深算,为国家大局计,将何法以善其后乎?谨此布达①。区区伏惟荃察。
>
> 罪将高大节顿首

夏国相看罢,叹道:"高大节真将才也,吾不敢以武夫视之。今日局面,吾不能复出鄱阳湖矣,须望袁州进发,以援应大任也。"便下令三军,

---

① 布达——书信用语,谓陈述表达。

直趋袁州。

且说岳乐自败走后,退至鄱阳湖。不多时简王及将军希尔根亦奔到。二人见了岳乐,已有惭色。岳乐道:"两位忽然至此,得毋南昌已失守乎?"简王不能答。岳乐道:"吾与君于朝廷位为至亲,观天下大局如此,正当同心协力,以图肃清,今前事可不必多说,惟图此后奏功,更不宜以前事芥蒂也。"简王至此,顿首伏罪。正说话间,已报驻长江水师提督杨捷已有书到来,谓韩大任已代高大节为帅,将直行渡江,吾知所以破之矣,惟夏国相若知韩大任轻进,必观兵袁州、九江一带,以为声援,可以择伏要而破之,等语。岳乐看罢来信,深以为然。时清朝方以董卫国为江西总督,带兵五万前赴南昌。岳乐即与董卫国商议,令董卫国先领军直趋南昌,以截夏国相之后。岳乐复与简王及希尔根,率人马直入袁州,以截国相。时国相不知董卫国已到,只留兵二千驻守南昌省城。行至中途,听得岳乐与简王及希尔根同出袁州索战,夏国相惊道,"简王乃惊弓之鸟,岳乐亦败军之将,今一旦尽出,袁州得毋救兵已至乎?"时部将郭壮谋,乃郭壮图之弟,方从国相军中,乃进道:"吾虽至此,甚忧。南昌设有敌警,恐区区二千人必守南昌不住也。"国相道:"公言亦是。今不如折出鄱阳湖,以图进取。"郭壮谋道:"相国所言亦是一着,但设有差失,是与韩大任两军俱败矣。"夏国相道:"此大任误了我也。苟知大任轻出,吾断不令耿王回军。"正议论间,忽报清朝已令董卫国为江西总督,已带兵五万直赴南昌去矣。国相叹道:"董卫国如此神速,必非简王可比。彼必争萍乡以断吾后路。萍乡若失,彼将直出湖南,是大局亦震动矣。不如退兵。"遂令三军齐退。

且说安王岳乐与简王同出袁州,知道夏国相中道折回,便令诸将追之,并谓诸将道:"夏国相在三桂军中号为能将,当乘其失算之时,并力追之。"乃留希尔根驻袁州,以要韩大任之后,自与简王并力追来。时夏国相亦虞岳乐以屡败之余,必奋勇求雪前耻,又恐为董卫国所截,乃令急趋萍乡。原来董卫国亦欲急争萍乡,一路惟以先复南昌为根本,以为南昌唾手可复。不料到南昌时,直延数日南昌方下。因吴元祚为夏国相部将,方领二千人扼守南昌,亦惧国相为董卫国所截,故死力坚持数日。及听得国相将到萍乡,方弃南昌而遁。及奔到萍乡时,国相亦全军俱到。吴元祚具述前因,夏国相道:"非公死守数日,则吾军俱危矣。今董卫国必领兵来争,吾军不能独当两面,须扼醴陵,阻湖南要道方可。然吾若尽弃萍乡,则岳乐与董卫国必长驱大进矣。不知谁人敢暂守萍乡，吾自有计可以拒董卫国也。"郭壮谋道："某愿以死当之。"夏国相大喜，乃令郭壮谋与吴元祚共驻萍乡，夏国相仍望醴陵而退。正是：

　　方见吴军能破敌，莫言清将总无人。

要知夏国相后计如何，且看下回分解。

第二十五回
韩大任败死扬子江　高提台大战大觉寺

　　话说夏国相留郭壮谋、吴元祚共守萍乡，自行退兵，回醴陵而去。战将谭洪向国相问道："相国既回醴陵，复留二将扼守萍乡，此何故也？"夏国相道："我若全军俱退，彼将乘势直捣湖南。用军之道，全在一鼓作气而已，因失算而中道折回，军心即馁，焉能再战？我若全军俱败，必湖南震动，大势将为瓦解。吾之必留二将以扼守萍乡，即为此故。"谭洪又道："如相国所言，是相国以全军在江西且不能一战，独留郭、吴二将，又焉能拒敌？得毋陷郭、吴二将于危地乎？然则相国谓将有计以破董卫国，又何故也？"夏国相又道："吾之失算者，在不知撤回高大节耳。吾以为大节能军，且在战胜之后，军声既振，当可前进。且大节持重历练，必待吾军到时再商行止。俟吾先撤耿王之兵，使改道沿浙江而进，吾却直趋鄱阳湖，而以大节直出九江，共分三路，渡长江以窥金陵、淮阳。彼敌将杨捷虽扼守长江一带，必然顾此失彼。岳乐如惊弓之鸟，亦断不能济事，吾故为此计耳。今韩大任轻出，杨捷固不难邀而破之，而岳乐又得董卫国一军以为之助，诚非我所及料。今则非再用高大节不可也。岳乐轻进而无复远图，若郭、吴二将能死守萍乡，使敌将不能轻入湖南，吾调高大节入江西以断岳乐之后，则敌军必退矣。"

　　言已，又道："高大节一战，敌人胆落。若再入江西，彼仍以我为诱敌。且大节乘胜，军心必奋，故可用也。"谭洪听罢，无语。夏国相即将高大节被诬及韩大任轻敌妄进各情，咨报长沙胡国柱，又请任用高大节再带兵入江西。又语胡国柱道："马宝既拥重兵，应急图进取，只被清将蔡毓荣扼阻,不能大进,宜益兵助之,以图大举。若旷日持久,非我国福也。"胡国柱至是乃知为韩大任所误。

原来胡国柱本有才略,惟是三桂招为驸马,执掌大权,意颇自满。虽回镇长沙,只有调兵遣将,与清冲锋陷阵,出生入死,大不相同。故虽闻夏国相之言,只催动马宝进兵,并不肯自往岳州前敌。时马宝与蔡毓荣势均力敌,大小数十战,只有胜负,终未能再取寸土。马宝亦屡催胡国柱前来助战,奈胡国柱终不肯自出,只派员带兵相助而已。但胡国柱虽因贵而骄,惟素崇拜马宝、夏国相二人,故闻夏国相之言,自愧无以对高大节,乃欲再令高大节往代韩大任,即撤韩大任回湘,以治其罔上争权、贻误军情之罪。乃即请高大节至帐中,直说道:"今接夏丞相来书,具知将军冤抑。大任竖子误国非轻,某悔之晚矣,他日当治其罪,为将军泄愤也。今欲再劳将军往代大任,代统其众,以图进取,愿将军毋以前事为念。"高大节道:"弟受国厚恩,方图死报。得驸马明白,于愿已足,今以驸马所委任,何敢多辞?但闻韩大任已出九江,将渡江北向,恐弟到时,已全军皆溃矣。以大任勇虽有余,实非将才足为杨捷之敌手。则某此时,又焉能代统其众乎?"胡国柱道:"然则将军之意,如何乃可?"高大节道:"夏丞相之意,欲某带兵重入江西,以壮声援。此处相离不远,或犹可及。以韩大任之胜负虽非可知,惟未尝不能稍资臂助也。"胡国柱又道:"将军之言诚是。吾今拟拨精兵二万,令将军疾行,将军当相机行事,力顾大局,慎毋以前嫌介意也。"高大节笑道:"驸马得毋尚疑大节乎?某蒙委任,断不敢有负大德。"遂领了精兵二万人,星驰电卷,疾进江西而去。

且说董卫国自进了南昌,即派兵入萍乡,欲向湖南而进。探得萍乡尚有周兵驻扎,欲候岳乐到时方敢进战。乃与部下计议,幕府来则安道:"夏国相老于戎行,今未见敌形,先自急退,其中恐有诈也。"董卫国道:"某亦虑此。彼全军在江西,何至畏敌?且虽然退兵,又不尽退,尚留大兵扼萍乡要道,亦属可疑。国相有谋,断不留兵故立险地。吾之不敢遽进,正为此耳。况吾军初到南昌,自离京以后昼夜奔驰,三军尚在喘息之间,稍有差池,恐不免胜而后败。今惟有分守要道,以防周军窜进,然后待安王到时,再商行止耳。"来则安听罢,大为赞成。这点消息报到郭壮谋军中,乃与吴元祚计议道:"董卫国忽然不进,殆惧我有谋也,今更当用计以疑之。"乃将各营故为移动。郭壮谋又使人遍布谣言,谓福建耿王已得

第二十五回 韩大任败死扬子江　高提台大战大觉寺

夏国相之令,因董卫国已到南昌,将夏行领兵入江西等语。董卫国听得,更滋疑虑,日惟盼岳乐兵到,故目前惟各守要道,权且罢兵。原来岳乐与简王领兵到袁州后,本欲留简王驻兵要九江之下,即自行带兵南来。惟得杨捷文报,请以全力截韩大任,待破了大任之后,然后以全军入湘。故岳乐只令董卫国暂勿轻进,反领兵望北而行。

且说韩大任自代高大节将兵,即统兵北上,一路并无拦阻。又听得长江左岸清朝兵力尚空,便欲急渡。探得杨捷水师多半屯于长江上游九江一带,原不大防备,乃谓左右道:"前者大将军马宝,曾派员分出九江,惜以岳州战事方急,中道折回。今吾至此,方知九江易取也。高大节无谋,迁延不进,大失机会。古人有言:不入虎穴,焉得虎子。吾渡江以后,当望北而进,即足以分敌人驻武汉兵力,则马宝亦易进兵也。"部将吴用华道:"九江为数省咽喉,敌人焉有不争?今乃不设守备,让吾独进长江,要又无守护,恐有奸计,不可不防。"

韩大任道:"杨捷急援武昌,不暇南顾,岳乐等亦争功南下,此处空虚,无怪其然。汝如此多疑,何以用兵?"便不听诸将之言,出资募集民船,速渡对岸。不提防清国长江水师提督杨捷,已派员沿途侦探韩大任行动,却将所领水师各船,或扮作鱼船,或扮作商船,埋伏兵马。另咨调陆军埋伏左岸,却另择能战各水军船只,择芦苇深处埋伏,日不扬旗,夜不举火,待韩大任渡江时击之。又故购船只应韩大任所募,大任不知是计,及见已募得民船,即促令过江。韩大任既不知杨捷定计,见募得民船,不胜之喜。又不听诸将之言,仓猝前进,即率领各军分头下船。又飞函禀知马宝,告以渡江将先据镇江而进。以为敌军听得自己渡江,必然震动,马宝可以乘势进扑武汉地方,心中自以为得计。不料各军渡江,甫至中流,各船家却翻扑水中。大任实无防备,故船家俱得泅没入水。韩大任此时已知中计,急令军士驾船,欲驰回右岸。突见各船渐渐下坠。原来船底先已凿开,只用板轻轻盖回,自船户没入水中之后,已开了船底机关,自然沉下。这都是杨捷预先布置,却择善水的船家冒充民船船户,韩大任全无计较,即自行渡江,故恰好中计。当下韩大任军中见船已渐沉,一时哗噪起来。不多时,已见杨捷的水师船纷纷出现,满布江中,矢石交飞,枪炮齐响,皆望韩军打来。韩军此时如何能敌?有跃入水中凫水而逃的,有呼天叫地的。大任所领军士,皆滇黔旧部陆军,向不知水性。自各船大半沉没后,军士只飘泊水中,时大任的坐船虽未沉溺,惟杨捷军中枪箭齐发,韩大任已中数伤,惟匿不动。杨捷却督率各军,追向大任的坐船围攻。忽然船上正中一炮,船身已破。韩大任自知不能倖生,即拔剑自刎。军士见主将已死,其未沉的船只只有投降。杨捷见大任全军已无还拒之力,亦令军中不再发枪,准令周兵投降,所有鼠过右岸的,亦不再追赶。余外泅在水中及溺毙的,尸首布满江中。辎重器械,亦随江飘荡。杨捷令军士一一打捞,所获无算。统计韩大任所领人马不下二万余人,逃生的不及十之二,其余或溺毙,或被擒,或投降,已全军倾覆。杨捷不费多时,并无损伤,已大获全胜。

　　自此一战之后,周军意气为之一沮。杨捷由驿报入京。是时,清朝康熙帝正议亲征,听得杨捷在长江一捷,始罢亲征之议。即加杨捷少保官衔,并不究简王及希尔根弃城逃遁之罪。复奖赏岳乐及董卫国二人,即降谕催令各军乘胜南下。安王岳乐得谕之后,即会商简王及卫国,合兵分路前进。以简王及希尔根从江西东路而下,以防耿王福建之兵。董卫国就近先行,而自行督兵为后路。正部署军事之际,忽探马飞报道:"胡国柱复用高大节为帅,领军二万人,号称四万,已复向江西来了。"岳乐听得,谓左右道:"由今观之,杨捷之胜实出天幸。胡国柱殆亦知大任必败,故复以高大节代韩大任也。若大任渡江稍迟数天,高大节一到,兵权即不在大任手上,断不由大任作主,高某亦断不肯遽行渡江也。大节为人骁勇善战,既有谋又谨慎,敌将夏国相倚为长城。今彼复入江西,局面又当一变矣。我若全军南下,得毋高大节反要我后乎?不如驻兵以待之。"都统明阿进道:"周军分道四出,忽来忽去。苟一闻周兵复出江西,我便不敢南下,是我永无南下之日也,设周兵忽进江西,忽回湖南,我若视其进退以为行止,势将疲于奔命矣。兵法有云:宁致人而不致于人。若只为人牵制,此兵家所大忌也。今若驻兵以待,是高大节一日不到江西,我即一日屯兵不能进退。劳师縻饷,实非良策。愿大王思之。"岳乐道:"吾所惧者,中夏国相、胡国柱等奸计耳。如君所言,亦有至理,君主见若何,不妨明说。"明阿道:"今日之策,惟有直走萍乡耳。我若得萍乡,将长驱直入湖南。蔡军可由上游而下,吾军却由下游会进长沙,直捣敌人巢穴。那时高大节纵能纵横江西,又将何用?王爷若仍有疑心,亦只合分军留驻袁州,以为后援。若以全军驻扎,迁延不进,非某所敢言也。"岳乐听罢,仍犹豫

第二十五回　韩大任败死扬子江　高提台大战大觉寺

不决。明阿又道："此外亦有一策。吾军奉命而来，志在征伐，不如先令董卫国直走萍乡，我却探实高大节来路，督兵往迎，以求一战。终胜屯兵此地也。"岳乐道："倘耿王复进江西，又将如何？明阿道："尚有简王及希尔根，两军尚驻江西，以为游击。即放心远进，无忧矣。愿王爷勿再思疑。"岳乐道："我全军且惧不能独当敌人，若又复分军，实非良策。不如以全军候高大节一战，以雪全败之耻可也。"时岳乐全军正驻扎袁州上游，遂回军望西北而行。

且说高大节领军二万人，却令分军为二队，以一路由平江过义宁，自统一路由浏阳过新昌，共趋奉新县，以撼南昌省会。时部下诸将以区区万人军力本不为厚，故多不赞成分军之议。原来高大节善能以少击众，故不从诸将之意，并以平江一路由副将胡国梁统之，并嘱道："吾到新昌时，若不遇清兵，吾将绕兵北向。将军到义宁，若遇敌人，休与急战，若不遇敌人，可直趋奉新，以窥南昌。吾自可以为援应也。"胡国梁领命后，即提兵东行。那时高大节一军既过浏阳，探得岳乐正驻军袁州上游，遂令军士疾进。部将谭进宇道："袁州下邻萍乡，不如改道萍乡而进，与夏丞相一军合，较为稳着。"高大节道："吾昔破岳乐，未尝亲抵岳军之前，今日奈何反下萍乡？今惟有直走新昌耳。且岳乐若闻吾至，必自回军求与我一战，断不敢深入也。诸君休再多言，待破敌后，与诸君同唱凯歌。"便督军直望新昌而去。那日正行近新昌，已近日暮，那地名唤做大觉寺，即令军士扎营。忽探马报称，安亲王岳乐已回军，正望西北而来，惟行程甚缓，计明日可以到此间矣。高大节道："果不出吾所料也。彼行程独缓者，盖惧军力疲惫，为我所乘耳。吾先到一天，正好教军士休息，明日却好教他中计。"便一面飞报胡国梁一路，改令暂住义宁，以免简王及希尔根两军拦下，一面将本部人马一万人分为两停，待岳乐一军到时，乘其喘息未定，即以两停人马轮流攻战。又于每停之中，各分为十队，每队五百人，使岳乐应接不暇。分布既定，并令偃旗息鼓，专候来军。

原来安亲王岳乐亦沿途打听高大节行程，并谓左右道："高大节由浏阳进兵，必争新昌一路，志在牵制南昌，使董卫国不能急进，以助彼夏国相进兵也。吾当先争新昌，以断高大节之望。"说罢催军疾行。部将明阿问道："王爷此次回军，初时行程甚缓，至此又令疾进，何前后互异耶？"岳乐道："缓时欲养兵力，急时欲争要地故也。"明阿听罢，即不复言。军行将抵新昌,尚未得高大节驻军何处的实耗。岳乐即喜道:"新昌必未失也。"即传令到新昌驻扎。徐见居民纷纷逃走,却言周兵已过大觉寺,已望北而行,并言此处已离周兵不远。岳乐即传令直走。时已近夜,岳乐见于前次螺子山之败,不敢夜行,即令军士下寨。夜里令军中轮流值宿,以备不虞。果然自夜至晓,全无敌军动静。不提防天甫黎明,军中起来,只见各处一带山林,皆是高大节的旗帜。岳乐军中见了,已如魂飞天外,魄散九霄。正是:

　　终夜未曾闻敌耗,侵晨竟已碎军心。

要知后事如何,且听下回分解。

第二十六回
高大节愤死九江城　　吴三桂亲征松磁市

话说岳乐军中于翌晨起来,见四围山林树木中尽是周兵旗帜,始知高大节已先到此间,军士皆魂飞魄散。因螺子山一战,军中皆知大节的名字,更互相畏葸。岳乐即传令军中,急进新昌。忽然喊声大震,高军已分十数路,卷地杀来。每路人马不知多少,岳乐军皆无心恋战,惟互相逃窜。岳乐制止不住,然犹故作镇静,即号令军中,分头接应。怎奈高大节军锋甚锐,又蓄力已久,皆猛勇前进,直奔岳军。高大节又选精锐百骑,自为前锋,疾驰而出,直奔岳乐,皆英锐莫当。岳乐不能抵御,先自望后而退。岳军见主将已逃,亦纷纷溃走。那高大节初时本分两停人马,志在轮流接战。今见甫行交绥,岳军即退,已无容轮战,即令十数路一齐追赶。并下令军中道:"岳乐此去,必走新昌,与南昌衔接,望得此与董卫国联合也。"使分军二千人,使部将高锜领之,打着自己旗号,从间道先到新昌城,一面饬军士从上游横贯而追。那时岳乐自奔逃之后,欲避出重围,即与周兵混战,却令军士还枪向后抵御,且战且走。一面令明阿领五千人,先争新昌,分为犄角,并护南昌要道。高大节亦知其意,转令军中放开重围,让岳乐走出,只衔尾赶来。十数路不住环击,令岳乐无从混战。高大节一头追赶,一头下令招降,故岳军散去愈众,岳乐大愤。及奔至一座小山,令军中

第二十六回　高大节愤死九江城　吴三桂亲征松磁市

就地阻山为营,再与高军混战。

忽流星马飞报祸事,那都统明阿欲奔新昌,被高大节分军截击,都统明阿已阵亡去了,所领五千人,尽降高军去也。岳乐听得,心胆俱裂,不觉叹道:"大节不死,吾不得安。"正说间,高大节已率百骑驰至。岳乐护兵有吉林马队二千名,即下令护兵道:"彼汉兵也,汝等降亦不得生,速宜死战。"护兵闻令,一齐奋发,矢石齐下,大节不能进,军势稍却。岳乐即率军与高军混战。还亏高军十数路杀来,岳乐终站立不住,望后复走。高大节复追二十余里,天色已暮,权且收兵。计此一战,杀得岳军七断八续,人马死伤甚众。岳乐令军士不要住歇,直望南昌而走。时董卫国听得岳乐败北,即引军来救,同进南昌省城。高大节听得岳乐已有救兵,亦不再追赶,先引军据了新昌。一面向胡国柱、夏国相二处报捷,并请国相进兵。不料夏国相默计高大节已过江西,即引兵已复出萍乡,仍望南昌进发。高大节得有消息,即与夏国相会期共攻南昌。时清将岳乐既败,部下只存残卒万余人,董卫国亦只有二万人,但自高大节两战,人心胆落,南昌城内居民,日传高军将至,省垣必陷,故纷纷迁徙。人心动摇,军心亦馁,且互相逃窜。董卫国道:"昔日乘一鼓之气,不能邃入湖南,大为失算。今军心如此,固不能战,亦必守南昌不住,不如避之。"岳乐道:"简王尚拥重兵,惟屡次观望,劳师糜饷,使我奔驰数年毫无寸功,能不愧死?"徐又道:"昔以完全兵力犹不能御敌,今既败之后,兵无斗心,外无援力,焉能用武?即坐守此间,亦不能独当两路之冲也。"便与董卫国计议,率领人马,携取库款,弃南昌而逃。高大节复思夏国相既进江西,即谓左右道:"岳乐、董卫国等坐守孤城,一军不能当两路之冲,必弃城走矣,吾当截之,勿令其再养元气也。"

正欲派兵时,已得有岳乐弃去南昌的报告,即叹道:"彼逃诚速,今追之亦不及矣,真可惜也。"部将吴用华道:"岳乐自领兵以来,未尝得一胜仗。吾军与战二次,皆溃。今虽逃去,亦不足虑,将军何故为之叹息耶?"高大节道:"非也。岳乐虽非能将,然性情勇毅,其志不因败而惊,气不因败而馁。今日虽败,明日复来,不可不防。若简王喇布、将军布尔根等,吾直视之如儿戏耳。"说罢,左右皆为叹服。时胡国梁所领一军已到新昌。高大节暂留胡国梁驻扎新昌,欲亲进南昌省城,与夏国相面商进兵之法。忽接得夏国相来札,着高大节领兵先夺九江,以免敌军得准备防守,并言自行领兵夺鄱阳湖，即制造水师船只，以备渡江之用。时夏国相又催令耿王进兵，并调水师提督林兴珠领内河水师，会于鄱阳湖，故约高大节于本军夺得鄱阳湖之后，一日渡江。高大节得令不敢怠慢，即提兵直往九江，沿义宁而进。

时韩大任既死，其弟韩元任尚在胡国柱军中，元任即大节军中胡国梁之婿。元任既愤其兄之死，以高大节直沿平江过新昌，不肯先出九江以救大任，故数短大节于胡国柱之前。且此次大节得胜，胡国梁只另领一军先赴义宁，故不与其功，遂向左右道："高大节以我先出义宁，以义宁既不用战争，又不用攻守，实置我于无用之地耳，若以我为无用，既不宜以我分领一军。且驻扎义宁，虚延时日，由湖南即直趋九江，或犹可以救韩大任也。"因是积有怨言。那时清将安王岳乐以屡败于高大节，心中正愤，忽探得大节军中将帅不睦，于是布发谣言，谓大节坐视韩大任不救，且屯兵于义宁、新昌，不截击岳乐及董卫国，使岳乐二人得全师而遁，实大失机会等语，传遍江西。胡国梁即飞报胡国柱。时国柱听得，以前者误听韩大任之言，致撤回高大节，已贻误于前，故闻国梁之言，亦不敢轻信。惟韩元任日在国柱之前数短高大节，且谣言所播亦有道理，不由胡国柱不疑，便驰函力责高大节，责以既不应虚留义宁一军不救大任，又责以不应放过岳乐，自后须竭力从公，勿以私仇害公事等语。大节听得，意殊不乐。自知又为人所搆陷，大为抑郁，遂致得疾。乃与左右计议，以本军既进，若以主帅得病中道折回，敌人必乘机交攻，非为良策，便讳病不布，力疾先进九江。

时清将简王及希尔根正驻九江城，因听得高大节已到，即弃城而遁。高大节即进了九江城，威声大震，附近州县纷纷降附。自是高大节疾益加剧，所有医药俱皆无效。自惧一旦弃世，必致贻误军机，一面报知胡国柱使人接代，俾得卸去兵权，解任养疴，一面又驰函报知夏国相。函道：

弟自复统师干①，重进江西，仗国家之灵，所向克捷。岳乐远遁，遂抵九江。得接胡驸马函报，责以勉力国事，毋以公事发私仇。窃惟韩大任锐意渡江，弟即先进九江亦难得及，且无以破

---

① 师干——本指军队的防御力量，后用以指军队。出自于《诗·小雅·采芑》"其车三千，师干之试。"

第二十六回　高大节愤死九江城　吴三桂亲征松磁市

岳乐一军，则南昌之道梗塞，弟所以由平江先入新昌者，此耳。弟唯不敢轻敌，以简王尚扼上游，不得不分兵先驻义宁堵截者，亦非有他意也。驸马见责，弟方黾勉以图，何期二竖遽侵，不能视事。设因疾不起，反贻误军情，厥罪尤重。已函报驸马派员交代，俾得解职养疴。他日若藉鸿庇，兹克将痊，当复叩马前，重受驱策也。区区之意，除请命胡驸马之外，谨具函报告下情，以报知己。伏惟钧鉴。

夏国相得书，知道高大节得疾之由，不胜叹息。即与胡国柱函商，派员接代。

唯时高大节病势已日深一日，自知不起，乃以军符印信交副将胡国梁执掌。越日更吐鲜血不止，遂殁于军中。自高大节殁后，江西一带军事又复多变动，不在话下。

且说陕西一路，王屏藩自退至固原，王辅臣自戕莫洛、破鄂洞之后，即与王屏藩合兵，互为犄角，欲通平凉之路，先扑西安。将军瓦尔喀弃城夜遁，辅臣遂入西安，声势大振。三桂先发白银二十万犒军，又以王爵赐封辅臣，故王辅臣益为尽力。以王屏藩屡扼于图海一军，便欲与屏藩合兵共攻图海。时屏藩与图海相持，势力悉敌，大小百战皆不分胜负，两军互有死亡，又互有增兵。相持年余，屏藩终不能越平凉之路，已欲舍去平凉，改道扰凤翔而进。及闻王辅臣合攻图海之计，即与王辅臣计议。辅臣道："以将军本部，已足与图海相持，图海且不能得志。若益以弟处一军，可以摧图海而有余。图海若败，余子皆不足虑矣。"王屏藩道："此言甚是。但图海老将，若见稍有失利，惟率军死守，必不轻战，吾故无可如何耳。且其部下，如张勇、王进宝、赵良栋，皆骁勇耐战，虽不能当我两路之兵，然彼未尝不足以自守也。"时吴之茂在旁，亦道："在此相战一年，终不能奈图海何，军心亦已气沮。若徒在此搏战，必无济于事。愚以为另分一军，能越出图海之后，以趋山西，则图海必望风而退矣。"王辅臣道："若以一军先绕道山西，似为良策。然兵少则不足于用，兵多则此间已失一大军，从前所得之土地亦将复失，又将奈何？前者周皇已发李本深领军入陕，惜本深因病中道折回，遂无有继进者耳。今不如奏知周皇，派兵绕道入晋，较为得计。"王屏藩听得，大以为然。乃会奏三桂。三桂览毕，拍案起道："朕自入川以来，不征久矣。今小儿辈不能了事，非朕亲征不可。"便大阅

师徒,下谕亲征。共领二十军,计共八万人,择日起程,望松磁市进发。正是:

> 已见诸军难胜敌,又劳三桂再兴兵。

要知后事如何,且听下回分解。

第二十七回
走固原王辅臣投降 夺荆州蔡毓荣献捷

话说吴三桂接得王屏藩奏报,便要亲征,向松磁市进发。时清朝康熙十三年,吴周改元为昭武元年,于成都大营宫室,又增封各官,仍以云南为故宫,衡州为改元即位之地,已定为都会,至是又经营四川,谓为新都。三桂既以内事委付大驸马郭壮图,兼守云南故都,而自欲往来于四川、湖南,以为因应。初时以国权付诸驸马胡国柱,欲以军旅之事付诸夏国相及马宝二人,即欲深居简出。及见王辅臣、王屏藩、吴之茂、谭洪等均不能通平凉之路,即集成都诸臣计议。三桂道:"长安为古来建都之地,重关叠险,可以自立,此朕所必争。叵耐图海孺子,阻朕大计,欺朕儿辈,以塞平凉之路,此朕所最愤也。昔朕驰驱戎马,图海尚为朕副,诸事尚由朕指点。今欲为逢蒙杀羿耶?吾必手刃之,以雪朕愤。"诸臣听罢,齐道:"以陛下战必能胜,攻必能取,纵横天下二十余年,谁不望风而溃?今若亲征,必能早定大事,此国家之福也。"

三桂听了大喜。即转进后宫,向爱妃莲儿具述亲征之故。莲儿道:"自陛下入川以来,久不与军事。人生如白驹过隙,宜及早平定大事。陛下春秋已高,若再事迁延,且国事不知若何,更恐将来继位者,无复如陛下之英雄,则国事殆矣。即有诸臣能事,何若陛下亲见其成?况陛下先声夺人,此行一出,军心亦定,是天下不足平也。故以妾愚见,亲征为是。"三桂道:"汝妇人且知大事,然朕岂有不知?朕初起义,六省俱下,遂及成都。今朕久未亲征,军事即多挫折,故朕意已决。所不能舍去者,卿耳。"莲儿道:"陛下戏言耶?陛下此行,必能了事,即不复再亲戎马之劳,妾亦得长侍左右矣。"三桂道:"后日之事,由后日言。然朕目前,焉能遽离

第二十七回　走固原王辅臣投降　夺荆州蔡毓荣献捷

卿也？"莲儿至此自忖：三桂必要与自己同行，己若不肯时，必不肯出征；自己若去时，又恐致碍军事。乃转一计道："妾自幼怕见烽火之烟及枪炮之声，且又不曾见过战事，妾焉能随陛下于戎马之中？愿陛下毋以妾一人误国家之大事。"三桂道："何误之有？卿虽随军，朕自有法处置，不劳爱卿费心也。"莲儿又道："妾闻妇人在军，兵气不扬。陛下不必如此，请以国事为重。"三桂听已，笑道："卿何见之浅也！古人且恃娘子军以取胜，古来女将立功，犹且不少，安见妇人在军便误兵事耶？"莲儿道："陛下此言差矣。此乃古之女将军，妾实非其类也。"三桂道："昔韩世忠为宋名将，每战必以红玉跟随，卿何不效之？"莲儿道："妾自问无此效力，恐误陛下军事。"三桂道："卿若不同行，朕惟有罢亲征之议，断不能委卿于他人之手，使冷暖不知，饥饱不闻也。"莲儿道："陛下痴耳！陛下身居九五，玉食万方，妾承恩宠，使令满前。陛下即爱妾，亦何所顾虑耶？"三桂道："无论如何朕断不舍卿而去，卿勿多言。"莲儿至是又忖：己若不去，三桂必不出征，惟有应允同行。

三桂大喜，即下令校阅师徒。以李本深病势已渐愈，乃用为前部先锋。共大小将校数百名，领大军十万，出成都而去。早由百官送出城外，三桂谓百官道："烦诸卿为朕整理内事，待朕平定天下之日，当回来与诸卿作太平宴也。"百官听已，皆呼万岁。时吴三桂之意，先欲扼松磁，而以舟师陈列虎渡口，以为犄角，并截荆州上游大兵，以断清兵咽喉之道。遂分派大将王会、洪福二人，分掠谷城、郧阳等处，以为声援。然后自统大军，斜望东北而进。

早有消息报到图海军中，图海道："三桂此行，欲扼我之后也。我此时当求先进，彼军一败，则吾军在陕西再无所碍，吾即可长驱入蜀。若待三桂兵到，彼声势更大，不可为矣。"乃以部将张勇、王进宝，分两路先趋西安，以击王辅臣一军；自统大军进发；另遣部将赵良栋、朱芬等，分军牵制王屏藩一路。分拨既定，立即拔队起程。

时王辅臣听得图海军到，便知会王屏藩应敌。惟左右皆谏道"图海向以持重老我师，今忽然出来，必有原故。或周皇已经出师，故彼急于求战，战如不胜，然后退兵耳。我不如以其道还治其人，深沟固垒，以图自守。彼求战不得，而周皇大兵又持其后，图海必败。图海既败，即平凉之路可通，亦可长驱以出晋阳，此最上之策也。"王辅臣听罢，不以为然，并道:"我军屡攻图海,皆被图海坚持,终不能决个胜负。今彼到来,岂可放过?吾将以一战克之。若旷日持久,实非良策。"乃一面知会王屏藩,告以出师,使速为接应。唯王屏藩已接三桂明谕,知道三桂已经起兵,本不欲即战,不料图海此次出兵非常迅速,因料王辅臣、王屏藩若彼此互商,必执持重稳着,便求战不得,大非所宜,故催令赵良栋、朱芬一路先进,自己亦鼓励三军疾行,并道:"王辅臣初从三桂,未尝少挫,必轻于一战。实则吾反惧屏藩,不惧辅臣也。此行破辅臣必矣。"

时王辅臣既拒众臣之谏,将所部人马离城望东而进,单迎图海,而以部将吴雄,领军守城。心中既轻视图海,一军已全没准备,只求急战而已。清将图海行至中途,谓王进宝道:"王屏藩用兵较王辅臣略为谨慎,必派兵往援辅臣,可于半路要击其救兵,彼见兵已失,军心必落矣。且王辅臣若败,必走固原,以求庇于王屏藩。汝可领兵斜向固原一路,兵缓缓而进,以向屏藩所发救兵。若破其救兵之后,可回军以截王辅臣。既不与辅臣相遇,亦可前去助战也。"又谓张勇道:"王辅臣尽提大兵前来,西安城内必然空虚。汝可以轻骑绕道,抄出王辅臣之后,以袭西安。若既得西安,辅臣必立脚不住。即西安不下,亦可散布谣言,以扰彼军心也。"二将领命去后,图海又调贝子鄂洞一军前来会战。去后,即率兵疾驰。行抵虎山墩地方,已与王辅臣相遇。那王辅臣以图海远来,便急欲开战。忽接王屏藩来书,力言急战之不利,惟必派兵来援等语。

那时王辅臣仍以屏藩之言为非,并谓左右道:"屏藩畏事如此,宜其转战经年尚不能通平凉之路也。"言罢,正在督战间,忽报图海一军现依山结阵。王辅臣道:"彼军扎营既定,攻之即难,不如从速求战。便号令诸军,鼓噪而进,直逼图海前营。惟图海初犹不动,辅臣乃并力攻击。图海谓诸将道:"我扎营未定,而彼军来攻,守无可守,不如应之。"便传令诸军混战,自晨至午喊杀连天,尚未分胜负。

正酣战间,忽左路纷纷溃退,原来贝子鄂洞已引兵到来。前因经略莫洛被戕一事,鄂洞受了严谴,此次更为奋勇。王辅臣此时已战了多时,不能胜图海一军,料难再当鄂洞之众,心中颇为悔怯。但念此一次为生死关头,仍力督军奋勇抵御,并望王屏藩救兵到来接应而已。不料一波未平,一波又起,军中已传西安失守,军心大惧,一时纷乱起来。王辅臣方杀数人,并传令道:"吾离西安时,已留重兵守御,西安城池坚固,安能便下?

第二十七回　走固原王辅臣投降　夺荆州蔡毓荣献捷

汝们休信谣言。"王辅臣虽如此说，争奈军中多是西安人，正不知城池是否失守，各有父母兄弟家人妇子，方不知死生存亡，如何不挂念？故皆无心恋战。不想西安失守之信，愈传愈紧，军士多有哭泣的，战力大缓。图海及鄂洞乘势攻击，王辅臣虽然奋勇，奈军士已互相溃退。时王辅臣正欲暂退西安，奈叠来报告，皆知西安已陷。原来张勇先派一千人潜进城中，那守将吴雄以为王辅臣尚在前敌，料敌军不能猝至，故守备亦缓。清将张勇乃乘机令军士改装混入，及至攻城时，在内呐喊助威，城中周军不知清兵何时进城，一时慌乱，张勇乃乘势拔了西安。吴雄惧王辅臣见罪，已自刎而死。这点消息传出，王辅臣知西安确已失守，不禁心胆俱裂。计思前敌不能抵御，西安又不能回去，因王屏藩有发兵相援之报，乃率败兵迳奔固原。

时图海一军已占领虎山墩，即分两路，一路以贝子鄂洞先趋西安，一路则自将所部，追逐王辅臣。图海并谓诸将道："王辅臣以勇略出于一时，三桂认为义子，付以重任，若能破之，则屏藩亦将胆落矣。今乘彼穷蹙之时，幸勿放过。诸君立功，在此一举。"言罢，诸将皆乘一胜锐气，踊跃而进，直蹑辅臣之后追来。

时王辅臣亲自断后，且战且走，犹望与王屏藩的救兵相遇。约行走数十里，已近入夜，忽见前途尘头大起，疑是王屏藩的救兵。原来王进宝得了图海之命，要阻截屏藩援应，那王屏藩又被赵良栋及朱芬牵制，不能移动，已派出吴之茂领兵五千人往援辅臣。甫至途中，已被张勇探得行踪，用埋伏计袭破吴之茂一军，复领兵而回，正遇辅臣，故辅臣误以为屏藩的救兵，又在入夜，不能分辨。正自心喜，忽来军行近，枪声齐响，皆向辅臣军中攻击。王辅臣大惊。随见探马报道："此非王屏藩救兵，乃敌将张勇引军来截去路，吾救兵已为张勇所败矣。"王辅臣此时见前后受敌，即欲自刎。惟念三军性命系于自己，若有一线之路，亦当相持，乃移军斜向一山驻扎。少时图海与张勇两路俱到，将山下团团围住。王辅臣惟令三军草草结营，准备矢石，以图撑拒。图海与王辅臣几番冲突，终不能登山。图海道："辅臣虽败，犹死斗如此，真勇将也。若非先破西安与破彼救兵，恐此次胜负正未可知矣。"便令三军再攻。一连日夜，不能得手。图海乃令军士四围截缉，以断王辅臣水道。辅臣乃谓军中道："吾军中多王怀清旧部，以前日兵变之故，吾乃抚而用之，图海仇恨深矣。汝辈若降，皂白不分,必尽为图海所杀。今惟有竭力死守耳,不久必有救兵驰到,便是生机。即或不然,本帅亦与诸军共死于此,断不独自生还,以负三军也。"三军闻言,皆为感泣,故死力相拒。奈隔两日之后,水道俱困,粮亦渐尽,仍未有外援。王辅臣乃自领一军,先行欲冲突下山。惟图海人马众多,终不能冲出,又复上山屯歇。眼见诸军多有渴毙的,有饿毙的,王辅臣束手无策。时正在焦灼间,忽报图海使人送书至。王辅臣听得,已知图海来意,不觉长叹一声,然后把来函拆视,函道:

  辅臣将军麾下:将军本沐本朝恩泽,只听吴三桂一时之煽动,阳受父子之情,遂订君臣之分。舍现有之富贵,而冀立不可知之功名,此稍有识者,所不为矣。而将军弗悟于前,复乐为尽力沉迷,猖獗以至于此,此某所以为将军惜也。然前辙已往,来轸方遒。将军以勇盖三军,以孤军独当数路。血战数日,危而不变。将军即念吴氏笼络之亲情,惟时局至此,外援既绝,犹复撑斗,将军亦可以告无罪矣。将军勇略为某所爱,倘能自悔迷途,遄登觉岸,束身来归,当表奏朝廷,如前录用。弃瑕奖美,固朝廷所乐为。既能为一己留有用之身,复能为三军救垂危之命,仁至义尽,为将军计,莫善于此。即将军不自惜其死,如三军何?倘将军不以仆言为河汉,某亦不忍故尽其力,惟将军图之。

  王辅臣看了,意复踌躇。原来图海于战时已服辅臣之勇,今见其身处绝地,犹能临危制变,鼓励三军,一发敬服,故甚爱之。且欲于辅臣降后优待辅臣,以为之倡,故以此函相劝。时辅臣本有待屏藩来救之心,不料王屏藩亦被敌军牵制,虽那时清将朱芬已被屏藩枪击阵亡,奈何赵良栋善能用军,王屏藩终不能取胜,方自顾不暇,焉能更顾辅臣?是以王辅臣日盼救兵,如望解倒悬,奈救兵依然不至。又为图海一函所感动,即与左右计议,以定降否。惟部下诸将,皆面面相觑,不复置词,惟俯首而已。王辅臣道:"吾已知诸军之意。以吾一着之差,以至于此,吾罪固重,然安忍祸及诸军?"乃函复图海,如允不杀降,即愿相投。图海自无不允肯。王辅臣即率众投降。辅臣甫至营门,图海即亲自出接,即谓道:"将军此战,实生某敬服之心。"辅臣逊谢后,图海却点辅臣军中,辎重已尽,粮食乏绝,降兵皆有饥渴之色。图海乃命赐以饮食,并谓部下诸将道:"辅臣军粮既尽,水草亦乏,而军心依然不变,可谓善于用兵。古之良将不及也,吾甚

第二十七回 走固原王辅臣投降 夺荆州蔡毓荣献捷

敬之。"

自此优待辅臣,并问以攻败屏藩之计。辅臣不答,随道:"人生所重者,知己。三桂视我如子,屏藩视我如兄,焉有子弟可以攻其父兄之理!且吴氏旧部,皆惯战劲旅,恐不能猝取。愿公毋轻视之。"图海听罢,默然。随表奏告捷,并请优待辅臣,以为来者劝。遂率兵自取固原。忽报赵良栋、朱芬往攻王屏藩,被屏藩坚壁相拒,不能取胜。朱芬并已阵亡,并请援助。图海道:"屏藩果不易攻也。吾军已疲矣,今宜抚恤各郡,稍休士卒,再行进取。"便令赵良栋暂行退兵。不在话下。

且说吴三桂已至松磁,时前部先锋李本深又复患病,三桂只得再令送回成都安置。时三桂方遣将分兵南略均州、南漳,以通兴安、汉中之路。那日正用晚膳,恰报到王辅臣兵败欲走固原,即被数路围困,水源困乏,粮食俱尽,王屏藩又被敌人牵制,不能相救,以致辅臣已降。三桂听得,面色突变,双手打战,杯箸俱坠,半晌不能发言。徐徐道:"辅臣与朕有父子之情,今且如此,人心难固矣!何天不助我也?"又叹道:"辅臣虎将,今以资敌,安能有济乎?"言罢,口吐鲜血,遂以致病不能视事。左右皆请回军,吴三桂道:"朕不易到此,疾病时所常有,何至因此即退耶?"左右遂不敢言。奈三桂病势终未痊可,诸将皆为顾虑,恐敌军一到,势不可为矣,又再请三桂回军。三桂道:"若胡国柱、马宝、夏国相、李本深,有一人在此,朕断不回军也。今真无如何矣!"言罢,长叹一声,即令全军先返成都。惟前遣出分掠兴元、南漳、郧阳各路,暂不撤回。以壮声势。

这点消息报入清将蔡毓荣军中,毓荣即集诸将计议道:"周将马宝本属能员,今久踞岳州,不能再越一步,天之不助吴国,亦可见矣。三桂直出松磁,实欲踏平晋、汴,今又因病折回,军心必馁矣。吾自受任以来,未立大功,不过以顺承郡王观望不前,惧无后援耳。今有此时机,且不能不进。况三桂已留兵分掠各郡,若任其得胜,后患更多,尤不能不急进也。荆州为川、湖咽喉交通之地,三桂得此,实足西顾成都,东顾长沙。今当先取荆州,以断彼交通之地,则彼军首尾不能相顾矣。"便令巴尔布、硕岱、珠满等,各率兵五千人,分道直取荆州。又令杨捷统率水师,直驶上游,以为水陆并进。分拨既定,并嘱诸将道:"敌兵在荆州城内不及万人,尚无准备,今宜疾趋,使不能为之防备,则荆州唾手可定也。"诸将得令,一齐奋发。时周军因蔡毓荣许久不出,不大留意,胡国柱在长沙本兼理各路,又日事

饮酒赋诗,故荆州全不提防。敌人猝至,遂使蔡毓荣得收其功。正是:

> 守城既已无奇策,来将何难奏凯歌。

要知后事如何,且听下回分解。

第二十八回

弃岳州马宝走长沙　　据平凉屏藩破图海

话说清将蔡毓荣令巴尔布、硕岱、珠满、杨捷等,分水陆两路共取荆州。巴尔布却令珠满领五千人握长沙通荆州之路,以防长沙救兵,自与硕岱并杨捷直趋荆州而去。时长沙城内只有周将马应麒驻守,所部约有五千人,不意清兵猝至,适又卧病,故全未准备。比至那日黄昏时分,忽闻城中喧闹之声,早有守城将士飞报前来,道是敌军大兵。马应麒闻报,大吃一惊,从病中跃起,急欲向长沙告急,惟四门已被困得铁桶相似。马应麒只得扶病而起,督军守城,竭力抵御,以待外应。惟城中人马虽少,然守御甚力,巴尔布等几番猛攻,终不能下。巴尔布却谓部下道:"蔡都督以此任委诸吾等,若不能复一荆州,何望恢复数省?且以四路之众,而不能克一荆州城,亦贻人笑。今志在城池必下。惟攻城之道,宜于初到之时鼓励锐气,若旷日持久,敌人救兵环集,不可为矣。"乃令各路各选壮士千人,以五百人持攻城之具,以五百人各执火箭,随攻随射,猛扑而进。杨捷又发炮助攻,不分昼夜,喊杀连天。城上守兵虽能抵敌攻城,却不能防避火箭,故守城军士不能立足,都却退而下。巴尔布正攻北门,乘城上守兵却退之际,直逼城下,一面猛攻,一面射火,又一面叠土而登。及至城上时,以火器当先,刀枪随后,一声喊进。城守人马并来准备防火,皆不敢近,清兵早破了南门,复乘机纵火,居民大乱。马应麒虽不能支持,仍率兵巷战。不料清将硕岱愤居民附从周将,逢者便杀,居民皆仓皇奔遁,呼男唤女,哭声震天,又被火器猛烈,民房多已着火。马应麒叹道:"为吾一人失机,贻累满城百姓,吾何忍偷生天地耶?"乃径奔回衙中,先杀其妻,并杀其女,然后自刎而死。时部下见主将已奔,皆倒戈愿降。硕岱所部犹自不舍,依然乱杀。还亏巴尔布及杨捷两人,急为戒止,准令各军投降,并救灭城中

第二十八回　弃岳州马宝走长沙　据平凉屏藩破图海

余火,安抚城内居民。一面飞报蔡毓荣,报告捷音,一面留兵荆州城内。复分兵于城外,以为犄角,再候蔡毓荣号令,以定行止。

且说蔡毓荣自发兵袭取荆州之后,早料巴尔布等出其不意,必能得手,即调兵往取岳州。时周将马宝统率全军,叠经进攻武昌、汉阳,皆不能得志,大小不下数十战,互有胜负。但那时虽依然往攻,独不见蔡毓荣调将出战,乃与部下计议。杨嘉来道:"驻守岳州两年,不能进取尺土,积时愈久,蔡毓荣筹防愈密,岳州之无用可知矣。不如弃之,复沿九江而进,散蔡毓荣历年筹防之局,从新进取,实为上策。且江西一地,经高大节再破岳乐,乘胜之威,更易得手也。"马宝道:"周皇初意,欲沿两湖直趋大河南北,以应川陕之兵,故岳州为必争之地。奈屡次渡湖,具不得天时,使蔡毓荣得以徐徐准备,而悉锐以防。我军势如骑虎,已难于遽下矣。吾今日非不知岳州难以用武,奈长沙、衡州皆吾军根据,一旦弃去岳州,不啻自撤藩篱,稍有差池,何堪设想?此某所以屡筹不决也。"杨嘉来道:"胡驸马亦世之良将,顾安坐长沙,惟饮酒高会。如其不然,适锐以求一猛战,犹不至顿兵耗日也。今舍九江乘胜可以进取之机,而长驻岳州无用之地,窃为元帅不取。"马宝道:"吾亦曾分军先出九江,奈以不能得手,中道撤回。今我全军方惧不能独当蔡毓荣,再无分军之理。正惟胡驸马如此,若全撤岳州,如湖南全局何?"部将谭洪又道:"某虽在此,甚忧荆州。若荆州一失,川湖交通皆断,即岳州、长沙、亦肩背单寒矣。以荆州守卫空虚,蔡毓荣旬日不出,必有别计,不可不防。"马宝深以为然。正议论对付之策,忽探马飞报:荆州已失,守将已自尽,我军已大半降清矣。马宝听得大惊。杨嘉来道:"荆州已失,川湖消息既断,此时不特岳州无用,恐湖南亦震动矣。"马宝道:"从前蔡毓荣之不敢遽攻岳州者,惧长沙发兵,沿荆州以掩其后也。惜胡驸马拥兵不动,坐误大计。今蔡毓荣连日不出,不过专听荆州消息耳。彼若已复荆州,更无顾虑,吾料彼军直出矣。"说犹未了,见军中震动,前军报告道清兵大至,速宜拒敌。马宝听得,速发令道:"昔日我攻清兵,蔡毓荣惟以逸待劳,守而不战,今我军当如其道以施之。彼见无懈可击,必领兵而退,那时别作计较。"诸将听得,无语,以马宝之策,不大谓然。马宝乃再道:"吾非惧蔡毓荣者,不过事前未有布置,不能即战耳,诸君请勿多疑。"说了便令水师提督林兴珠谨防洞庭,以防清将杨捷水师之侵入,一面令诸将严守。果然彼攻此御,喊杀连天,一连日夜蔡毓荣不能得志。马宝谓左右道:"凡攻坚只靠初时锐气,今经一日夜我尚无损,蔡毓荣不能为矣。"不料正说间,忽报称林兴珠未到时,清将杨捷已领水师袭进洞庭去。马宝听得,一时慌乱。左右道:"洞庭若失,彼若以舟师渡陆军,以攻长沙,更分兵沿荆州而进,则长沙亦危矣。今不如退保长沙,较为得计。"马宝道:"退兵自是正策,但退亦不易。因彼全军来攻,我若退时,彼将蹑我之后,追奔逐北,我军必大受残伤矣。吾已有计在此,不烦诸君顾虑也。"乃令三军一面抵敌,一面掘土取泥,使壁垒益加高厚,即渐缓其抵御之力,待敌军攻近时,始还枪抵战。夜则熄灭灯火。

如是两日,蔡毓荣见马宝将壁垒增高,不料马宝即退,又恐难攻下岳州,心中大为忧虑。即传令移荆州人马先攻长沙,一面又令杨捷以水师兵船渡陆军过湖,以截马宝之后,因此一连日夜不出。

马宝见得蔡军忽然不出,乃谓诸将道:"蔡毓荣必将渡兵过湖,攻我后路,或径攻长沙,是以不出。吾退军,此其时矣。"乃令三军仍将旌旗虚竖,一队一队陆续退出。

约两日,蔡毓荣计期荆州之兵料已起程,且渡湖之兵亦料已登岸,乃悉锐猛攻岳州城外周营。只见马宝营中,只有旌旗,绝无动静。渐进渐近,始知全是空营。毓荣乃叹道:"古人有以进为退者,今马宝直以守为退,瞒过吾矣,真能将也。"蔡毓荣言罢,即传令进岳州城。左右皆以为不可,并道:"马宝坚持近两载,焉有骤弃岳州之理?恐悉聚城中,以诱我们进城耳。"蔡毓荣道:"弃掎角而守孤城,马宝必不出此也。彼加增壁垒,正为退计。彼料我必攻长沙,故出于此,又何疑乎?"于是率兵齐进岳州,并飞檄荆州,撤回径攻长沙之众。诸将皆谏道:"吾军正当乘势而下,何以反退?"蔡毓荣道:"非尔筹所知也。马宝全军未惫,势力尚雄,且又能军,更加以胡国柱之众,岂能擅取长沙乎?前之移调荆州一军,不过以马宝未退耳。今则长沙为周军精锐所聚,非合各路之力,不敢窥之也。"便令三军固守岳州,并与荆州一路相联一气,以防再失。一面奏报收复荆、岳二州,一面会商岳乐,为会取长沙之计。

且说马宝率兵退至长沙,以军情渐渐吃紧,即会商胡国柱,整顿长沙防务。又报知夏国相,告以弃去岳州,请夏国相筹固根本,再寻机会,然后进取。一面又报知成都,奏陈弃去岳州之故。时吴三桂病才渐愈,听得岳州复失,不觉长叹道:"朕初起事,不过数月间六省齐陷。乃转战经年,何

第二十八回 弃岳州马宝走长沙 据平凉屏藩破图海

反不如初也？今陕西既已失利，湖南又复吃紧，朕将奈何？"说罢，不胜慨叹。时爱妃莲儿在旁，即进道："历来帝王开创，皆经许多挫折，然后能成大事。以汉高祖雄才大略，其手下又多谋臣勇将，且树诛讨无道秦之名，正是名正言顺，天与人归，乃既危于荥阳、成皋，又危于鸿门，终于一战成功。今陛下虽偶然失意，犹未及汉高在荥阳之甚也。以陛下文武兼资，今病已渐愈，不久必当就痊，即能再复亲征，以图大事，何必灰心如此？"三桂听已，道："卿言亦良是。以妇人犹有此见识，不负朕恩矣。今湖南新挫，未能再起。王屏藩性情沉毅，临事有断，必足以当图海。朕当先令屏藩进兵，朕若稍愈，必再出发矣。"说罢，即召提督马雄图领精兵万人，往助王屏藩，并催王屏藩从速进兵，以通平凉之路。马雄图得令，即领受三桂敕谕，领兵入陕。行时，三桂嘱道："生力军一到，屏藩一定举兵，卿可兼程而往。但至时，去固原尚隔两日路程即当留养军力，以应王屏藩之用。屏藩更事已久，不劳多嘱，但嘱体朕心而为之。卿等不负朕，朕必不负卿也。"马雄图即领命而行，并由驿先驰报王屏藩，告以新兵将到，并告知行期。即辞成都，沿德阳过昭化、广源，直向陕西进发。是时马雄图所领精兵，一来防为敌军要截，二来又防是缓了行程，即迤西取道白马关而进。故一路路程安稳，行程迅速，并无阻碍。不一日，已到秦安县，计去固原已是不远，且又东近平凉，便依三桂所嘱，缓了行程，以养军力。

那时王屏藩已接得马雄图报告，知已领新军到来，料知三桂必催自己出战，乃与部下计议。吴之茂道："王辅臣英雄耐战，昔合其力犹不能得志于图海，今我军势既孤，即增万人，亦未见兵力雄厚，尚非图海敌手也。孙子云：知己知彼，百战百胜。愚意以为苟非周皇亲领大军而来，必难了事，望元帅思之。"谭洪道："我所争平凉之路，而图海亦悉力以阻平凉。今不如留马雄图新兵扼守白马要道，以固西川根本，然后我军舍平凉一路，绕道而南，应汉中之兵，以再趋凤翔，出图海不意，以扰河北，究为稳着。不知元帅以为然否？"

王屏藩道："此皆非长策也。兵不在多，在夫能将。王辅臣虽败，而图海不敢正视我军者，以我军多是秦陇中人，习于强悍而又久历戎行，向称耐战故也。若谓绕道而南，合汉中兵力以取凤翔，似为稳着，然军行既远，图海岂有不知？是横竖与图海战耳。以地理而论，则我军在此，较图海为尤胜。是舍此他图，仍非长策也。"吴之茂、谭洪听罢，道："元帅之言甚是,但将以何计处之?"王屏藩道:"吾前此之失败者,以专力趋于平凉一路,故图海亦能悉力相拒。今彼既复西安省城,必注重西安,我却调兵以争平凉,有何不可?"正议论间,忽报马雄图新兵已到,都在城外驻扎。王屏藩即令新军先行扎营,并请马雄图来见。马雄图即往见王屏藩,宣布三桂所嘱。屏藩道:"周皇之意,吾已知之矣。"说罢,并以所计向雄图说知。雄图道:"末将初进此间,情形不熟,只能受元帅驱策耳。"王屏藩便令马雄图领新军万人,移东绕道,潜出镇源,以绕平凉之后,再令吴之茂领本部人马,由西路先取隆德,夹攻平凉;王屏藩自居中路,直向平凉进发。谭洪扼守固原,以拒贝子鄂洞之兵,以免后顾,又嘱令马雄图、吴之茂督率军士迅速驰走,俾出图海不意,以制其死命。分拨既定,各路人马一齐起行。

且说图海正回驻平凉,已听得屏藩又复增兵,遂与诸将计议。以为屏藩不日必然出战,一面传令西安,嘱贝子鄂洞紧顾西安省城,如王屏藩尽提固原之兵前来,可分兵乘间袭取固原,以要其后路。传令已毕,复大集各路将官王进宝、张勇、赵良栋等,会议应敌。

王进宝道:"我料屏藩未必遽出。自辅臣降后,彼军已孤,今之增兵正欲助守耳。"赵良栋道:"此说不然。彼军起事,志在进取,安有不出者乎?"张勇道:"吾所忧者,西安耳。鄂洞人马尚少,恐屏藩乘间取之也。"图海道:"王张二将之言,皆非也。当王辅臣尚未附周之时,王屏藩以孤军力争平凉,未尝少怯。今王辅臣虽降,而屏藩一军未损,且复增兵,安得不出乎? 若西安一路,敌人必不注意。彼盖视西安为囊中物,若能破我军,何忧西安不下? 故屏藩虽出,必不复争西安,其必向我军求战无疑矣。"不料图海与诸将正议论间,已报到王屏藩引军大至。图海此时犹不大着意,只说道:"果不出吾之所料也。"一面筹议应敌,一面着人再探王屏藩此来随带有何等将官。去后,已接连报到道:"王屏藩自统大军,前部先锋乃马雄图、吴之茂也。"原来王屏藩本派马雄图、吴之茂分兵,分略镇源、隆德而进,此次于先锋队独打马、吴二人旗号,盖欲图海不注意镇源、隆德两路也。果然图海听得,谓诸将道:"马雄图即新领增兵之人也。吾闻屏藩军中,以吴之茂、谭洪为健将,列为左右护队。今独遣吴之茂,料他留谭洪扼固原,是屏藩精锐悉聚于此矣。"于是令王进宝、张勇各领本部人马,分应屏藩两路前军,自居中路,而令赵良栋所部为游击之师。分拨既定,屏藩军已到,就地与清军混战。

图海惊道:"彼军新来,应有布置于先。今急求混战,其中可疑。"左右皆道:"屏藩此来,行程甚缓,必有他谋也。"图海听得,猛然道:"是矣。彼将绕平凉之后,故缓其行程,以待应兵也。"不想说犹未了,早报到镇源已经失守,敌将随后来也。图海急撤游击一军,令赵良栋先当镇源一路。不多时又报到,隆德已失守,敌军分两路而至,以夹攻平凉,为首大将,乃马雄图、吴之茂也。图海大惊道:"然则屏藩前部,必无马、吴二将。彼必打马、吴旗号者,欲我疏于镇源、隆德二路耳。屏藩却瞒过我也。"言罢,便欲再移张勇一军。忽然屏藩引大军猛扑,图海军中队伍全乱。王屏藩此时已知图海不虞自己猝至,未曾准备,故有此慌乱,即乘势攻之。图海军中哗然大震,还亏图海与张勇及王进宝皆久经战阵,尚能制下三军。张勇、王进宝二人,已知此战必然失利,惟是身先士卒,奋勇抵御。两军相距,不及二里,弹石如雨而下。屏藩前部已稍却。王屏藩大惊,见图海军中如此锐战,也疑镇源、隆德两路有失。但到此时,自料一经退后,必至全军覆败,乃亦复身先士卒,猛勇攻扑。两军喊杀连天,忽然见图海左军在西南角上,已纷纷溃乱。原来吴之茂已由隆德杀至,图海军正被王屏藩牵制,不能移动,吴之茂遂直进猛击,故图海左军为张勇所领者,皆望后而奔。王屏藩至此,已知吴之茂一军已自得手,即乘势蹑之。张勇以前后被敌,全军大败,并王进宝亦不能立足,一并溃散下来。王屏藩即领全军并力追赶,并下令道:"如得图海者,当赏万金,并奏封上爵。"周兵闻令,人人争先,要捉图海。正是:

只因周将谋先定,几使清兵命不全。

要知后事如何,且听下回分解。

第二十九回

弃江西国相退兵　走广东尚王殒命

说话王屏藩乘图海退时,率军追赶,并下令如有杀得图海者,即获重赏,故此人人奋勇,清兵如何抵御?惟有各自奔逃。图海见周兵两路蹑追,恐平凉有失,乃令王进宝殿后,独当吴之茂,而己则亲自当王屏藩一军,即令张勇先行回守平凉。并向张勇道:"王屏藩累岁经营,志在通平凉之路。盖自平凉以外,庆阳、正宁一带,其守将多系王屏藩党羽,以为平凉一通,则足与各路联合,指东而趋,秦晋皆非吾有矣。将军宜并力守之。"张勇道:"屏藩来势甚猛,必布置在先。鄂洞虽守西安,势已孤立,吾甚忧之。"图海道:"固原去西安尚远,屏藩之力,必不及此也。"张勇道:"汉中久为周兵所踞,固不难于进取。且吾闻武功、扶风一带,亦有周兵分驻,此皆西安咽喉之路,若合而制西安一路,何忧不能?今我军此败,非如寻常小挫,声势已难于恢复。若并鄂洞一军亦归败北,是吾国在秦陇之兵力,已一朝丧尽矣。不如设法宁弃西安,以保全鄂洞一军,尚可徐图再举也。"图海道:"将军之言诚为上策,即能守西安,亦无裨①大局,诚不如弃之。"便发令由驿驰报鄂洞,急弃西安,即移军长武,以为声援,兼顾风翔一路。去后,即令三军且战且走。

张勇当先欲进城中,忽见城北一带尘头大起,远望已见一支人马,卷地追来。早有探马飞报道:"镇源已陷,敌势甚锐,不能抵挡。来将乃新领增兵马雄图也。"张勇听得,即谓部将道:"休要理会,先据城中可也。"不想说犹未了,马雄图一军已相离不远,即放枪向张勇轰击,清兵更乱。原来马雄图一军,皆川陕健儿,惯在山上行走,故既陷镇源之后,即如飞而至。这一支又是生力军,张勇以溃败之际,焉能抵敌?故清兵去城中尚隔二里,已纷纷逃窜。马雄图却分军一路追逐张勇,一路先来争城。时王屏藩与吴之茂又蹑后而至,图海此时直已没法。但见军士呼天叫地,没命的乱窜。图海料知平凉难守,且诸军如惊弓之鸟,纵然再驻平凉,亦无所用,乃改令诸军俱弃平凉,望长武而逃。

那时王屏藩见清兵乱窜,料图海必立脚不住,仍与吴之茂、马雄图分三路尾追。并下令道:"图海在清国军中号为能将,扼我平凉,降我辅臣,势如猛虎。今当其陷落平凉,速宜制其死命。若纵之归山,必噬人矣。三军当雪屡劫之仇,立不世之勋。如能杀得图海,封王之位不难致也。"于是鼓励三军,奋勇直追,万枪齐发。屏藩更下令降者免死,于是清兵在后的多有投降。屏藩一面招纳,一面猛走,并令军士放枪向败兵丛中攻击。

---

① 裨(bì)——益处。

第二十九回 弃江西国相退兵 走广东尚王殒命

那图海正走之间,忽座下马已中一颗弹子,登时仆地,把图海掀翻下来。恰部将王振标在旁,急扶起图海,以己马让之骑坐。王进宝先护图海杀出,并谓图海道:"我只顾退,彼只顾追,彼料我必无救应,必然不舍。我败军纷窜,难以顾及。主帅为三军所系,速图自保。"说罢,乃令骁骑数百辅以吉林马队,先保图海直透重围。还亏有此一着,图海幸免于死。周兵虽勇,终不能制图海死命。只见清兵除降者之外,死伤枕藉①。沿途累尸,屏藩军士追时,且践尸而过。直追一日,将近长武,见图海又已去远,屏藩方始收军。计是役,清兵死伤者万余人,降者万余人,将校死伤者不计其数。王屏藩大获全胜。一面奏知三桂,一面留吴之茂一军,更拨部将十余员,协守平凉。并令马雄图驻扎附近,以扼守要道。即大令将士给资犒赏,屏藩却向诸将道:"吾久居秦陇,熟知地势,部下健将劲旅又不可谓不多,乃转战经年,始通平凉之路。自是清兵失其隘要,吾军进取尤易,吾意周皇闻之,必喜形于色,诸君必获重赏也。今图海此去,必扼长武,然后再复增兵,以图恢复。以其精力丧尽,非增兵不能再举。然吾已有法处之矣。"便飞咨②汉中一路,直出凤翔,扰岐山、扶风、武功一带,以增西安。复令谭洪以固原本部抚收各郡,再令马雄图分军北掠庆阳一带,以孤长武之势。分拨既定,自行传檄各郡县,为招徕计。以军士苦战之后,暂令休兵,然后再进。且说图海领败残人马,奔至长武。见追军已退,方始心安,谓左右道:"吾自用兵以来,未尝狼狈至此。今军力已十丧七八,料难再举。"言罢大哭。诸将齐来慰藉,图海道:"此次之败,皆属吾过。以吾不料屏藩骤出,未有布置于先也。然胜不足喜,败不为忧。昔者辅臣未降,屏藩兵力如昨,吾犹能降辅臣,制屏藩,今敌人既少辅臣一军,反能胜我,以吾既降辅臣之后,军心已骄耳。自后诸将宜勤攻吾过,以匡不逮,庶乎有济。若不然,举全国将为吴三桂有矣,何止平凉一地乎?"王进宝道:"现在敌患已深,将如何处置?"图海道:"鄂洞一军,兵力未损,吾借此亦足以支持,然吾惧三桂复出也。待吾与鄂洞相会之后,再作计议。"便一面以败残兵马挑选精锐,尚有万余人,以张勇、王进宝、赵良栋各统三千,分驻要害,自居长武驻守。余外军中伤者、弱者,均遣发回籍。次日贝子

---

① 枕藉——(很多人)交错地倒或躺在一起。
② 飞咨——迅速通知。

鄂洞已到,所部不下二万人,图海即与之联合。因此军势稍稍复振。赵良栋请借此兵力,以雪平凉一战之耻,图海道:"此尚非可战之时也。"遂咨报顺承郡王,请增兵二万,以扼秦晋门户。即函请蔡毓荣及岳乐,共趋长沙,以阻三桂北上。

时清朝亦以西路一军久无大效,以长沙、衡州为三桂根本,即令岳乐急趋长沙。岳乐乃集诸将计议道:"江西一地,屡得屡失,大费兵力。敌人欲踞此以与福建相通,故江西为其所必争之地也。今蔡毓荣已复岳州,敌军必顾长沙大局,若敌人精锐悉聚长沙,恐单恃毓荣一军亦难了事。若以我军共趋长沙,亦是一着。"董卫国道:"如王爷所言,则我军之在湖南者兵力甚厚。然若江西复为敌有,恐敌人将东连福建,西应湖南,以拊我之背。我将困于一隅,亦非长策也。今不如仍率兵南下,沿江西以窥湖南,较为上策。"岳乐亦以为然。乃具奏以入湖南一道,仍沿江西而进。即请简亲王喇布及将军希尔根,领军先赴湖南,以壮蔡毓荣声势。岳乐即令水师提督杨捷扼守长江,以防敌军偷渡。自率大兵,用董卫国为前部,望南进发。先陷了南康,直指瑞州、临江二处。岳乐仍欲先进南昌,并绝饶、赣,以断福建交通之路。董卫国谏道:"福建一路,细思之,殊不足虑。耿王从三桂数年,出兵未尝越境,其志可知矣。若辈之从三桂,志在复明耳,及见三桂僭号,已大半灰心,不过以得罪朝廷,未能反正。我若逼之,反迫其为三桂效死力而已。南昌非可守之地,不如冒险前进,以撼湖南,犹冀得一制其死命。以我军聚于湖南者既多,即冒险,亦无大碍也。"岳乐以为然,乃率兵由袁州直趋萍乡。时周将夏国相已得马宝报告,知马宝已弃岳州,并回长沙,特请夏国相共顾湖南根本。夏国相听得,乃叹道:"吾国将才兵力,未尝逊于敌人,乃军务难瘳如此,实在可叹。且马宝为世之能将,竟不能越岳州一步。今蓟、岳二州,以次得而复失,长沙大局又不知如何,设有差池,吾在江西亦复何用?今不如退兵,共保湖南根本,然后会议大计,再图进取可也。"

正议间,忽报岳乐已统大军乘势南下。夏国相听得,更惊道:"岳乐一旦猛进至此,得毋敌人已制湖南之死命乎?吾至是益不能不退矣。"乃急传令郭壮谋、胡国栋二军,以次渐退,先扼醴陵要隘,以阻由江西入湖南之路,然后自率大军,陆续退入湖南。时马宝以夏军既退,若并聚于长沙,则势力反孤,急与夏国相、胡国柱计议道:"我军全聚于长沙,彼将合而攻

第二十九回 弃江西国相退兵 走广东尚王殒命

我,我必吃亏。今不如分道驻守,以湖南粮饷足备,亦足支一年有余。一面请诸周皇,由成都直发大兵,分扰郧阳以迄樊城一带,即足以牵制蔡毓荣。而此处即竭力以拒岳乐,方为稳着。"夏国相道:"军兴以来,转战经年,粮项渐竭。自今以往,应为持久之计策。某思得三策在此:一为扩充两广、川、湘、云、贵盐运,以增急利;一为招集工人开采川、滇矿产,大举鼓铸,以为日后之需;一为遣人入粤,与尚之信商量,推广鱼盐之利,以为后援。财力既充,军气自壮。如若不然,恐今日之失意不足忧,而将来之竭蹶①乃大可患也。"胡国柱道:"夏公三策,皆所应行。然吾惜军兴以来,军事诸多棘手。耿精忠与郑经,阳有归附之名,而未尝认真出师一助,使江淮一带,敌人不费一矢,甚可叹也。"马宝道:"胡驸马为国至戚,若发此言,军心馁矣。历来开创,皆经艰难挫折,方告成功。今区区之失,何足介意?天下事求之在人,不如求之在己。郑经与耿精忠,其得力与否,不必再言。今当依夏公三策行之,再图战守可也。"于是以夏国相一军扼守浏阳、醴陵一带,马宝与胡国柱自守长沙要道,郭壮谋守西北上游,以阻荆州来路之冲。令胡国柱回军衡、永,以固根本。一面以军情奏报成都,请三桂调兵郧阳,以趋樊城一带。并请依夏国相三策,速开办矿产,推广鱼盐,以储库款。复派尚书王绪,入粤知会尚之信,冀扩充两粤鱼盐之利。不在话下。

且说尚之信自归附三桂后,初本锐意欲助三桂共成大事,自孙延龄被杀之后,颇不谓然,以为三桂轻于杀降,心颇失望。故初时曾与台湾郑经相通,并及耿精忠,欲联合闽广各省,挥军北上。自此见耿精忠与郑经不大出力,遂亦不免意怀观望。时朝廷以三桂既踞湘、赣,台湾、福建亦阻隔不通,深以两广为虑,仍欲笼络尚之信一人。以为既赦之信之罪,则三桂仍有两广一带为后虑,耿精忠亦可观感,不难舍吴周复行归附,实一举两得。乃派员入粤首赦尚氏之罪,封之信为宣议将军。尚之信本不欲再附清朝,但此时不免有从违不决之意,故亦受宣议将军之职,惟依然未背三桂。及王绪到时,之信仍以礼相接。王绪先将来意说明,尚之信即责道:"延龄只为马雄所构陷,自附从吴氏以后,本无失德,忽然见诛,为降者不亦难乎?"王绪道:"闻延龄当日只为其手下人所害,以苗兵出其不意而杀

---

① 竭蹶——颠仆倾跌,行步匆遽。引申为枯竭,匮乏。

之耳。事或由吴世宾不善意防闲,然终非周皇之过。故事后悔之,且为延龄哀恤矣,何大王犹介意于此事耶?此诚某所不及料也。"

尚之信又道:"周皇起义之始,志在复明。及兵到衡阳,即僭居大位,复明者固如是乎?"王绪此时,自知之信之所言甚是,但不得不设法辩明,即答道:"周皇初亦访求明裔,奈不得其人。以国事不可无人主持,乃权居此位,将来自有办法。今大事未成,大王遽为此语,某窃为大王不取。"尚之信至是无词。乃款王绪于密室中,共商大计。之信把上项事情及清朝封为宣议将军之事,一一向王绪细述,并道:"今清朝复以将军莽依图出师广西,由广东而进,其意监视我也。目前莽依图火牌已到,欲令我从,广西宜去与否,吾尚未决。"王绪道:"既莽依图欲令大王从征,大王不妨相从,即乘间劫杀莽将军,以破之,实为妙着。"之信深以为然。乃与王绪相约,名为逐王绪于境外,阴则实奉其计而行。

数日后,莽依图已到,不知尚之信计,相见时惟宣示清朝德意,已有旨,复封之信为平南王,令尚之信从征。之信慨然相从,即部署人马。时广西为周将马承荫驻守,之信先与马承荫相通,然后领人马起程,莽依图全然不觉。

先是尚可喜藩下有张伯全、张士选者,素党于尚之孝,不悦于尚之信之为人。尚之信惧其泄漏,乃召张伯全及张士选到衙中,托称有事相议,欲执杀之。惟二张大惧,不敢见之信面,即闻令先逃至莽依图军中,告发尚之信为变。莽依图不听,并责二张道:"如之信真心从乱,则出兵多时矣。前此乃之信一时之误,今已反正受职从征,尔何得谗间主人?"因是不从二张之言。二张见莽依图不从,自知留粤不得,乃逃至京中告变。莽依图乃与尚之信一同起兵,望广西而行。

时亦有王国栋者,为旗人逃仆,之信爱之,倚为心腹,更保为都统。又有沈上达者,乃江西优童①,之信宠之,所有藩府家事俱为沈上达所掌握。若王府护卫张祯祥,之信亦皆宠之。初则三人结为一党,继则以王国栋既为都统,威福自恣,反凌虐张、沈二人。张祯祥大愤,欲合沈上达并攻国栋,为国栋知悉,即遣人告知沈上达,谓祯祥谋夺藩府家政之权,由是上达亦嫌祯祥。祯祥势孤,益怀怨望。时尚之孝欲代为平南王,方谋搆陷其兄

---

① 优童——娈童。美好的童子。

之信,即阴与张祯祥交通,张祯祥遂党于之孝。会王国栋与沈上达共争一女伶,终为王国栋所得,沈上达亦愤国栋,恨不从祯祥所言,至是乃复与张祯祥来往,尚之孝遂并收沈上达为心腹。当张伯全、张士选逃至京中举发之信,清朝乃令侍郎宜昌阿赴粤查办,王国栋即在被查之列。王国栋大惧,乃以金钱之力,极力与粤抚金隽交欢。金隽许以勿党之信,将来将功抵罪。故自尚之信离广东后,所有私人尽皆变志。当之信起程入广西时,幕下李天植谓之信道:"抚公金隽外容虽与大王交欢,然日与之孝往来,恐非大王之福。"尚之信道:"王国栋现统藩兵,何必多虑?"李天植道:"国栋等小人,恐不足靠也。"之信道:"吾向以恩结之,彼有天良,必不负我。"因此之信全不介意。及到广西,之信乃约周将马承荫攻莽依图之前,自己即于中谋杀莽依图。奈马承荫不能依期而至,尚之信军中举动先已漏。之信知事无成,即率本部奔还广东,欲先杀粤抚金隽,然后尽率旗兵,以截莽依图之后。不料甫回广东,即为王国栋所缚。正是:

  附周空具冲天志,回粤先登断首台。

  要知后事如何,且看下回分解。

第三十回
郭壮图饰时修古塔　　夏国相倡议弃长沙

  话说尚之信阴通周将马承荫,谋攻莽依图不克,知事已泄,即奔广东,欲先杀却巡抚金隽,尽调旗兵以截莽依图之后。初不意回粤有变,当至端溪,李天植复谏道:"大王既离广东,现在不知广东情形如何,不如缓进。待探过事势,然后进城,方为稳着。"尚之信道:"我既回东,莽依图必驰报金隽,乃宜昌阿设法制我矣。此行断不能缓也。"李天植道:"吾所虑者,王国栋等耳。彼谄事大王,究为底事?不过欲藉大王之力以得一高官。沈上达、张祯祥二人,又只博大王之宠任,以厚敛金钱耳。宵小之徒[①],变幻最易。今彼等高官厚资皆已如愿,应不复记大王矣。"尚之信道:"汝言

[①] 宵小之徒——宵小,盗贼昼伏夜出,叫做宵小,现在泛指坏人。

诚过虑。吾附三桂非一日矣,不闻王国栋等即为我害,何至今日乃疑之?"李天植道:"彼一时此一时也。大王昔日威震广东,威权独握,谁不慑服?今此次回粤,为失意而还,彼辈已多疑虑。况又有巡抚金隽及钦差宜昌阿同在广东,皆谋以对待大王。而令弟之孝,又日谋倾陷大王,以期袭王位,此诚不得不虑也。"尚之信听罢,默然不语。但念王国栋未必遽变,且惧莽依图先到广东,为先发制人,仍主急回羊城,便不从李天植之言,即率三军急回城去。到时,早有人报道:"王国栋已率旗兵前来迎接矣。"尚之信大喜道:"王国栋果非负我者也,李天植何过虑耶?"说未已,已见王国栋下马迎候,尚之信与握手甚欢。尚之信并密询王国栋道:"自吾离广东而后,金隽、宜昌阿等有何举动乎?"王国栋道:"无举动,闻宜昌阿将次进京,金隽则惟盼大王捷音耳。"尚之信听罢,并不思疑,遂并马入城。之信又谓王国栋道:"藩府旗兵,何时可以征集齐备?"王国栋道:"权在大王,欲速则速。不知大王言此,有何用意?"尚之信道:"先臣误前明遂亡,吾心实未尝忘明室,欲一赎前人之愆,故附从三桂,此尔所不知也。吾到广西后,谋攻莽依图不克,今当尽起旗兵,尽杀金隽及宜昌阿,以截莽依图之后。但事须速举,迟则反受人制矣。汝为吾心腹,当助吾一臂。或有疑汝不足靠者,顾吾不之信也。"王国栋听罢,半晌乃答曰:"吾从大王久矣,今日犹有疑我者耶?特吾亦不复计较。只如大王所言,旗兵亦易征集耳。旗兵久受藩府厚恩,断无有不从命者,大王可以放心也。"言罢,已到城中。

时王国栋所领的人马,皆拥护前行,之信本部反在后面。李天植深以为忧,欲赶上观看。不意王国栋早授意手下,以扬鞭为号,甫到城门,即一声呼喝,国栋护兵一齐动手,把尚之信拿下,立即缚之。尚之信欲挣扎时,奈众寡不敌,即已就缚。即厉声曰:"吾何负于汝?奈何为奸细耶?"王国栋道:"此抚军及钦差之意也。"言罢,不做理会,即蜂拥直进金隽衙门。后路人马犹多有不知,惟李天植见前军王国栋的人马飞驰入城,情知有变,乃留兵在城外,先带一小队赶进城中。知道王国栋已押尚之信至金隽衙门,复派兵将城门紧守。李天植正欲到抚衙问个底细,不想钦差宜昌阿及抚臣金隽已异常神速,即刻会同讯问,以诘究尚之信通周背清之事。

尚之信初不自承,惟王国栋、沈上达、张祯祥三人,交口指证其事。王国栋并指曰:"之信欲起兵谋杀钦差及巡抚,以截莽依图归路一事,一一

第三十回 郭壮图饰时修古塔 夏国相倡议弃长沙

坐实。"尚之信自知难免,乃向王国栋等三人骂道:"吾待汝们不薄,何转眼不识,反陷吾耶?"王国栋等三人,默然不答。惟张祯祥稍有悔心,闻尚之信之言,面为发赤。宜昌阿便欲将尚之信押下,再究同谋之人。王国栋恐被藩兵要劫,乃向宜昌阿道:"尚之信劫父自立,久拥兵权,藩下尚多腹心。若假以时日,之信不难脱矣。"金隽以为然。宜昌阿乃即令押尚之信至市曹斩决。故尚之信自被掩捕,以至斩首,不过半日间,多有不知。自尚之信既杀之后,李天植知得,即具函至抚衙诘问尚王之罪。王国栋复指天植为同谋,宜昌阿欲一并治之。金隽道:"尚王既杀,藩兵尚在天植之手。藩兵多有受尚氏私恩者,天植不难煽而为变,反为后患。不如缓之,再作后图。"宜昌阿亦以为是,乃宣布尚氏罪名,并慰覆天植,令其解散藩兵。天植道:"吾生为尚王亲信,受恩已重,不得不为之报仇。"乃向藩兵宣言:"尚王罪不至此,只为三数小人忘恩搆陷耳。"藩兵闻尚王被杀,多有哗然。李天植乃复至函金隽,略道:尚王通周之事已在前时,既已归正,岂宜复搆其狱?谓其欲举兵以截莽依图之后,乃王国栋一人之言耳。忘恩负主,复搆而致之死地,罪诚重矣。钦差与中丞等必欲庇之,其如人心何?这等语。宜昌阿乃与金隽酌议,知道藩兵已愤,若真个激变起来,终是不可。乃与李天植往复函订,愿斩王国栋、沈上达、张祯祥三人之首,以谢藩兵,须李天植解散兵权,天植应允。金隽乃将王国栋、沈上达、张祯祥三人,谓为献谗陷主,即同押赴市曹斩决。可怜王、沈、张三人,藉尚之信之力得图富贵,反以陷尚之信而死不旋踵,亦可为忘恩背主者戒矣。是时,金隽把王、沈、张三人已经斩首一事函告李天植。天植听得,即谓左右道:"宜昌阿与金隽之必杀王国栋三人者,以惧藩兵为患也。彼欲得吾而甘心久矣。主仇既报,吾事已了,吾敢贪生乎?"言已,又谓藩下将校道:"吾主之志虽大,然三桂非成业之人也。自后汝等不宜妄动。"言罢即拔剑自刎而亡。初时宜昌阿、金隽只望王国栋等既杀之后,李天植即为解散兵权也,不料到天植更能自尽。故听得天植之死,反为感动。以天植义不忘主,至为可敬,乃并请为之封赠。自后藩府兵权,乃移归尚之孝管理,并奏诸以之孝承袭平南王爵。之孝力反之信所为,屡出师入广西,以助莽依图。自是吴三桂那里,又多两广后患。计先后失长沙,失岳州,今又失尚之信,三桂军中大为震动。马宝、夏国相等,以云南为起事之根本,前军有失,饷项艰难,乃飞报云南,须认真筹款接济。

时三桂大驸马郭壮图在云南驻守，接应各路饷项。自前次军粮紧急，已增采五矿，又广通贸易，以资税饷。但人马既多，需饷浩大，徭役又重，以故民多怨言。自先后接得弃江西、退岳州及尚之信败亡之耗，知道国事艰难，人心更骇。以两广为庚富之地，尚王既死，三桂实去一大助力，恐自此云南征赋更重。故云南人士，此时谣言更多。郭壮图深以为虑，乃谋所以镇定人心。时方重修归化寺，寺中住持弘念方请诸郭壮图助资重建。那寺本建于明朝成化年间，日久渐已颓废。弘念知郭壮图欲粉饰人心，乃诡称佛祖降言，将佑大周兴基，江山不久光复，请增拓禅林，以彰灵应。时则王屏藩大破图海之捷音方到云南，各处人士举国若狂，皆酬资相助。因此大兴土木，不数月间，大工即已落成。郭壮图更请三桂仿行封禅之典，粉饰承平，志为盛事。并封弘念禅号，并为碑文以纪其事。那碑道：

昆明五里有山，曰金马。晋人常璩著《南中志》，称其中有山神光影。汉宣帝乃遣谏议大夫王褒祭之，殆即其地焉。自大明太祖皇帝崇尚佛教，敕天下郡县各建寺门，故成化时恪遵祖制，遂建寺于金马山，名归化。嘉靖间又复修之，置田罗僧，以供象教，于是乎有归化寺。然而前驱昆池，云霞蒸蔚；后拥呼马，斗杓悬干。右俯城雉，朝市肩摩；左瞰平皋，滕畔鳞集。此则滇郡之胜地。是以殿庑精舍，香厨鸟台，与夫古朱奇卉，根干盆峙于其间。胡为而坊欹，而山门颓，而大殿倾圮。俯仰兴衰，不禁有今昔之感。方今皇周肇兴，大事将成，迭沾灵应，非重加修饰，何以答护灵光？适住持弘念，持一纸以乞疏，将欲重整殿宇，高其门若坊，以复旧观。而左都督巴公乐轩，内府总兵官高公德轩，乃不介而孚，相与弁首，以图厥成。第军需孔亟，正供维艰之际，安必其人有余资，向法门以作福田者。特请留守将军云南总督驸马郭公简臣，内府右将军张公弼吉，内府后将军赵公子远协助之。自是赞成者亦实繁有徒。未及期而所谓殿与门若坊，丹刻翼飞，轮奂立见。是虽众心共悦以竞其成，实由一二人贲志殚力，鼓舞善念不倦，乃有如此。夫天下事莫难于创，而莫不难于继。每见夫辟草莱、披荆棘以结构一刹，层轩延袤，飞阁逶迤，顾而成之，如出反掌。及依旧规嗣遗绪。以施补茸于胜概，或百计图维，反力不副心，如负重登高然，何哉？岂古今人不相及，其视

第三十回 郭壮图饰时修古塔 夏国相倡议弃长沙

物我之轻重交战于胸中而不能自力耶？抑世有治乱，事有缓急，承平则道愿斯宏，扰攘则自顾无暇，不无性命身家之累，条于中而周恤其他欤？然创逢人主之好尚，而又祸福死生之说以悚其私人之趋事就功者，常喜而速。继遭世故之变迁，奔走公家，虽知佛有不舍之擅，无缘之慈，而无见效于目前，遂不免以梵言为末务。故创者欲大宫室，饰法相，其功甚易，继者非太平无事，不能无废乎前业。今独能相鼓励底厥成者，因由于佛法无量，灵应及时。然亦赖有不计治乱，精进一心之释子也。若弘念者，其近是。是以记。

  大学士太子少保兼礼部尚书林天擎撰文
  三韩八十居士徐魁书
  留守将军兼云南总督大驸马郭壮图
  世袭将军何进忠　内府右将军张国勋
  内府后将军赵永宁　左都督巴克勇
  张国忠　张光祖等
  大周照武三年仲冬上浣住持僧弘念立

时归化寺落成时，郭壮图、林天擎并奏知三桂，称为谕敕重修。三桂并派林天擎、郭壮图，恭代诣寺拈香，以答灵祥。复加尊佛法，如封泰山禅梁父故事，弄得云南举国若狂。当兴工时，云南文武官员各捐资财，更拨库帑，大兴土木。又于落成之后，郭壮图欲请封赠弘念禅号。惟林天擎以为不可，并道："国家财用已迫，而战事机势复不如前，此后实心筹划犹恐不及，若徒务虚名，终属无当。驸马为国至戚，休戚相关，即周皇陛下倘务虚名，驸马犹谏之。君子实事求是，不宜如此。"郭壮图道："某非不知也，以人心震动，事即难为。此举诚粉饰欺时，吾亦不得已而为之耳。"林天擎道："驸马既知如此，自当着实设法，以抒前敌之忧。粉饰一时，岂为长策耶？"

正议论间，忽胡国柱、马宝、夏国相军报驰至，以岳州失守，江西已弃，尚王已死，两广湖南势皆危迫，速募新军以助前敌，急扩运道以裕饷源，等语。郭壮图听得，乃叹道："胡、夏二公精于谋略，久为周皇所称许。马宝亦李定国劲将,降归而后,久立战功。之三人者,皆一时之能员,何今日亦颓困至此耶?"言罢,与林天擎互相嗟叹。惟有回复长沙,宣告云南财政竭蹶情形,只有尽力筹划而已。

时胡国柱与马宝俱在长沙,而夏国相却扎在浏阳。清兵已面面趋向,皆欲会攻长沙。马宝即谓胡国柱道:"今大局已危,当会议长策,以抒目前之急。驸马与国休戚,当振刷精神也。"正说间,夏国相已至,马宝即与计议。夏国相道:"今吾等数人悉聚于湖南,而敌人更无后顾,亦悉力以向。长沙当数面之冲,实非长策。以其只有抵御之力,并无进取之能,终亦难于久持也。"马宝道:"前者之失,计在于进兵太缓,后者之失,计在于守老湖南。而川陕之军,又不能长驱大进,以分敌人之力。故敌军悉聚于此间,其势既厚,我即难于争胜。今则更形竭蹶,若大势既去,即徒保长沙,亦无当也。"夏国相道:"此说极是。以某愚见,不如弃去长沙,分道进兵。此后虽得城池,亦不必设兵守御,但长驱北上,则敌人或穷于应付,而我军终有得手之处。若徒守此间,只事拒守,无能为矣。"胡国柱道:"二公之论极高。弟自奉命驻扎长沙,未尝征伐,反徒耗精力耳。今当请诸周皇,力主弃去长沙之议,使敌人累军经营以攻湖南者,一旦落空,反改而御我,岂不甚善?"夏国相道:"但恐周皇注重长沙,恐请命而行必不从也。"马宝道:"夏公之言亦是。但未得周皇之命,谁敢弃之?恐亦徒受责备耳。"胡国柱道:"不如分为二策。先请诸周皇,力言长沙危险,驻守无用。如周皇能出大兵直趋汴梁,自可以解长沙之危。否则,非弃长沙不足以转危为安。看周皇如何主意便是。"马、夏二人皆以为然。便把所议情形,驰驿奏报成都而去。正是:

人谋虽在空筹计,天意难回反促亡。

要知后事如何,且听下回分解。

第三十一回

出郧阳三桂殡天　　陷敌营莲儿绝粒

话说胡国柱、夏国相、马宝等,以请弃长沙之议奏知三桂。三桂那时

第三十一回　出郧阳三桂殡天　陷敌营莲儿绝粒

觉胡、夏、马三人意见皆同,料不为无见。但湖南一省,费许多兵力以支持至于今日,若一旦弃之,实为可惜。且惧一经弃去湖南,是岳州既失,江西又亡,人心不知弃去湖南的原因,反以为湖南又复失守,必致大为震动,那时人心既去,大局更不可问矣。想到这里,便把弃去湖南之议大不愿行。又看胡国柱等奏词并称,若不允弃去湖南,必须成都出发,大兵直趋汴梁,以要清兵之后,然后可以挽回等语,自念军兴以后,军事一向得手,自从自己久居成都,今岁不战,明年不征,即战争竭蹶至此。从这里看来,是自己亲征之事必不可免,因此便大集诸臣会议。时李本深已经病故,故各大臣俱无主裁,惟于弃湖南之事多不赞成。因大半不知战法,只以为湖南一省怎好轻弃,因此皆主张勿弃湖南。三桂便决意亲征。退后即进宫里,以此事告知莲儿。那莲儿亦主张三桂亲征之说,并道:"胡驸马及马、夏二公,亦未必主张舍弃湖南,不过欲陛下亲征耳。以陛下神威,不患亲征不胜,如是不特湖南可保,且大事可成。得失之机,在此一举,愿陛下速行。"三桂深以为然,即令约会诸军,以备出发,并以莲儿从军。莲儿初犹欲辞,三桂道:"前次亦与卿从军,不过朕已得病回军,卿究未尝误朕事也,卿其勿疑。"因此,莲儿恐自己不去,三桂必不出。三桂既得莲儿同行,心甚欣慰。先以亲征之令,颁布陕西、湖南以振励两处军心,并留降将罗森镇守成都。那罗森本清朝四川巡抚,时未设川督,并以王屏藩领川陕总督之名,兼应四川。复以亲属吴永年、吴炳光驻守成都一地。那时三桂年已六十有六,更事既久,凡事不肯冒险而行。故虽然亲征,仍先固成都根本,然后起程。一面令罗森照运军饷,即率大兵十万,以郑蛟麟为前部先锋,并大将王会、洪福、林天柱、谭延祚等数十员,望郧阳进发。大将王会进道:"今湖南势在危迫,而陛下不进湖南,何也?"三桂道:"兵法在攻其所必救。昔孙膑围魏救赵,卒败魏兵。朕今将绕出蔡毓荣之后也。"诸将听罢无语。

大军既出成都,远近震动。因三桂老于戎行,向为清兵所畏。惟自进成都之后,颇事酒色,后宫美女至数十人,一切政事皆委诸臣下,惟事娱乐,故人心渐变,以为三桂以开创之主且如此颓丧,不久必败。及闻此次亲征,无不骇异。清朝诸将亦惧三桂,自听得三桂出征,即欲于三桂未至以前先破湖南,以绝三桂之望。于是安王岳乐会同董卫国先踞萍乡,以撼浏阳;蔡毓荣即率诸将由荆、岳二州分攻长沙;贝子尚善亦与水师提督杨捷由镇江先出长江上游，以攻洞庭，三面齐进。时周将水师提督林兴珠，方驻洞庭扼守。尚善以林兴珠穷而相投，不可深信。意欲诛之。杨捷道："杀降诛附，古人所戒。彼以岳州既失，孤军无援，其投降乃出于至诚，何必疑之？且优待林兴珠以为来者劝，亦计之得也。"尚善无词。杨捷即请提奏录用林兴珠，仍令领带水军。自此尚善一军，亦得协力以攻长沙矣。

且说吴三桂与诸将直统十万大军，迳趋郧阳。军行时，一面使人持令箭驰调汉中人马，分略扶风、武功一带，以壮王屏藩声势，一面调王会、洪福各统五千人，从间道先趋襄阳，以分敌兵。待大军将到河南，然后移襄阳之兵直走樊城会合，以图北伐。分拨既定，三军奋勇赶行。

自三桂亲征之议为清将所知，顺承郡王即以大军退驻开封，图海亦调将军穆占先领军万人速趋湖北，以厚湖北兵力。旋即分头飞奏入京。时清朝君臣听得，康熙帝即欲亲征，惟诸臣力谏。适西藏达赖喇嘛有奏到京，谓三桂如肯乞降，可优礼待之，以释其心。唐熙帝看罢，怒道："三桂今日断无乞降之理。然为彼一人，扰及全国，朕必不能曲赦之也。今诸臣皆惧三桂，岂三桂有三头六臂耶？彼一战未必便能到京。而彼年近七旬，行将就木，朕决不畏三桂也。"正言间，忽贝子尚善奏报已克洞庭，并降了林兴珠。诸臣齐道："彼人心已去，三桂将无能为，不劳车驾亲征矣。"康熙帝乃罢亲征之议。即分头飞谕顺承郡王、图海、岳乐及蔡毓荣，赶速进兵。

且说周将王会、洪福奉三桂之命，往袭襄阳。濒行时，三桂嘱道："襄阳为汴鄂来往咽喉之地，然自蔡毓荣复入岳州之后，已全军南趋，顺承郡王闻我军将至，又回驻开封，是襄阳一地，必守卫空虚。吾军此行，可一鼓而下。但两位将军须分为两军，以一军入城，以一军留外驻扎，以为犄角，则敌人虽有救兵驰至，亦不至受困也。如襄阳既下，可飞报前来，朕自有法以处之矣。"王会、洪福领命，欢喜而行。即分为两军，各统五千人，驰向襄阳进发。时襄阳一地，有清总兵李占标驻守，部下仅三千人，且以为南有蔡毓荣，北有顺承郡王，共两路大军援应襄阳，万无一失，故绝不防备。单是图海曾飞报顺承郡王，以三桂一出，须重防樊城一带，故顺承郡王亦只拨兵马五千人驻守樊城，而以襄阳一路地属湖北，只咨请蔡毓荣分军防守。不想顺承郡王的军札尚未到蔡毓荣军中，而王会、洪福两军已到。即有探子飞报李占标道："周军大至矣，奈何？"李占标听得，绝不准

第三十一回 出郧阳三桂殡天 陷敌营莲儿绝粒

备,并道:"王屏藩厄于图海,夏国相厄于安王岳乐,马宝厄于蔡毓荣,今三桂大军又只向郧阳进发。试问有周兵从何大至?休得造谣,以乱军心。"乃说犹未了,忽流星马又飞报,周兵已将近城,李占标此时已半信半疑,即披挂上马,驰出城外一看。奈未至城楼,那时守兵已一齐哗噪。因一来不知周兵人马多少,二来周兵猝临,主将号令未有,故一时慌乱起来,倒互相逃窜,以致居民震动,多有望东而逃者。原来周兵恐襄阳有兵固守,乃兼道而行,时已直薄西南两门,矢石分施,枪炮齐发。城中只有守兵三十,又要分守各门,如何拒敌?李占标见兵士已逃,居民又窜,城中呼声震地。李占标自知不能挽救,仍自传令紧守,却私自遁回衙中,携了家眷,带了二三十名亲信勇丁,直弃城先遁。先逃至樊城,只诈称周兵人马大至,不能守御,以图掩饰。

是时襄阳守兵知主将既逃,更无主脑,惟有举城投降,即大开城门,迎周军入城。王会即留洪福一军驻扎城外,自行领兵入城。一面安排居民,一面报知三桂,听候行止。

且说吴三桂大军到了郧阳,即大集诸将,置酒高会。三桂道:"朕初时欲直趋汴梁,然顺承郡王一孺子耳,固非吾敌,图海又为王屏藩所牵制,必不能救援,是汴梁乃吾囊中物耳。独蔡毓荣一军,为吾军劲敌,蔡虏不死,南部不安。朕待襄阳捷音一到,当先分兵会同襄阳得胜之兵,南陷武昌,以制蔡毓荣。则马宝诸将,因此复苏,朕亦得专力北方,再无后顾。"说罢,诸将皆呼万岁。

正饮间,忽报湖南有军报飞至。三桂大惊失色,诸将道:"陛下何必失惊,或者胡驸马捷音来也。"三桂就令呈长沙军报上来,即在席上拆阅。却是长沙报称粮草已困,云南不见运到,特请设法援助。三桂道:"向来湖南一军只靠云南接济,四川一路却接应陕西。今长沙粮道不济,即令四川帮助亦恐不及,却怎生是好?"正说着,忽又报蔡毓荣尽移荆汉大军以逼长沙,岳乐又由江西入湘,攻浏阳甚急,故长沙极危。三桂听至此,正自嗟叹,又忽报称贝子尚善会同水师提督杨捷已克洞庭,水师提督林兴珠已投降去也。吴三桂听得,大叫一声,吐出鲜血来,立行晕倒。左右急为救醒,乃徐徐叹道:"土地将失,人心复去,大事已矣。朕将奈何?"左右皆劝道:"昔陛下起义之初,只有云南一省,乃奋袂一起,各省随附。今湖南虽危,未必即失。纵或湖南失去,仍有云南、贵州、四川及陕西之半,势力尚雄于初起之时也。若以我人物多众，则林兴珠之降，如太仓少一粟，无关大局。陛下何必灰心如此？"吴三桂道："彼一时此一时也。初时起义，人心向附，其势自顺。今转战经年，士气已堕矣。势短粮细，朕所自知。故宁愿当时少得一城，不愿今日稍失一地。若林兴珠虽非重要人物，然兴珠随朕久矣，朕待之如子弟，且委以水师全权。今日一旦负朕降敌，可见人心已不如前也，朕安得不惊心乎？"大将郑蛟麟道："昔王辅臣声威十倍林兴珠，虽在陕降敌，而一王屏藩即足以破图海。愿陛下放心，臣等愿竭力，国家何争一林兴珠乎？"三桂道："辅臣之降，出于不得已，且为敌人所畏敬。今林兴珠真负国也。朕非为一林兴珠惜，只为人心惜耳。"说罢，仍叹息不置，又复咯起血来。左右亦不欲再言，以扰其病躯。正欲扶三桂退下，忽报襄阳捷音已到。三桂听得，稍露喜悦的面色。但方才一连咯血二次，已面色青白，精神不支，只由左右扶着，欹在椅上。部将林天柱进道："陛下适因湖南警报，殊过于忧虑。不知失之东隅，亦可收诸桑榆。无论长沙为我大军所聚，未必即失，但观襄阳之捷，是湖南虽失，我军亦可北进，陛下当即发谕起军北上。想顺承郡王，一纨袴子耳，必非陛下敌手。得据汴梁，以临北京，将势如破竹。成败之机，在此一举矣，愿陛下振奋图之。"时三桂于林天柱所言，亦欲有所答语，但觉头晕喉梗，不欲多言。郑蛟麟见三桂如此情景，不免着慌，即使左右扶三桂退下。诸将亦不欢而散。

惟各自私议，以襄阳既下，足以振动军威，多欲瞒着三桂病情，分兵出发。各部将均推郑蛟麟作主，郑蛟麟道："此次为主上亲征，与寻常出军不同。若在别将，就可代他行令，至于主上之兵符印信，谁能代之？某断不敢为也。今且多候一宵，看主上情景如何，再作商议。"部将谭延祚道："设有差池，是大周不幸也。"各人听罢，唯摇首叹息。

不料吴三桂退后，精神更惫。时在郧阳，正借清国镇署为行宫。

是时三桂已觉困极，只为军事在心，又不能稳睡，只有爱妃莲儿在旁伺候。但见三桂病势昏沉，甚为焦虑，速延医士诊治。服药后仍无起色。忽然三桂张目向莲儿问道："朕今年几何矣？"莲儿道："陛下只宜宽心静睡，醒后病势自退，不必多言以劳神思。"三桂又叹道："朕恨不起事于十年以前也。"说罢，双目复闭，惟终睡不着。一来年纪已耄，二来又数年溺于酒色，体魄极弱，已经两次咯血，如何支持得起？约至二更时分，又复摇首而叹,口中复咯出血来,沾染枕褥。莲儿再催医师治理,依然无效。医师道:"治此症,宜先撤尽愁思,方能调理。陛下国事甚重,切宜宽心。"说了,不见三桂答言,医士遂退出。莲儿不离左右,知三桂目虽紧闭,心自明白,即心生一计,唤左右侍儿环集,故说军情。或说已有军报马宝大破蔡毓荣,或说夏国相大破岳乐,欲以娱二桂之意。不想三桂素知莲儿能忖己意,且言之太过,三桂不特不信,反以为湖南更危。惟口虽不言,心更增虑,整整一夜不能睡着。

比及天明,病势益增。三桂自知不起,即谓莲儿道:"朕将与卿永诀矣,卿将奈何?"莲儿听罢,忍不住泪,已呼呼而哭。徐道:"陛下须保重御体,以国事为重,毋但为一妇人计也。"三桂道:"噫!汝识见犹胜于朕耳,朕死迟矣。"莲儿听至此,更为大哭。徐又道:"陛下但注意后事,若藉国家之灵,病当立退。设有不幸,妾当随金棺而回奉安。陵寝之日,妾必随英魂于地下也。妾受陛下厚恩,非此不足以图报。且为妾一人而误陛下大事多矣,又焉忍偷生乎?"说罢,椎胸大恸。

三桂此时忽像回光返照,神思忽觉清醒,遂向莲儿慰道:"此朕自误,于卿底事?"正说着,忽侍儿报称,诸将入来问安。三桂随谕令延诸将进来。莲儿即拭泪闪在一旁,诸将乃鱼贯而入,为郑蛟麟、谭延祚、吴应祺、吴国宾、吴用华、何大忠、林天柱、张国柱等,皆鹄立于三桂卧榻之前。三桂举目遍视诸将,不觉双目垂泪。郑蛟麟先说道:"陛下玉体如何?臣等极为盼望。愿早占勿药①,以靖中原。"三桂此时,欲强起与诸将说话,惟四肢疲弱,终不能动。郑蛟麟道:"陛下不必过劳,倘有圣谕,臣等拱听。"三桂乃复睡下,呜咽言道:"朕此后恐不能与诸卿出军矣。"郑蛟麟道:"陛下何出此言?吉人天相,不久当自痊也。"三桂道:"朕觉神思恍惚,身体不宁,喉中梗咽,时复晕眩。朕已年逾七十,得此重疾,焉能永保?然生死亦常耳,独惜国事未定遭此不幸。朕固误国,亦恐误诸卿之前程也。"诸将齐道:"陛下何出此言?臣等受国厚恩,当以死报,愿陛下自重,以维系人心。"三桂道:"朕将不起矣。朕误数年光阴,以至于此。此次亲征,本欲扫荡中原,诸卿等与朕共作太平之宴。今若此,夫复何言?以大事未了,不得不以一言相托。"郑蛟麟道:"陛下有何明训,伏乞直言。"三桂道:

---

① 早占勿药——不用服药而病愈。

"昔朕长子在辽东所生,已在京不幸为敌所害。惟次子尚幼,今当国家多事,非赖诸卿之力,断乎不可。"郑蛟麟道:"臣等虽肝脑涂地,必不负陛下也。"三桂又道:"胡国柱、郭壮图为朕至戚,必能尽忠报国。夏国相与朕论交最久,马宝向为李定国之勇将,自归朕以后,朕以心腹待之。此四人者,文经武纬,识略冠时①,且心地忠硬,举义复国乃其素志,必能仰体朕心辅朕子以图大事。今南北相隔,不能面嘱,朕当以遗书一道烦诸卿转告朕意。"

诸将听罢,皆挥泪答言:"谨遵明训。"三桂又道:"云南向称瘠苦,然自通商业、兴矿户,利源大增,朕因以为根据。四川乃天府之国,地势隘阻,田土优肥,户口千余万,民殷国富,士饱马腾,可资大业,皆勿轻弃之。湖广四战之地,只利于进取。今长沙危迫、势将不支,然云南实阻黔桂,可以无虞。特荆州为由湖入川要道,不可不争。若得之,可以固四川门户,亦可以为湖南声援也。屏藩在陕,足当图海。若汉中荆州以及黔桂门户,坚持即可以保川滇,然后以大军北趋,天下尚可图也。"郑蛟麟道:"陛下断事明见万里,臣等当以此意告知郭、胡、夏、马诸公,以成陛下之志。"三桂忽自叹道:"朕亦愚耳。数年蹉跎岁月,自误至此,乃欲藉后人以竟其志耳!"说罢,长叹一声,又复垂泪,诸将交相慰劝。三桂即令进笔墨,由左右强扶而起,草了遗书一通,嘱交郭壮图、胡国柱、夏国相、马宝四人阅看。写竟,精神已不支,又复倒睡。强向诸将劝谕一回,却令诸将暂行退出。郑蛟麟等遂遵令而退。莲儿复至榻前,三桂时默无一言,惟眼中垂泪,向莲儿似有依依之意。莲儿亦俯首而泣。

少顷,三桂乃道:"朕果致死,卿将何依?"莲儿道:"陛下不必为妾计,妾固有以报陛下也。适闻陛下嘱谕诸将,后事已无可虑。但大军已至此间,究竟此大军如何处置,在妾愚见,当讳陛下大事,仍令诸将出军为是。"三桂道:"所有能将俱在湖南,其次亦在陕西,此间无有当此重任者。若勉强出军,反遭挫败。此军为精华所聚,若有差池,全国震动,是以难也。"三桂至此,复省起一事,乃传谕郑蛟麟、谭延祚复入。当郑、谭二人复至时,三桂乃嘱道:"朕若不讳,宜暂勿发丧。谭将军宜会合襄阳得胜之兵,与王会、洪福共取荆州,以固四川门户。敌人不料朕猝死,荆州可唾

---

① 冠时——盖过时人,为当代第一。

手而得。若郑将军可率诸将领大军陆续回去也。"谭、郑二人拱手领命。三桂又道:"愿诸卿努力前程,朕不能多嘱。"言罢,以口指心而殁。亡年六十九岁。论者以三桂置君父之仇于不顾,只为圆圆致引敌入关,复锄明裔于缅甸,及反正而后,又唯日事酒色,今岁不战,明年不征,坐待困毙,其忧愤而死,固有由也。后人有诗叹道:

> 君父深仇且未知,谁教兵马渡京师。
> 十年重镇称能将,一哭邻庭为爱姬。
> 称号岂留天子障,衔仇羞过伍胥祠。
> 圆圆歌罢人何在?只有莲儿尚可儿。

自三桂殁后,诸将即秘不发丧,莲儿亦唯暗中饮泣。郑蛟麟乃遵三桂遗嘱,令撤回襄阳之师。令谭延祚领本部人马会合王会、洪福往取荆州,俟荆州既得之后,好传遗诏于长沙。一面赶购金棺,先将三桂大殓。将大军十万,反旆成都。令大将吴应祺、吴国贵领一万人马,护三桂棺柩先行,郑蛟麟与诸将共统大军为后路,并保护吴三桂随营家小,向四川而退。

且说清国大将图海,自败于王屏藩之后,再陆续增兵。以元气未复,只紧守要塞,并未与屏藩大战。及听得吴三桂以大兵十万亲征,直趋河南,深恐顺承郡王非三桂敌手,河南若亡,陕西亦将不保,乃令大将赵良栋领兵五万,沿汉中东北而下,以要三桂后路。时赵良栋以总兵积功荐升提督,并授为靖逆将军,权力故在图海之下。图海甚倚重之,特令当此大任。

赵良栋道:"大将军所委,断不敢违。但闻三桂大兵十万,号称二十万,此行恐不足与抗,望大将军指示机宜。"图海道:"兵法在攻其所必救,今三桂以四川为根本,若以大军先趋四川,三桂必撤兵西还,此孙膑围魏救赵法也。若三桂一经退兵,彼人心胆落矣。待三桂退后,将军相机而行可也。"赵良栋领命而出,即号令诸军,整齐队伍,起程沿咸阳、兴平而下。大军已至紫阳,一面使人打听三桂人马行程。时郑蛟麟领大军在后,陆续向四川而回,也不知赵良栋领命拦截,只催军前趋。赵良栋亦不知三桂已死,以至回军。及探马飞报,有周兵大队不下十万人直向四川而行。赵良栋诧异道:"三桂本出河南,何以未经交绥,即自退军,得毋设此疑阵,以诱我耶?"便改装带了随从人等,亲自打听。但见周军军容惨淡,士气不扬,即回谓诸将道:"周兵果退矣。正不知何故退兵,吾当待其过,尽从后击之,可获全胜。"一面分拨人马,届时出战。时郑蛟麟所领大军已过去大半，忽闻紫阳上游似有人马。郑蛟麟道："若有之，必是清兵。然不久必入川境，不必多虑，只顾前行便是。"莲儿道："现在军有退心，士无斗志，若有埋伏，料难抵御。若此军稍有挫失，精锐尽矣。将军为国司命，请统大军先行，妾请以小队扮作先皇，多设旌旗以为疑兵。敌人以为先皇尚在后军，必向后军攻击，则大军可以安稳奔回。妾一妇人，死不足惜，即以妾一人而保全十万精锐，亦国家之福也。"郑蛟麟不从，莲儿因强之。郑蛟麟无可如何，只得留莲儿在后，陆续而退。莲儿乃乔扮三桂，从后而行。

忽行至日暮，鼓声大震，上游无数人马出现，皆清将赵良栋旗号，周兵无不惊惧。赵良栋望见周营后军黄伞，以为三桂果在后军，暗忖道："若拿得三桂，大事平矣。"乃亲率精锐，直向周兵后路攻来。这会分教绝世佳人随军失陷，千秋烈女绝粒捐生，遂成一段佳话。正是：

欲救大军随阵后，却教烈女陷军前。

要知后事如何，且看下回分解。

第三十二回

吴世蕃继位衡阳　夏国相退兵黔省

话说清将赵良栋以为吴三桂必在后军，且拿得三桂，大事可定，实为不世之勋，便督兵直攻后军。时少数周兵皆一同溃走，莲儿自知不免，亦故为惊慌，杂于军中而逃。赵良栋见周军前队直走，不顾后军，心颇思疑。但见后军周兵人马极少，若三桂尚在，可不必理他前军。又念："三桂若果在后军，何以前军置三桂于不顾？"皆不免疑虑。唯至此安排既定，亦惟有先围后军而已，即率人马把周兵的后路小队围定。莲儿料前军已去，乃谓随从军士道："徒死无益，汝曹可以降矣。"于是随从军士皆降。时近入夜，莲儿即欲自刎。转念虽可一死，恐赵良栋以拿三桂不得，必追前军，计不如暂待之。

正悬忖间，清兵拥到，将降兵尽驱入营中，并捕莲儿。清兵知不是三桂，急报知赵良栋，令先押被捕者至前，一问其原委。及至时，乃是一娇娆女子。赵良栋一见，活是一个美人，虽在惨难中，不失闭月羞花之貌，心中

第三十二回 吴世蕃继位衡阳 夏国相退兵黔省

大爱之。乃喝问道:"汝是何人,敢冒作吴三桂耶?"莲儿道:"周皇陛下已由前军去矣,妾乃其侍儿也。"赵良栋道:"三桂既已出军,何以遽退?"莲儿道:"周军自有良谋,非妾所知,或藉此以诱将军之追耳。"赵良栋半信半疑,心中欲令莲儿为己所有,但军士在前,不便多说,乃令先押至后帐。此时莲儿不能走动,心中无限悲感,求死不得,偷生又不忍,惟于无人处以眼泪洗面,亦时以笔墨消遣,聊以解愁。日者赵良栋独至莲儿房内,莲儿方午睡。赵良栋见他案上有诗数首,即取而观之。题为《不得见》,共诗三首。诗道:

弱柳飘今日,名花异去年。
君王不得见,妾命薄如烟。

国事今何若,依心自糜他。
君王不得见,妾命薄如花。

故国难回首,深宫归未能。
君王不得见,妾命薄如冰。

赵良栋看罢,为之愀然。自忖:"莲儿一弱质女子,竟如此坚贞,实在难得。看来三桂手下,想不少忠臣义士。若三桂是济事的,好容易敌得他?"想罢即潜步而出。次日复往莲儿房内,莲儿见了大惊,以为赵良栋将图相犯。赵良栋知其意乃让莲儿坐下。良栋道:"昨日观得佳作,已知卿心事。但三桂非成业之主,卿虽矢志,亦徒自苦耳。"莲儿道:"妾闻忠臣不以兴亡变心,烈女不以盛衰改节。吾受周皇之宠,冠诸六宫,今虽失陷,岂忍负周皇耶?"赵良栋道:"吾且问卿,三桂方自出军,何以遽退?"莲儿道:"此周皇之命,非妾所知也。"良栋听罢,亦不再问。又道:"卿清才劲节,吾甚爱卿,卿能相从否?"莲儿道:"妾蒲柳之姿,不足以侍巾帼。且妾已从周皇,若改从将军,是辱节矣。辱节之女,将军何取焉?若蒙盛德,得纵回川,将买丝绣像为将军纪念,有生固不忘大德也。"赵良栋道:"三桂耄矣!倘已不禄,卿将如何?"莲儿道:"愿从诸地下。"赵良栋知莲儿志未可移,只长叹而出。

自此莲儿立定心志,如不能释回,惟有一死。故赵良栋使人送来的饮食,概不沾唇,只称不愿饮食而已。如是数日,已饿极而病。早有人报知赵良栋,良栋听得,意殊不忍,意欲释之,又不忍舍去。乃使人向莲儿说道:"娘子毋自苦,将军有言,将纵娘子回去。然自绝饮食,终难行路。会当遣人送娘子回川,今适未得其便耳。娘子宜自爱,当进饮食,为他日回川计也。"莲儿道:"妾身虽在此,心在成都。赵将军若加怜悯,释妾回川,于就道之日,即进饮食矣。"那人回告赵良栋,良栋以其志不可强,即欲释之。左右有献谗于良栋者,却道:"凡人莫不贪生,何况一女子。彼目前绝饮食,不过要挟将军耳。囚之已久,必自生悔。观洪承畴之降,可以想见。今因其自绝饮食,即释之,是中彼计也。"良栋遂以为然,置莲儿于不理。惟天天仍使人送饮食前往,以为莲儿饥极必思求食。乃莲儿已矢志不移,惟奄奄一息,睡在床上,面色青黄,腰围消瘦,身软如绵,已不能动弹。尚有二三分气息,终不能死去,欲引手自绝其吭,然已无气力握。至十天左右,只觉喉中还留一点气。赵良栋使人视之,见所送饮食分毫不动,细察其脉息,那时亦饮食难进。赵良栋深悔误其性命,欲以参水灌之。那莲儿心上还有些明白,惟将牙关紧闭,水不能下。及至夜分,呜呼哀哉,敢是死了。年仅二十四岁。后人有诗赞道:

  君王晏驾返川东,谁保雄师伏女戎。
  质弱最怜殉节后,卵危况在覆巢中。
  三生已负牵牛约,一死犹成汗马功。
  蜀帝春魂今在否,啼痕空洒杜鹃红。

  自莲儿死后,赵良栋大为惋惜。赵良栋谓诸将道:"吾爱莲儿者,非爱其貌,乃爱其才耳。今尽节而死,吾甚惜之。"便命左右以礼为之厚葬。当殓时,莲儿面色如生,赵良栋与诸将皆为罗拜。后来赵良栋入川,即以莲儿棺柩营葬于夔州,谓为贞姬墓。此是后话,不必细表。

  时赵良栋以周兵退尽报知图海,请示行止。图海却暂令回军,待攻破王屏藩之后,然后再入川,并令赵良栋即回军陕西而去。

  单说谭延祚与王会、洪福同领人马,疾攻荆州。时清兵已尽移大兵会攻长沙一路,故荆州守兵无多,谭延祚却令王会、洪福先攻荆州城地。以王会入襄阳时所得清兵旗帜号衣极伙,即以本军扮作清兵,相机而进。当下王会与洪福先分攻荆州东北两门,荆州城内清将不虞周兵猝至,又以城中兵少,不敢出战,只闭城紧守。谭延祚料他必催取救兵,却于夜分率兵赚①城。城内清将不辨真伪,以谭延祚军中尽是清兵旗帜,以为救兵已到,开门纳之。谭延祚率兵一拥而入,遂夺了荆州,杀散敌兵。谭延祚即令王会、洪福暂守荆州城,以待后令。即带了三桂遗诏,并领人马沿石门、常德、龙阳、宁乡入长沙而去。

马宝听得谭延祚孤军到来,必有事故,乃急令接入。谭延祚乃宣读三桂遗诏,各员哭拜既毕,胡国柱道:"先皇遗诏所立次子,乃属庶出,且复年幼。先太子虽在京被害,而先皇太孙尚存,序当应立。昔明太祖既定天下,以长子虽殁,犹嘱立太孙建文皇帝,以嫡庶之序不可乱也。况太孙年已长成,若一旦立庶,反开争位之端。外患未宁,内忧先作,必不可也。"马宝道:"胡驸马之言虽是,然此乃先皇遗诏,谁敢违之?"夏国相便向谭延祚问道:"先皇书遗诏时,将军究在旁否?其时先皇病态又何如?"谭延祚道:"小将此时方与诸将至内问安,此诏却出于先皇御笔,惟病势已危矣。书诏甫毕,旋即晏驾。但尚能传嘱末将,先取荆州以通长沙之路也。先皇在日,以太子在京被害,常诫太孙努力国事,记念父仇。今遗诏并不提及太孙,何以一旦忘之?此亦乱命耳。乱命必不可从。且国有长君,为国之福。以吾之意,当依胡驸马之言,改立太孙以主国事。此为权宜,非故违先皇遗诏也。"马宝至是,亦无言语。胡国柱更一力主张,在座诸将皆无异议。

夏国相便令诸将以次签名,改吴三桂之孙。暂令秘密丧事,待新主即位,然后发丧。遂一面令谭延祚以本部人马驰赴云南,接太孙吴世蕃至衡州即位。谭延祚领命疾行。讣至滇中,上下皆为失色。留守郭壮图即与大学士林天擎商议,即令谭延祚本军兼加派护队,送吴世蕃驰至衡州。时夏国相、马宝、胡国柱三人分扼守长沙,分内外犄角以抗拒清将。虽清兵各路环集,然周兵守御甚严,经数十小战,清兵终不能得手。夏国相一面将吴三桂死事秘不发丧,待新君即位,然后计算。那一日吴世蕃将至衡州,先由驿驰报长沙。夏国相听得世蕃将至,乃与胡国柱、马宝商议道:"今皇太孙已到,吾等须至衡州迎立新君。惟长沙地处重要,目下仍须固守。倘长沙一失,衡州亦危,反惊动车驾。故须能守长沙,然后能至衡州

---

① 赚——赢得,获得。

迎立也。诸将计将安出？"胡国柱道："须留一能事者固守长沙，方能赴衡。"夏国相道："坚忍宁耐能却大敌，莫如马将军，此重任非马将军不能当也。"马宝道："此为国家大事，某不敢辞。但今局面不同，敌军云集，拒之非易也。今请往返以二十日为期，二十日以外，须诸君回此共商大计。"夏国相道："往返数日，有十余日料理大事，计二十日可矣。"夏国相又道："胡驸马为国至戚，不可不一行。"便将各路兵符尽交马宝，即与胡国柱起程，望衡州而去。

那日到了衡州，时吴世璠已先到。夏国相将三桂遗诏及各人改立长君之意，对林天擎等说知。时胡国柱、夏国相带十余员至衡，林天擎亦随带十余员同至，即会议扶立新主。即以林天擎为赞礼，夏国相为护卫，以后日为黄道吉日，择定辰时，就在三桂旧日行宫即位。立召工役万人，先行赶将行宫油饰一新。夏国相等打点各员，排班俟候。先令谭延祚以本部人马及新来滇兵拥守城外，复以卫队守护行宫。到那日清晨，夏国相即扶世璠即位。胡国柱率以下各官随班叩贺，皆呼万岁。议定以明年为洪化元年，所有各官俱有升赠。大赦国内，先发喜诏布告新君登位，并发哀诏颁布先皇之丧。凡国内百日内不鼓乐，并谕令夏国相、胡国柱及马宝，以国事未定，即宜缞绖①用兵。所有军戎大事，宜战宜守，皆由夏国相、胡国柱、马宝三人便宜行事。夏国相等谢恩已毕，以长沙军情吃紧，新君不宜久居衡州，仍令谭延祚护送回滇。待至滇之后，延祚即领兵入川，以固川防。各人皆以为然。谭延祚即与林天擎共护吴世璠回滇而去。

夏国相、胡国柱随带哀喜两诏，同返长沙。夏国相及胡国柱至时，恰仅十六日。国相即与马宝计议道："新君即位改元，势须颁布。恐先君既崩，军心疑惧。湖南又为清兵所聚，必难久守，且有守无战，徒费兵力，不如弃之，仍以川滇为根据，先复元气，后图再举，方为良策。"马宝道："徒守此间，固知无益。但恐退守云南，则势反孤耳。"胡国柱道："今军粮告竭，若弃长沙亦难进战，恐除退守滇黔以外，亦无他策也。"夏国相道："四川天府之地，号为天险，可以自固。滇中左扼曲靖，右阻石门，皆可以固守。待敌军兵力一疲，而吾元气已复，再图大举，亦无不可。某已思得一策，当以整顿财力为先。宜一面增采五矿，改铸值十值百大钱，以裕军需，

---

① 缞绖（cuī dié）——披麻戴孝。绖，古时丧服上的麻布带子。

并鼓励民气,以图资助。复推广贸易,以裕商民。不久即可使财力充裕。及今图之,犹未为晚。若再遭竭蹶,势不可为矣。"胡国柱、马宝皆以为然,于是共议退师之计。马宝道:"退亦不易,今当先报荆州,使王会、洪福先行撤兵回川。吾将领兵独进宁乡、益阳,再折而西,以入贵州。公等自由长沙缓缓而退,彼以我兵力未急,忽然退兵,必疑我有谋,应不敢尽其兵力也。且吾犹有一意,吾欲公等先回云南,整顿内事,吾仍当驻兵贵州,以阻来兵,方为稳策。若并弃贵州,反成孤立,恐清兵将以各路大兵扼黔桂,以撼云南,恐云南亦危矣,断不可也。"夏国相、胡国柱皆以为然。马宝乃即行分军两路,为前部扬言分掠宁乡、益阳,自己却领大军继进,嘱令部下若到益阳、宁乡,即撤军望贵州而退。果然清将疑周兵欲通荆州之路,蔡毓荣即分兵往救,惟自马宝起行之后,夏国相即乘夜退兵,直弃长沙而去。正是:

　　数载用兵徒耗力,一朝弃地急回车。

要知后事如何,且听下回分解。

第三十三回

拔固原图海鏖兵　　走汉中屏藩殉国

　　话说周兵计撤退,自马宝进兵宁乡、益阳,以进为退,乘机折入贵州。时胡国柱、夏国相自马宝起程之后,即乘机退兵。胡国柱道:"我今退兵,清兵必乘势追袭,不如虚者实之,于城上仍遍插旌旗,以为疑兵,使清将见之,必以吾军未退,必不敢遽行南下也。"夏国相道:"此计直用不着。若如驸马所言,是直诱清兵来追耳。"胡国柱急问其故,夏国相道:"蔡毓荣合各路之众以困长沙,彼只为围困,而不为猛攻者,盖知吾军在长沙势已疲惫,不久必退,待吾退而后乘之耳。城厢内外,吾军人马数万,旦暮炊烟四起。凡有兵无兵,清将已一望知之矣。是兵少尚能以实者虚之,若兵多则全用不着也。"胡国柱道:"用兵之道,战固为难,退亦不易。今清国四面大兵绕集长沙,吾军若退,又何以保清兵不来追赶也?"夏国相道:"吾已思得一法在此,只如此如此,可以瞒过清将矣。"胡国柱鼓掌称善。夏国相便令三军各拿锹锄，纷纷掘地，泥沙飞扬，滚于空中。然后令诸将一齐打叠起行。到夜深，所有城内城外各军一齐向南而退。早有细作报知蔡毓荣与岳乐等，皆以周营日间沙尘飞滚，必然掘地。既是掘地，必然埋伏地雷，皆不欲遽追，以中其计，蔡毓荣持之尤坚。当部下诸将环集请追，蔡毓荣道："非汝等所知也。观日间周营动静，必有大事，何必便退？恐不宜即追，追则中计矣。"因此与安王岳乐、贝子尚善及简王知照，暂仍按兵不动。到次日宁乡、益阳探报回称，该两地并无兵警，只有些小周兵，尚离数里即回军望南而退。蔡毓荣听得，正自疑惑，不一会，又得荆州由驿报到捷音，以周将王会、洪福已弃城而遁，现在已收复荆州。蔡毓荣听得那两路人马同时撤退，乃惊道："彼真退兵矣，断无各路同时诱敌之理。彼国中必有事故，是以如此。今番马宝却瞒过吾也。"急令人打听长沙消息，见城中绝无动静。急拿土人问之，则称昨夜周兵已退去尽矣。蔡毓荣听得这点消息，急提兵入长沙。正是前方畏敌，今要争功，同时各路清兵皆进长沙而去。蔡毓荣见城内尚粘有周将告示，是谕令军民守制的，各衙署亦悬挂黄字灯笼，始知三桂已死。复寻土人问马宝退兵的光景，土人具述马宝进兵只为求退，军中掘地装做埋伏地雷的样子，亦只故作疑兵。蔡毓荣乃叹道："夏国相、马宝皆能者也。若不然，彼在长沙只合敛手待毙，焉能逃去耶？若三桂有为，而又如此有能事者以佐之，则天下大势未可知也。今三桂已死，吾无忧矣。"便与岳乐相议奏道，以岳乐为亲王，就让岳乐领衔，奏明收复长沙。清朝以三桂踞长沙数年，一旦收复，乃大加赠赏。以岳乐劳师在外已经数载，即令回京休息，而以所部人马由贝子尚善兼统；以尚善晋封郡王衔，加蔡毓荣太子太保一等伯爵；其余各员皆陛赏有差。并令各路从速进兵，乘三桂溃败之时，收回疆土。尚善与蔡毓荣领命后，整顿各路人马，暂行休息，然后进取。

清朝自以收复长沙之后，并谕知图海，示以长沙既复，冀以鼓励西路诸将之心，责令先肃清秦陇，即乘势入川。图海得令，以三桂既殁，川兵必难再出，鄂汴两省可无后顾，乃向顺承郡王部下取精兵二万，并吉林马队五千，驰赴入陕，以壮前军。适赵良栋又引军回陕，图海即大会诸将如赵良栋、张勇、王进宝、孙思克等商议进兵之计。图海道："吾军败后，屏藩终不能进取。虽经数十战，吾以挫败之师，尚能却拒，是天将亡三桂矣。

今屏藩分兵据阳平,扼要道,为平凉声援,亦不能越平凉一步。吾破屏藩,此其时矣。不知诸君有何妙计?"王进宝道:"屏藩大军东至凤翔,西迄秦安,连营相亘。又有吴之茂、谭洪以为左右,欲摧陷之,诚不为易。兵法在攻其要地,探闻周军驻陕,粮道俱屯于汧阳。某愿以一旅之师冒险深入汧阳,焚其粮草,据之以分其东西军势。然后以大军压其前,则屏藩必败无疑矣。"赵良栋道:"吾自探得三桂后军数十人,有一人唤做孙年。他有胞兄孙祚,现为屏藩后军营官。孙年谓受吾厚待,无可图报,愿劝其兄立功来归。俟吾军与屏藩交战时,使其兄举火为号,以扰屏藩军心。彼军心既乱,吾以军力乘之,彼复于中为变,屏藩不败何待?屏藩一败,是吾军一举而收复陕西也。"图海道:"二人之言,皆有见地。吾以为屏藩一军久以固原为根据,当先取之,然后望南而下,以制屏藩,实为要着。今当以一军先下汧阳,留军守把长武一带,却以大军先趋固原。待吾军与屏藩交战,即以孙年行其计可也。"诸将皆以为然。图海即分拨人马,准备行事。

且说王屏藩自三桂殁后,已接哀诏,又接得新君即位,加封为镇西王,以吴之茂为荡西王,谭洪为镇国公,俱列为金吾卫大将军。屏藩等自受封后,益图奋勇,便与诸将商议进兵。吴之茂道:"先皇崩后,人心震动,此一次战事实为重要。某料图海知吾国丧,必乘势求战矣,不如先发制之。以陕西地势险阻,守则易,进则难,不如转向东南,沿扶风、武功以制长武之后。我全取进势,图海将分头抵御,我却沿咸阳而东,长驱疾行,以抚汧鄂之背。沿途招纳,令良将分兵把守要道,以防图海与蔡毓荣之后。是陕西而东,一举可定也。"谭洪道:"吴将军此策,胜则大事易成,败则只轮不返矣。且吾军远去,图海将袭我汉中,以窥川省,是前军未知胜负,而根本已摇,某窃不取。以胡、夏、马三将聚于湖南,犹不敢轻进,何况我军乎?"吴之茂道:"此不同也。胡、夏、马三将扼于长沙,而湖北、江西俱为敌有,实无可施展,故不轻进耳。若以汉中为虑,可飞函川省郑蛟麟,添兵助守汉中,以固川防,万无一失。今当国事迍邅①之际,宁冒险图功。若旷日持久,军心益疲惫,国势益不可为矣。"王屏藩道:"将军之策如韩信之暗渡陈仓,我若行之,必为图海所不及料。因自先皇亲征,中道退兵,图海以

---

① 迍邅(zhūn zhān)——形容困顿不得志。

为川兵不复再出。马宝及夏国相等既扼于长沙，吾军亦阻于陕西，图海以为更无后顾矣。吴将军之策，实出其不意。与其坐守陕西，以旷日无功，何如冒险一行，而冀大事之立就？故此策准可行之。"有部将李本纯道："若依吴将军之策，我若少带兵，则无济于事，若尽提本处大兵而往，是已先弃陕西。且人马既众，军行又远，难保敌人不为邀击。可知此策若行，不特陕西既失，即前军胜负之数，亦不可知也。"王屏藩道："陕西得失，无关大局。即数年据守固原，复通平凉之路，风翔一带亦隶版图，究无损于图海。今吾轻兵远出，亦不必惧为敌人所知。以彼即知之，以为吾军将出以攻城争地，将分兵御守，然吾固非以求战，而但取猛进也。彼若不分兵守地，而必与吾战，则吾亦可转一策，以夺其城池以扰之，彼亦疲于奔命矣。"言罢，遂不从谭洪、李本纯之议，决意弃陕西沿东南而进。不意正在分兵，忽流星马飞报祸事，已有固原告急之报，称清兵大至，速求救援。王屏藩听得，大惊道："今番吴将军之策亦不能行矣。以吾军若出，不特陕西即失，且汉中防守未固，则汉中亦危，吾军更为所蹑矣。似此如之奈何？"谭洪道："彼既来攻，我当接战。非争固原，欲破大敌耳。前次之失，在图海既败，不乘势以求一大战，使图海得徐图布置，实为可惜。今当悉锐与战以破之。若图海一败再败，必引军而东，不特陕西可以保全，即三晋汴梁之路，亦可通矣。"王屏藩听罢，便率诸将统大军前往。军行时，屏藩并谓诸将道："图海此来，知吾国新丧，欲乘机相迫耳。成败在此一举，诸君各自努力。"诸将听罢，人人奋勇。屏藩又以清将张勇原与己为厚交，前者曾具书劝降，当授以王爵，惟未见回答，乃再以书召之。张勇接书阅罢，谓带书人道："吾与王将军为私交，既成敌国，各为其主，公事所在，此后幸勿以私语相往来也。"王屏藩得张勇回答，知张勇无降意，乃大怒道："彼竟为吾敌效死力耶？且亦轻视吾军矣。今遇张勇，当杀之以泄此恨。"便引军驰行。

大军甫到化平，已见前路尘头大起。急令人探视，则固原败兵也。时周在固原守将为副将陈旺，急至屏藩军前报道："图海亲率重兵，已取固原矣。某以众寡不敌，莫可如何，今当速谋区处。"屏藩道："彼进兵是何神速也？今不宜再进，惟驻化平以待之。"乃令陈旺引败残军士为后路，令吴之茂、谭洪分为左右军，互相犄角专待。

第三十三回　拔固原图海鏖兵　走汉中屏藩殉国

图海自亲统大兵拔了固原，一面督兵南下以击王屏藩大军，一面令赵良栋令降弁①孙年转致其兄行事，以图内应。并道："王屏藩老于行军，量一后路营官举火内应，终恐不能奈屏藩何。惟既有内应，即无论如何亦可以扰彼军心，则吾军之进攻较易。以屏藩兵力雄厚，其部下能事者亦多，非此不足以撼之也。"赵良栋得令，密召孙年，着行其计。孙年道："两军相距，不能以书信往来，须某亲往谒见吾兄。然先须给以凭据，于成功之后有以奖给吾兄，方可也。"赵良栋从之，立予一函，使孙年前往。孙年即密藏此函，逃至周营，自称被捕之后，至今方得逃回，遂由军士引见其兄孙祚。孙年乃将所谋一切，俱告其兄，并道："今观大势，三桂已死，周室将亡。吾兄当预作他计，趁此立功投降，亦一机会也。"孙祚听罢，信口答之，只称相机图事，即留孙年于营中。孙祚自念："生为周臣，死为周鬼，岂可改移志向？"乃将赵良栋之函，往见王屏藩。屏藩道："汝意若何？"孙祚道："吾不能以兄弟私情，误国家大事也。"屏藩道："汝真忠臣也，今当乘机行之。汝回营后，瞒住汝弟，说称吾意不欲接战，只坚壁以劳图海之师，将分军沿凤翔而东，要长武之后，以趋汴梁。即约图海、赵良栋来劫我营，并以举火为号。我如此如此，可以破图海也。"

孙祚得令，即回营瞒住孙年，请图海于次夜进兵，允以举火为号，以作内应。孙年即遁回清营报告。图海道："此策或不可全恃，然无论如何吾亦当进兵。"惟赵良栋深信之，以自己重待孙年，而孙祚又为孙年兄弟，故坦然不疑，即勒令军马，决于次夜前进。周将王屏藩知孙祚之计已行，乃急令吴之茂、谭洪左右二军，偃旗息鼓，静悄无声，夜里不得举火，惟本部中军夜后仍有灯光。于吴谭二将，各授以密计。

到次夜，中军大营仍然万点灯光，彻夜不息。图海观之，以为孙年之策未尝泄漏，并谓左右道："如敌军哄我劫营，以待中计，必将偃旗息鼓，静悄无声。今屏藩军中整肃如常，是彼未尝知觉也。"便于三更时分，催赵良栋前进。惟仍恐有失，再令孙思克、张勇引兵为后援。时周营左右二军尚在斜后驻扎，当赵良栋到时，鼓噪一声，三军齐进。屏藩军中故作惊惶之伏，望后便退。赵良栋忽见后营军中火起，却是孙祚叠起柴草，伪作举火，以疑清兵。良栋不知其故，以为应己，乘周兵退后之时，不及顾虑，

---

① 弁（biàn）——旧时称低级武职。

即率军前追。约到十数里，忽然左右喊声大震，左有吴之茂，右有谭洪，两军并力横击。王屏藩复挥军杀回，赵良栋始知中计，急令退兵。惟周兵三路环攻，赵军又在惊慌之际，死伤甚众。还亏孙思克、张勇二军在后照应，听得前军已败，速来救援。周兵追杀十余里，见赵良栋救兵已至，方始收军。赵良栋身被数伤，折了人马三千有余，自向图海请罪。图海道："彼此皆失，何独将军？此后惟奋力立功可矣。"赵良栋拜谢后，欲捕孙年治罪。不料孙年听得赵良栋中计，自恐不免，已自刎而死。赵良栋初疑孙年与孙祚交通，以陷清兵，今见其自刎，可知错疑了他，不免为之惋惜，只怨自己不细，乃令厚葬孙年。

且说王屏藩自破了赵良栋，计点死伤军士，清兵已折去数千人。吴之茂道："昨夜之战，若非敌人救兵已至，必捕赵良栋无疑矣。"王屏藩道："吾亦惜大计小用也。然能令清兵折损数千，亦足挫其势。"乃令厚赏孙祚，并升为副将，一面商议乘胜进兵。吴之茂道："图海远来，自应速战。今以神速兵力陷我固原，乃自固原而下，竟不急求一战，实在可疑。故吾虽在此，甚忧汉中。"谭洪道："汉中相隔尚远，图海之兵力未必即能及之。今大敌当前，一经得胜，则万事皆了矣。"王屏藩以为然，乃决议进兵。以谭洪为前部，以吴之茂为各路援击，屏藩自统大军与图海交战。

图海知屏藩必行进战，乃以孙思克领军先行试敌，正与谭洪相对。谭洪一股锐气，率军直前，孙思克亦悉军相距。吴之茂亦乘势夹击，孙思克一军先已败下来。屏藩乘势追赶，忽然东路一支军杀入，乃清将张勇也。屏藩令吴之茂力阻张勇一军，屏藩仍领军冒死而进。清将图海知前军有失，乃与贝子鄂洞齐统中军应援。屏藩转会谭洪力逼孙思克一军，自却以大军与图海应战，并传谕军中："此次胜败，关系甚大，只要击鼓，不要鸣金。"两军各鼓锐气，喊杀连天。自巳至午，互有损伤，未分胜败。王屏藩乃下令军中："先进者有功，退后者治罪。"亲自提剑指挥军士，一拥而进，清兵稍却。皆以周兵悍锐，一时心怯，前部吉林马队马多受伤，左右奔溃。右路孙思克一军，又为吴之茂所乘，清兵尽已失势。屏藩以为得手。不料正战间，后军飞报祸事，沔阳已经失去，粮道亦绝。王屏藩听得，大叫一声："天丧我也！"早跌下马来。左右扶起，屏藩几已晕倒，只由部将先保屏藩退回。一时军中以主将已遁，沔阳又失，已断了粮道。那沔阳逼近汉中，屏藩一军多汉中人氏，故听得沔阳一失，不特忧粮草无着，且料清兵必

第三十三回　拔固原图海鏖兵　走汉中屏藩殉国

迳取汉中,各动忧家之念,如何不惊惶?倒把方才一股锐气,化为乌有。清将图海在军中,正因军势已却,方自忧虑,忽见屏藩军中有惊惶景象,也疑王进宝一军冒险深入沔阳,必然得手,故王屏藩因此惶乱。忽令赵良栋挥军从左路横击周军,果然周兵渐溃。图海与贝子鄂洞即乘势进攻,周兵大败。前部谭洪身被数伤,犹死命殿后,率人马且战且走。吴之茂知大营已失,急欲移军救援,又为孙思克所蹑,亦救援不及,只一齐退后,遂一同败下。吴之茂知此次一败极为紧要,料图海必然尽力追逐,乃趁自己军中兵力未惫,遂亲自断后,令谭洪诸军先行,并使商诸王屏藩,恐化平一地亦立脚不住,宜速取华亭驻扎。谭洪亦以为然,乃领军先逃。惟图海知王屏藩骁勇能谋,性复能耐战,乘其溃败,欲并力除之,免留后患,乃令军士各备干粮,尾追而下。却令孙思克回应后路,而率赵良栋、张勇两员健将,奋力穷追。图海并下令道:"王屏藩乃吴三桂之虎也,乘其失穴,宜扑杀之。若令养回元气,又留一劲敌矣。若杀得王屏藩者,当赏万金。"故军士闻令,一齐奋勇,周兵惟有望南而逃。

谭洪所领部下,听得失了沔阳,已如惊弓之鸟,惟没命奔走。故吴之茂断后一军,反落在后。清将赵良栋、张勇分两路夹击,吴之茂见前军溃走,全无队伍,自己孤军亦难支持,恐反受清兵围困,因此亦无心抵御,惟有急逃。将近日暮,已至化平,之茂欲先在化平驻扎,挡住来军,使王屏藩得先行整顿。不料清兵已随后蹑至,图海亦惧之茂再蹑化平,却另遣一军绕道先攻化平。吴之茂不能驻足,又惟有随前军齐退。清兵大获全胜。直至夜分,月色高升,图海恐失了地势,且夜里又不便进兵,方始收军。计此一场大战,周兵折去不下七千人,若非吴之茂奋力断后,死伤更不止此数。

时图海既获全胜,即令休兵两日,以全军南下,欲乘势以蹙王屏藩。那王屏藩亦知图海必不肯放松,自念既败之后,前军必不足以抗图海。且沔阳既失,恐汉中亦危,不如并弃华亭,共保汉中。吴之茂道:"图海乘我溃败,必蹑后穷追,若至汉中时,恐全军俱没矣。不如吾统本部,力当图海,将军自回汉中,以镇人心。"屏藩道:"将军若能如此,诚忠勇矣。然将军自料能拒图海各路大兵否乎?"吴之茂道:"此则不敢言。但求支持多一天,则将军早到汉中一天,庶稍能整顿耳。"王屏藩以为然。时谭洪方因伤致病,屏藩便与谭洪齐回汉中,留吴之茂一军暂挡来兵。吴之茂乃号令诸军,力言:"汉中未尝失守。今王大将军已回镇汉中,可以无虑。待王大将军到汉中,部署一切,吾军亦退矣,诸军各宜努力。须知吾军暂留于此,正所以保全汉中也。"并发资财,犒赏三军,军士一时振勇。吴之茂惟奋力抵御,缓缓而退。

且说王进宝既拔沔阳,尽烧周兵粮草,即率兵望汉中而下。沿途招纳,声势大振。王屏藩亦知王进宝必趋汉中,故星夜奔驰。先到汉中后,还幸王进宝未到,一面分兵拒守关隘。那王进宝知屏藩既回,亦不敢遽进,暂留以待图海后命,王屏藩乃得着实布置。奈谭洪伤势沉重,甫到汉中,即已殁命。屏藩正在伤感,忽报吴之茂拒御图海大军,现已被图海各路围困。王屏藩叹道:"吴之茂不能免矣。吾若不救,是陷了吴之茂。吾若救之,又必失了汉中。以吾视师数年,今日乃狼狈至此!"叹罢,不禁吐出鲜血,自知大势难回,便欲以身殉国。正是:

数载战争徒耗力,一朝挫败愿捐生。

要知后事如何,且看下回分解。

第三十四回

胡国柱败走贵阳城　傅宏烈起兵桂林府

话说王屏藩奔至汉中府,听得吴之茂被困,自知欲救不得,诚恐一经往救吴之茂,料清将王进宝必然直压汉中,那时吴之茂能救与否尚未可知,惟汉中已在必危,是更无归路矣。意欲调别将往援,惟谭洪已因伤致病,此外更无别将可当此大任,想罢,不觉欷歔长叹,便遣部将王国兴打谭洪旗号,往救之茂。一面分兵扼守要道,以防王进宝。原来吴之茂自领兵力拒图海,约守华亭两日,即弃城而遁。惟令军士步步为营,且御且退,于清兵来追,并不与战,只自谋抵御,以图缓缓退兵。图海观此情景,乃与诸将计议道:"观吴之茂动静,非留兵备战也。想王屏藩听得沔阳已失,防王进宝直下汉中以截其归路,故先回汉中扼守,以备王进宝。其留吴之茂于此,不过缓吾兵力,使吾等不能急下汉中,俾王屏藩得徐图整顿耳。吾等不可着他道儿,以王屏藩固虎也,稍养元气,即能噬人矣。今当各路齐

第三十四回 胡国柱败走贵阳城 傅宏烈起兵桂林府

进以捉吴之茂,则吾军南下当势如破竹。"便令赵良栋、张勇、孙思克齐进,三路夹攻吴之茂,图海自引大军,为各路援应。那吴之茂仍用前法,惟缓缓退兵。不想清兵各路大至,把吴之茂围困。那时吴之茂虽欲不战而不能,叵耐清兵人马众多,又乘胜之威,加倍奋勇,吴之茂无法,欲竭力杀出重围。那图海却令军士遍布谣言,谓汉中已失,周兵无家可归,惟降者免死。于是吴之茂军中,纷纷投降。吴之茂制之不得,已见军中星散,自己在重围中又绝了外援,且见清兵已各路逼近,料不能解脱,于是拔剑自刎而死。

自吴之茂死后,所有未降军士以主将既殁,亦概归投降,那吴之茂一军,由是全军覆没。图海更令三军,再勿解甲,尽编降兵为后路,率诸将竭力进行,望汉中而下。时王国兴奉王屏藩之命,打谭洪旗号往援吴之茂一军。甫至中途,已听得吴之茂全军覆没,且吴之茂已经身死。自念本军不足挡图海,况吴之茂已死,全军俱覆,进亦无益,乃折军而回。徐听得图海自倾覆吴之茂,即引大军南下,遂星夜奔回汉中,向王屏藩报道:"之茂全军覆没,吾军已亡,今图海正引大军来也。"王屏藩听得大惊,徐叹道:"此我之失计,陷吴之茂者,即我也。吾负国家,又负之茂,吾罪大矣。"言罢,咯血不止。王国兴道:"此诚国家之不幸。然胜负亦兵家常耳,以将军智勇双全,久为图海所畏,今虽失败,尚可再图。即汉中难守,亦可遄返四川,为再举计,何必灰心如此?"王屏藩道:"化平之败,吾即欲捐生,犹以一息尚存,当留身以顾大局。今回思用兵数年,周皇以十数万之众付我大权,乃数年未得寸土,反损兵折将,疆宇日蹙,吾何以见川中父老乎?"说罢,又复吐血,左右乃扶入帐中。

屏藩自念吴之茂已死,谭洪又被伤,自己又病势危剧,川中亦不见有救兵赶到,看来汉中必难久守,那时反为敌据,更是千载贻羞。且默察大局,势难再振,若不幸国亡,更何以自处?昔武侯有云:"成事在天,不可强也。"计不如一死,免致后来受辱。便扶病写书,飞报川中,使速筹战守。一面令人送谭洪回川养病,俾留勇将以备缓急,即遗书以兵符交付李本纯与陈聪及王国兴,暂守汉中,即立志自尽。忽报图海大兵已直趋汉中,约离此不远。王屏藩听得,即遣开左右,自叹道:"吾死更不能待矣。"即拔剑自刎而死。可怜王屏藩以一员勇将,临阵数十年,卓著战功,秦陇一带土人号为虎将。自归附三桂后,清国大将多败于其手,如殀丞相莫洛,败贝子鄂洞,破图海,通平凉,一如张勇、王进宝、赵良栋、孙思克等清国号为能战者,皆为所困。乃以一着之差,卒为图海所乘,致自刎而终。当时论者,诿①为天意,亦王屏藩迁延不进有以自取之也。后人有诗叹道:

屏藩称健将,妙策困清兵。
绩自三秦著,名从百战成。
方期摧大敌,遽尔失长城。
月落星沉日,吴周梁栋倾。

当王屏藩殁时,诸将犹且未知。及听得图海大兵将到,李本纯乃与诸将入帐请令,只见屏藩僵睡,枕畔血迹模糊,已吃了一惊,近前抚之,已是死了,正不知何时自尽,各人皆为伤感。转见案上犹有遗书,李本纯观之,知是以兵符交付自己,始知屏藩昨日送书回川,及遣谭洪回川养病,早决计一死。惟李本纯看遗书,只说着自己权领兵符,并未有嘱示遗计,乃与陈旺等议道:"王将军并无一计遗下,某何能当此重任?吾已知王将军之意,彼不忍言舍弃汉中,吾非图海敌手,故亦不忍言战耳。"言罢又道:"今只有两策于此。一则力守汉中,催救兵以为后助。一则惟有先退回川中耳。"陈旺及王国兴等听得,皆面面相觑。陈旺并道:"若能守得汉中,固是上策,但恐救兵未至,汉中已陷矣。以吾军中,实无拒守之力也。"王国兴亦道:"以昔日军威之盛,且不足以抗之,况今军势既弱,人心又如惊弓之鸟,恐十天亦不能支持,又安能待川兵之至乎?故以某愚见,退即后计可筹,守则三军难保。"李本纯听罢,遂决意兵退川中,令陈旺以本部兵马保护王屏藩棺柩先行,令王国兴为第二路,自己领兵为第三路,仍打着屏藩旗号,尽弃汉中而去。当起行时已近黄昏,仍令军中放起烟火来,以为疑兵,然后乘夜退去。未几,图海大军亦到,以未知谭洪被伤及王屏藩已死,仍不敢遽进,方与诸将议取汉中。及两日后见屏藩军中寂无消息,使人探知周兵已经去远,遂进兵收复汉中,令暂行休兵,然后商议入川,不在话下。

且说吴世璠自继位之后,已回云南,改五华宫为正殿。那五华宫乃永历帝旧日行宫,三桂在滇时加以修饰,颇为壮丽。吴世璠人颇聪明,惟向来未经军事,故一切大事皆付与诸臣。以夏国相为上柱国左丞相,决理宫

---

① 诿——推卸(责任、过错等)。

府机宜。以马宝、胡国柱为天下大元帅,总理军事。当马宝退兵时,本欲尽行退守贵州。胡国柱人本有才,唯逆料国事难挽,颇已灰心,终日惟以诗酒自娱。其妻谏之云:"驸马为国至戚,先皇大任相属。今嗣君新位,国事未定,人心惊疑,一息尚存,亦宜奋力。若坐观成败,试问破巢之下,安有完卵乎?"胡国柱乃大感悟,即与马宝计议道:"贵州地形隘阻,虽足以为云南屏蔽,然我愈退让,敌兵愈进。若敌兵既进贵州,云南益形震动矣。查由湘入黔之要道约有两处,一为辰州之展龙关,一为武冈之枫木岭,大有一夫守关万夫莫敌之势。某愿以本部人马分守两要道,而将军驻兵贵州,上应湖南,下应滇守,兼应广西,以为各路声援,并由将军应付粮草。若吾前军却得敌兵,将军却引军由黔而北,专取进势,以邀敌军之后,并为川湘声援可也。"马宝道:"驸马此策诚妙。果驸马戮力同心,某亦不必遽退贵州,可以留助将军,以拒前敌也。"胡国柱道:"此亦不必。以将军一军久疲于战,又在退挫之际,军心不定故也。若吾本部,久守长沙,蓄锐养精,未尝畏敌,故犹可用。待吾军稍挫清兵,则此时将军军心亦振矣。"马宝听得,难得胡国柱一旦如此奋勇,便从其计,先行引兵入黔,沿途布置,以固云南门户。时胡国柱本部尚有三万人,并以夏国相部将郭壮谋留在军中助力。遂以大将吴国贵领兵万人,会同郭壮谋本部,分守枫木岭,而自率二万人马,独守展龙关。

时清廷以安王岳乐久劳师在外,以长沙既复,乃令回京,即改令贝子赖塔前赴湘省,代统岳乐之兵。将军穆占,亦由图海于长沙未下时,派令带兵赴鄂,以壮蔡毓荣之力。正是:军事棘手时则互相观望,及经得手,自然互相争功。先后如简王喇布,将军希尔根,贝子尚善,亦各统重兵屯住于湖南境内,不下十余万之众。时清廷方下诏,令各路齐捣长沙。蔡毓荣以赖塔、尚善、喇布、穆占、希尔根等,皆一时亲贵,诚不敢与之急功,而军机王公,亦欲以大功归于亲贵中人,乃令蔡毓荣回镇武昌,相机沿荆州以窥川省,而令赖塔等分道进滇。于是将军穆占及希尔根由贵州而进,以简王驻扎长沙以为后援,兼筹湖南善后。以尚善贝子收抚湘赣各郡。唯赖塔一军,恐广西兵力单弱,乃由湘入桂,即由桂进滇。分拨既定,穆占乃与希尔根计议道:"由湖南入贵州约有两要道,一为辰州之展龙关,一为武冈之枫木岭。方今胡国柱独守展龙关,而以吴国贵及郭壮谋驻守枫木岭,以阻我入黔之路。吾与将军各攻一处,待两处俱下,即长驱以入贵州,不知将军于两处之中欲取何地？"希尔根道："彼此皆为国家出力耳,何必择地？请将军进攻展龙关,而吾以军力窥取枫木岭。待两处俱下,则分道同进贵州。若两处有一处未能得手,即互相援助可也。"于是穆占自取展龙关,希尔根往取枫木岭。

且说胡国柱驻兵于展龙关,那展龙关左右峭壁,其势撑天,余外皆是小径小路。关前一条大路,直通贵州,胡国柱领重兵一部,屯驻关中,分一部在关后,以为后援。复分屯扎各小路,以防清兵偷进。时部将白廷华,为前时孙可望部将白文选之子。自孙可望殁后,即投诸吴三桂,至是乃在胡国柱军中。白廷华以诸降将皆为吴三桂重用,自以向在可望军中年少能战,今在国柱部下屈处下僚,颇为怨望。那胡国柱方以白廷华领兵巡哨各路,以备不虞,而廷华领命回至营中,正方置酒自酌,忽然营中军士失火。及救熄时,已被烧去粮草甚伙。胡国柱大怒,乃重责白廷华,谓其约军不严所致,先夺其官阶,留营效力赎罪。白廷华有心腹部校,唤做李英。白廷华自被夺去官阶之后,其心益愤,乃谓李英道："吾辈本非懦夫,不过误投大周,乃不能施展耳。然吾等亦自失其机会,便在长沙时以本部降清,断不致寂寞至此也。"正言间,忽护粮哨弁蒋荣入见。白廷华二人乃以目示意,缄口不言。蒋荣见之,知必有异,乃故以言挑之道："昨日粮草被火,至今不明失火原因,其间恐有奸细。而吾人徒受责罚,心殊不甘。"白廷华道："彼此不甘,岂独汝耶。"言罢欷歔叹息。蒋荣道："吾不欲受此职矣,求公设法遣去。"白廷华道："汝何以忽萌去志耶？"蒋荣道："军事当败,每多贻误,吾等能受得几次罪责耶？人生随处可以出头,固不必依恋吴周也。"白廷华道："汝言诚是。汝有良谋,不妨直说,吾与汝有同心也。"。蒋荣至此,乃细细直言道："吾等设法投清,可乎？"白廷华道："汝言虽好,但无门径终是枉言。"蒋荣道："留心待之,机会固不尽也。"白廷华以为然。三人乃共同歃血为誓,相约投降之计,各守秘密,以待机会。

时将军穆占方悉兵锐攻展龙关,胡国柱时振刷精神,竭力守御。穆占一连攻了数日,不能得手,只分兵四出巡视山径,窥探小路,欲偷出展龙关之后。惟胡国柱分队四布,所有小路皆有小队守驻,清兵侦探小路的多为所捉。穆占见又用不着,心甚抑郁。那日尽率精锐再往攻关,令军士准备火器,且攻且进,并以火器掷击胡军。奈胡国柱先已准备水力,火器无功。关口又窄,全不着要害。关上守兵且矢石交下,清兵反溃伤多人。穆占无

第三十四回 胡国柱败走贵阳城 傅宏烈起兵桂林府

可如何,又再领兵而退。国柱见拒御得手,料清兵难以攻进关隘,单防有细作①勾通敌人,故特派心腹员弁,不时巡察各营,密为防范,一面闭关自守,以拒清兵。那穆占自退兵之后,见叠次攻关不下,心更焦躁。乃募死士千人,定以赏格,如攻进关隘,各有重赏,若不幸死去,即各给予百金以为恩恤,并奏请以特恩追赠。却令应募之一千人各披甲为前队,每以布袋裹泥土一包冲至关前,叠土成埠,俾偷关而进。又以南怀仁所制西洋利炮运至前敌,攻击关门。号令既定,即鼓噪而进。不知胡国柱早作种种防备,见清兵前队各携布包,即知其计,立令前军于清兵前队未至关前时,即分头放枪猛击。若仍有抢到关前者,即以火器掷下。果然清营中死士千人,被周兵居高临下,千枪齐放,已有一半死于周兵乱枪之中。其余仍不退缩,纷纷冒险抢至关前,被周兵火器交施,尽发在火坑之内。

忽然清营炮声震动,已将关门攻毁,穆占乘势率兵猛进。谁想关内周兵亦还炮相击,从关口向外击来较易中,故每放一炮,清营中即波开浪裂,死伤极众。加以关上周兵或放枪,或掷火,尽着清兵要害。清兵无可如何,不特无功,反折伤五六千人。穆占心中甚愤,乃将人马约退十余里,再筹良策。忽见前营分统祁保求见,穆占便问:"有何事故?"祁保道:"周营中白廷华向为孙可望部将白文选之子,自投三桂后,屈于胡国柱部下,不得重用,心怀怨望,久欲投清,以未得其便耳。今他因日前营中火事,被国柱重责,已决意来归。与部下蒋荣、李英相约,稍有机会,即为吾军内应矣。"穆占道:"昔赵良栋为孙年所误,致为王屏藩所算,折兵数千人,此举不可不慎。两军相距,防范极严,彼焉能走透消息?此最可疑也。"祁保道:"他部下李英,向在安王部下护粮,与吾为旧同事。昔安王在江西为高大节所败,投诸高大节军中,今乃改隶胡国柱部下,与吾最厚。现李英与白廷华相约,诈为逃出,昨夜至吾军中,具以情告,我因信其无他,将军亦不必多疑。"穆占道:"方今吾军叠次攻关,皆为胡国柱所挫,正在无法可施,得此机缘,亦是妙策。吾只惧为胡国柱所欺耳。"祁保道:"李英轻身至吾军中,设其中有诈,又将焉逃?惟在吾军善用之耳。"穆占听罢,点头称是,便道:"他若有心来归,固是好事。吾今有一策在此,吾料展龙关要隘,胡国柱守御极严,断难攻下。不如寻出小路,偷出关后反击胡国柱,

---

① 细作——暗探,间谍。

庶乎可矣。"祁保道："此计大妙。今胡国柱正防我军从小路偷过,方派白廷华巡视小路也。"穆占大喜,乃准此行事。祁保回商李英,使回营知会白廷华,设法引本部从小路偷过关后。李英道："吾已逃出,岂可复回营？除是另遣一人耳。"祁保道："两军相距,又安能派人前往敌营？是此计终无用矣。"李英道："吾若回去,死不足惜,事必泄矣。不如另遣一人,如吾之伪为逃出者,往晤白廷华可也。"祁保以为然。乃选心腹人一名,由李英指以路径,直至白廷华营中,乞为收留。白廷华已知来历,即密与商议。乃具以情告,乞引带小路。白廷华乃四出分队,穆占亦派人分查小路,遂得与穆占军士相通,约以何时进兵,由白廷华引进。

是时胡国柱视穆占连日不出,料知他因攻关不得,必偷路而过,方诫饬白廷华认真防范。那日胡国柱正在关内计点粮草,忽报敌军大至,已偷过此关从后击来也。胡国柱听得大惊,已知必有内应,忽传令拿白廷华。那时白廷华已不知去向。胡国柱无法,只调兵与穆占拒敌。不想关后敌兵大至,穆占又率兵从关外猛攻,胡国柱背腹受敌,惟有弃关夺路而逃。穆占以困兽犹斗,不欲过逼胡国柱,乃令放开一路,让胡国柱逃走。时国柱方以守关得力,飞报马宝,约以准备,复行进兵,不提防竟为白廷华所算,遂领兵奔回贵州而去。

且说穆占既夺了展龙关,乃录白廷华为头功,优加擢用,奏请以副将随营效力。因是既得白廷华,遂尽知胡国柱军中虚实,一面休兵驻守展龙关,然后再进贵州,一面打听枫木岭消息。

且说周将吴国贵、郭壮谋,以两路人马扼守枫木岭地方。那枫木岭多崇山峻岭,居武冈之下游,左出城步,右出黔阳,皆有山岭为之阻隔。将军希尔根方统大兵沿宝庆而下,但见山势嵯峨,并无平坦大道,且形势掩映,究竟大兵有无埋伏,实难探悉。希尔根因此大为忧闷,谓左右道："早知地势如此,吾不带兵进来矣。"左右道："敌兵既住于此,若不攻破此路,恐敌人再养锐气,不难再出以扰长沙,是我南下之兵,仍未免内顾矣。"希尔根道："若以重兵守长沙,以防敌人再进,然后分兵以取广西、贵州,彼即守此要道,又焉能为力乎？"左右道："然兵已到此,又将奈何？"希尔根道："吾到此不易,固无空回之理。且既与穆将军约分道取隘,同指贵州,若我不由此进兵,非徒自误,亦误穆将军也。今此地与展龙关地势阻隔,难互通消息,惟有各图进取耳。"乃将人马择地扎下大营,一面分派军队探

第三十四回　胡国柱败走贵阳城　傅宏烈起兵桂林府

看地势,侦察情形,然后进取。

去后,先后得探子回报,均道路径冗杂,每至山林中即不辨方向,只探得敌兵分左右屯扎,东西相峙,且各处要道皆屯兵守把,又于各险地设有埋伏,且不时派小队于小路,以防偷渡,故从这里看来,敌人守御实极为严密。希尔根听得,心上更忧虑矣,似此,不知从何进兵方可。若要彰明进战,则路径丛杂,恐遭伏兵所困。故于无可如何之时,分兵三路:以第一路攻取,以第二路防御伏兵,以第三路为援应,陆续缓进。先是第一路得令先行,约十余里,即见大兵旌旗遍布,分左右环扎。先放一轮枪炮,望敌军旌旗攻击,敌军全无动静。再放第二轮枪炮,始知敌军据险为营,所有枪炮皆击不着要害。正疑讶间,忽然敌营枪声乱发,弹子如雨点而下,颇有损伤。左右两面亦有枪声应响,知是敌人已有伏兵,但不知伏兵在何处,无可拒御。希尔根知此次进兵无益,急传令收兵。深知此处难以得胜,惟谋得一路以绕枫木岭之后,庶可有济。乃即披阅地图,一一观看,觉枫木岭地方,左右四至八道皆是山脉,已为吴国贵、郭壮谋尽占要害,觉无别路可以进兵。细阅一遍,猛省起武冈下接城步,那城步与广西灵川实毗连之地。那灵川又密通桂林,发一支人马从灵川直出城步,以邀击枫木岭之后,敌势必然瓦解。且敌军只防北路,若广西一路必非其所留意,此举必可成功。便令差官急持文书前赴桂林,使从速发兵。正是救兵如救火,那差官马不停蹄,早到了桂林。

时贝子赖塔一军,亦已行抵桂林府,接得希尔根文报,知道方攻枫木岭不下,自当应援。特以抚臣驻守桂林,不宜远出,便问诸将,谁敢领兵偷出城步。诸将以山岭奇险,不敢领命,惟面面相觑。适桂林知府傅宏烈在座,听得,奋然道:"某虽不才,愿当此任,请假以精兵五千人,当生擒吴国贵、郭壮谋二人,献诸麾下。"赖塔大喜,立令傅宏烈就桂林领兵五千,再由本部接济,拨三千精兵相助,另重新招募二千人,以输运辎重工程,凑足一万之数。赖塔并道:"公谓得五千可以了事,今更凑成一万,以壮公威。想军到之日,即能奏凯,某当在广西专候捷音也。"傅宏烈道:"当此国家多事,卑职久欲充当偏裨①,为国家稍尽分毫之力。前者诸公诸多汗马功

---

① 偏裨(piān pí)——偏将,裨将。将佐的通称。古代佐助大将的将领称偏裨,亦称副将。

劳,独卑职在此若安居无事,久深内疚。今蒙大将军委任,方称本心。此行若不能成功,纵国家不加处罚,吾亦无面目以见大将军矣。"赖塔听得,深壮其言。又道:"公忠勇如此,向未能重用,诚为可惜。今当薄具水酒,以壮公行色也。"便立行治酒,与傅宏烈饯行。甫饮第一杯,傅宏烈即起身辞道:"今尚非饮宴时也。希尔根将军现在武冈,进退两难,望救方急,卑职立当起行矣。他日乱方平息,再领大将军太平宴也。"赖塔听罢,大为嘉许。傅宏烈即辞出,在桂林领了五千人马,并领赖塔所拨三千精兵,另有新招二千人亦已募集。傅宏烈共领兵万人,申明号令,整肃队伍,誓告三军,即率军起程,风驰电掣,直沿灵川望城步进发。正是;

前军见已难摧敌,后路犹能发救兵。

要知傅宏烈此去胜负如何,且看下回分解。

第三十五回
康亲王会兵平闽浙　　赵良栋奉命取成都

话说桂林知府傅宏烈,承赖塔之命,进兵以掩吴国贵及郭壮谋之后。所部一万人马,倒令衔枚①疾走,先望城步进发。惟广西一地,由灵川至湖南地多山麓,行走不易,军士皆有畏色。傅宏烈奋然道:"不入虎穴,焉得虎子。汝等不读书,不见邓艾偷渡阴平乎?今此路虽险,仍不及阴平万一。如此尚且畏惧,何以交战?吾料敌人必不知吾从此进兵,汝等可以放心矣。设有不幸,吾即与诸君共死于此。吾为长官,未必汝曹性命较吾尤贵。今唯进者有功,退者立斩,汝等不要违令。"三军听得,于是勉力进前,皆穿林拨草,附葛扳藤而进。马上官军亦以地势梗塞难以驰马,下马步行,令军士代为牵马。还亏山路虽险,周军并未驻兵防守,故傅宏烈人马全无阻碍。登山之后,傅宏烈慨然道:"若敌人以千人驻守山隈②,吾军即不能到此矣。幸敌人见不及此,吾军以通行无碍,此吾军之福也。此行

---

① 衔枚——横衔枚于口中,以防喧哗或叫喊。
② 山隈(wēi)——山的弯曲处。

必一战成功矣。"

三军听得，至是胆气为之一壮。及通过山麓而后，已离城步不远，傅宏烈对诸军道："城步一地，正压武冈之后。敌兵只防前路，于后路必守兵不多，吾军速据之以为根本。若被敌人觉之，于城步增益守兵，吾军进无可进，退无可退，将全死于此矣。"说罢，即传令进兵。果然城步地方只有千余周兵防守，不过以备转运粮草，全不知傅宏烈带兵忽至，故全无准备。傅宏烈遂督兵一拥而进，驱散守兵，拔了城步。

时吴国贵及郭壮谋力谋拒御希尔根，方谓守御得力，希尔根断难过岭，忽见城步守兵七零八落仓皇奔至，吴国贵大惊，细询原因，方知傅宏烈带兵由灵川偷过城步，以袭自己后路。乃谓郭壮谋道："今若此，是吾军腹背受敌矣。吾等在此，胜则有功，败者为俘，一息尚存，当效死勿去。今有一策于此，不知将军肯行否？"郭壮谋便问何计，吴国贵道："为今之计，只有分兵，以一路阻希尔根，一路阻傅宏烈耳。"郭壮谋道："公言亦是。但恐傅宏烈已掩吾后，吾军心已瓦解矣。"吴国贵道："傅宏烈一军，由灵川到此，逾山渡岭，辎重多则三军难进，必以步兵轻骑火速疾行，则所携粮草必少。如坚壁以持之，不消两月，宏烈必不能支持。"郭壮谋深然其计，自愿独当傅宏烈，留吴国贵力拒希尔根，各自分其责任。

时傅宏烈已踞守城步，即日即欲进兵掩攻枫木岭之后。帷军行疲惫，将弁纷请再行休息一天。宏烈道："不可。吾军粮草尚少，转运维艰，今惟有出其不意，方可收功，否则吾军反为所弃矣。"正争论间，忽探子报到，敌人知吾得了城步，现已分兵由郭壮谋领兵来攻城步矣。傅宏烈听得，大惊，只令人固守城池，另分兵城外以为援应。并下令道："吾军至此方疲，未能遽战。今惟有力守，徐图良策耳。"便将一万人马分一半抵御郭壮谋，而留一半轮流守御。及郭壮谋带兵到时，并力往争城步，傅宏烈惟设法拒之。宏烈并下令道："吾军到此，进则生，退则全死，不可不奋力。"故军士皆振奋。那郭壮谋的军士，又以傅宏烈既袭其后，已不免惊慌，故一奋一怯，相去悬远，郭壮谋人马虽众，亦无可如何。傅宏烈见郭壮谋以二万之众，不能争取城步，心中稍安，便分兵四处巡视，以断周兵运道。凡周兵粮草，时多由贵州输运，被傅宏烈劫了多次，故宏烈军中反粮草充足，周军反已告匮，军心益为惶乱。

早有报知吴国贵,吴国贵叹道:"吾早言傅宏烈间关①到此运道艰难,破之实易。若郭壮谋能依吾言,先绝敌军退道,而自保粮草,即不必与争城步,而傅宏烈即全军死于此矣。今我军为主,既不能断客军粮道,反为客军所劫,何以能战乎?"说罢不胜叹息。时吴国贵虽能力拒希尔根,怎奈军中缺粮,所有运道俱为傅宏烈所断,军心大为惊惧。自古道:"无粮不聚兵。故吴国贵军士,此时已有私逃的。吴国贵知军心已散,虽勉强死守,亦属无益,更恐军中有通敌投降者,那时反为敌人所据,乃传令放开险隘,出其不意,直攻希尔根。只望侥幸一胜,则军粮充足。不意正欲战时,郭壮谋一军以无粮故,已自哗溃,纷纷乱窜。傅宏烈更乘此机会率兵直出城步,追击郭壮谋溃散之兵。周兵一来慌乱,二来困乏,那里还有心拒敌?故郭军大败,死者不计其数。吴国贵见此情景,知本军不特不能进战,即关隘亦不能再守,惟有统率本部兼救郭壮谋残兵,溃围而出。不想希尔根一路知吴国贵既退,料广西一路必然得手,故亦率兵奋进,与傅宏烈不约而同,分两路夹攻。又因山路崎岖,吴国贵此时反不易溃走。希尔根及傅宏烈两路人马,漫山遍野而来,已把周兵围困。郭壮谋先死于乱军之中,故郭军纷纷投降。此时吴国贵虽有谋有勇,已无法可施。自郭军投降之后,连吴国贵的人马也无心御敌,希尔根及傅宏烈又已逼近。吴国贵见军心如此,料难走脱,即多杀军士亦属无用,乃向左右叹道:"吾初守枫木岭时,以为如此险要,守之诚易,断不有负责任。故受任以来,殚精竭虑。独不顾及广西一路,是吾失策。然使郭壮谋能依吾言,傅宏烈片甲不回矣。今以如此险要,拥数万之众,而不能固守,即能冲出重围,复有何面目见人乎?"言罢,即拔剑自刎而死。左右救之不及,敢是死了。自吴国贵死后,三军无主,乃一齐倒戈投降。希尔根乃与傅宏烈抚定降兵,一面向北京报捷。赖塔贝子乃奏表傅宏烈之功,立升广西巡抚。希尔根乃与傅宏烈计议,仍令宏烈一军,由桂入滇,而希尔根即知会穆占,分道同进贵州。不在话下。

且说靖南耿精忠自附从吴三桂之后,虽以三桂自立称尊,心殊不满。惟自念既已举兵,必不能求朝廷免罪,计不如阳则与三桂相应,阴则自图大事。若自己可以如愿自不必说,即三桂成事,亦可以受三桂之封号,一举两得,终胜于坐而待死。乃大简师徒,直指浙右。以左军都督曾养性,

---

① 间关——辗转。《后汉书》:"遂逃避使者,间关诣阙,上疏自陈。"

第三十五回 康亲王会兵平闽浙 赵良栋奉命取成都

中军都督冯九玉,前军都督吴长春,后军都督马成龙,及陆路都督马仕宏,水师都督朱飞熊,与总兵俞鼎臣,各领本部分出攻浙。耿精忠统兵在闽,抚定各郡,然后继进。先是攻浙各路人马,次第进发,各路各不下数千人,声势浩大,全浙为之震动。耿兵所过,无不披靡。是时江浙平静日久,武备废弛,故耿兵到时,势如破竹。如台州、温州等处,俱已沦陷。只有守备何敬忠,与曾养性会战于斑竹岭。然一经交绥,即全军溃退,何守备亦即阵亡,自是更无一将敢出迎敌。于是上虞、诸暨亦不能守,皆为耿兵所踞。全浙地方,皆如朝不保夕。地方大吏,凡文书奏折,雪片似的飞请援兵。由是北京政府乃派康亲王为大将军,及固山贝子与宁海将军,一同带兵赴浙,以拒耿王之兵,当大兵到杭州时,康王与诸将即会议进兵之计。固山贝子道:"耿藩叛后,初已出兵为三桂声援。及三桂僭号称尊,耿藩已有悔志,故观望不前耳。今耿藩兵势既锐,吾若迫与之战,未必即胜。不如宣以朝廷德意,令其依旧归顺,兵不血刃,即可肃清,较为得计。"康亲王道:"非也。当耿藩初叛时,图海亦陈此策。今几经时日,耿藩乃以各路兵力威逼全浙。若再复忍之,彼气必骄,安肯归附?恐全浙将尽为所有矣。"将军宁海道:"王爷之言是也。敌患已深,宣抚之策非今所可用。以愚观之,敌诚易与耳。"康王乃独向宁海问计。宁海道:"今耿藩分数路赴浙,其精锐必尽在浙中,若能破其浙江兵力,即迎刃而解矣。若再惧不敌,可特遣一路,从间道先扰闽中,而以大军角其前。彼惧腹背受敌,不退何候?吾因而乘之,是闽浙一举可定也。"康亲王深以为然。固山贝子乃奋然道:"吾非惧耿藩者,不过可免生民涂炭即免之耳。今宁海将军既有此计,某愿以本部人马先定浙江,而以宁海将军攻闽,请康王爷以大兵为后应可也。"康王亦从之。乃先令宁海带兵绕道赴闽,一面令固山贝子出战。

分拨既定,固山贝子领兵先行。探得耿藩军中以曾养性一路最为骁健,又听得曾养性方驻兵黄岩,总兵刘建中已兵败投降耿军去了,固山贝子乃谓诸将道:"若破得曾养性,则耿藩各路皆溃矣。"于是移兵望黄岩而来。

时耿藩部下诸将,自入浙后,以为所向无敌,全不以为意。及固山贝子大兵驰抵黄岩,乘夜进击,曾养性不虞敌军猝至,措手不及,因此大败。固山贝子既获胜捷,复谓诸将道:"今耿藩部将俞鼎臣,方招集流亡,将行上窜剡溪。若能破之,则彼两路俱败,余军皆胆落矣。"时耿藩各军,方分道并陷浦江、上虞、诸暨、余姚等地，固山贝子更知照康亲王，使派兵堵截，自却率兵直抵剡溪。那时耿藩部将俞鼎臣，方扎营于山野之间。固山以崇山峻岭，地势掩映，屡战无效，乃伪为收军，置酒大会。俞鼎臣探悉，以为固山贝子不能得志，行将退兵，全不做准备。那固山贝子置酒饮至三更时分，乃令参将满进贵及道员许宏勋各领二千精骑，乘夜袭击俞鼎臣，自领大军，随后进发。果然满进贵及许宏勋到时，俞军皆在梦中，即杀入俞军营里。俞军那里能够抵敌？只互相逃窜。固山贝子大兵亦随后到，纵横冲突，如入无人之境。俞鼎臣顾不得军士，只单人匹马，落荒而逃。固山贝子大获全胜，既复了剡溪，复移兵来助康王。恰可康王接到固山文报，已派副将牟大寅及知府姚启圣等，已分道收复上虞、诸暨，乃合兵做一处，商议再进。

惟耿军自曾养性败后，各路已望风震惧，忽然宁海将军绕道入闽之说传遍浙中，于是耿将如吴长春、马成龙、马仕宏等，以康王及固山两路大兵在前，而宁海复出其后，不免惊惶。便商议各路齐进，以退康王及固山之兵。曾养性更布告各军，谓：“耿王在闽，虽宁海将军绕出吾后，皆不足介意。今惟有先陷浙江，长驱北上耳。”诸将皆以为然。于是耿藩部下各都督又分道并进。曾养性等连败固山贝子及许宏勋于黄岩，因此黄岩、天台、仙居三处，又尽为耿兵所据。复分道陷宁波，以断康王运道。时康王三路人马，不下十万，自粮道梗阻，饷项不敷，益为耿军所困。固山乃遣提督塞白理据桑岭，提督周云龙据白塔，共分两路，竭力抗争，以通宁波、天台之路。耿将曾养性亦遣通将米光佐、米光祖及总兵林冲造水师于小梁山江中，攻陷沿海郡县。由是浙江全境戒严，康王与固山大为忧虑。固山道：“彼断我粮道，我军惶迫，今惟有速战耳。”及计议，以康王一军赴金华，而固山贝子独进天台。先令副都统伯穆分三路而进，在白水洋一战，曾养性大败，折兵三千余人，遂复天台、仙居。而康王一路，亦令副都统马哈达出道山，提督鲍虎出严州，直攻曾养性部将徐思潮、冯公武等，俱获胜捷，遂复严州。时东阳巨族吴志森，素负人望，曾以乡勇恢复县城，康王闻其名，置之幕下，令其抚谕各地，兴办民团，以助却耿军。而以副都统马哈达统兵陈世凯与民兵并进，亦先后收复温、处二州。固山贝子以耿藩分数路而进，亦知自己人马宜分不宜合，乃令诸将各为一路，分头进攻。然自曾养性败后，耿兵各路亦望风而溃。固山贝子以北兵不习水战，仍取陆

第三十五回 康亲王会兵平闽浙 赵良栋奉命取成都

路,乃偷出黄岩之后,由土木岭逾茅坪岭而进,前后夹击,大败耿藩部都督吴长春。曾养性乃拔营守温州,固山贝子仍复进攻。耿部副将米正三等先降,台州之围遂解。固山复乘势再进至沙头岭,先后斩耿部都督吴长春,总兵刘秉仁,降马九玉、张广文等,于是耿兵尽行气沮,各路皆意存观望。独曾养性矢志不移,并下令道:"吾等受耿王之命,倡行大事。以十数路大兵入浙,方势如破竹,只以各路观望不前,遂为固山贝子所乘耳。吾等不可负耿王,惟有始终其事。若各路同心,则寡众之数非弱于敌人也。"既下令后,复约会各路同进。

时固山贝子将抵温州,向诸降将马九玉等问耿军情势。马九玉道:"耿藩诸将虽多猛勇,然类皆因人成事,独曾养性一人最为坚毅,且猛勇过人。若能破得曾养性,则各路不降亦退矣。"固山深以为然,遂设法谋取曾养性。时宁海将军既抵闽中,而简王又飞令江西之兵入闽相助,故耿王已被困于建阳。曾养性听得方拨兵往救,而以半军握守温州。固山连攻匝月,终不能下。未几,曾养性往救建阳之兵已为宁海所袭,耿王在建阳仍不能脱。耿王之妻格格,乃率领其子归款①,耿王遂降。及曾养性听得耿王已经降顺,方解温州之围,降于固山。自此闽浙遂平。自闽浙平复之后,而各路大兵又聚于湖南、广西,分道以逼云南。吴周大局,已日愈紧逼。独四川一地,尚完全自固。惟自图海大破王屏藩,既夺汉中之后,成都人心亦知图海一路必下西川,人心无不惶惧。

北京军机诸人,以图海劳师在外经历数年,精神劳顿,宜令其休养,乃以顺承郡王在河南顿兵无功,即将顺承郡王撤回,令图海暂回汴梁栖息。并着图海择人统兵取川。图海乃大会诸将,使陈议取川方略。时王进宝,张勇、孙思克、贝子鄂洞等,皆有指陈,大都欲以乘胜之威,合路猛进,成都即唾手可定也。独赵良栋以为不然,并道:"四川古称天府之国,山川险阻,物力富饶,吴氏据之,诚足以自守。今王屏藩虽败,而罗森、郑蛟麟等俱在成都,此外诸将亦多三桂旧部,久经战阵,不能谓为无将。四川烟户千万,又民性强悍,加以三桂旧部所驻扎,亦不可谓其无兵。自吴氏起兵以来,各处粮道俱取给云南,朘②削多则民怨集,唯三桂未尝以朘削苦川

---

① 归款——犹投诚、归顺。
② 朘(juān)削——剥削。

民,是彼在四川未及人心离散也。彼既有能将,又有能兵,据地势,得人和,以抗吾师,此彼之利也。吾以兵力征川,少带兵则不足于用,多带兵则饷用浩繁。四川地势险阻,转运实非易事,主客之势,彼犹易设法以断吾粮道。况屏藩久居秦陇,向得人心,若我既得川,而不幸秦陇间复有为变者,将何以御之?此皆吾之害也。以此利害相较,谁谓成都易取乎?若蒙大将军信任,假末将以本部人马,并附以吉林马队万人,并拨一二能事者以为援应,末将愿收复四川,双手奉献。"图海道:"将军洞明大势,必有把握。但往取四川,究竟需何时日方能了事耶?"赵良栋道:"多则两年,少则一载。若善后抚绥,尚不在此期限之内也。若云数月可以了事,此大言欺人耳。以吴氏占据四川已久,人心未去,必须沿途宣布恩泽,然后施以兵力,方可收功。否则,我方进战,川民将起而助吴氏,深入敌境,胜算实非易言也。"图海听罢,深以为然。乃奏请以赵良栋为征西大将军,着以本部人马,另图海军中拨精兵二万人,共足三万人数,并附以吉林马队万人,前往收复四川。又令孙思克以本部人马屯扎汉中,为赵良栋声援,并应付粮草。又奏保张勇、王进宝为珍逆将军,各统本部万人,一同入川,协理军务。一切大小军官,俱受赵良栋节制。并谓赵良栋道:"有如此兵力,已足助将军行色。吾今退屯汴梁,亦足为将军遥助,粮草运送,将军不必多虑。望将军早日成功,某将在汴梁听候捷音矣。"赵良栋道:"某受大将军知遇,即肝脑涂地,方称本心。某此行当黾勉从事,断不辱命以负大将军也。"遂部署一切军事,准备入川而去。正是:

　　已闻南越方平静,又向西川要奏功。

　　未知后事如何,且看下回分解。

第三十六回

赵良栋大战阳平关　　杨嘉来败走夔州府

　　话说赵良栋由图海奏保为大将军,奉命往取四川,而张勇、王进宝大将,亦合兵同进。后来图海以张勇、王进宝资格本高于赵良栋,且赵良栋为天津总兵时,张王二人已任提督,今以赵良栋指陈取川方略实有把握,

第三十六回　赵良栋大战阳平关　杨嘉来败走夔州府

乃骤以为大将军，权位在张勇、王进宝之上，将来恐致生意见，且在陕战绩，张王二人尤伟，如何倒在良栋之后？乃复奏保以赵良栋为定远侯，张勇为靖逆侯，王进宝为平远侯，名爵相等，张、王二人不必受赵良栋节制，惟战守须与良栋商酌。若张、王以下，概归赵良栋调遣，且予良栋以便宜行事。当下赵、张、王三人得谕，即由汉中商议进兵。赵良栋道："吾等当分路并进，若同在一起进兵，敌人将能合而御我矣。"张、王二人皆以为然。乃定议，以张勇一军沿褒城取道宁羌而下，王进宝一军直逾山抄取巴西，赵良栋乃以本部人马由略阳下游以取阳平关，分三路共趋成都。赵良栋复飞报图海："以四川幅员广大，吾军深入，在在可虞。且西川又为三桂根据地，布置已久，诚不易占胜，故仍恐兵力不足，特请再派人马扰攻川东，以张声援。"图海亦以为然。并谓左右道："赵良栋临事谨慎，此行必取西川矣。吾不可不有以助之。"乃特调湖广提督徐治都，领兵万人，沿宜昌而西，直取夔庆，以免良栋等东顾之忧。计此时图海所遣共四路大兵，不下六七万人，齐向四川进发。

且说成都自三桂死后，所有事权俱以谭洪、罗森、郑蛟麟三人相主持。时谭洪已经伤愈，听得王屏藩及吴之茂已殁，汉中已失，知图海大兵不久入川，乃与罗森等计议。那罗森向为四川正抚，自三桂入川，举城投降，至是乃为上柱国大学士。从前三桂出兵，及王屏藩一路所有粮草皆其一手应付，为人本有些机变。当日闻谭洪之议，乃答道："由秦入蜀，道路险阻，本不难于拒守，但恐敌人以湖北一路合而攻川，吾将难于应付矣。加以挫败而后，人心惶惶，恐边隅方筹战守，国内即相率为变，此不可不防也。"郑蛟麟道："为今之计，当分为出征、留守两事，另以能将阻夔庆要道，以防湖北之师，方为万全。"谭洪深然其计。一面定议以罗森留镇成都，一面检阅师徒，以备防战。忽边吏飞报，图海已遣三路大兵由秦入蜀，赵良栋出阳平关，张勇出宁羌，王进宝出巴西。三路人马不知多少，声势浩大，因此飞请援兵。不多时，各路催兵文书已雪片飞报。"谭洪道："事急矣！吾等当速行出发。"乃请诸罗森，愿与郑蛟麟分当赵良栋、张勇。以巴西一地山脉阻扼，若以兵守之，王进宝必不易得志，罗森以为然。乃令谭洪领军二万，驰赴阳平关，而以郑蛟麟领军万人，扼守宁羌要道，这两路先行出发，又唤总兵陈旺领军五千人，往守巴西。罗森并嘱陈旺道："巴西地形岩阻，汝幸勿轻战。若固守此地，王进宝求战不得，不久自退矣。"嘱咐后，三路次第进兵。又以夔州阻湖北之冲，时总兵杨嘉来自湖南失陷后，方回驻四川，罗森乃令本部人马往守夔州。分拨既定，罗森复筹备粮草，以应军前。一面出示镇定人心，复行招募人马，日日训练，以备缓急。不在话下。

且说赵良栋与张勇、王进宝，分三路同进，声势既盛，皆望风披靡。周将谭洪等出兵时，沿途复接得边吏警报，谭洪知事已急，乃不分昼夜驰至阳平关，急令三军结营，外排鹿角，以备固守，又将人马分布要地，依山傍水，互为联络；并派小队于山僻小路，以防敌军偷渡；又防水陆运道为赵良栋所断，乃令军士先行掘井；又分军二千人在关后，择地屯田以示久守之意；只留少数人马屯扎关上，余外俱分守要隘。部将胡念恩进道："吾等奉命来守此关，是以守为战。今将军尽分布大兵于关外，末将实在不明。若将军志在求战，则屯田掘井反嫌多事矣。将军此策，究竟是何用意？"谭洪道："守险不守城，为兵家要道，守关亦然。我若以大兵全聚关内，敌军将谓我必不能攻，可以放心攻我。彼假以时日，即最坚之城，亦无有不下。君不见展龙关与枫木岭乎？胡国柱、胡国贵非无将材，然终不能久守，盖我只图抵御，败敌人将百出其法以困我矣。今吾以守为主，而示以可战之状，正为此耳。"胡念恩听罢，大为拜服。谭洪分拨既定，再将自己到关筹设防守情形报知郑蛟麟及陈旺，而郑、陈二将亦如己之设法筹备，誓志死守也。

去后，赵良栋一军已沿略阳而下，令三军火速疾行，并下令道："当急趋阳平关据之。若敌兵先来固守，则此关险固，破之不易矣。"于是三军得令，赶速前往。约离阳平关尚有五十里，即有探子回报道："阳平关已有重兵把守，守将乃大将谭洪也。"赵良栋听得，心中纳闷，谓左右道："谭洪向在王屏藩前军，号为骁勇，今到此何神速耶？吾此次失着在出军迟滞。以定议进兵之后，始知报图海公，使分兵由湖北以趋夔庆。而吾军起行后，可以攻州破县，动需时日，方才到此。今以阳平关之险固，又益以勇将谭洪领重兵把守，即欲破之，亦大费力矣。"乃传令安营，唤集诸将商议攻关之计，并谓诸将道："谭洪守险不守关，深得兵家要着。且其营垒分布，盘旋环绕，似无懈可击。吾今先以兵力攻谭洪中营，看其如何应付，然后定计更进。"乃分军为五队，以一队固守大营，以两队与谭洪交战，另以两队为左右翼，以防袭击。因谭洪分兵驻险，不下十数路，恐于两军到战

第三十六回　赵良栋大战阳平关　杨嘉来败走夔州府

时受其横击也。分拨既定，立行出兵。时谭洪亦知赵良栋将要攻战，只传令各营紧守，待赵良栋退时，然后分道击之。

原来谭洪已传令各营，俱外筑兵垒，以图固守。那日赵良栋率兵大至，周兵只是不出。几番冲进，以枪击之，弹子俱落在垒外，全不着周兵要害。周兵在营里大笑。赵良栋军士大怒，奋勇前进。惟甫经薄进周营前，谭洪即传令发枪，故赵良栋军士反受夷伤。良栋传令收军，心中暗忖道："谭洪以大半军士在关外择险屯扎，我军却近不得关前，终不能攻关。今破谭洪军尚且见难，恐欲攻破关隘更为不易。"便欲学穆占攻展龙关之法，令军士侦察小路。但各处小路俱有周兵，或三四百人，或二三百人不等，分地布扎，不特不能探得，且探路军士每为周兵所害。如是数日，部将米光元道："彼扎小路之兵，多不过三四百人。不如以兵力乘之，斩此数百人，以通过小路可也。"赵良栋道："彼小路驻小队，非所以御敌，只藉此以通报消息耳。我若攻之，彼将援兵四至矣。且彼驻险守要，实可以寡敌众。我兵若少，必然无济；若多带兵以攻一小路，敌军无有不知，恐欲歼数百人亦非易事。"部将总兵何进忠道："不如以一军阳攻小路而进，若谭洪不往救，即可以小路绕出关后，否则，提兵前往赴援，而我以大军直蹙关前攻之。若谭洪回军，我只因其奔走往还，乘其急以求一战；若谭洪不回军，我即奋力以通过阳平关隘可也。"赵良栋道："此计大巧。"乃分兵四大队：以第一队约五千人留守大营，以防袭击；以第二队约五千人往争小路而进；以第三队约万人默待谭洪调兵时前往攻关；以第四队约万人待谭洪赴援小路，若闻本军攻关，必调兵折回，因求与谭兵一战。

分拨既定，赵良栋复谓诸将道："此次分兵，只视谭洪调兵往救否以为胜负。若天助我军，谭洪若中吾计，则有三个希望：第一望谭洪若不往救，则乘势可通过小路；第二望前关可破；否则候谭洪赴援后回军往返，此时与战，亦可一胜。既胜谭洪，不患不能破关也。务望诸君，奋勇从事。否则，旷日持久，纵不致败，亦将为谭洪所困矣。"诸将得令，皆奋勇请行。原来谭洪所驻小路各小队，果如赵良栋所料，只以通报消息。

那一日正在营中商议防守之策，忽探子报到，西山小路已有敌军大队来攻，不下五千人。现在本军小队，只据险猛御，速宜救援，迟则恐不能久守矣。谭洪听了，乃道："救则应救，但其中须有个参酌。赵良栋部下约三万人有余，今只以数千人往攻小路，又不预备后援，俾待通过小路之后以图大进，是其志不在攻取小路也，不过欲诱吾以大兵赴援，彼好于中取事耳。吾不要中他的计。今阳为往救小路，而先伏大兵以候之。"乃遣部将胡念恩领三千人打自己旗号，往援西山小路，却以部将谭延年领兵五千人，在中途接应，并保胡念恩一军，以防掩袭。时韩大任自九江败后奔回长沙，由胡国柱在长沙时遣他回川，至是亦在谭洪军中。谭洪乃令韩大任领五千人为游击之师，另以部将张明领三千人阳为守营，以诱良栋，谭洪却引万人择地埋伏，余外尽数守关。分拨已定，赵良栋已得报告，谓谭洪已引兵赴西山小路大营，守兵只有三四千人。良栋道："谭洪大军三万余人，纵使带兵往救，何至仅留数千人守营？其中恐有诈也。"米光元道："谭洪一勇之夫，有何计较？彼正防我偷过小路，骤闻警报，安得不往？大将军何疑虑之多也？"赵良栋听罢，从之。一面令米光元领兵攻谭洪大营，令何进忠领兵等候谭洪回军，在中途截击，自与诸将为米光元后继，合攻谭洪大营，并乘势攻关。下令既毕，鼓噪齐进。米光元领兵一拥而进，谭军部将张明即弃营而遁。米光元夺得谭洪大营，复乘势追赶。赵良栋道："彼未尝交战，即已退兵，其中必诈。"

时副将张占标在旁，争道："彼不料我以大军攻之，直提兵赴西山小路，故留兵已少。敌将张明，以众寡不敌，其退宜矣。今日不追，实失机会也。"赵良栋仍半疑半信，但三军皆踊跃猛进，不可收拾。约追七余里，已闻鼓声大震，四路伏兵齐起，敌军中先现出谭洪旗号，赵良栋大惊道："今番竟中敌人之计矣。"急传令退兵。忽然谭军卷地杀来，韩大任一军亦由东路卷至，万枪齐发，赵军大败。幸赵良栋平日驭军有法，只令军士一面拒战，一面退后。赵良栋却亲自率大军以进为退，反攻谭洪一军。那时谭洪正要与赵良栋接战，故只令韩大任一军追杀，赵乃得陆续退去。

那赵良栋正与谭洪相持间，忽报何进忠一军已被敌将谭延年截击，往袭西山小路一军又被敌军胡念恩所乘，两军俱败矣。赵良栋觉各路同时败溃，心胆俱裂，惟下令退军。谭洪乃与韩大任分道追赶。还亏赵良栋能军，先令诸军望后而退，却以本部殿后，且战且走。那谭洪追杀二十余里方始收军。谭洪大获全胜，夺得赵良栋营垒二十余座。却传令三军，只毁去赵军营垒，并不屯扎赵营，仍率军而回，依旧拒守险要。韩大任问道："乘此大胜，正宜据敌人营垒，乘势进兵。将军反要退守，何也？"谭洪道："良栋部下约三四万人，此败未为大损，幸勿轻视。且吾国非进取之时，

第三十六回 赵良栋大战阳平关 杨嘉来败走夔州府

吾以兵保关守险,彼不能越雷池一步,旷日持久,敌军不战自怠矣。"韩大任于是无言。时赵良栋败后,计点人马,折兵七千余人,失去粮械无算。乃一面报知图海,以求自贬,一面屯扎大营,待养复元气然后再进。那谭洪亦志在固守却敌,故阳平关一路,两边权且罢兵。

且说张勇带兵出宁羌一路,亦被周将郑蛟麟据守险要,几番攻击,不能得手。欲舍去宁羌望南而下,亦为郑蛟麟所却,无可如何。故那时张勇一军,亦未得志。单是周将陈旺,奉命镇守巴西。那陈旺本为王屏藩部将,入经战阵,最为骁勇,且巴西一地,较阳平关及宁羌尤为奇险,大有一将守关万夫莫敌之势。罗森以陈旺是个能战人员,盖以巴西地势险阻,故令陈旺以本部人马守之。果然王进宝屡攻不能通过巴西一路,自料徒恃兵力必不能济事,乃欲用计反间陈旺。

原来吴三桂未起事之时,陈旺在固原官居参将,时张勇为提督,王进宝为总兵,他三人最为莫逆。王进宝乃心生一计,使人持书至陈旺处,劝陈旺归降。那陈旺初犹未允,对带书人道:"某与王将军在昔日为私友,在今日为敌国,不宜以私函相往还。请致语王公,彼努力进攻,吾努力守御可也。"及带书人回复王进宝,以陈旺言词侃侃,料难如愿。正自纳闷,继思徒以口舌劝降,无怪不就,非喻以情势縻以官爵,必不可。乃再使人送书至陈旺处,力言:"吴周大势已危,以昔日之盛,犹不能成事,何况今日?若不投降,徒为虎虏耳。且以王屏藩之威,犹一败涂地,又何况于汝?今汝国势既蹙,旦夕将亡。某以交情,不忍坐视,如蒙来归,当奏保以提督、总兵之职。"等语。至是陈旺心中稍动,因说到"大局已危"的话,陈旺想起:昔日吴三桂之盛尚且致败,况今日三桂已死,兵威不振,疆宇日蹙,粮械不继,壮士凋零,如何能够成事?终恐不免为囚俘。因此把死生得失之念动于心中,把从前一团忠勇抛去九霄云外。立即回复王进宝,情愿投降,并求王进宝保个提镇地位。那王进宝自无不允。陈旺即将前敌人马调回后路,要让王进宝占据巴西。不想陈旺部下多是王屏藩旧部,多有思念王屏藩誓死报国的,见陈旺调回前军,已不胜骇异,正不知是何原因。

忽然王进宝已率军大至,陈旺并不发兵拒敌,那陈旺部下的人就知道陈旺与王进宝函问往还,已变了心了,无不愤怒。便有一人倡言要杀陈旺,即有数十人随着,攘臂一呼,一齐拥入帐中。陈旺措手不及,被部下数十人大呼要杀卖国贼,竟将陈旺琢为肉泥。惟那时虽泄一时之愤,但王进宝已四面攻至,周兵如何拒敌?乃四散逃走。王进宝占了巴西,即沿途招纳。又因赵良栋、张勇两军尚未得手,乃率军先抄出宁羌之后,以应赵、张二军,不在话下。

且说杨嘉来由罗森派令拒守夔州,那夔州与成都相去甚远,正当湖北入川之冲,地势颇为险要。杨嘉来到夔州后,即准备一切战守之策,又分兵防守要道,以防敌军,布置亦颇完密。惟杨嘉来向在襄阳为总兵,自投降三桂之后,所部多是旧勇,大半为鄂、汴二省之人。当徐治都至时,即遍布檄文,志在解散杨嘉来军心。不料杨嘉来部兵平日过于严酷,故军士已多有怨言,至是见了徐治都檄文,又因吴周国势日蹙,已不免变心。及徐治都人马既到,杨嘉来本欲固守,惟部将张祺道:"吾军尚有万人,势不为弱。若守而不战,是敌人已先立于不败之地矣。夔州一城,又非奇险,守若不济,悔之已迟。不如拚与一战,战如不胜,守犹未晚也。"杨嘉来以为然,乃将本部人马先拨二千守城,其余尽行出城,离城二十里屯扎,以待敌兵。

时徐治都所部约一万五千人,知得杨嘉来志在求战,乃分军绕道先袭夔州,而以一万人直攻杨嘉来。徐治都先鼓励三军而进,杨嘉来亦率军相迎。约战一时之久,徐治都且战且进,杨嘉来军士殊不奋力。嘉来大愤,乃身先士卒而进。忽然后军无故自乱。先自杀了部将张祺,并焚烧粮草,然后反戈相向,只有所部中营二千人尚能奋战。惟前敌已至本部,后军又乱,杨嘉来知军心已变,料不济事,遂率中营二千余人溃围而走。徐治都乘势奋击,杨嘉来大败,军士大半投降。杨嘉来领败残人马,欲奔回夔州城固守。不料徐治都自从分兵绕出后路攻城,所有城内军士已开门迎降,接徐军进城矣。杨嘉来没奈何,只得弃了城池,望西而逃。正是:

只为诸军无斗志,顿教大将失名城。

要知后事如何,且听下回分解。

第三十七回

困罗森五将取成都　逼永兴孤城抗大敌

话说杨嘉来被徐治都所败,欲奔回夔州府城,则城池已先为徐治都所

第三十七回　困罗森五将取成都　逼永兴孤城抗大敌

袭，只得弃了夔州，望西而逃。满意欲奔至云阳，据城固守，然后飞报成都，添兵前来相助。惟左右皆以为不然，并道："夔州为四川第一重门户，敌人只以徐治都一军来争，我以万余之众且不能抗拒。今只留残兵数千，既不及前日人马之众，而云阳一地又不如夔州，更无险要可守，随军辎重亦经净尽，是欲守云阳实无把握。且此处离成都极远，欲待救兵亦已鞭长莫及矣。"杨嘉来道："川兵精锐尽以防守陕西来路，我以孤军扼守夔州，并无后继。我军若退，徐治都悉力以蹑吾之后，恐成都以东非复为国家所有矣。纵救兵不能久待，亦当飞报成都，使发兵准备也。"乃一面写书，派员加紧驰报成都，告以军情败形，使发后继，然后商议在云阳行止。

忽报徐治都已率兵大至，杨嘉来计点部下兵士，只存数千人，料不能守，乃传令并弃云阳，先走重庆，再就地募勇，以图拒敌。乃令军士弃了云阳，不分昼夜，赶至重庆。立即出榜招军，尽发重庆库项以鼓励军士。不想当时大势日蹙，人心已去，约数日只招得三千余人。以新招之勇，又未经训练，且重庆库帑有限，成都饷项固要接应谭洪、郑蛟麟等军，以罗森一人支应各路粮草，力已竭蹶，故援应杨嘉来饷项亦不能接续。以时当危迫，又项用不敷，军心更易离散。而徐治都又沿途遍布檄文，单称吴周国势将亡，劝军民人等速行投顺，故人心更为摇动。且日日惟传徐治都大兵将到，于是远近风声鹤唳。

那徐治都人马只万余人，至是又号称四五万，沿途望重庆进发，所过州县，皆望风迎降。杨嘉来心中大为焦虑，惟竭力鼓励军士，誓死固守重庆。乃偏遇此时军饷不继，军士已积欠军饷一月有余，故杨嘉来一经出示鼓励军心，那军士乃窃窃私议，皆道："月饷不支，惟只令我们死战，如何使得？"因皆怀有怨心。杨嘉来知军心难靠，复婉言示劝，谓"成都运饷将到，汝们可以安心"等语。奈军士那里肯信？杨嘉来无法，不得已乃尽发自己私财，并加之典质物件，又向部将百般挪借，得万余金，每兵先发银两余，以稳住军心。是时新招之勇也感激杨嘉来一片苦心，若旧部中人，则以杨嘉来平日军法过严，愤心依然未去，且此次发饷两余，仍不足一月之数，故仍多怨望。因此新军与旧部又有意见。那一日远近震动，都道徐治都大军将到，杨嘉来旧部先逃去数十名。杨嘉来部将张允言大怒，立杀了两人，志在杀一儆百。乃军士乘势哗噪，反倒戈相向，先杀了张允言。即散去大半,余外仍索月饷。杨嘉来知大局难以挽回,不觉长叹一声,泫然①下泪,谓部将李长辉道:"吾无面目再回成都矣。然吾为主将,是吾可死,君不可死。君当领残兵直走成都,告知罗森,速筹准备。"李长辉啼泣领命。杨嘉来乃令李长辉暂行退出,杨嘉来遂即自缢。李长辉知杨嘉来令自己退出之意,必系自尽,以免自己阻他而已。不多时,果见杨嘉来左右报到,知杨嘉来已死,不觉叹息一番。即打点将杨嘉来尸首营殓。杨嘉来更有遗书,令李长辉将欠饷之事尽行归咎于自己,免军士再碍军情,情殊可怜。惟李长辉不忍,只将旧部遣散,将新募的约四千人,星夜带回成都而去。两日后,徐治都兵到,即拔了重庆。休兵三日,即率兵望成都进发。

且说谭洪握守成都之阳平关一路,自败了赵良栋之后,心中颇为安乐。因赵良栋一军为敌兵精锐所聚,彼既不能攻下阳平关,则巴西及宁羌一带较为险固,敌兵料更难于得手。乃一面将拒败赵良栋情形告知成都,并报知宁羌、巴西各处,使各皆努力自守。不想巴西一路,自陈旺投降王进宝进兵之后,陈旺虽为部下所杀,但已无力拒阻敌兵,于是巴西一路尽为王进宝所踞。那王进宝既踞巴西,听得张勇未能攻破宁羌,赵良栋又为谭洪所败,乃改欲接应张、赵两军,即引兵西行,抄出宁羌之后。那时周将郑蛟麟正设法与张勇相持,张勇十余次进攻,皆为郑蛟麟所却。不提防王进宝军已从后掩至,张勇又力攻其前,郑蛟麟既不防及王进宝从后攻来,措手不及,军中大乱,至此又为张勇所乘,乃腹背受敌,一发不能抵挡,于是全军大败。郑蛟麟乃率领人马走保剑阁,并阻广元要道,一面飞报谭洪及罗森,各自防备。惟自郑蛟麟走保剑阁之后,张勇已乘势直撼宁羌。一面与王进宝计议,先飞报赵良栋,便速行进兵。以王进宝先蹑郑蛟麟,以牵制郑军。张勇却领兵反望阳平关来,直蹑谭洪,与赵良栋相应。时赵良栋因为被谭洪所败,正欲设法再进,听得张勇、王进宝两军得手,特来相应,乃大喜道:"此吾军之幸也。谭洪若腹背受敌,焉能久持?吾此次不特可取阳平关,且西川亦在吾掌中矣。"于是部署人马,悉力进攻。那时谭洪正在关上日日防守,忽听得陈旺勾通王进宝,为部下所杀,王进宝已攻进巴西,乃跌足叹道:"四川休矣!"左右问其故,谭洪答道:"国家待陈

---

① 泫然——水滴下的样子。

第三十七回 困罗森五将取成都 逼永兴孤城抗大敌

旺不薄,何一旦变心至此?今王进宝已进巴西,将绕出宁羌附近,以与张勇相应。郑蛟麟焉能独当两面?若宁羌已失,敌军即掩吾后,阳平关亦不能守矣。若三路同时挫败,则赵良栋、张勇、王进宝三人必同时大进,四川又安能保守?"言罢不胜叹息。

忽报赵良栋已引大队人马到来攻关,谭洪道:"此必赵良栋得张勇、王进宝消息,约期共进也。今惟勉尽吾力耳。"乃依然指挥军士守御。忽又报道:"敌将张勇已引大军从后攻来也。"时军士听得,无不震动。谭洪知阳平关不能保守,急欲自刎。左右上前救之,并道:"将军若死,四川真不可为矣。丈夫处世,为国任事,除死方休。"谭洪以自己心劳力瘁,以阻敌军,今见此光景,大局已危,终不忍为敌人所虏,故欲自尽。及见左右交相敦劝,惟有稍留残喘,见一时撑一时,尽力支持。乃率领人马弃了阳平关,星夜溃退。直至绵竹,再抚辑旧部,添练新兵,以为成都声援。赵良栋遂率军进了阳平关,顺流而下。复与王进宝、张勇计议,以张、王二军直撼成都,赵良栋乃沿略阳下流,先趋龙安,以阻谭洪卫藏交通之路。张勇以赵良栋本为主将,今取成都势如反掌,欲以此大功归诸赵良栋,乃道:"成都一地,愿将军任之,某可以引本部与谭洪决一胜负也。"赵良栋道:"吾深知公意。然彼此皆为公事,何必计较?吾愿公与王进宝先破郑蛟麟,则攻取成都可迎刃而解矣。"张勇遂不复辞。赵良栋于是先报知汉中,使孙思克移兵宁羌,俾就近应付粮草,并作援应。然后大军望南而下。

那时张勇、王进宝分左右两路,由锦屏山起程,星夜直趋剑阁。张勇,王进宝沿途抚慰人心,志在解散周兵,故所过并无障碍。已星驰电掣,分道直趋广元、昭化。那广元、昭化两地,守兵无多,至是欲告急于郑蛟麟。惟张、王二军非常迅速,此时已求救不及,惟望风而溃。于是张、王二军不待攻战,已拔了广元、昭化两城。一面稍休士马,部署一切,然后进攻剑阁。先函致蛟麟,劝其归降大清,免伤百姓。郑蛟麟道:"怒煞我也!吾岂肯屈节者乎!"立毁其书,并逐其来使。张、王二将知郑蛟麟无降意,自然打点进兵。惟郑蛟麟立志虽坚,惟广元、昭化两城实为剑阁屏蔽,自该两城既失,剑阁之势益孤。郑蛟麟见广元、昭化已失,自知剑阁难守,惟仍恃住险要,必欲拒守,一面催促罗森接付粮草。是时已报张勇、王进宝两军大至,郑蛟麟急令各守要隘。部将吴应祺道:"剑阁既孤,不如退守成都。"郑蛟麟道:"若退守成都,则势更孤立。即吾军不幸再败,亦不能退走成都也。敌人以三路之众,若吾军聚于一处,则彼之围困更易,而成都外援亦绝,岂得为良策乎?"正说话间,部将李本良亦到,报道:"粮草不敷,军心渐变。困末将昨日巡营,固知军中有怨言也。"郑蛟麟听得,乃尽发所有,分给军人。并欲向剑阁殷富人家借转饷项,奈无一应者。郑蛟麟焦躁已极,乃先出一长示,遍贴诸营,首说粮饷将到;次说无论如何誓与军人共死生、同甘苦;三说敌人不足畏惧,此次若非陈旺变心,敌军且将困顿;四说敌人虐待降兵,残酷无理,动辄杀人。郑蛟麟实欲以此言阻三军投降之心,又力赞本军猛勇,以为鼓励。自此示文一出,人心稍定。奈张勇、王进宝声势既大,两军得近三万人之众,复号称六七万,以震人耳目。并沿途布称:"如早日投降,即每人给银十两,概不追究;如执迷不悟拒抗大兵,将先罪其家人。"

原来郑蛟麟一军多是广元、宁羌之人,闻此消息,皆为家中忧虑,加以饷道又不能接续。次日成都运至饷项,郑蛟麟先行散给营中。奈人马既众,饷用浩繁,而成都运至者又属无多。郑蛟麟力向部将关说,勉以大义,尽力撙节部将薪资以尽给军人,亦只得一月饷数,余外尚欠一月。军士已不能无怨,郑蛟麟惟竭力以好言抚慰。不想张勇、王进宝已分头大至。那时远近风声鹤唳,或谣传谭洪已殁,或谣传成都已亡,一日数惊,故张、王二军所过,居民纷纷逃窜。因此牵动军心,皆无斗志。张勇、王进宝乃连营于剑阁之前,以困剑阁。郑蛟麟本欲引军决一胜负,奈号令一出,军士不前。郑蛟麟更使吴应麒为前锋,引军先催敌阵。惟军士已不愿听令,吴应麒大怒,立杀数人,不特不能制止,军士且乘势哗噪。诸将无法制止,即哄然散去大半。是时张勇、王进宝正引兵来攻,郑蛟麟见此光景,知难挽救,不觉长叹一声,潸然泪下。徐即拔剑自刎而死。按郑蛟麟从吴三桂多年,多立战功,及至大局危迫,退屯剑阁,犹死力撑持,欲以挽回危局,其极乃至伏剑而终,可谓尽忠于三桂。然吴氏之天时人事已自去了,一郑蛟麟其奈之何? 惟自郑蛟麟殁后,诸部将无所适从,其部下人马更多逃散。吴应麒等乃率残败人马,弃了剑阁,奔回成都。张勇、王进宝遂进剑阁驻扎,同时赵良栋亦已引兵趋至绵竹。周将谭洪听得剑阁失守,诚不料敌兵如此神速,深恐绵竹亦不能守,乃先退守重庆一带。赵良栋以重庆在成都下游,计不如先破了成都,则谭洪、罗森尽已失其根据,四川即一鼓可定。即知会张勇、王进宝合趋成都进发,乃一并移兵,欲先下成都,然后进取。

第三十七回 困罗森五将取成都 逼永兴孤城抗大敌

时图海亦以四川一省为三桂根据地，惧其势力雄厚，难以急下，已传令孙思克，如赵、张、王三路已入川境，可留些少人马在汉中接应运道，即移兵入川，以厚兵力。故孙思克亦留三千人马驻扎汉中，即领兵沿宁羌而下，以为张勇声援。即徐治都一路，自攻入重庆府，亦驱兵大进，沿路披靡，已直抵宝阳。赵良栋自计，此时自己人马已环集成都，便欲与诸将共分其功。乃会合张勇、王进宝、孙思克、徐治都四人，与本部共成五路，绕攻成都。当时罗森连接警报，自陈旺通引王进宝之后，知谭洪、郑蛟麟、杨嘉来先后兵败，已心胆俱裂。故杨嘉来没后，方欲派人往扼守重庆来路，徐则郑蛟麟凶耗已至。及至敌军五路环趋成都，一时风声鹤唳，罗森即大集同僚计议。

时尚书王绪方由云南至成都。当三桂殁后，吴世蕃已升王绪为大学士，自滇中接得王屏藩凶信，夏国相知四川必为敌兵注视，遂连合王绪入川。及王绪到时，谭洪等俱已溃败，至是王绪乃欲并弃成都，回驻嘉定等处，与贵州联络。惟罗森以为不然，并道："成都为四川省会，若一旦弃之，是全川皆失矣。且弃成都而能进，犹可言也。今只为退守计，而嘉定又非可以久守之地，恐一弃成都，敌军即各路齐下矣。"罗森说罢，执意死守成都。

不想赵良栋诸将已一齐拥至，将成都四面环攻。罗森率人马登埤抵御。奈罗森虽然奋勇，惟将校及军士皆不以为然，皆以成都不能固守，窃窃私议。吴应麒向罗森道："历来欲固守城池者，只望有救兵接应耳。今谭洪各军俱已挫败，再无外援可望，而欲力拒敌人，使其自退，必无是理也。况敌军已通过宁羌、剑阁，方趋成都。彼转军既灵，人马复众，困我固易，恐坐守成都，亦徒费心力耳。"罗森听得，大怒道："汝欲扰乱我军心耶？我惟有与土俱碎，断不可舍成都而去也。"王绪道："既是如此，某愿杀出城外，驰赴滇省催取救兵，终胜于困守此地也。"罗森听已，乃请王绪领千人速赴云南求救。是时赵良栋等虽环攻成都，然仍放松南路，欲罗森退出以成都相让也，故王绪乘此机会遂出得成都，望云南而去。又打听得谭洪军尚在重庆，复令人赴重庆催谭洪回救。自此罗森益绝意死守。不提防赵良栋五路俱至，俱用南怀仁所制的巨炮向城垣轰击。约攻两时间，虽城内竭力抵御，终不能当得这些利炮，早把外城攻陷了。赵良栋率诸将乘势进攻内城。罗森仍率兵死守，奈城里人心惶惶。那罗森日言谭洪救兵将到，奈总不见消息。且又粮饷益见支绌，城内军士乃人人变心，罗森只要死守城池，眼见敌军又炮火利害，外城陷时死伤无算，于是纷纷要降，多有逾出城垣诣赵良栋军前请降者。时赵良栋亦惧罗森救兵或至，乃以招降示谕射入城内，故罗森部下多已决意愿降。况罗森又不知机变，终日严责士卒，士卒更怀怨望。故当赵良栋攻城最急时，北门守城军士竟攘臂一呼，齐开了城门，迎赵良栋等进城。张勇当先拥入，诸将继进，成都遂陷。徐治都亦相继攻下东门，一齐进城。恰罗森正在西门巡视，听得部下开门迎降，敌军已进城中，料知势不可为，本欲逃出，往依谭洪，又以自己力持死守之议以至于此，实无面目见人，乃拔剑自刎而死。自罗森死后，所有提镇将军以下文武百余员，一概投降。赵良栋一一抚慰之，并招降余兵。赵良栋又出示安民，遂定了成都。一面奏报入京报捷，一面报知图海，告以成都既下，请示行止。

时北京朝廷以赵良栋等既定了成都，即可乘势复进云南，特以张勇一军留镇成都，并为赴滇之师筹策运道。并令徐治都收抚川中各郡县，若孙思克一军，均留住成都附近，以资镇压，并防范谭洪复起。乃令赵良栋为云贵总督，统兵入滇。以王进宝为平南将军，一同赴滇，办理军务。计如赵良栋、王进宝、张勇，以克复成都晋封侯爵，孙思克、徐治都亦赐封伯爵，以资鼓励。正是一将功成万骨枯。当赵良栋等引入成都时，军队不分皂白，杀人不下数万。因纵火焚烧吴三桂宫殿，并连及民房多家，男女焚毙数百人。居民死于兵衿燹者，亦不计其数。无男无女无老无少，皆呼天叫地互相逃窜。及赵良栋出示安民之后，并下令止杀，居民方始安静。自此赵良栋乃打点进滇。王进宝力主从速进发，并道："兵贵神速。乘此敌人挫败，正宜乘机进捣，勿使敌人稍养元气。纵夏国相、胡国柱、马宝有惊天动地之才，此时亦挽救不及。若稍缓时日，则胜负未可知也。"赵良栋深以为然，乃立即起兵，望南而下。

时周将谭洪初闻成都已危，乃由重庆起兵入援。至时成都已陷，乃引兵急回，至洪雅驻扎。自此四川已大半平靖，周将只退守云、贵两省。若闽浙一带，耿王既已复行归附，故三桂所有在闽浙之势力已经全失。纵有余党尚附从三桂者，唯经督臣李之方先后用兵，俱已平定。于是川省之赵良栋、张勇、王进宝，湘省之大将军蔡毓荣、将军穆占、希尔根，广西之贝子赖塔及巡抚傅宏烈，皆得专力于云贵方面矣。且说周将马宝、胡国柱，自

第三十七回 困罗森五将取成都 逼永兴孤城抗大敌

从展龙关及枫木岭相继失守之后,已尽退入贵州。胡国柱欲扼守贵阳,并道:"前军方已失利,兵无斗志,且川省又不知消息如何,计不如坐守贵阳,或可以分应川滇两路,亦可以藉此稍养元气也。"马宝道:"敌军且随后大进矣。我固不能援应川省,更何暇稍养元气耶?我愈退,则彼愈进。计不如尽弃所守,长驱再进。若天幸或得一胜,犹可以稍固人心。以我军近来挫败,全在于失守地方,并非败于战阵间也。我军长于战而短于守,自起事至今,大抵皆然。故舍守而战,或可反败为攻。否则坐困于此,吾未知其可矣。"说罢,诸将多以为然。胡国柱亦不复阻挠马宝,乃决意易守为战,立即进兵。

明周兵方驻扎清溪、镇远、龙泉一带,马宝乃部署人马,以胡国柱为后路,乃引大军由龙泉出思南,沿印江望永绥进发。马宝听得永绥一带离辰州府约百里,已有敌兵把守,因那处虽系属湖南边隅,实与贵州、四川、湖北互相毗连之地,故亦驻扎重兵。如都统伊里布、副都统哈克山,均扎城外,而前锋统领硕岱,亦在城内屯守,各路不下三万人,实欲为鄂、川、湘、黔各省声援。自展龙关、枫木岭得胜之后,也不虞周兵再起。那日已有报,马宝等提兵将到。硕岱等犹不深信,并道:"一战再战,周兵大败,俱已退入贵州,想此时已抵云南矣,安有再至之理乎?"说罢,殊不注意。不想一二日间传布①愈紧,硕岱慌忙与诸将计议,以都统伊里布与副都统哈克山在城外拒战,自己却守把城池,一面飞布长沙及辰州取救。次日,马宝、胡国柱督队已到,鼓励三军而进,人马数万,势力震动远近。到时先由胡国柱督兵进攻伊里布诸营。那伊里布与哈克山一齐出战,自辰至午,两军正在混战之间,忽然马宝引兵复出横击伊里布一军。当下伊里布军士一来疲战,二来寡不敌众,三来当不起马宝那一支生力军,故立时溃败。哈克山亦不能支持,乃一同败下。伊里布先死于乱军之中,部下纷纷逃窜。马宝、胡国柱乘势追击,哈克山只向后奔逃。时军士损伤极众,亦多有向马宝投降者。马宝恐城内有兵冲出,先率兵直压城外,故哈克山进城不得,只绕城而走。忽后面胡国柱已自追到,哈克山亦毙于胡国柱枪下。一时无主,全军俱散。马宝、胡国柱乃乘势攻城。时简王在长沙,闻警不敢赴援。穆占在辰州,亦不敢移动。马宝遂围困永绥,只硕岱在城准备死

---

① 布——散开,传播到各处。

守。正在危急之间,不知何故,马、胡二人方围困两日,竟解兵而去。正是:

敗后竟能兵复振,危时犹幸敌先回。

欲知后事如何,且看下回分解。

第三十八回
败谭洪赵良栋进云南　间马宝蔡毓荣摆象阵

话说马宝、胡国柱正围困永绥,硕岱死守不得,又不见援兵驰到,正在危急之时,忽然见马宝、胡国柱解兵而去。硕岱正不知其故,自以都统伊里布、哈克山相继阵亡,折兵万余人,敌人正自得手,何以忽退?方疑马宝等回师诱战,又以众寡不敌,更不敢追。惟有报知长沙、辰州等处以敌军既退,一面打探敌人退去的原因。

原来马宝、胡国柱进兵时,知大局已危,只欲以战为守。及既得大捷,进围永绥,却听得各路警报。以贝子赖塔、彰泰二人及桂抚傅宏烈,已由广西进窥云南;驸马郭壮图出守曲靖已屡战不利,现只固守不出;而绥远大将军湖广总督蔡毓荣,又率众三万人与将军穆占、希尔根两路直进贵州,以蹑胡、马二人之后,即夏国相出兵镇守川滇要道,亦不大得手。故云南且已紧急,何论贵州?故胡、马二人益又不能驻足,乃不得不回军。硕岱听得原因,却叹道:"此次三桂举事不成,殆有天意存焉!不尽关夫人事也。其大将不可谓无才,其军兵不可谓无勇。观马宝、胡国柱处屡败之后,人心既惊,粮道又不继,且能以一旅残败之师,损我万余人,斩我健将。苟其初起时亦如此锐进,而三桂又无窃位之心,则当数省陷落之时,人心所附,其胜负正未可知也。惜乎三桂以帝号自误,画地自守。及既大败,马、胡二将乃欲侥幸一战,以转败为攻,不亦难乎?自此湘境可以无忧矣。"硕岱说罢,徐又接到蔡毓荣等文报,以大军直进贵州,令硕岱移兵辰州,为接济运道。硕岱乃遵令移兵而去。

且说赵良栋自得旨授为云贵总督,并授勇略大将军之任,与王进宝同进云贵。探得谭洪一军尚在洪雅一带,诱劝地方富户借资,续募人马万余

第三十八回 败谭洪赵良栋进云南　间马宝蔡毓荣摆象阵

人,因此军势复振。赵良栋乃谓王进宝道:"谭洪为人精悍好斗,且临阵已久,号为劲敌。若彼军势复振,成都不无后患。以成都新定,凡附降之勇尚多为三桂旧人,若谭洪举兵再入成都,城内稍有应之者,则吾等向来心力定化为乌有。即幸成都可保,而彼以大军挠吾之后,吾等亦难于安枕也。"王进宝大以为然。时赵、王两军已到井研,乃移兵反向洪雅而来,要先破了谭洪,然后进滇。计策既定,乃移兵向西,望洪雅进发。

时谭洪续招万余人,连旧日所存人马不下三万。听得成都已陷之后,赵良栋、王进宝等已相率入滇,乃提兵复欲再争成都。令韩大任引兵为前部先锋,穿浦江,过新津,直扑成都。王进宝听得,却欲以兵直趋洪雅。赵良栋道:"洪雅非谭洪根据之地,得之亦无济于事。因我纵取得洪雅,谭洪不能另窜他所也?今日惟有先破谭洪,则川省尽安矣。"

正说话间,忽先队米光元带一人进帐,那人却是周将夏国相所委,欲赴西藏与达赖喇嘛相约,请其兴兵犯川,以绕敌军之后者。及道经金沙江,为土司人所获,解赴赵良栋军前。赵良栋细问,那人姓名为林绍忠,乃周大学士林天擎之子。因西藏向来慑服三桂,当三桂未起事以前,托王屏藩岁运良马三千匹,皆赖藏人为之转运。及三桂事起,西藏人亦多为附从,所有川省接应各道粮食器械,实藏人之力居多。即三桂初次由川进兵因病发回时,康熙帝主亲征之议,藏中达赖喇嘛亦曾表奏北京,请再招降三桂,划云南为三桂藩封,如三代诸侯以世守其地,此折为康熙帝所斥。

自此,三桂败事,藏人仍未与三桂绝交,故夏国相深知藏人有反动之心。且数十年来彼此往来甚密,此时见川省已失,云南如唇亡齿寒,夏国相乃欲利用藏人以蹑敌之后也。赵良栋细看夏国相书中大意,乃力言战事虽败,兵力未衰,力请达赖喇嘛相助力,则一举可以恢复。又故言北京朝廷对待藏人屡次加兵挠川陕,他日事平,愿割川东之地以实西藏,永扶西藏为自主国,等语。赵良栋看罢,谓王进宝道:"如藏人起而为彼助,则川省必危。吾军被蹑,吾军亦休矣。观于此书,更防谭洪入藏与藏人勾结,益不能不先破谭洪矣。"于是尽移两军,以绕谭洪之后。

时谭洪一路已抵蒲江,赵良栋亦率兵趋蒲江,与谭洪会战。一面飞报成都,使张勇调兵以阻谭洪入藏之道。张勇得报,乃移咨孙思克,引兵趋清溪打箭炉,扼川藏要冲,以防谭洪奔窜。去后,赵良栋道:"三桂与藏人有交,而谭洪尚在川省,一旦起而联络,心腹之患也。今夏国相所遣入藏之人为吾所获,此天夺敌人,此行破谭洪必矣。"遂以大军离蒲江二十余里下扎。因听得谭洪已知赵王二将回兵,故亦驻兵蒲江,不敢遽进也。故赵良栋与王进宝到时,两军即在蒲江相遇。赵良栋以谭洪所部多是新招之勇,未经训练,志在急战,谭洪亦以赵、王二军往返疲劳,乘其喘息未定,欲急破之,乃令韩大任以本部万人独当王进宝,而亲率诸将单迎赵良栋。并令韩大任且勿先出,待自己亲攻赵良栋时,看王进宝接应,然后击之。韩大任得令去后,谭洪却以胡念恩、谭延年分张两翼,先直趋赵良栋大营。赵良栋以谭军挟一股锐气,来势颇猛,令军中略避之,只坚壁以待。谭洪督兵扑进时,皆被赵良栋军中抵御。自辰至午,赵军依然不出。谭洪急下令道:"赵良栋一军非不能战也,欲乘我惫耳,宜以猛力乘之。若能破其前军,即可迎刃而解。"下令后,三军一齐奋进,谭洪却亲自指挥。赵良栋见谭军历间两时仍未少懈,乃谓左右道:"彼惧我乘其惫,又退无可退,故奋力一掷耳。军法云:一鼓作气,再而衰,三而竭。彼虽军力未懈,然焉可以久持乎?吾军此时应出矣。"乃挥军直出。早听得王进宝一军已与韩大任相持,乃急令军士猛进,并谓一经破了谭洪,则韩大任亦同时必退,故亦亲自指挥。两军喊杀连天,矢石如雨,互有死伤。惟谭洪一军,仍不少怯。赵良栋道:"谭洪真勇将也。"说罢,惟令以大炮摧之。

原来谭洪平日善于鼓励军心,故每战必然奋勇。奈此次军士多是新招乌合,未经训练,不及赵军久经战阵。且赵军枪炮皆南怀仁新制的利器,又是洋式,因此势力实在不敌。自赵良栋传令炮攻之后,每巨炮一响,当者披靡,死伤极众。谭洪部将谭延年,见赵良栋巨炮利害,恐不能持久,乃自率一部冒险冲出,直冲赵良栋中营。赵军措手不及,颇有损伤。幸赵良栋平日治军得法,营阵亦严,谭延年虽勇,终不能冲入。唯当谭延年冲出时,谭洪亦乘势率军冒弹林而进,赵良栋军势稍却,深恐阵脚移动,乃令军士不得退后,待谭军扑近时,一齐发枪猛击之。谭军死伤甚众,惟仍不稍退。谭洪以此战为孤注,若再败则无挽回之日矣,故亦主决死战,只令军士有进无退,虽有死伤,亦践尸而进。每次发枪,即跟定枪声,直扑赵营,异常奋勇。怎奈大局已去,只存谭洪一支新募军兵,已无济于事。且赵良栋枪械精利,壁垒又严,无可如何。惟谭军仍无退志,枪声响处,赵良栋臂上中一枪弹,赵军中营,忽然自乱起来。谭洪心中大喜,正欲乘势猛击,不提防韩大任一军已纷纷退后。

第三十八回 败谭洪赵良栋进云南 间马宝蔡毓荣摆象阵

原来韩大任与王进宝相持之际,早已中炮阵亡。韩大任一军见军中无主,故纷纷溃散,且大半降于王进宝一军。王进宝遂亦乘机移助赵良栋,以夹击谭洪。那时谭洪一军虽然奋勇,但自晨至暮,血战多时,死伤既多,兵力又疲,已为赵良栋所制,怎能再顾王进宝一军?于是谭洪大败,率残余人马反望西而逃。赵良栋与王进宝合力猛追,枪炮交施,杀得尸横遍野,血流成河。部将谭延年断后,亦为王进宝击毙,故后队更为纷扰,死伤愈众。王进宝见杀人太多,力言下令招降。赵良栋道:"某非不知杀人太多也,但别军可以招降,惟谭洪所部,断不能招降。以谭洪善能治军,凡舍金钱、问疾苦以结军心者,谭洪优为之,是以军士乐为效力。今日虽降,若他日与谭洪相遇,难保其不变心也。"说罢,惟下令穷追,勿使谭洪再有余气。故军中皆奋力追赶。王进宝谓左右道:"赵将军岂无后乎?多杀固伤天道之和。若惧谭洪能得军心,而惧降军变志,岂谭洪能得军心,吾等独不能得军心也?亦见其一,而未见其二也。"说毕,不胜叹息。惟赵良栋只令三军力追,且追且杀,沿途积尸成丘。统计谭洪所部三万余人,只剩七八千,欲径奔川西,直进西藏,与藏人联合为恢复川省计。及探得已有孙思克驻兵防遏,知不能通过川西,是时韩大任、谭延年俱已战殁,三万人马已折去五之四,乃与胡念恩计议,率残败人马望西南而逃,遁回云南,再作计议。赵良栋乃大获全胜,谓诸将道:"此次胜负只争一间耳。谭洪悉锐相争,其部下复异常奋勇,即死伤层叠犹前仆后起,自军兴以来未见有如此恶战也。若非王进宝先毙韩大任,则胜负不可知,即成都亦不知鹿死谁手矣。"由是重赏三军,表奏王进宝为头功。一面掘土掩埋两军尸首。原来赵良栋一军,亦死伤七八千人。遂将营中调抚伤者,汰弱留强,得回精兵约二万人,合同共进宝一军,共约四万人。休兵数日,然后大举望云南而去。

话分两头,且说蔡毓荣大军既移抵辰州,定策即进贵州。适朝旨以将军穆占为威远将军,希尔根为靖远将军,俱归大将军蔡毓荣调遣,要直捣云南。蔡毓荣于是统率各路并进贵州。探得马宝、胡国柱尚统大兵分扼贵州要道,乃与穆占、希尔根计议道:"马宝、胡国柱既败而后,仍能困守城池,斩我两员健将,可知其兵力仍未衰也。然胡国柱虽有智谋,惟不脱纨绔性质。彼玩泄于强盛之时,而欲奋勇于衰败之后,必不济事。独马宝此人未可轻视,彼昔日与吾相距时,其才力非逊于我也,不过三桂苟安,徒以自误耳。马宝为人,才机警而性稳练,忠国事而得人心,若不除之,云南终不易下也。"穆占道:"若欲除之,当出何策?"蔡毓荣道:"擒之不易,降之亦难,不如以反间致之。今当派人间道分进云南,布散流言,谓马宝与我等相通,不日将降,且伪为退败,以自蹙其土地,以危国家,故进攻永绥时得胜亦退,云云。以吴世璠幼而闇懦①,一闻流言,必生疑忌。吾今更为书以招降马宝,无论马宝从与不从,既有招降一书以为所布流言证助,则吴世璠心疑马宝。疑则杀之,纵不杀亦必招回马宝矣。吾因而取贵州,固易如反掌。即马宝被疑亦必不能重用,是亦除一劲敌也。"穆占、希尔根鼓掌称是。

蔡毓荣乃统大军望贵阳进发。复制浅水拖罟以运水师于贵州内河,不水陆并进。探得胡、马二军分驻遵义、镇远以为贵阳屏蔽,乃使穆占一军取道向遵义,希尔根取道向镇远,自统中军为两路应援,同时大进。早有细作报到马宝军中,马宝即与诸将计议应敌。忽报敌将大将军蔡毓荣有书到来,马宝只道是战书,立令传进。及来书人进帐里,马宝取而视之,则蔡毓荣招降书也。马宝阅毕,自觉不明蔡毓荣有此来书,若把此书埋没了,便令人思议,不如索性把来书宣布,便对左右道:"蔡毓荣来书,吾意道是战书耳,不料他竟向我招降。以吾受先帝厚恩,又受国重寄,方生死为之,安肯怀二心耶?"左右所得,无不愤怒,皆喝斩来人。马宝道:"两国相争,不斩来使。杀彼一人,于敌何损?吾亦不忍过为己欲也。"说罢,复向来书人道:"汝蔡毓荣以招降扰我军心,此等奸计实用不着。本待将汝斩首,姑留汝命可回复蔡毓荣,早晚仔细用兵,勿以吾国偶败便要轻视也。"乃掷还来书,将下书人逐出。那带书人抱头鼠窜而去。马宝乃以蔡毓荣招降一事报知夏国相,俾免中敌人奸计,一面商议进兵。适云南解到大象五百头,马宝就令驱象为前敌。探得蔡毓荣大军离遵义约有四十里,乃知会胡国柱率队出城迎敌,下令军中以大象为前驱,以锐卒数千随而进战时,鞭象先行,以冲敌营,然后以军士继之。

计议既定,是时带书人已回复蔡毓荣,故蔡毓荣已知马宝恃象为前敌,乃谓诸将道:"云南多产野象,以之冲吾营垒,非不可用。幸吾先知

---

① 闇(àn)懦——愚昧懦弱。闇,愚昧。曹操《陈损益表》:"以闇钝之才,而奉明明之政。"

之,否则必为马宝所败。"于是在营外布置药线引火之物,传令:"如马宝来攻营,可敛军而退,然后纵火烧之,象必回奔,反为我用。吾因而乘之,可获全胜矣。"诸将乃分头布置停妥。

次日马宝已领大队人马攻来,蔡毓荣乃令诸将率兵接战。甫行交绥,即伪为退败,望后而逃。马宝率前队军士奋力赶象追之,不及五里,蔡毓荣早把药线引火之物发作起来,火势骤发。那些野象已有些葬在火坑,其余皆转向后面逃奔,反冲马宝本军,队伍全乱。蔡毓荣已率兵杀回,马宝大败,率军向贵阳而走。正是:

天心早已亡周祚,象力反成助汉军。

要知后事如何,且听下回分解。

第三十九回
战平远蔡毓荣奏功　　守曲靖郭壮图败绩

话说马宝锐意进攻蔡毓荣,以野象为前驱,以大军继进,被蔡毓荣以火攻之计,那些野象被火即逃,反冲马宝中军,蔡毓荣即乘势率军追赶。那些野象势力既猛,溃走又疾,马宝军中无法制止,于是大败。还亏马宝平日能军,一见各象反奔时,知是中计,急传令三军分左右成列,让各象奔逃,意欲勒兵,且战且走。不提防蔡毓荣已率军追至,并下令道:"马宝久经战阵,若与对阵战于山野之间,破之实非易事。今幸彼所用象阵已反为我所用,当乘势蹙之。"于是军士更为奋勇。

是时马宝军中因各象反奔时正分左右,本欲让象向后奔退,不知阵脚早已移动,队伍早已错乱。且自象阵既为蔡毓荣所破,前军已失军心,又不免慌乱。那蔡毓荣平日出军,皆以健卒为前部,此次得令奋追,故乘马宝前军溃散之时,蔡毓荣前驱已随象追至。马宝措手不及,已无法抵御蔡军中兵,惟有互相逃窜。马宝急传令望贵阳而逃,一面又派人驰飞马报胡国柱一齐退军,先扼贵阳要道,遂陆续溃退。蔡毓荣不舍,惟率军穷追。那蔡毓荣性又好杀,且追且击,马宝军士死伤既众,沿途尸积。马宝无法,急率亲军三千人死力坚持一阵,以待诸军先逃。将近日暮,已奔至遵义城,意欲入遵义稍驻。惟蔡军已随后蹑到,欲进遵义不得,惟有弃遵义而逃。蔡毓荣以前军疲战,令先入遵义驻守,余军悉数追袭。并下令道:"数年用兵,尽在此举。乘马宝溃败之际,勿令其更有驻足也。"三军得令,奋勇赶行。蔡毓荣又以贵阳为贵州省会,若被胡、马二军入贵阳驻守,则战事又需时日,乃令希尔根率本部人马绕道趋攻贵阳,以夺马宝、胡国柱之根据。

那时胡国柱自听得马宝兵败,令他先退贵阳,亦拔队齐退。蔡毓荣、希尔根皆令军中随带干粮,务至贵阳方始收军。正是乘胜之威,人人奋勇,比及胡国柱到贵阳时,希尔根人马已先到半日。胡国柱不能直进贵阳,亦不料趋攻贵阳的只希尔根一军,以为蔡毓荣大队已到,乃大惊道:"敌军竟至贵阳,人何精锐至此?"说罢,左右皆为危惧。胡国柱故不敢进贵阳,只望西而逃,冀与马宝合兵。

那时马宝亦料蔡毓荣必先争贵阳,故令胡国柱一军先退,扼贵阳要道,以为胡国柱已至贵阳,故溃退之后,恐自己若再入贵阳,是与胡国柱共困于一隅,其势反孤,须得一驻扎之地,以与贵阳援应,故亦不退入贵阳,直至平远下寨。不多时,胡国柱亦已奔到,马宝乃大惊,各诉溃散原因。原来胡国柱只道蔡毓荣全军俱到贵阳,故只望与马宝合兵,马宝只道胡国柱已回守贵阳,故另守一处与贵阳犄角,彼此误会,致令蔡毓荣不事攻伐即得了贵阳。那时贵阳又守兵无多,被蔡毓荣一鼓驱散,即直进城内。乃令穆占、希尔根在城外驻扎,传令休兵三日,然后前进。

单说马宝、胡国柱败至平远,具表告入云南。时云南大为震动,吴世璠更为疑惑。以马宝、胡国柱皆一时健将,部下人马亦多,且皆百战之卒,前能在洞庭岳州与蔡毓荣相拒多年,今乃一败至此,并贵阳重要之地亦弃而不守,实在可疑。因忆起蔡毓荣有向马宝招降之事,又因云南谣言四起,都道马宝有了异心,遂决意招回马宝。又以胡国柱虽为驸马至戚,仍恐其与马宝共事已久,恐他通同一气,遂发谕弁召回马宝、胡国柱二人,令夏国相、高起隆、王会前往平远接统军事。夏国相见谕大惊,急入朝诘问其故。正至朝门,恰见大学士林天擎,夏国相道:"马宝夙娴韬略,久经战阵,今虽偶败,必可支持。若胡国柱亦才略素优,前虽放弃苟安,今已发奋用事。吾料彼二人一日在贵州,即一日敌军不能进云南也。"林天擎乃把吴世璠疑及马宝一事说了一遍。夏国相听得,乃仓皇入朝,谒见吴世璠,

第三十九回 战平远蔡毓荣奏功　守曲靖郭壮图败绩

力请收回召还胡、马二人之命。吴世蕃道："吾见马宝屡败,恐其人地不宜,故召还之耳。"夏国相乃谏,不必误听谣言,以中敌人反间之计。吴世蕃沉吟半响,乃道："以卿前往,其才亦不在马宝之下也。"夏国相道："然论臣之才不及马宝,但以郭驸马出守曲靖,臣恐兵力尚单。敌将以贝子赖塔及贝子彰泰与巡抚傅宏烈三路之众,恐不能当之。臣方当前往曲靖耳。"吴世蕃道："即以马宝改往曲靖,亦无不可。"夏国相道："往返需时,易误军务。且彼此接代,亦不如仍资熟手也。"吴世蕃听得,惟有不答。夏国相又道："此举为存亡机关。马宝从先皇,披荆斩棘,先皇以为柱石,愿陛下勿轻疑了。"说罢,叩头再四,力行劝谏。吴世蕃只是不从,惟令夏国相赶速与王会、高起隆起程而已。夏国相无奈,乃流泪而出。知吴世蕃之意不能挽回,乃传令郭壮图固守曲靖,将政事概令林天擎与王绪主持,与王会、高起隆赴平远而去。

单说马宝至平远日夜守备,以军虽屡败,还幸各皆用命,以为大局虽危,尚可挽救,故与胡国柱尽设法守御。忽报吴世蕃以夏国相、王会、高起隆代统其众,不觉大惊,急谓胡国柱道："朝廷疑我等矣。主少,国家多难,奈何？夏国相非无才略,然一易生手,调遣皆难,此局危矣。"胡国柱道："主上如此,枉我们日夜辛勤耳。然将在外,君命有所不受。待夏国相至时,何不相与密商,俾我等始终其事较可也。"马宝道："公言虽是,然朝廷必因此增疑矣。夏国相忠而多智,本无不可,唯高起隆为先皇义子,以亲见用,其欲得此兵权久矣。公言恐用不着也。"正议论间,已报夏国相、王会、高起隆已领小队驰至。马宝即令接进里面,各诉别后之事。夏国相唯相向而哭,马宝亦哭。夏国相谓马宝道："吾军虽败,军士犹用命,且能将,尚望可以转移大局。今如此,将不可为矣。冲锋陷阵,临危决胜,我不如公；整肃百僚,接应饷道,公不如我。吾到此,殆不得已也。"马宝道："尊意吾已知之。以弟等连战皆败,弟方自愧。如论公高才,正合接理军事,但恐一经易人,调遣即难耳。"胡国柱此时力争不宜交代,夏国相道："吾亦欲如此。但恐主上更疑,内难将作矣。"王会道："时已迫,交代即宜速交代,否则,吾等亦当速回也。"遂商议多次,皆以交代为宜。

马宝及胡国柱便将兵符印信尽行交付,并将军中要务一一指明,以告继任者。复召集诸将,不复言吴世蕃见疑之事,惟言须往曲靖,只嘱将校军士俱宜听夏国相等号令。于是马宝、胡国柱乃即驰回云南而去。夏国相等方一面通饬①各营,不要传布马宝回滇之事,一面训练人马,打点军务。

不想以夏国相、王会、高起隆代马宝、胡国柱之说,已为蔡毓荣所知,乃召诸将集聚计议道:"马宝与胡国柱被召回滇,吾计已行矣。今以夏国相等代之,虽国相之才不下于马宝,然军事重要,一易生手措置即难。昔廉颇为赵将,无攻不取,无战不胜,及为将于魏,即郁郁不得志而终。可见古来良将且易地则不同,况夏国相等乎?今吾等须从速进兵。若假时日,则夏国相守马宝成法,而加以己之见地,容易部署停妥,此时破之即难矣。"诸将听罢,皆以为然。蔡毓荣乃仍令穆占、希尔根为左右翼,自统中军望平远进发。早有消息报到夏国相军中。国相谓左右道:"敌人殆知马宝已离去此间矣,故乘势以兵力蹴吾也。吾等初来,诚不利于战,然今则虽欲不战而不能也。平远一地,无险可守,若恃久守之策,反以取困耳。"

于是王会及高起隆亦分张左右两翼,以抵御穆占及希尔根,自己仍统率中军与蔡毓荣对敌。分拨即定,蔡军已到。那时蔡毓荣正乘夏国相初来接代,志在急战,以为彼军既易生手,部署必不停妥,此行破夏国相必矣,故大军到平远时,与周军仅距十余里,蔡毓荣即传令穆占、希尔根,以两翼先出,万枪齐发,其势极猛。夏国相见蔡毓荣中军不动,料知蔡毓荣待两翼先战,而以中军待之移动,故亦以王会、高起隆二翼先出抵御,自留中军以待蔡毓荣。不想周兵虽勇,究竟主将生手,调动总不能灵通;故大为蔡军所乘,时蔡军又乘胜之威,故进如潮涌。夏国相看看两翼人马王会、高起隆已渐渐抵敌不住,自忖蔡毓荣实候自己移动,如果自己引兵往援左右两翼,必更为蔡毓荣所乘,不如直扑蔡毓荣中军。那蔡毓荣一军分毫没有吃亏,只奋力接战。两军攻力悉敌,不分胜负。惟左右二翼王会、高起隆两军,已渐渐不支,早为穆占、希尔根两路所乘,一望后而退。夏国相自此乃慌了手脚。蔡毓荣更下令道:"吾左右两军皆已获胜仗矣,吾中军不要落人之后也。"于是三军闻令,更为奋勇。夏国相军中一来因左右两翼俱败,更为心慌,二来蔡军乘胜之威,夏军如何抵敌?乃一同败下。夏国相自思此败,必贵州全失,云南更为震动。但此时已不得不退,若勉

---

① 通饬(chì)——通令。饬,饬令。

第三十九回 战平远蔡毓荣奏功 守曲靖郭壮图败绩 241

强撑持,那穆占、希尔根两路必乘势夹攻,更为不了,但引人马望东而逃。蔡毓荣传令军中,速行追赶,并谓左右道:"夏国相亦一劲敌。幸我两翼兵先能取胜,否则胜负未可决也。今当夏国相既败,可尽力追之,云南唾手可得矣。"遂率诸军齐进。先令部将米元亮领一军入平远,余外尽数追赶。夏国相本欲复进平远,惟蔡毓荣已随后追至,乃并弃平远而逃。沿途死伤山积,蔡毓荣依然不舍,不分昼夜赶至威宁。夏国相仍不能驻足,统计折了八九千人马,还亏夏国相自行断后,否则后路投降者不知凡几。因是尽失贵州,引残败人马望云南退去。蔡毓荣大获胜捷,将人马暂驻威宁,犒赏三军,再望云南进发。

且说贝子赖塔、贝子彰泰及广西巡抚傅宏烈各统大军由广西进云南时,吴世璠年尚幼,一切国事政治则委诸夏国相、林天擎、王绪,军政则委诸夏国相、郭壮图。自赖塔等将由广入滇,凡滇边将士已纷纷告警,乃以驸马郭壮图出守曲靖。那郭壮图为人本有些韬略,故三桂以女妻之,号为驸马。自三桂起事,以郭壮图为云南留守,一切经理滇事及应付粮草,郭壮图皆殚心竭虑。至是乃出守曲靖,所有布置规划,皆告知夏国相。自夏国相往代马宝,自此边事皆由郭壮图主持。那曲靖隔广西不远,前面阻山脉,颇为险要,即郭壮图经理亦颇完善。当其出镇,夏国相嘱道:"敌人将大举由桂入滇,曲靖要道,以将军为国至戚故以相委。以将军勇毅有才,固足抗敌,但时局已迫,为将军计,自应主守不主战。今方分道往结藏人,使藏人出兵以扰四川,吾等合力以防黔桂。先行坚守,伺隙以破之,大局尚可挽回也。"原来郭壮图生平最服夏国相,故此次出镇诸事,皆向夏国相禀承。及至曲靖后,日日训练人马,拊循士卒,规度地势,以求完密。故贝子彰泰屡欲入滇,皆为郭壮图所挫。及郭壮图听得夏国相往代马宝,即叹道:"国将亡矣。马宝虽败,尚足以拒蔡毓荣。以夏国相一日在滇,尚能临机制变,使士卒用命,以扶危局。今夏国相既去,人心益离散,敌人亦因之大进矣。"言罢,不胜叹息。惟有次第分布守险。

忽报赖塔与傅宏烈率军大至,郭壮图急与左右计议道:"前者彰泰一军,吾不以为意。今敌人挟三路而来,我必不易守。且纵能守之,彼不难舍曲靖另攻他处,亦守不胜守也。计不如奋勇与之一战,以决胜负。若能一胜,尚可获数年之安也。"左右皆以为是。适后路又解到野象数百头,郭壮图乃列为象阵,以为前军。部将武安时谏道:"昔马宝曾用象阵,致为蔡毓荣所破。今驸马何故效之？舍兵力而乞灵于野兽，窃为驸马不取也。"郭壮图道："昔马宝之败，不过先行泄漏耳。象力最猛，势所难挡。吾以之冲其前，而以兵力继其后，仍非不恃兵力也。"遂选派劲卒为前军，拥象先进。候赖塔一到，即行进攻。

且说赖塔兵迎曲靖，但见树木丛杂，山势崎岖，谓傅宏烈道："此等地势最易中伏。"傅宏烈道："我军众而彼寡，不必用奇兵。所惧者，彼以奇兵制我耳。今当先毁树林，使敌军无所用其埋伏，然后分道明攻，破敌必矣。"赖塔从其计，乃传令军士，凡见森林丛树皆焚之。时在野里，适郭壮图探得赖塔、傅宏烈并军初到，欲先发制人，遂定计于夜里分五道人马，悄悄劫营。各道皆以大象百头为前驱，各穿森林而过，直逼赖塔等大营。不期各道人马将到时，正值赖塔传令焚烧森林，火光冲天。各野象多有从马宝军中转解前来者，故一见火光，无不惊惧，纷纷向后奔窜，反冲军士。即军士亦以为敌人有备，故五道周兵皆哗然震地。早惊动赖塔军中，起来探视，观林中火光，望见有兵马逃走，知道是敌军前来劫营，因见火光而退。遂率大军追赶，于是郭军大败。正是：

天意已移难破敌，火光无意反成功。

要知后事如何，且听下回分解。

第四十回
破长围七将定云南　赏战功朝廷颁谕旨

话说郭壮图以象阵为前，乘夜前往劫营，恰遇贝子赖塔等正焚山林，以避伏兵。那些野象因见火光而退，赖塔乘势追之，郭壮图大败。赖塔道："敌兵只欲劫营，其大营人马尚未动也。今乘其败以蹙之，彼不及措手。否则迁延日久，敌人将再图守御，然后远合西藏，近联缅甸，以抗我师，为患正长。望诸君勿惜此苦，为一劳永逸之计也。"于是诸军得令，一齐奋进。沿途枪炮交施，那些野象一闻炮声，更为惊溃，只是发足奔逃，如何制止得住？因此反冲击郭壮图大营。郭壮图见势不佳，料敌不过，但恐全军皆溃，更为赖塔等所乘，乃令各部将领大半人马先逃，自己却令中军

第四十回 破长围七将定云南 赏战功朝廷颁谕旨

在林木深处埋伏。时赖塔正拟穷追,傅宏烈进道:"今在夜深之际,敌人之退是否为真,尚未可知。若一旦中伏,是反弄个不败不止,须要提防。"彰泰道:"彼劫营之兵既已大败,野象又反冲其大营,即孙吴复生,亦难站定,吾决郭壮图必真退矣。昔公以逾山渡险以袭枫木岭之后,何其胆壮!令何反怯耶?"傅宏烈道:"吾非怯也。所怯者,敌虽真退,恐一有埋伏,何以御之?故不得不防耳。"赖塔道:"今若不追,大失机会,以吾军之众,何惧一郭壮图耶?"乃以傅宏烈在左,彰泰在右,自己居中,分三路蹑追。约追十余里,傅宏烈见林木丛杂,心中早有所怯。正踌躇间,忽鼓声大震,深林内火把齐明,早有一军杀出,为首大将正是郭壮图。傅宏烈大惊,急令军士勿得惊扬,以本部暂缓前追,竭力抵御伏兵。惟赖塔、彰泰二军,听得右军中伏,皆一时失措,都移兵往救傅军。于是郭壮图人马得缓缓退去。

郭壮图以伏兵杀出时,只道出其不意,可以制傅宏烈死命,不意傅宏烈早已提防及此,故与周兵混战一会,傅军略有损伤。少时赖塔、彰泰已分军来到,郭壮图自知不敌,且前军退回的又不见杀回相助,亦只得引兵而退。这一次只损伤了傅宏烈些少人马,且止住赖塔、彰泰二军不复穷追,俾前军得从容退去,亦不幸之幸。

次日赖塔大集诸将计议道:"古云穷寇莫追,傅宏烈早已有言在前,我一时不信,几至大败。若郭壮图有多路埋伏人马,而前退的若又复杀回,则吾军正未可知也。"傅宏烈道:"昔吴三桂以数省之地,百万之众,且不能北渡,今已穷蹙一隅,决不能为患矣。故吾军今日断不能行险也。云南为三桂之根本,布置早已完密,惟假以时日,会合各路以困之,方可。若以孤军轻进,恐一遭挫败,彼即元气复充,人心复定矣。"赖塔、彰泰皆以为然。于是知会蔡毓荣及穆占、希尔根等,并令间道先报赵良栋,以会趋云南。各路皆步步为营,不复行险,以防意外。去后,赖塔令诸路陆续进兵。

且说郭壮图败后,弃了曲靖,奔回云南府,把兵败情形告知吴世璠,将人马屯扎归化寺一带,以图固守。马宝、胡国柱已回到云南。马宝即进谒吴世璠,叩头流血,乃言道:"臣等以国势方危,方竭力抵御敌兵,不知陛下召臣何故?"吴世璠此时以马宝既离贵州蔡毓荣即进滇境,夏国相往代马宝而赖塔即进攻曲靖,至此已悔之不及,故闻马宝之言,无言可答,乃道:"朕并无他故,不过欲卿往援曲靖耳。"马宝道:"此非陛下本心之言。

臣经营黔湘多年,虽当危急,尚可以拒蔡毓荣。得夏国相为郭驸马后援,亦足以固守曲靖。今一经移动,必两者皆失矣。此必有进谗言于陛下者,故疑及臣等,以误此大局耳。"吴世璠此时亦无言可答,马宝又道:"臣等随先皇出生入死,以受国重寄,即肝脑涂地方称本心。若臣等仍有可疑,更有谁人可信乎?"吴世璠道:"今不复疑卿,请卿马首东行,为朕固防曲靖可也。"正说话间,郭壮图已报曲靖失守,吴世璠登时变了面色。马宝、胡国柱惟相向流涕。吴世璠道:"为今之计,将何以处置?"胡国柱道:"藩篱既失,近逼滇京。时局如此,即诸葛复生,亦难为谋矣。"马宝道:"吾惧贵州一路亦必同失矣。以夏国相虽有才,然为时不及,一易生手,布置调遣两者俱难故也。"果然,说犹未了,已续报夏国相、王会、高起隆兵败,蔡毓荣正督兵向云南来也。吴世璠听罢,登时泪如涌泉,力请马宝设法。马宝道:"恐此已不及谋矣。今于无可如何之中,筑长围以固五华山,盛屯一年粮草,以数万之众,聊保一时。既先令人卑礼厚币分途入藏,请藏人起兵以夺四川。待平复中原之后,许以川、陕、云南西偏之地,以实藏疆,并许其自主。一面谕以满人将来必加兵卫藏,且以此次藏人先服我先皇,满人必谋报复,使藏人知惧,相与同仇。而复利之以自主,及实之以疆土,必或为所动,将起大兵,以扰四川。吾或可于此时,稍图生气。否即藏人不允起兵,吾亦可暂逃藏地,再图复举也。"

吴世璠道:"朕欲西奔缅甸如何?"马宝道:"必不可也。缅人向服朱明。自永历帝逃缅,我先皇时在藩府,不合加兵缅人,以生缅人恶感也。今欲依缅人,恐其以待永历帝者待诸陛下,又将奈何?且缅人如龙性难驯,不足靠也。"说罢,胡国柱亦以为然。吴世璠即从其言。正说话间,大学士林天擎、方光琛及尚书王绪同入。吴世璠见林天擎三人面有忧色,急问:"外间有何事故?"林天擎道:"顷得西北军报,大将谭洪自川省败后,欲径奔藏地借兵,每为赵良栋所扼。后则欲奔回云南,赵良栋复困之。今赵良栋正统大军入滇也。"吴世璠道:"似此则遣人入藏亦难矣。"马宝道:"时局至此,真天亡也。谭洪能抗大敌,且忠贞辅国,虽危不变,乃误于陈旺,而川省即失,此非战之罪也。今敌兵分三面环趋云南,而我以穷蹙一隅,苟非有外力相援,断难支此危局。今惟有多发专差,分数道入藏,纵赵良栋能截其一,亦不能截其二也。"此时吴世璠惟马宝之言是听,急发五路文书,分途赴藏,乞请援师。又明知缅人无用,亦发函通告酋长,力言云

第四十回 破长围七将定云南 赏战功朝廷颁谕旨

南若亡，大清必发兵入缅，谕以唇亡齿寒之义，望缅人或肯相助。去后，吴世蕃惟向马宝及胡国柱二人道："朕诚不德，以误事机，诸卿皆国功臣，忠贞体国，望勿记朕之前愆，看先皇面上，为朕力支危局。凡事可便宜行事，措置如何，不必问朕也。"马宝、胡国柱二人，此时唯叩头流血。明知大局难挽，唯誓以身殉。乃辞别吴世蕃，流涕出宫。

马宝乃与胡国柱计议，先将五华山旧日之永历帝行宫，从前经吴三桂修饰者，预备为吴世蕃行宫。一面召工役数万人，先筑长围，环绕五华山之四隅，深沟固垒。围外之长壕，阔逾一丈，深至丈余。围外又加铁网，以避弹子。又由昆明池引水以灌注围外长壕，以防火攻，复通水道于围内。内营更于围垒多掘池井，以防断水。准备五万人马，固守五华山。盛屯一切粮米糇粟及干粮等，以准备两年需用以上。再于五华山择地屯田，以免绝粮之患。至此一切布置，专恃与藏人援应。

原来吴三桂自起事以后，藏人早与交通。即至危时，犹输进粮械于川省，以为资助，故马宝恃之最深。自将五华山规划布置后，又示谕境内，以鼓励人民。还亏夏国相、马宝二人平日治民有恩，是以云南虽危，民心依然未变。是滇人皆思念夏国相、马宝二人，乐得相助。因是时四隅告急，财力久已竭蹶，故不得不向民间募集饷项。自经马宝出示，鼓励人心，于是富户巨商皆多乐为捐资，因此粮械依然充足。马宝遂谓胡国柱道："时局虽危，然民心如此，依然可用。苟得一路援兵，未尝不能转败为功也。今敌兵虽众，然可惧者只赵良栋、王进宝、蔡毓荣、傅宏烈数员耳。若赖塔等亲贵之徒，不足惧也。叵耐未知藏人消息如何，至为可惜。"胡国柱至是，恐藏人未必出兵，即出兵亦恐不及，乃请谕各土司起兵。马宝亦以为然，便遣人劝各土司起兵相助。又奖励民间兴办民团，以为助力。一面令郭壮图拒守五华山外，以固藩篱，一面再筹妙策，以断敌军粮道，为实行坚壁清野之计。

且说大将军蔡毓荣，自与穆占及希尔根两人既定贵州之后，即引兵蹑夏国相等之后，直进云南。适接得贝子赖塔来书，约以会同各路合兵捣滇。是时赵良栋与王进宝二军已屡逼谭洪，所有谭洪数千败残人马，已七零八落，再不能通入藏地，已引千余残兵径回云南。故赵良栋、王进宝二军亦直进滇境，由永善下鲁甸，直抵者海司。即于此时接得赖塔及蔡毓荣文报，约以合捣云南，赵良栋道："知谋之士所见略同，蔡毓荣正与吾意暗合也。"遂一面回复赖塔及蔡毓荣,约以神速进兵,恐旷日持久则夏国相有谋,马宝多智,郭壮图、谭洪、胡国柱有勇,不难会合缅藏以为援应,则收功愈难。蔡毓荣等皆以赵良栋之议为然。适是时图海已移兵南下长沙,蔡毓荣等更无后顾。时正康熙二十年三月,大兵已分三路合逼而进。赖塔、彰泰与傅宏烈等军已进至嘉利,蔡毓荣与穆占、希尔根却进驻嵩明,赵良栋与王进宝亦进至富民地面。一路势如破竹,至是已合逼云南府。

时夏国相、马宝及胡国柱昼夜经营御敌,奈敌兵势大,不能抵挡,惟合退至云南府城,复派员四出运动外应。故一时降将马承荫再起事于广西柳州,以扰赖塔之后,谭洪部将鼓时亨再起事于川东,以扰赵良栋之后。还亏川中兵力尚雄,足以镇定,所以鼓时亨一军不能得手。惟马承荫一军一经在柳州起事,广西已全省震动。幸图海既驻长沙,乃分兵下桂林,而赖塔闻警,亦遣傅宏烈回军,因是广西亦复镇定。马承荫已走死泗城,故赖塔亦免了后顾,唯与蔡毓荣、赵良栋等专力云南,均齐各路俱进。

是时已是四月时分,天气炎酷,北地人马不惯南方瘴气,颇多不服水土。将军穆占欲移军避暑,以为吴世蕃穷蹙至此,必不能再兴,欲待秋凉然后合围。蔡毓荣道:"不可。吾等既到此地颇不容易,敌既穷蹙,岂可令其复养元气?凡事得失成败每争一间耳。况吴世蕃不打紧,须重视夏国相、马宝二人。彼若稍有时日,不难整顿也。"是以决意进兵。希尔根乃谓穆占道:"蔡毓荣为汉员尚且如此,吾等何可自深以惜。"穆占为然,因此立行进取。赵良栋、王进宝、赖塔、彰泰共分四路,分头并进。时云南地方既瘠,粮食亦尽,虽民心尚依念马宝、夏国相等,惟此时已无可如何,故临安、永顺、姚安、大理等郡县已先后附降。蔡毓荣等遂乘势直进,直逼云南府。复定议蔡毓荣一路抽出希尔根一军,由川进滇,一路抽出王进宝一军,以抚循各郡,余外俱围云南府城。夏国相乃与马宝计议道:"今屯扎五华山,虽布置完密,然困而自守,以望敌人之退,其势难矣。须分兵四出,或足以扰敌人而固云南府城也。"诸将皆赞成此论,遂以夏国相、谭洪、王会、高起隆等各领本部人马,冲突而出,以扰川省。先后陷泸叙、建昌、永宁、马湖诸府县。夏国相之意,当时以为得两云南不如复得一四川,因不特地势险阻可以有为,且交通藏人亦复利便故也。

自夏国相等图扰川省之后,赵良栋以为虑,乃令王进宝复顾后路。再驰驿飞报张勇、孙思克,以兵力捣截夏国相等,余即进逼云南,并知照各

第四十回　破长围七将定云南　赏战功朝廷颁谕旨

路,以无论如何须先破云南府,彼根据既失,各将安逃? 既成流寇,扑灭亦易耳。因此各路攻城愈急。幸赖马宝、胡国柱、郭壮图设计死守。时贝子赖塔,以此次出军每着皆落傅宏烈之后,欲一雪其耻以争头功,于是奋勇扑进。郭壮图百般拒御,奈赖塔军中虽死伤千余人,仍不少却。攻围一日,陷其外垒。赖塔在左,彰泰在右,依然猛攻。那长围距城尚远,故外垒虽陷,未能攻及城垣。赵良栋知赖塔已破其外垒,乃鼓励三军与蔡毓荣并进,力逾三军,马宝仍不少却,依旧拒守。赵良栋乃传令军中,布楼船排筏于昆明池,欲以断内城接济,乃仍令一面攻城。不意两军攻守数月,内城并无缺粮消息,水道相继不绝。赵良栋无可如何,乃函知蔡毓荣,说道:"敌殆准备死守而先盛屯粮草备水道也,欲困之难矣。今历攻数月,士卒损亡数千,可以想见若旷日持久,彼外援一到大势更难,今惟有奋力扑攻耳。"因此复率军猛进。

至十月中旬,胡国柱先为赵良栋军中击毙,虽世蕃大惊。见赵良栋、蔡毓荣已破长围,攻逼城垣,乃与马宝计议,再割地求藏人发兵。不料此书又为赵良栋所截。吴世蕃方知危迫,即调夏国相、王会、高起隆等回军。夏国相此时料知滇京已危,即欲入川亦势不及,惟有双眼垂泪,与王会等回军,惟以死自誓而已。时正望云南府回来,复与高起隆计议,欲从后袭赵良栋一军,以救云南府城。不料吴世蕃差人往召夏国相时,其人竟为王进宝所获,并搜获其书。王进宝即将带书人斩了,另派心腹人员伪为吴世蕃所差委者,往见夏国相。故夏国相等回军,及欲袭赵良栋后营,皆为王进宝所悉。那王进宝即报知赵良栋,依着夏军来路,预伏人马以击夏国相。果然夏国相兵到时,即为赵、王二军所袭。王会先死于乱军之中,夏国相欲自刎,惟念既以死自誓,亦须一见吴世蕃之面,乃与高起隆引败残人马约五六千人,绕道奔回府城。不意高起隆见势将亡,早变了心,已阴款①于赵良栋。那赵良栋即令其谋杀夏国相,故高起隆为杀夏国相,就在夜里乱起来。还亏夏国相平日最得人心,当高起隆引亲兵乘夜杀进时,夏国相的护兵不令其进帐,且大呼道,"夏公忠以报国,恩以待人,汝辈奈何从贼乎?"言犹未已,高起隆的亲兵早散去大半。高起隆大怒,欲冲进夏国相帐中。于是夏军的护兵一齐抵御,乃砍高起隆为肉泥。夏国相叹道:

---

① 款——招待,款待。

"国家将亡,宜有此等怪象。今高起隆死矣,何若死于国,犹流芳千古乎。"说罢,知高起隆已与赵良栋有约,恐其外为应,乃立刻领残兵奔回。惟赵良栋、王进宝已乘后蹑追,夏国相不敢恋战,没命奔至城垣。赵良栋乘机猛击。还亏谭洪接应,救得夏国相进去,而城中外垣已陷了十余丈。良栋欲乘势直入,得谭洪死挡一阵,赵军进势稍却。唯谭洪身被数伤,是夜亦即殒命。

自谭洪死后,人民益为惶骇。且兵粮虽足,惟城内居民尚多,被围日久,亦已食尽。马宝不得已,分军粮以济一时。然因此民心稍安,惟军粮渐少。是时将官亦逐渐凋落,惊慌何可胜言,日望藏人救兵不至,君臣唯相对而泣。由是军心益惧,皆怨吴世璠不应召回马宝,以致一子错全盘皆乱。故世璠听得,更惧为军人所害,急召郭壮图入保行宫。胡国柱以郭壮图独当一面,不可移动,奈吴世璠不从,胡国柱愤极,悻悻回寓,即咯血而终。自此王会、高起隆既死于城外,胡国柱、谭洪亦死于城中,只余夏国相、马宝、郭壮图三人,虽智勇双全,此时亦鞭长莫及。赵良栋乃与各路昼夜攻击,直薄城下。两军血肉相薄,相持数月,周兵益疲。至次年夏间,粮草皆尽。且归化寺一带,自郭壮图退保行宫,兵力益单,早被贝子赖塔、彰泰攻陷。

是年秋七月,桂抚傅宏烈斩马承荫于柳州,桂乱悉平,故傅宏烈复带兵入滇。自攻下归化寺后,五华山势已孤立,加以赵良栋、蔡毓荣不住攻击,延至十月,城中食尽,南门守将方志球阴与蔡毓荣相通,即献南门,放蔡军入城。由是诸军齐进。甫报到南门失守,吴世璠及郭壮图先已自尽。夏国相与马宝引心腹亲兵直行冲击,欲杀一二敌将,然后自尽。不料蔡毓荣已下降者免死之令,军士多已投降。马宝部将张祺大怒,立杀降者二人,于是军中哗然,反倒戈相向。蔡毓荣更下令,杀得夏国相、马宝者,赏以万金。于是蔡军一涌向前,万枪齐发。马宝恐被擒获,先行拔剑自刎。夏国相急引亲兵望西奔来。忽前面敌兵纷纷拥至,正是赵良栋大兵,枪声响处弹子如雨而下,夏国相即身被数伤,立即毙命。未几大学士方光琛驰到,亦被击死。赵良栋乃与蔡毓荣尽降周兵,直望五华山追来。所有护守行宫的军士,皆已投顺。赵、蔡二将先将人马分扎五华山上,并管束降兵,各带健卒千人,欲直进吴世璠行宫。未几,贝子赖塔亦到,乃相将同入。只见一人伏尸而哭。赵良栋大喝道:"大军至此,尚不降耶?"那人听得,却拿起一飞锥向赵良栋打来,然后拔剑自刎。还亏赵良栋眼快,那飞锥掷

第四十回　破长围七将定云南　赏战功朝廷颁谕旨

个落空,却击中背后护兵一人,立时倒地。良栋即率亲兵上前,欲拿那人,已是自刎死了。细视其人,乃吴世璠的大学士林天擎也。因听得吴世璠已是自尽,故进宫来欲殓葬世璠尸首,以免为敌兵屠戮。不料正哭一场,赵良栋已到,遂不及殓葬吴世璠,即及于难。赵良栋并令亲兵琢林天擎为肉泥,复割吴世璠首级,以备回京献俘。

徐即与蔡毓荣赖塔再进里面,但见宫女、宫监在后园林树中投环自尽者,不计其数。余外有投井的,有服毒的,男女尸首层叠于后宫。赵良栋见得,喟然叹道:"妇人竖子且捐生殉国亡,王宫内无一降者,可见人心尚非从我也。使三桂父子励精图治,勇于进取,天下谁属,固不可知。乃有此固结之人心而不知用,徒苟安佚乐,自取败亡,岂不可惜哉?"说罢,令军士将宫内各宫监、宫人尸首收殓埋葬。又见云南人心固结,以连年被兵,乃请款赈济穷民。并将国相、马宝等戮尸。又函吴世璠首级献俘,一面奏捷入京,报告肃清,酌留兵驻滇以办理善后,然后班师。时朝廷听得云南已平,先令户部发币五百万以赏军士。计有功诸员以图海、赵良栋、蔡毓荣、王进宝、张勇居首,孙思克、李之芳、傅宏烈、赖塔、穆占、希尔根、硕岱、彰泰、徐治都、杨捷、姚启圣、施琅、吴兴祚等次之,俱受上赏。又以军兴以来,诸大员多有失机偾事,至是乃降旨罪之。诏道:

> 当吴逆初叛时,即选满汉精兵,命顺承郡王勒尔锦统之,计程三月可至荆州。乃不乘贼远来马疲守备未固之时渡江扼险,挫其锋锐,俾贼得以其暇,据守湖南要害,犯我夷陵江西,分我兵力。耿精忠、孙延龄、杨嘉来相继变乱;劳师数载,无尽寸之功,惟安坐以索督抚司道之馈送。其贝勒尚善、察尼、鄂鼐等共攻岳州,奉命以舟师断贼饷道,动以舟揖未见风涛不测为词,迨长沙大兵已进,尚不乘机夹攻。又简亲王喇布迟留于江右,贝予鄂洞失机于陕西,若非朕运筹决策,力饬水师会取岳州,饬岳乐江西兵进取长沙,饬图海陕西军速复平凉,则疆宇几不可问。教师糜饷,误国病民,情罪重大,在他人尚不可原,况王贝勒等与国家同休戚之人乎?所有顺承郡王勒尔锦、简亲王喇布、贝子鄂洞,着议政王大臣悉举太祖太宗军法严行议罪。

自此旨一下,由王大臣议得,皆予削爵籍产,或拘禁有差。其余逗留失陷岳州之都统珠满,失陷太平街之前锋统领伊勒都齐,敌退营空饰报克复都统巴尔布,岳州敌溃不能邀截之辅国公温齐,调援永兴数月不进之额驸将军华善庆,屡次败溃诈病回京之觉罗舒,怒及左都御史多诺、兵部侍郎勒布等,皆治以失溺之罪。又以此次军兴,糜费数载,乃令户部量改盐课,酌增杂税,以为弥补。又以此次军报每多迟滞,又令兵部于驿递之外,每四百里置笔帖式、拨什库各一,以速邮传。凡甘肃西边五千里,九日可至;荆州、西安五日可至;浙江四日可至;与从前迥不相同。此次成功,以满员图海、汉员蔡毓荣、赵良栋、王进宝为最首,爵以公侯之位。自此驻川、驻滇、驻湘各大兵,亦陆续班师。至于以藏人交通三桂,至动后来卫藏之兵,都是后话,是书不能备录矣。